JOHANNA LINDSEY

WÄCHTER MEINES HERZENS

Roman

WILHELM HEYNE VERLAG
MÜNCHEN

HEYNE ROMANE FÜR »SIE«
Nr. 04/208

Titel der Originalausgabe
Until Forever

Aus dem Amerikanischen
von
Christine Roth

Printed in Germany 1997
Umschlagillustration: Pino Deani / Agentur Schlück
Umschlaggestaltung: Atelier Ingrid Schütz, München
Satz: Alinea GmbH, München
Druck und Bindung: Elsnerdruck, Berlin

ISBN: 3-453-12399-9

1

Es machte sie schier verrückt, dieses Paket auf der schmalen Kredenz neben ihrem Schreibtisch ungeöffnet liegenzulassen. Roseleen White hätte geschworen, daß sie über mehr Selbstbeherrschung verfügte, was aber offenbar nicht der Fall war, wenn es um ihre einzige Leidenschaft ging. Sie versuchte angestrengt, den Karton zu ignorieren – und auch die Tatsache, daß sie nicht umhin konnte, ihn alle paar Sekunden anzustarren.

Die Zeit drängte. Die Semesterarbeiten ihrer Studenten mußten unbedingt noch heute zu Ende korrigiert und benotet werden. Normalerweise hätte sie die Arbeiten mit nach Hause genommen, doch an diesem Abend würde sie nicht in ihre Wohnung zurückkehren. Sie hatte sich mit ihrer Freundin Gail verabredet, wollte direkt vom Campus aus zu ihr fahren und mit ihr das Wochenende verbringen. Und am Montag hatte sie auch keine Zeit; da wollte sie endlich den schon so oft verschobenen Zahnarzttermin wahrnehmen. Also mußten die Arbeiten noch an diesem Abend fix und fertig auf ihrem Schreibtisch liegen, damit ihre Vertreterin sie den Studenten am Montag aushändigen konnte.

Die kommenden drei Tage hatte sie sorgfältig im voraus geplant; sie liebte es, ein Programm aufzustellen und ihre Zeit genau einzuteilen. Allerdings hatte sie nicht mit der Benachrichtigung der Post gerechnet, die sie am Tag in ihrem Briefkasten gefunden hatte und die besagte, daß die lange erwartete Paketsendung aus England zur Abholung bereitliege. Und auch nicht mit dem aufgeregten Anruf von Carol, ihrer Nachbarin, die sie abends umgehend ins Krankenhaus hatte fahren müssen, weswegen sie nicht mehr dazugekommen war, die Semesterarbeiten zu korrigieren, wie sie es eigentlich vorgehabt hatte.

Heute morgen, auf dem Weg zum Campus, war sie bei ihrem Postamt vorbeigefahren, um das Paket abzuholen, und sie hatte auch nicht vergessen, eine Schere in ihre Handtasche zu stecken, damit sie es gleich aufmachen konnte. Doch die lange Warteschlange vor dem Abholschalter hatte ihr wiederum einen Strich durch die Rechnung gemacht. Denn als sie das Paket endlich in Händen hielt, blieb ihr gerade noch so viel Zeit, daß sie es zu ihrer ersten Vorlesung schaffte, ohne sich zu verspäten. Und seitdem sie an diesem Morgen das Campusgelände betreten hatte, war ihr nicht eine einzige ruhige Minute beschieden gewesen, um ihre Neugier zu befriedigen.

Die Freitage waren immer die anstrengendsten Tage der Woche. Dann hatte sie jeweils drei Vorlesungen hintereinander zu halten, und die kurzen Pausen dazwischen beanspruchten mit schönster Regelmäßigkeit diejenigen ihrer Studenten, die keine unmittelbaren Anschlußvorlesungen belegt hatten und sich bemüßigt fühlten, ihr Interesse an ihrem Seminar durch allerlei Fragen zu bekunden. Außerdem war ihr an diesem Tag noch die undankbare Aufgabe zugefallen, zweien ihrer Studenten in einem kurzen Gespräch schonend beizubringen, daß sie das Semester nicht bestanden hatten. Und gerade als sie erleichtert feststellte, daß ihr doch noch ein paar Minuten Zeit blieben, um rasch einen Happen zu essen und endlich das Paket zu öffnen, da hatte der Dekan sie in sein Büro rufen lassen.

Innerlich kochte sie noch immer vor Wut, wenn sie an *dieses* Gespräch dachte. Dekan Johnson hatte ihr erklärt, er wolle ihr die Nachricht, daß man Barry Horton eine Dozentenstelle auf Lebenszeit angeboten hatte, lieber persönlich überbringen, bevor sie es von anderen erfuhr. Barry, die größte Enttäuschung ihres Lebens und der unerfreuliche Beweis dafür, daß jede Frau, ganz gleich welchen Alters, so naiv und leichtgläubig sein konnte wie ein verliebter Backfisch – dieser Mensch sollte ihr jetzt gleichgestellt sein!

Der Dekan hatte die Angelegenheit sehr diplomatisch behandelt, doch die Quintessenz seiner Ausführung erschöpfte sich darin, daß er der Hoffnung Ausdruck gab, sie würde keinen Ärger machen und ihre alten Vorwürfe gegen Barry nicht wieder aufs Tapet bringen. Als ob sie scharf darauf wäre, all die niederträchtigen Gemeinheiten und Erniedrigungen aufzuwärmen und noch einmal darunter zu leiden.

Jetzt, am Ende dieses ereignisreichen Tages, knurrte ihr der Magen, sie war wütend über Barrys unverdientes Glück und unfähig, sich auf die mehr oder minder vollständigen Geschichtskenntnisse ihrer Studenten zu konzentrieren, die sich vor ihr stapelten – zumal dieses verdammte Paket dort drüben lag und förmlich danach schrie, ausgepackt zu werden. Aber sie würde es *nicht* öffnen, bevor nicht die letzte Arbeit mit einer Note versehen und ... ach, zum Teufel damit.

Das hier war ihre Passion, das einzige, was sie neben der Geschichte des Mittelalters, ihrem Spezialgebiet, wirklich interessierte. Antike Waffen. Ihr Vater hatte schon historische Waffen gesammelt, was für den Pfarrer einer Kleinstadt ein recht ungewöhnliches Hobby gewesen war. Nach seinem Tod hatte sie die Sammlung geerbt und seither um das eine oder andere Stück erweitert, wann immer sie es sich leisten konnte. Bei jedem ihrer Besuche in England verbrachte sie mindestens ebensoviel Zeit damit, in Antiquitätengeschäften herumzustöbern, wie mit den Recherchen für ihr Buch über die normannische Eroberung Englands, an dem sie seit geraumer Zeit arbeitete.

Sie hatte das Paket mit in ihren Vorlesungsraum genommen, weil sie es nicht im Auto liegen lassen wollte – so weit außer ihrer Sichtweite. Zu lange schon fieberte sie diesem Tag entgegen. Drei Jahre hatte es gedauert, den Besitzer von *Blooddrinkers Fluch* ausfindig zu machen, nachdem sie zum ersten Mal von der Existenz dieses Schwertes gehört hatte. Wie begeistert sie gewesen war, als sie dann erfuhr, daß das antike Stück tatsächlich zum Verkauf stand – daß es privat veräußert werden sollte und nicht etwa bei einer Auktion versteigert wurde, wo der Preis sicherlich in für sie unerreichbare Größenordnungen abgedriftet wäre! Und dann die enttäuschenden Versuche, mit Sir Isaac Dearborn, dem exzentrischen Besitzer des Schwertes, einig zu werden. Anschließend hatten sie die viermonatigen zähen Verhandlungen über den Preis und die Verkaufsbedingungen in Atem gehalten, an denen sie aus dem einfachen Grund nicht beteiligt gewesen war, weil Dearborn ihr persönlich das Schwert unter keinen Umständen hatte verkaufen wollen.

»*Blooddrinkers Fluch* darf sich niemals im Besitz einer Frau befinden«, hatte er ihr gleich bei ihrer ersten Anfrage mitgeteilt und sich nicht dazu herabgelassen, dem noch irgendeine Erklärung hinzuzufügen. Ihre anschließenden Telefonate und Briefe schien Dearborn nicht mehr zur Kenntnis zu nehmen, jedenfalls erhielt sie darauf keine Antwort von ihm. Doch David, ihr lieber David, wenn auch nicht ihr leiblicher, so doch ihr Lieblingsbruder, der als kleiner Junge Waise geworden und dann von ihren Eltern adoptiert worden war, hatte für sie den Spießrutenlauf um die begehrte Antiquität auf sich genommen. Und nach vier nervenaufreibenden Monaten und nachdem er sich mit Dearborns ungewöhnlichen Forderungen einverstanden erklärt hatte, war David schließlich in den Besitz des Schwertes gelangt.

Sie war vor Freude völlig aus dem Häuschen geraten, als David sie aus England angerufen und ihr gesagt hatte, daß das Schwert bereits per Schiffsfracht nach Amerika unterwegs sei. Und war dann mehr als verblüfft gewesen, als er hinzufügte: »Die Auslagen wirst du mir nicht erstatten können, Rosie. Ich habe nämlich eine eidesstattliche Erklärung unterzeichnen müssen, dieses Schwert niemals weiterzuverkaufen oder zu vererben, zumindest nicht an eine Frau. Daß ich es nicht verschenken dürfte, davon stand in der Erklärung allerdings nichts. Betrachte es deshalb als dein Geburtstagsgeschenk beziehungsweise deine Geburtstagsgeschenke – für die nächsten fünfzig Jahre.«

Wenn sie daran dachte, daß sie für die Kaufsumme ihre sämtlichen Ersparnisse hätte aufwenden und zusätzlich noch ein Darlehen über weitere zwanzigtausend Dollar aufnehmen müssen, so stand sie ganz fraglos tief in Davids Schuld, trotz seiner scherzhaften Bemerkung, das Schwert als Geburtstagsgeschenk für zukünftige Zeiten zu betrachten. Sicherlich, eine solche Ausgabe würde David nicht gleich in den finanziellen Ruin treiben, hatte er doch eine reiche Erbin geehelicht, die ihn vergötterte und ihn mit allen irdischen Gütern verwöhnte. Davids Frau Lydia war eine ebenso begeisterte Sammlerin wie Roseleen, nur mit dem kleinen Unterschied, daß sie statt Waffen Häuser sammelte, oder genauer gesagt Mietshäuser. Und doch fühlte Roseleen sich ihm gegenüber verpflichtet – aus Prinzip, aber mehr noch wegen der Extravaganz ihres Wunsches, obgleich David ihr das Schwert bestimmt von Herzen gern geschenkt hatte. Sie würde sich etwas ganz besonders Hübsches für ihn einfallen lassen, um sich zu revanchieren.

Jetzt konnte sie der Versuchung nicht mehr länger widerstehen. Ihre Finger zitterten, als sie in ihrer Handtasche nach der Schere kramte. Sie warf einen Blick zur Tür ihres Vorlesungsraumes, überlegte kurz, ob sie abschließen sollte, mußte dann aber über sich selbst lächeln. Das wäre doch wirklich zu übertrieben gewesen. Die meisten Studenten und Dozenten hatten den Campus um diese Zeit längst verlassen, und außer der Theatergruppe, die noch das probte, was immer Mr. Hayley sich für dieses Semester hatte einfallen lassen, befand sich kaum noch jemand auf dem Gelände. Man würde sie jetzt gewiß nicht mehr stören, und selbst wenn – schließlich hatte sie ja nichts zu verbergen. Nur weil Sir Dearborn, dieser verschrobene Kauz, so unerbittlich darauf bestanden hatte, daß dieses Schwert niemals in den Besitz einer Frau gelangen dürfe …

Nun gut, jetzt besaß sie es. Das Schwert gehörte ihr. Es

würde das Glanzstück ihrer Sammlung darstellen, war es doch mit Abstand die älteste ihrer Waffen, wahrscheinlich die älteste überhaupt, die sie je würde finden können. Von dem Augenblick an, als sie zum ersten Mal von der Existenz dieses Schwertes erfahren hatte, war sie darauf erpicht gewesen, es zu besitzen – und zwar unbesehen –, einfach, weil es *so alt* war. Und sie hatte es seither immer noch nicht gesehen, nicht einmal ein Foto oder eine Abbildung davon. Doch David hatte ihr versichert, daß es sich – gemessen an seinem Alter – in einem ausgezeichneten Zustand befände und nur sehr wenig Rost angesetzt habe, was seiner Meinung nach einem Wunder gleichkäme, wenn man bedachte, daß der Griff aus dem achten und die Klinge aus dem zehnten Jahrhundert stammten. Offenbar hatte jeder Besitzer dieses Schwert mit größter Sorgfalt behandelt und es beinahe eifersüchtig vor den Blicken der Öffentlichkeit verborgen gehalten – wie auch sie es zukünftig tun würde.

Jetzt nahm sie die Schere zur Hand und schnitt die stabilen, breiten Plastikbänder mit dem Namenszug der Spedition darauf durch, legte sie beiseite, öffnete dann den Karton und versenkte ihre Hände tief in die Holzwolle. Sie ertastete eine weitere Kiste, die aus feinstem poliertem Mahagoniholz gearbeitet war – und lächelte unwillkürlich, als sie die große Schleife sah, mit der David die Holzkiste als Geschenk verpackt hatte. An der Schleife hing ein kleiner Schlüssel.

Vorsichtig hob sie die Holzkiste aus dem Pappkarton. Das schwere Gewicht des Seefrachtpakets, das sie genötigt hatte, es mit beiden Armen zu umfassen, als sie es in diesen Raum trug, war natürlich der Mahagonikiste zuzuschreiben. Ein Ruck an der Schleife, und der kleine Schlüssel lag in ihrer Hand. Ganz unbewußt hielt sie den Atem an, als sie ihn behutsam ins Schloß steckte und das leise Klicken vernahm, als sie ihn umdrehte. Dann klappte sie den Deckel auf.

Voller Ehrfurcht starrte sie auf dieses außergewöhnliche Artefakt, das mehr als tausend Jahre alt war. Die lange, zweischneidige Klinge war nur an zwei Stellen von Rost und Korrosion angefressen und im Laufe der Zeit schwarz angelaufen, doch das Heft aus gehämmertem Silber war so gut erhalten, daß seine Oberfläche im Lichtschein ihrer Schreibtischlampe hell glänzte. In der Mitte des Hefts schimmerte ein halbrund geschliffener Bernstein von der Größe einer Vierteldollarmünze. Drei kleinere Bernsteine schmückten den gebogenen Knauf, und um den Griff wand sich ein Tierkörper von eigentümlicher Form, wahrscheinlich eine Schlange oder ein Drache. Der seltsamen Darstellung wegen ließ sich das nicht so genau erkennen.

Das Schwert war ein Musterbeispiel damaliger Handwerkskunst, die Verarbeitung zeugte von höchster Qualität, hatte es doch so viele Jahrhunderte beinahe unbeschadet überdauert. Daß es skandinavischen Ursprungs war, konnte sie unschwer an bestimmten Stilelementen erkennen, auch wenn David es ihr nicht vorher gesagt hätte. Diese Waffe war zweifelsohne einmal für eine bedeutenden Mann geschmiedet worden. Ein Wikingerschwert, das den Namen *Blooddrinkers Fluch* trug.

Roseleen war Professorin für Geschichte. Das Zeitalter der Wikinger zählte zwar nicht gerade zu ihrer Lieblingsepoche, doch mit der Historie und den Kunst- und Gebrauchsgegenständen dieser Zeit war sie bestens vertraut. Die Wikinger waren dafür bekannt, daß sie ihren Waffen ebenso ungewöhnliche Namen gaben wie sich selbst. Doch ein so seltsamer Name wie *Blooddrinker* war ihr noch nie untergekommen. Sie konnte sich auch nicht vorstellen, warum der ursprüngliche Besitzer sein Schwert so genannt haben mochte. Heutzutage ließen sich darüber nur noch Spekulationen anstellen, denn das Wissen um den wahren Anlaß, der sich hinter diesem Namen verbarg, war im Laufe der Jahrhunderte wohl für immer verlorengegangen.

Aber diese Spekulationen würde sie anstellen, ganz gewiß sogar, denn dieses neueste Stück ihrer Sammlung faszinierte sie über alle Maßen. Wie viele Leben mochte es wohl ausgelöscht haben? Einige? Zahllose? Die Nordländer, als gewalttätiger, blutrünstiger Volksstamm berüchtigt, galten als der Schrecken der Nordmeere und waren Meister in der Kunst des Überraschungsangriffs und der Zweikämpfe. Dieses Schwert war offenbar jahrhundertelang zu kriegerischen Zwecken benutzt worden, da es nicht – wie einst bei den Wikingern Brauch – dem ursprünglichen Besitzer mit ins Grab gelegt worden war. Und warum nicht? Hatte sein erster Besitzer es vielleicht verloren? Oder war er nicht im Kampf gefallen, sondern eines friedlichen Todes gestorben und hatte es vorher seinem Sohn oder einem Blutsbruder vermacht? War er möglicherweise doch in einer Schlacht gefallen, aber auf fremdem Boden, weit weg von seinen Kameraden und Waffenbrüdern, in einem Land, das seinen heidnischen Bräuchen nicht huldigte?

Sie hatte unendlich viele Fragen, von denen sie wußte, daß sie darauf nie eine befriedigende Antwort erhalten würde. Ihre Enttäuschung darüber hielt sich gleichwohl in Grenzen, stand sie doch in keinem Vergleich zu dem Glücksgefühl, das sie als neue Besitzerin dieses Schwertes empfand.

»*Blooddrinkers Fluch*«, murmelte sie leise vor sich hin und konnte nun keine Sekunde länger dem Drang widerstehen, dieses uralte Schwert in ihren Händen zu halten. »Deiner eigentlichen Bestimmung, der du so lange gedient hast, bist du nun enthoben. Du wirst kein Blut mehr vergießen, aber ich gebe dir mein Wort darauf, daß du auch zukünftig keine Mißachtung oder Vernachlässigung erfahren sollst.«

Ihre Finger schlossen sich um den erstaunlich warmen Griff und hoben das Schwert sanft von der Unterlage aus goldenem Samt, auf der es geruht hatte. Es war viel schwerer, als sie erwartet hatte. Ihre linke Hand mußte rasch das Handgelenk ihrer rechten unterstützen, sonst wäre es ihr entglitten. Und als sie das Schwert dann staunend vor sich hielt, nahm sie das Donnergrollen in der Ferne kaum wahr; der Blitz jedoch, der kurz darauf draußen über dem Campus zuckte und den Raum unvermittelt in gleißendes Licht tauchte, entlockte ihr einen leisen Schreckensschrei; für einen Augenblick konnte sie nichts mehr sehen.

Die Waffe in ihrer Hand begann sich nach unten zu neigen. Sie mußte die lange Klinge mit ihrer anderen Hand festhalten, sonst wäre sie auf der Kredenz aufgeschlagen. Einer der scharfen Zacken an der schartigen Klinge bohrte sich in ihren Finger, sie zuckte kurz zusammen, doch dieser kleine Schmerz war harmlos, verglichen mit dem beklemmenden Gefühl, das sie überkam, als ihr Herz plötzlich wie wild in ihrer Brust zu hämmern begann. Obwohl sie es kaum erkennen konnte, da ihre Augen noch immer geblendet waren, legte sie das Schwert zurück auf sein Samtbett und verfluchte gleichzeitig die Wetteransage im Radio, die für den heutigen und morgigen Tag einen wolkenlosen Himmel und Sonnenschein versprochen hatte. Sie empfand kein besonderes Vergnügen bei der Aussicht, die dreistündige Fahrt zu ihrer Freundin Gail im strömenden Regen zurückzulegen.

»Haben Sie das auch gehört, Frau Professor?« Mr. Forbes, der Nachtwächter, hatte seinen Kopf zur Tür hereingesteckt und sah Roseleen verwundert an. »Sehr merkwürdig, so etwas habe ich noch nie erlebt.«

»Warum, was ist denn an einem plötzlich aufkommenden Gewitter so merkwürdig?« gab sie zurück und klappte rasch den Deckel der Waffenkiste zu. Sie abzuschließen, dazu blieb ihr keine Zeit. Daß es Mr. Forbes war, der mit ihr sprach, erkannte sie nur an seiner Stimme – sehen konnte sie ihn nicht. Das einzige, was ihre geblendeten Augen registrierten, war der Lichtkegel auf ihrem Schreibtisch, der übrige Raum verschwand hinter großen schwarzen Flecken.

»Das ist ja gerade das Merkwürdige daran, Professor White. Der Himmel ist genauso klar wie schon den ganzen Abend über. Es ist nicht eine einzige Wolke zu sehen.«

Jetzt erinnerte sie sich wieder an das entfernte Donnergrollen, das sie vor dem Blitzschlag vernommen hatte, doch dann fiel ihr Blick, nachdem sich die Schwärze vor ihren Augen lichtete, auf den Stapel mit den unkorrigierten Semesterarbeiten, der noch unberührt vor ihr auf dem Schreibtisch lag. Sie hatte im Moment absolut keine Zeit, entschied sie, sich mit Mr. Forbes über die Kapriolen des englischen Wetters zu unterhalten, selbst wenn ihr an einer solchen Fachsimpelei gelegen gewesen wäre, was aber im Moment nicht der Fall war.

»Ich würde mir darüber nicht weiter den Kopf zerbrechen, Mr. Forbes«, sagte sie in dem Tonfall, den sie immer benutzte, wenn sie ein Gespräch als beendet betrachtete. »Wenn sich das Gewitter auflöst, noch ehe es uns erreicht, soll es mir nur recht sein.«

»Sehr wohl, Ma'am«, erwiderte er und zog die Tür ins Schloß.

Erleichtert, daß Mr. Forbes gegangen war, hielt Roseleen einen Augenblick inne und rieb sich unter dem dünnen Drahtgestell ihrer Brille die Augen. Als sie ihren Blick wieder auf den Schreibtisch konzentrierte, sah sie immer noch tanzende schwarze Flecken.

Und dann ließ sie eine andere männliche Stimme zusammenzucken, eine tiefe, unbekannte Stimme diesmal, in der ein – zorniger? – Unterton mitschwang. Oder nur Verärgerung? Was immer es war, es jagte ihr einen eiskalten Schauer über den Rücken.

»Ihr hättet mich nicht rufen sollen, Lady.«

2

Da Roseleen in diesen Worten weder einen Zusammenhang noch einen Sinn erkennen konnte, mußte sie sich wohl verhört haben. »Wie bitte?« fragte sie verwirrt und versuchte angestrengt, den schattenhaften Umriß deutlicher zu erkennen, der sich in der Nähe des Fensters zeigte.

Das Licht ihrer Schreibtischlampe reichte nicht so weit, und vor ihren Augen flimmerten immer noch diese schwarzen Punkte. Alles, was sie ausmachen konnte, war eine schemenhafte Gestalt, die sich vor dem Hintergrund des beleuchteten Campusgeländes allmählich immer genauer abzeichnete. Und während sie noch mit weitaufgerissenen Augen diesen Schatten fixierte, kam ihr auf einmal das Schweigen zu Bewußtsein, das auf dem Raum lastete. Die Gestalt hatte ihr nicht geantwortet, sie stand einfach nur da und sagte kein Wort. Wieder lief ihr ein kalter Schauer über den Rücken, und es wurde ihr immer unbehaglicher zumute.

Ärgerlich versuchte sie dieses beklemmende Gefühl abzuschütteln. Schließlich war sie die Dozentin hier, sagte sie sich, die Stimme der Autorität. Und er – war es ein Er? – konnte bloß ein Student sein. Außerdem war Mr. Forbes sicherlich noch in Rufweite. Beunruhigend war, daß sie den Mann nicht hatte hereinkommen hören.

Und dann fiel Roseleen plötzlich wieder ein, was sie gerade getan hatte, als Mr. Forbes die Tür geöffnet hatte. Mit einem Anflug von Argwohn in der Stimme rief sie: »Wie lange halten Sie sich hier schon im Schatten verborgen, Mr. …?«

Er nannte seinen Namen nicht, er schwieg noch immer. Jetzt richtete sich ihr Ärger ausschließlich auf diesen ungebetenen Besucher. Sie straffte ihren Rücken, ging entschlossenen Schritts zur Tür und schaltete die Deckenbeleuchtung ein, damit sie diesen Eindringling endlich richtig identifizieren könnte. Gleich darauf durchflutete helles Licht jeden Winkel des großen Raumes und fiel auch auf das nach oben gerichtete Gesicht des Mannes, der mit gerunzelter Stirn die Neonröhren an der Decke anstarrte – vielleicht, weil ihn das Licht blendete.

Sein Anblick war auf jeden Fall eine Überraschung.

Eine Sportskanone, sicherlich ein Footballspieler, oder zumindest ein zukünftiger. Westerleys Coach würde seine eigene Mutter verkaufen, um so einen athletischen Spieler für seine Mannschaft zu gewinnen, obwohl der Kerl eigentlich ein bißchen zu alt für diese Art Sport zu sein schien; er war ungefähr ihr Jahrgang oder ein wenig älter. Dreißig vielleicht. Aber ganz sicher ein aktiver Sportler, durchtrainiert vom Scheitel bis zur Sohle, ein Muskelpaket par excellence. Sie hatte ein paar von diesen Jungs in ihren Seminaren sitzen, die jedoch mehr Interesse an derben Witzen und dummen Bemerkungen zeigten als an dem Unterrichtsstoff, den sie ihnen zu vermitteln versuchte.

Eigentlich war es ungerecht von ihr, diesen Mann von vornherein als das abzustempeln, was ihre weiblichen Studenten als ›Muskelprotz‹ bezeichnen würden. Das Überraschende an seinem Anblick war seine ungewöhnliche Kleidung, die überdies noch recht unvollständig schien. Aber bald ging ihr ein Licht auf. Na klar, das ist nur ein Kostüm, dachte sie und lächelte dabei ein wenig.

Die Hose, die er trug, war aus derbem Rauhleder oder Velours gefertigt, das wohl ein schlecht gegerbtes Tierfell vortäuschen sollte. Mit den groben Lederriemen, die kreuzweise von den Knöcheln bis knapp über die Knie gewickelt waren, erinnerte dieses Beinkleid an eine mittelalterliche Tracht. Das obere Ende der Hosenbeine lief in einen breiteren Lappen aus, der seine Lenden und Hüften bedeckte, gegen Ende zu schmaler wurde, hinten um seinen Rücken herumführte und dann knapp unterhalb des Nabels mit einem anderen Lederstreifen verknotet war, um das ganze Gebilde in Höhe der Taille festzuhalten. Falls sich unter diesem Bekleidungsstück Knöpfe oder gar ein Reißverschluß verbargen, so waren diese jedenfalls vorzüglich kaschiert.

Roseleen mußte Mr. Hayleys neuer Kostümbildnerin demnächst einmal ein Kompliment für ihre Liebe zum Detail machen. Diese Hose hätte wirklich aus einem Museum stammen können. Selbstverständlich gab es auch keine

Gürtelschlaufen. Der Ledergurt, der den Beinkleidern zusätzlichen Halt gab, schmiegte sich eng um die schmale Taille des Mannes. Bis auf die große runde Schnalle, die goldfarben schimmerte, war der Gürtel schmucklos und natürlich nicht gelocht. Die Fellschuhe, an den äußeren Rändern der Sohle gesteppt wie Mokassins, hatte er knapp über den Knöcheln mit einem Lederband zusammengeschnürt.

Er trug kein Hemd – was ihre anfängliche Überraschung beim Anblick seiner entblößten Muskeln erklärte. Vielleicht war sein Kostüm ja noch nicht ganz fertig, oder Mr. Hayleys Vorlage verlangte einen freien Oberkörper. Zugegeben, dieser Oberkörper war schon recht eindrucksvoll; die Muskeln wölbten sich nicht so unnatürlich wie bei manchen Bodybuildern, waren jedoch kräftig und wohlproportioniert und mit einem hellbraunen Haarflaum bedeckt. Auch die Maskenbildnerin hatte hervorragende Arbeit geleistet bei den vereinzelten Narben auf Brust und Oberarmen, die tatsächlich so aussahen, als stammten sie aus vorangegangenen Schlachten.

Um den Hals trug er ein enganliegendes Band, das wie ein Kragen wirkte, eine doppelreihige, nach antiken Vorbildern gefertigte Kette in Form runder Filigranperlen, die ebenfalls glänzten wie pures Gold. Sein langes Haar fiel ihm in hellbraunen Locken über die Schultern, wahrscheinlich mit ein Grund, warum man ihn für diese Rolle ausgesucht hatte. Er war wirklich die perfekte Personifikation eines alten Kriegers, eines Angelsachsen oder – eines Wikingers …

Und wieder fuhr ihr ein eisiges Kribbeln über den Rücken. Welch merkwürdiger Zufall, daß sie noch vor wenigen Minuten ein echtes Wikingerschwert in Händen gehalten hatte – und jetzt stand ein Mitglied der Theatergruppe in einem Kostüm vor ihr, das ohne weiteres das eines Wikingers darstellen mochte.

Und dann senkte der Mann langsam den Kopf und sah

sie an, wahrscheinlich auch durch einen Schleier von schwarzen Punkten, nachdem er so lange ins Neonlicht gestarrt hatte. Was Roseleen jetzt beim Anblick dieses Mannes empfand, hatte mit Unbehagen nichts mehr zu tun. Sein kraftvoll geschnittenes Gesicht zeigte harte Züge, die ihn aber nicht unattraktiv machten und aus irgendeinem Grund eine beinahe hypnotisierende Wirkung auf Roseleen ausübten. Seine kaum gewölbten Brauen wurden nach außen hin buschiger, die tiefliegenden Augen darunter leuchteten in einem glasklaren Blau. Ausgeprägte Wangenknochen umrahmten eine gerade, wohlgeformte Nase. Seine Lippen waren auffallend schmal und betonten dadurch noch seinen vierkantigen Unterkiefer, den man ohne Übertreibung als männlich-aggressiv bezeichnen konnte.

Sicherlich besaß er die Anlagen zu Grübchen – falls er sich je ein Lächeln würde abringen können. Doch hatte es nicht den Anschein, als ob er damit seine eher furchteinflößende Ausstrahlung öfters ein wenig zu mildern bemüht wäre. Dies hier war kein fröhlicher Mann. Offensichtlich hatte sie sich doch nicht getäuscht, als sie in seiner Stimme Wut oder Mißfallen wahrzunehmen glaubte.

Das Schweigen wurde immer unangenehmer, je länger sie sich gegenseitig musterten. Roseleen wollte gerade dazu ansetzen, ihre Frage von vorhin zu wiederholen, als sein Blick langsam an ihrem Körper herunterwanderte, für ihr Empfinden einen Augenblick zu lange an ihren unbedeckten Waden verweilte und dann ebenso langsam wieder nach oben glitt.

Roseleens Wangen färbten sich augenblicklich purpurn. Solche Blicke war sie von Männern normalerweise nicht gewöhnt, da sie stets versuchte, so unscheinbar wie möglich zu wirken – eine Gewohnheit aus High-School-Zeiten, als die Jungs angefangen hatten, sich für sie und ihren Körper zu interessieren. Schon damals wollte sie nicht von diesen zweideutigen Blicken belästigt werden, und heutzutage erst recht nicht. Die Art, wie sie sich zurechtmachte, ließ daran auch keinen Zweifel aufkommen.

Die Gläser der Brille, die sie ständig trug, waren nicht geschliffen. Eigentlich brauchte sie gar keine Brille. Sie schminkte sich nur ganz selten, und auf dem Campus hatte man sie noch nie mit Make-up gesehen. Ihre Kleider und Röcke endeten exakt drei Fingerbreit unter dem Knie, außerdem bevorzugte sie locker fallende Hemdblusenkleider oder klassische Kostüme, und zwar nicht nur der Bequemlichkeit halber, sondern um ihre Figur vor neugierigen Blicken zu verbergen. Absätze von mehr als fünf Zentimetern erlaubte sie sich grundsätzlich nicht, und unter den stets einfarbigen, vorne an den Zehen sittsam abgerundeten Pumps wählte sie im Schuhgeschäft mit sicherem Blick stets die aus, die orthopädische Gesundheitstreter an Anmut nicht übertrafen.

Ihr kastanienbraunes Haar trug sie streng zurückgekämmt und im Nacken zu einem altjüngferlichen Knoten geschlungen. Nachdem Barry ihr früher einmal gesagt hatte, daß ihm der natürliche, dunkelrote Schimmer ihres Haares besonders gut gefiel, hatte sie nach der Trennung von ihm allen Ernstes erwogen, es schwarz zu färben.

Roseleens Wangen hatten gerade wieder einen normalen Ton angenommen, als ihr seltsamer Besucher zu sprechen begann: »Ihr hättet mich erst rufen sollen, Verehrteste, nachdem Ihr Euch angemessen gekleidet habt.«

Und schon war sie wieder da, die purpurne Röte, noch glühender diesmal, denn die Stimme des Mannes vor ihr klang wirklich so, als habe ihn ihr Anblick brüskiert. Unwillkürlich sah sie an sich herunter, ob vielleicht ein Knopf an ihrer Bluse offenstand, ob sich ihr Gürtel unbemerkt gelöst hatte oder einer ihrer Strümpfe heruntergerutscht war. Aber nein, sie sah so adrett und unauffällig aus wie immer in ihrem knitterfreien Kunstseidenkostüm.

Bei der eingehenden Musterung ihrer Kleidung war ihr die Brille nach vorne auf die Nase gerutscht. Mit einer resoluten Handbewegung schob sie sie wieder an die richtige Stelle und setzte ihren strengsten Lehrerinnenblick auf.

»Es fällt nicht in mein Ressort, mit Ihnen hier Ihre Rolle einzuüben. Die Theatergruppe findet sich vier Türen weiter zusammen, falls Sie sich verlaufen haben sollten.«

Damit stapfte sie sehr undamenhaft zu ihrem Schreibtisch zurück, nahm dahinter Platz, griff nach der obersten Semesterarbeit auf dem Stapel und gab vor, sich darin zu vertiefen. Doch sie las keine Zeile des Geschriebenen, sondern wartete nur darauf, daß der Mann endlich ihr Zimmer verließe. Als sie aber weder Schritte vernahm noch die Tür auf- oder zugehen hörte, kehrte das unbehagliche Gefühl von vorhin zurück.

Sie gab es auf, ihn weiterhin zu ignorieren, und drehte sich zu ihm um. Er hatte sich nicht von der Stelle bewegt, aber zumindest war sein unangenehm durchdringender Blick nicht mehr auf sie geheftet. Jetzt sah er sich ausgiebig in ihrem Zimmer um, und sein verwunderter und gleichsam faszinierter Gesichtsausdruck konnte einen glauben machen, er habe in seinem ganzen Leben noch nie einen Vorlesungssaal mit den dazugehörigen Tischen und Stühlen, dem Pult und der schwarzen Tafel gesehen, ganz zu schweigen von der Weltkarte an der Wand und den farbigen Abbildungen mittelalterlicher Ritter, die es ihm offenbar ganz besonders angetan hatten.

Sein Blick blieb an einem der Poster haften und schien sich ob eines plötzlichen Wiedererkennens zu erhellen. »Wer besitzt so viel Kunstfertigkeit, um diese Ähnlichkeit mit Lord Wilhelm zustande zu bringen?«

Neben der zweifelhaften Überraschung, mit der er diese Frage gestellt hatte, glaubte sie einen fremdländischen Akzent herausgehört zu haben, den sie nicht einordnen konnte. Sie folgte seinem Blick zu der Abbildung eines Mannes in dem für das zehnte Jahrhundert charakteristischen bodenlangen Gewand. »Lord wer?«

Die blauen Augen kehrten zu ihr zurück. »Wilhelm der

Bastard«, erwiderte er in einem Tonfall, als wunderte er sich, wie sie überhaupt eine so dumme Frage hatte stellen können.

Soweit ihr bekannt war, hatte es nur einen Wilhelm dieses Namens gegeben, jenen, der die Geschichte Englands nachhaltig verändert hatte. Wie konnte jemand eine Verbindung zwischen den wenigen erhalten gebliebenen Wandbehängen, die diesen Wilhelm zeigten, und diesem jungen Posterhelden herstellen, dessen Ähnlichkeit mit besagtem Lord höchstens in der Grobschlächtigkeit seines Körpers bestand?

Roseleen kniff die Augen zusammen und musterte ihn skeptisch. Er wollte sie anscheinend auf den Arm nehmen. Entweder das oder eine Zeile aus seinem Bühnendialog an ihr ausprobieren. Ihr gefiel weder das eine noch das andere.

»Hören Sie, Mr. ...?«

Diesmal ignorierte er das Fragezeichen am Ende ihres unvollständigen Satzes nicht. »Man nennt mich Thorn – Dorn in Eurer Sprache.«

Roseleen zuckte unmerklich zusammen. Wie oft hatte sie sich so gemeine Witzeleien anhören müssen wie ›Dein Busch könnte ein paar Dornen vertragen, Rosie‹, oder ›Ich möcht' so gern der Dorn in deinem Busch sein, Rose‹, diese anzüglichen und ordinären Sprüche, die den pubertierenden Jünglingen immer wieder zu ihrem Namen eingefallen waren.

Jetzt erst kam ihr der Gedanke, daß dieser Mann möglicherweise gar kein verirrtes Mitglied der Theatergruppe war, sondern daß ihn jemand hergeschickt hatte, um ihr einen Streich zu spielen. Und der einzige, den sie sich als Initiator eines solch kindischen Streichs vorstellen konnte, war Barry Horton, der ihr auf diese Weise vielleicht unter die Nase reiben wollte, daß ihm eine Anstellung auf Lebenszeit angeboten worden war. Ja, das war gut möglich. Der Akzent – nun, Barry pflegte in Westerley regen Umgang mit den wenigen ausländischen Dozenten und deren

Freunden. Das vermittelte ihm anscheinend den trügerischen Eindruck, ein Mann von Welt zu sein.

Die Wut auf Barry, die sie noch vor kurzem im Büro des Dekans unterdrückt hatte, kehrte mit unverminderter Intensität zurück. Dieser Dieb, dieser Lügner, dieses Stück …, ihr Vater würde sich im Grab umdrehen, könnte er den Ausdruck hören, der ihr auf der Zunge lag. Sie schluckte ihn in dem Bewußtsein hinunter, daß dieses Wort auszusprechen oder auch nur zu denken weit unter ihrer Würde lag. Den kalten Blick, mit dem sie Barrys Possendarsteller beinahe erdolchte, konnte sie sich allerdings nicht verkneifen.

»Mr. Thorn …«

»Mit Verlaub, Thorn ist mein Vorname. Thorn Blooddrinker. Nur ihr Engländer haltet es für nötig, ein Mister vor einen ehrbaren Namen zu stellen.«

O Gott, er hatte sie belauscht, als sie das Schwert in der Hand gehabt hatte, und benutzte ihre Worte nun, um weiterhin seine hinterhältigen Spielchen mit ihr zu treiben. Roseleen wurde immer verlegener, da sie allen Grund zu der Annahme hatte, daß dieser Kerl nichts Eiligeres zu tun haben würde, als ihrem Exverlobten Wort für Wort zu schildern, was sich hier abgespielt hatte.

»Uns *Amerikanern* genügt ein *einfaches* Mister, eine Ausdrucksweise, der auch ich mich befleißige. Sie können jetzt gehen, Mister, und diesem Mister Horton mitteilen, daß seine Scherze ebenso kindisch und lächerlich sind wie er selbst.«

»Verbindlichsten Dank, Mylady. Ihr handelt klug, wenn Ihr mich zurückschickt. Klüger wäre es jedoch, mich auch nicht wieder zu rufen.«

Roseleen ließ nur ein verächtliches »Pah!« hören und machte sich nicht die Mühe, seine rätselhaften Worte zu entschlüsseln. Das Gespräch war für sie hiermit beendet. Sie beschloß, ihm keine weitere Beachtung zu schenken und sich wieder auf die Semesterarbeit zu konzentrieren, die sie immer noch in der Hand hielt. Wenn er nicht binnen zwei Minuten verschwunden war, entschied sie, dann würde sie den Sicherheitsdienst rufen.

Sie las gerade die ersten Sätze, als es wieder donnerte. Diesmal schloß sie jedoch geistesgegenwärtig die Augen, was aber nur wenig nützte. Der knisternde Blitzschlag, der dem Donner folgte, tauchte ihr Zimmer wieder in gleißendes weißes Licht, das auch durch ihre festgeschlossenen Lider drang.

Immerhin tanzten jetzt nicht mehr ganz so viele schwarze Flecken vor ihren Augen, als sie diese wieder öffnete. Einigermaßen deutlich konnte sie das Campusgelände erkennen, das sich, von Wind und Regen unberührt, friedlich in der abendlichen Stille vor ihren Fenstern ausbreitete. Verwundert zog sie die Stirn kraus. Die Stille hatte nichts zu bedeuten, sagte sie sich. Innerhalb von Sekunden konnte der Himmel seine Schleusen öffnen und es in Strömen regnen lassen. Verdammter Wetterfrosch! War es denn zuviel verlangt, bei den heutigen Erkenntnissen der Wissenschaft eine einigermaßen exakte Wettervorhersage zu erwarten? Offenbar war die launische Mutter Natur nicht immer zu einer Zusammenarbeit mit ihrer Spezies Mensch bereit.

Nach einem kurzen Blick durch den Raum stellte sie erleichtert fest, daß ihr ungebetener Besucher sich inzwischen doch zu einem unauffälligen Abgang entschlossen hatte. Mit einem leisen Seufzer wandte sich Roseleen wieder ihrer Arbeit zu und gab sich dabei alle Mühe, das hämische Grinsen von Barry Horton aus ihrer Vorstellung zu verbannen, das sich unweigerlich auf seinem Gesicht breitmachen würde, wenn er erfuhr, wie gut sein Scherz angekommen war. Sie war anscheinend immer noch so naiv wie damals, als er sie kennengelernt und sie ihm all seine Lügen und Liebesbeteuerungen geglaubt hatte.

Das einzig Tröstliche an dem ganzen Debakel war, daß sie sich strikt an die moralischen Grundsätze gehalten hatte, die ihr von ihrem Vater eingetrichtert worden waren. Schön, Barry Horton mochte es zwar gelungen sein, ihr einen Ring an den Finger zu stecken und ihr die Ergebnisse ihrer zweijährigen Forschungsarbeit zu stehlen, aber es war ihm wenigstens nicht geglückt, sich in ihr Bett zu schwindeln. Möglich, daß sie irgendwo in ihrem Unterbewußtsein gespürt hatte, daß dieser Mensch es nicht wirklich ernst mit ihr meinte. Oder vielleicht war sie auch mit dem Herzen nicht so dabeigewesen, wie sie geglaubt hatte. Wie auch immer, die Tatsache, daß sie standhaft geblieben war, gab ihr eine gewisse Genugtuung. Ein schwacher Trost, zugegeben, wenn sie daran dachte, was sie verloren hatte, aber immerhin besser als nichts.

3

»Also, was ist? Zeigst du es mir jetzt oder nicht?«

Roseleen lächelte verschmitzt, als sie neben Gail trat, die am Fußende ihres Bettes stand und auf die Holzkiste deutete, die auf dem Bettkasten lag. Sie war am Abend zuvor so spät im Haus ihrer Freundin angekommen, daß sie noch keine Zeit gehabt hatten, sich ausführlich zu unterhalten. Erst jetzt, nach dem Frühstück, hatte sie Gail erzählt, daß das Paket mit der so sehnsüchtig erwarteten Antiquität endlich angekommen war und daß sie es sogar mitgebracht habe. Gail war genauestens über die Schwertgeschichte unterrichtet, sie wußte immer über alles Bescheid, was sich in Roseleens Leben ereignete.

In einer Kleinstadt in Maine waren sie zusammen aufgewachsen, hatten dieselbe Schule besucht und waren anschließend auf dasselbe College gegangen. Solange sich Roseleen erinnern konnte, war Gail ein Teil ihres Lebens und ihre beste Freundin gewesen. Niemand kannte sie besser als Gail, nicht einmal David, dem sie nicht alle ihre Geheimnisse anvertraute, wohingegen sie vor Gail nie etwas verborgen hatte.

Dabei waren die beiden Freundinnen so unterschiedlich wie Tag und Nacht. Roseleen mit ihrem kastanienfarbenen Haar und den dunkelbraunen Augen, und dagegen Gail, blond und blauäugig. Roseleen war überdurchschnittlich groß, eine Büchernärrin und ausgesprochen scheu, Gail dagegen klein und ein wenig pummelig und fürchtete sich vor nichts und niemandem. Sie ergänzten sich perfekt; was die eine nicht hatte, besaß die andere und umgekehrt.

Beide hatten sie in ihrer High-School-Zeit nicht viel Erfahrungen mit Männern gesammelt, obwohl Gail es an Versuchen nicht hatte mangeln lassen. Ihr Problem war allerdings, daß sie als Teenager beileibe keine Schönheit gewesen war und sich so oft eine Abfuhr eingehandelt hatte, daß ihre schroffe Art, die sie daraufhin im Umgang mit dem anderen Geschlecht an den Tag legte, auch noch die wenigen jungen Männer vergraulte, die Interesse an ihr gehabt hätten.

Roseleen andererseits hatte damals für Männerbekanntschaften schlicht und einfach keine Zeit. Sie wußte genau, welchen Beruf sie ergreifen wollte, und dazu waren ausgezeichnete Zensuren notwendig. Unglücklicherweise war es mit ihrer Intelligenz nicht so hervorragend bestellt, wie sie es sich gewünscht hätte, darum mußte sie sich mehr anstrengen als ihre Klassenkameraden, um halbwegs durchschnittliche Ergebnisse zu erzielen, und sehr viel mehr als alle anderen büffeln, um die Noten zu erreichen, die *sie* sich vorstellte. Die Position, in der sie sich heute befand, hatte sie ausschließlich dem Umstand zu verdanken, daß sie ihr ganzes Leben lang mit großem Fleiß darauf hingearbeitet hatte. Zeit für ein aktives Freizeitleben war ihr dabei freilich nicht geblieben.

Gail hatte sich allmählich zu einer kleinen Schönheit gemausert, immer noch etwas rundlich zwar, aber damit kam sie mittlerweile gut zurecht, was man ihr auch anmerkte.

Gegen Ende des zweiten Studienjahres hatte sie das College verlassen, um sich in den sicheren Hafen der Ehe zu begeben. Es war ihr dritter Heiratsantrag gewesen, und den hatte sie angenommen.

Zu heiraten, das wäre Roseleen nie in den Sinn gekommen, selbst wenn man ihr diesbezüglich Anträge gemacht hätte. Aber sie hatte ohnehin keinen einzigen erhalten. Nun, während der Schulzeit sprachen die jungen Männer sie schon an, aber hauptsächlich nur, um sich von ihr den Unterrichtsstoff erklären zu lassen. Die wenigen, mit denen sie ausgegangen war, hatten schnell herausgefunden, daß sie ein guter Kumpel war und daß man mit ihr sehr wohl Spaß haben konnte – solange dieser Fummeln auf dem Rücksitz des elterlichen Wagens ausschloß. Aber nachdem die Jungs in dem Alter eben gerne fummelten, war es meistens bei diesem einen Rendezvous mit Roseleen geblieben.

Der erste Mann, für den sie wirklich Interesse aufgebracht hatte, war Barry Horton gewesen. Gail hatte einen Ohnmachtsanfall markiert, als Roseleen ihr von Barry erzählte und dann ein erleichtertes »Endlich!« ausgestoßen, denn Roseleen war damals immerhin schon sechsundzwanzig gewesen. Er hatte ein Jahr nach ihr in Westerley als Dozent angefangen, und ihr gemeinsames Interesse für Geschichte war mit der Grund gewesen, daß Roseleen sich zu ihm hingezogen fühlte.

Westerley hatte sich in Roseleens letztem Collegejahr wie auch eine Reihe anderer angesehener Schulen um sie als Dozentin bemüht, und zwar aufgrund ihrer außergewöhnlichen Leistungen. Sie wiederum hatte sich für das Westerley-College entschieden, weil es in einer Kleinstadt lag, die nur drei Autostunden von dem Ort entfernt war, wo Gail wohnte, und weil man ihr nach einem Jahr eine feste Anstellung zugesichert hatte – falls sie den an sie gestellten Anforderungen entspräche, was natürlich der Fall gewesen war.

Als sie dann wenig später mit Barry auszugehen begann, stellte sie fest, daß nicht alle Männer in erster Linie an ihrem Körper und erst in zweiter an einem Gespräch mit ihr interessiert waren. Barry machte ihr auf intellektueller Ebene den Hof, was ihr besonders an ihm gefiel und weshalb sie ziemlich schnell annahm, in ihn verliebt zu sein.

Sein Heiratsantrag kam erst viel später, aber nicht lange nachdem sie ja gesagt hatte, stahl er ihr das gesamte Recherchenmaterial, das sie für das Buch über das Mittelalter, an dem sie schrieb, zusammengetragen hatte. Anfangs war ihr nicht einmal klargewesen, daß er der Dieb war; sie hatte sich mit Barrys Erklärung abgefunden, daß jemand die Früchte ihrer zweijährigen Arbeit versehentlich in den Papierkorb geworfen haben müsse. Dieses Ammenmärchen hatte sie so lange geglaubt, bis die Früchte ihrer Arbeit ein Jahr später in Buchform veröffentlicht wurden – unter Barrys Namen.

Er hatte nichts unversucht gelassen, um sie dazu zu bringen, ihn noch vor Erscheinen des Buches zu heiraten. Doch aus dem einen oder anderen Grund hatte sie den Hochzeitstermin immer wieder hinausgeschoben – und wenn sie nicht so realistisch veranlagt gewesen wäre, hätte sie im nachhinein wirklich sagen können, daß eine gute Fee sie in jenen verhängnisvollen Tagen geleitet hatte, damit sie nicht einen noch viel größeren Fehler beging.

Roseleen hatte umgehend gerichtliche Schritte gegen Barry eingeleitet und dadurch um ein Haar ihre Anstellung verloren, weil sie die Aufforderung des Dekans, die Anklage fallenzulassen, empört von sich gewiesen hatte. Am Ende verlor sie den Prozeß auch noch, aber nur deshalb, weil Barrys Anwalt auf die hinterhältige Taktik verfallen war, sie als verbitterte, sitzengelassene Geliebte hinzustellen, die sich mit dieser Diebstahlsgeschichte nur an dem Mann ihrer Träume rächen wollte. Nichts als Lügen waren das gewesen, abgesehen von der Verbitterung vielleicht, die sie tatsächlich empfand, aber sie hatte dem Gericht nicht das Gegenteil beweisen können. Barry erntete zwar die Früchte ihrer Arbeit, doch sie hatte durch ihn eine für sie sehr wichtige Lektion gelernt: Vertraue nie wieder einem Mann.

Das alles lag jetzt gut ein halbes Jahr zurück. Seither spielte sie ernsthaft mit dem Gedanken, ihre Dozentenstelle am Westerley-College aufzukündigen und sich irgendwo weit weg um eine andere Anstellung zu bemühen. Sie wollte nicht einmal mehr in ein und demselben Bundesstaat mit Barry arbeiten, geschweige denn auf demselben Campus, wo es unvermeidlich war, daß sie sich täglich über den Weg liefen – und er sich weiterhin so geschmacklose Scherze wie den gestrigen erlauben könnte.

In den Sommerferien wollte sie ihre endgültige Entscheidung treffen, während ihres Aufenthaltes in England, wo ihr ihre Urgroßmutter ein kleines Landhaus hinterlassen hatte, das Cavenaugh Cottage. Das war vor fünf Jahren gewesen. Seither verbrachte Roseleen jeden Sommer etliche Wochen in diesem gemütlichen alten Haus. Dort hatte sie auch den größten Teil der Recherchen für ihr Buch angestellt, und dort hatte sie zum ersten Mal von *Blooddrinkers Fluch* gehört.

Als sie sich jetzt daranmachte, die Holzkiste zu öffnen, empfand sie dasselbe Gefühl von gespannter Erwartung und Aufregung wie am Abend zuvor. Doch diesmal kam noch ein anderes Gefühl dazu, das sie zu ihrer Freundin sagen ließ: »Anschauen darfst du es, aber nicht anfassen.«

Gail lachte. »Das hört sich ja beinahe so an, als würdest du von einem Mann reden.«

»In der Beziehung solltest du mich besser kennen«, gab Roseleen leicht verschnupft zurück.

Weshalb sie das gesagt hatte, konnte sie sich allerdings nicht erklären. Die Worte waren ihr ganz automatisch über die Lippen gekommen – und sie hatten einen Beigeschmack von Besitzgier, eine Untugend, die sie an sich so gar nicht kannte. Sicherlich, sie war stolz auf ihre Sammlung, aber sie wachte nicht mit Argusaugen darüber.

Doch anstatt ihre merkwürdige Bemerkung zu revidieren,

setzte sie hinzu: »Dieses Schwert ist so alt – ich möchte es eigentlich nicht der Luft aussetzen, geschweige denn den Schweißpartikeln an unseren Händen. Etwas übertrieben vielleicht, ich weiß, schließlich hat es Jahrhunderte bis heute schadlos überstanden. Aber ich kann mir nicht helfen, ich werde wahrscheinlich erst dann ganz beruhigt sein, wenn ich es sicher hinter Glas weiß.«

»Ich nehme dir deine Vorsicht nicht übel. Eine so tödliche Waffe wie diese bedarf mit Sicherheit deiner schützenden Hand«, erwiderte Gail mit ernster Miene, doch einen Augenblick später brachen beide in schallendes Gelächter aus. »Aber es ist wunderschön, findest du nicht auch? Es zwingt einen ja förmlich dazu, es zu berühren – schnell, mach den Deckel zu, bevor ich nicht mehr an mich halten kann.«

Gail machte nur Spaß, aber Roseleen klappte tatsächlich den Deckel zu und schloß die Holzkiste sorgfältig ab. Wenn hier jemand unter irgendeinem Zwang stand, dann mit Sicherheit sie ... Der Drang, das Schwert in die Hand zu nehmen, war wieder da – und er war genauso stark und genauso unwiderstehlich wie am Abend zuvor. Alles Hirngespinste, entschied sie. Die Fantasie ging nur wieder mit ihr durch. Eine vernünftigere Erklärung fiel ihr dazu nicht ein.

4

»Nicht zu glauben, daß du es mitgenommen hast«, sagte David, der an der kleinen Bar stand, die in einer Ecke des geräumigen Salons untergebracht war, und sich ein Glas Scotch einschenkte. »Wenn ich das geahnt hätte, dann wäre es doch viel einfacher gewesen, das Paket gleich nach Cavenaugh zu schicken.«

Roseleen wich dem Blick ihres Bruders aus und spielte statt dessen mit dem Eis in ihrem Glas. Sie wollte ihm nichts von der Macht erzählen, die dieses Schwert allem

Anschein nach über sie hatte. Erstens hätte er ihr das nicht abgenommen, und zweitens konnte sie dieses seltsame Gefühl ohnehin nicht in Worte fassen. Tatsache war, daß sie es nicht übers Herz gebracht hatte, *Blooddrinkers Fluch* in den Staaten zurückzulassen.

Roseleen war mit einem Tag Verspätung in London eingetroffen. Ihren ursprünglichen Flug hatte sie verpaßt, weil sie auf dem Weg zum Flughafen, einer plötzlichen Eingebung folgend, kehrtgemacht hatte und nochmals nach Hause zurückgefahren war, um das Schwert zu holen. Aus irgendeinem unerfindlichen Grund mußte sie es in ihrer Nähe wissen, zumindest in dem gleichen Land, in dem sie sich gerade aufhielt.

Aber David hatte ein Recht auf eine Erklärung. »Ich war so verrückt nach dem Schwert«, sagte sie deshalb. »Ich hätte es gar nicht ausgehalten, noch einen Monat länger bis zu den Sommerferien zu warten. Und so ungewöhnlich ist es nun auch wieder nicht, daß ich es mitgenommen habe. Wenn man bedenkt, welch unschätzbaren Wert dieses Schwert besitzt und daß auch Alarmsysteme versagen können, besonders meine veraltete Anlage ... Nein, ich hätte die ganzen Ferien über keine ruhige Minute erlebt. Außerdem sind im Nachbarhaus neue Mieter eingezogen, die ich bis jetzt noch nicht kennengelernt habe. Ihr Umzugswagen ist erst vor ein paar Tagen eingetroffen. Und du weißt ja, wie skeptisch ich neuen Nachbarn gegenüber bin. Man weiß nie, ob man mit einem Massenmörder oder mit seinen zukünftigen besten Freunden Tür an Tür wohnt.«

Mit einem nachsichtigen Lächeln erhob David sein Glas und prostete seiner Schwester zu. »Ich hab' doch nur Spaß gemacht, Rosie. Ich weiß doch, wie sehnsüchtig du auf das Schwert gewartet hast. Es würde mich nicht wundern, wenn du mir jetzt auch noch erzählst, daß du es jede Nacht mit ins Bett nimmst.«

Er hatte das zwar nur im Scherz gesagt, aber sie spürte, wie sie errötete, denn sie war in den letzten vier Wochen tatsächlich einige Male nahe daran gewesen, genau das zu tun. Es war absurd, ja geradezu krankhaft, wie sehr sie sich von dieser Antiquität angezogen fühlte.

Sie besaß noch andere sehr alte Waffen, das frühere Glanzstück ihrer Sammlung stammte aus dem fünfzehnten Jahrhundert, ein dreißig Zentimeter langer Dolch, in dessen Scheide zwei zusätzliche Taschen eingearbeitet waren, in denen ein kleines juwelenbesetztes Eßbesteck Platz fand. Sie liebte diesen Dolch, aber ihre Gefühle waren angesichts dieses Stücks niemals so in Wallungen geraten, wie es ihr mit *Blooddrinkers Fluch* erging. Sie behandelte dieses Schwert wie ihr eigenes Kind, konnte es nicht ertragen, es außer Sichtweite zu wissen, und achtete darauf, daß es niemand berührte, aus Angst, es könnte beschädigt werden oder verlorengehen.

Den Flug über den Atlantik hatte sie in einem Zustand höchster Anspannung verbracht. Unfähig, das Bild aus ihrer Vorstellung zu verbannen, wie achtlos das Beladepersonal mit der Kiste umgegangen war, hatte sie die ganze Zeit über um deren kostbaren Inhalt gebangt, obwohl sie das Schwert verpackt hatte wie ein rohes Ei. Und erst der Gang durch die Zollkontrolle! Jeden Augenblick hatte sie damit gerechnet, daß einer der Beamten darauf bestand, die Kiste zu inspizieren – aber das Glück war ihr hold gewesen. Das Schwert konnte ungestört passieren; die Zollbeamten hatten sich nur für einen ihrer drei Koffer interessiert, den sie öffnen mußte. Eines wußte sie daher bestimmt: Sie würde David um den Gefallen bitten, das Schwert in dem Privatflugzeug seiner Frau in die Staaten zurückzuschicken, denn diesen nervenaufreibenden Spießrutenlauf wollte sie sich nicht noch einmal zumuten, wenn es sich irgendwie vermeiden ließ.

David würde wahrscheinlich sagen, daß ihre Besorgnis vollkommen normal und verständlich sei, nachdem sie Jahre auf diese wertvolle Waffe gewartet hatte. Er würde sie bestimmt auch dahingehend beruhigen, daß ihre Aufregung nur eine vorübergehende Erscheinung wäre, die mit der Zeit ganz von selbst verschwinden würde. Aber er sollte gar nicht erst in die Verlegenheit kommen, ihr das zu sagen. Nein, sie konnte einfach nicht zugeben, daß ihre übertriebene Besorgnis alle Anzeichen einer Besessenheit trug, selbst ihrem Lieblingsbruder gegenüber nicht. Da sie selbst nicht einmal begriff, was mit ihr vorging, wie konnte sie da erwarten, daß ein anderer ihre Gefühle verstand?

So quittierte sie seine scherzhafte Bemerkung mit einem dünnen Lächeln und wartete darauf, daß er sich zu ihr aufs Sofa setzte. David hatte sie am Morgen vom Flughafen abgeholt und auf direktem Weg nach Cavenaugh Cottage gebracht. Seine Frau Lydia befand sich im Augenblick in Frankreich, wo sie sich mit einem bekannten Innenarchitekten besprach, der ihre jüngste Immobilie stilgerecht einrichten sollte, ein Schloß in der Nähe von Troyes. Vor Ende der Woche erwartete David sie nicht zurück und hatte sich darum entschlossen, einige Tage mit seiner Schwester in dem Cottage zu verbringen.

Obwohl zwischen ihnen eigentlich keine Ähnlichkeit bestehen konnte – er war ja nur ihr Adoptivbruder und hatte nicht von Anfang an in ihrer Familie gelebt –, glichen sie sich seltsamerweise doch sehr. Jeder, der sie zusammen sah, hätte geschworen, daß sie Blutsverwandte waren, und sie machten sich auch nur selten die Mühe, diesen Trugschluß zu korrigieren.

Daß ihr Bruder seinen Geburtsnamen beibehalten hatte, David Mullen, veranlaßte die Leute nur zu der Vermutung, daß Roseleen wohl irgendwann einmal verheiratet gewesen war. Und genau dieser Umstand, daß sie unterschiedliche Familiennamen besaßen, hatte es möglich gemacht, daß David mit dem ehemaligen Besitzer des Schwertes in Verkaufsverhandlungen treten konnte, nachdem Roseleen aufgrund der Tatsache, daß sie eine Frau war, kläglich Schiffbruch erlitten hatte.

David und Roseleen hatten dieselben klaren, schokoladenbraunen Augen, ohne die goldenen Sprenkel, die sich oft bei dieser Augenfarbe zeigten. Und obwohl Davids dunkelbraunes Haar nicht so kastanienrot schimmerte wie das ihre, besaßen sie beide hohe Wangenknochen, die die ovale Form ihrer Augen betonten, Brauen, die sich an genau der gleichen Stelle krümmten, und waren beide schlank und relativ groß.

Sie war fünf Jahre alt gewesen, als David seine Eltern verloren hatte und von ihrer Familie aufgenommen wurde. Er war damals gerade sieben. Was Roseleen anbelangte, so war David ihr Bruder, und er fühlte genauso. Trotzdem gab es im Leben gewisse Dinge, die man selbst mit seinen Geschwistern oder, wie in diesem Fall, mit seinen besten Freunden nicht gerne besprach. Daß man kurz davor war, die Nerven, wenn nicht gar den Verstand zu verlieren, war eines dieser Dinge.

Nicht um das Thema zu wechseln, sondern um es in eine andere Richtung zu lenken, sagte Roseleen: »Weißt du, eigentlich habe ich ein schlechtes Gewissen, daß sich *Blooddrinkers Fluch* jetzt in meinem alleinigen Besitz befindet. Des historischen und handwerklichen Wertes wegen gehört das Schwert genaugenommen in ein Museum, wo sich jedermann an seinem Anblick erfreuen kann.«

Davids Brauen erhoben sich fragend, und ein amüsiertes Grinsen spielte um seine Lippen. »Spielst du etwa mit dem Gedanken, es einem Museum zu vermachen?«

»Niemals!« entgegnete Roseleen lachend. »Mit dieser Schuld kann ich leben, glaub mir.«

»Wie es der Teufel will, habe ich tatsächlich Sir Isaac gegenüber eine derartige Andeutung verlauten lassen – aber selbstverständlich erst, nachdem der Kaufvertrag perfekt war. Der alte Knacker ist wirklich äußerst exzentrisch, meinte er doch tatsächlich, er würde es niemals einem Museum anvertrauen, weil es dort unter Umständen einer Frau in die Hände fallen könnte.«

»Hat er dir jemals erklärt, warum er das Schwert nicht

an eine Frau verkaufen wollte?« fragte Roseleen voller Interesse.

»Er sagte, er wüßte es nicht.«

»*Was?*«

David kicherte. »Genau das war auch meine Reaktion auf seine Antwort. Sir Isaac hat behauptet, sein Vater habe ihm dieses Schwert mit der Warnung hinterlassen, wenn er nicht bis in alle Ewigkeiten die Höllenqualen der Verdammten erleiden wolle, dann müsse er dafür Sorge tragen, daß niemals eine Frau Hand an diese Waffe legen könne. Offenbar hatte Dearborns Vater auch so eine Erklärung unterschreiben müssen wie ich, als er das Schwert seinerzeit erwarb. Und der Besitzer vor ihm ebenfalls. Informationen aus früherer Zeit besaß Dearborn nicht – zumindest nicht, was andere ehemalige Vorbesitzer anbelangte. Aber ich sag' dir was, Rosie – Sir Isaac hat es zwar nicht direkt zugegeben, doch seinem Verhalten und seinen Worten nach zu urteilen könnte ich schwören, daß er wirklich daran glaubt, daß auf diesem Schwert ein Fluch liegt.«

»Nur wegen des seltsamen Namens?«

David hob die Schultern. »In einem mußt du mir beipflichten, Rosie. Merkwürdig ist es schon, daß alle diese Besitzer *Blooddrinkers Fluch* wie ihren Augapfel gehütet haben, findest du nicht auch? Dieser ängstlichen Sorge muß doch etwas Besonderes zugrunde liegen.«

»Ja, mit Sicherheit haben all die Legenden und Schauermärchen damit zu tun, die sich um dieses Schwert ranken. Aber die sind so uralt und teilweise so obskur, daß sie die letzten Jahrhunderte gar nicht mehr überlebten. Du weißt doch, wie abergläubisch die Leute im Mittelalter waren. Heidnische Götter, Zauberer, Hexen, Dämonen und Teufel, nicht zu vergessen die Elfen und Feen, all diese geheimnisvollen Gestalten und Mächte beeinflußten damals das tägliche Leben der Menschen, denn sie glaubten wirklich an deren Existenz. Und dieses Schwert hatte tausend Jahre Zeit, um seine traurige Berühmtheit zu erlangen. Zu schade, daß der Fluch – oder was für ein Aberglaube auch immer mit ihm verbunden sein mag – nicht mitüberliefert ist. Ich würde alles dafür geben, zu wissen, was es damit auf sich hat.«

»Nun, daß eine Frau oder auch mehrere irgendwie mit dem Fluch in Verbindung stehen, ist gar keine so abwegige Vermutung«, sinnierte David.

Roseleen nickte zustimmend. »Was an sich sehr merkwürdig ist, wenn man genauer darüber nachdenkt. In früheren Zeiten war nämlich die Verbindung Frau und Waffen, von wenigen Ausnahmen abgesehen, ganz und gar ungewöhnlich. Gut, es mag Königinnen gegeben haben, die ihre eigenen Heere befehligten, aber Waffen haben sie selbst kaum getragen.« Unwillkürlich mußte Roseleen grinsen. »Abgesehen von einigen bekannten Ausnahmen wiederum«, fügte sie hinzu.

»Ah, jetzt hab' ich's. Verspürst du vielleicht den Drang, in den Krieg zu ziehen, wenn du das Schwert berührst?«

Sie lachte über seine Bemerkung und erwiderte dann mit einem verschmitzten Lächeln: »In den Krieg ziehen nicht gerade, aber ich hatte tatsächlich das beinahe unwiderstehliche Bedürfnis, meinem alten Erzfeind Barry mit dem Schwert eins überzubraten, als er mir diesen blödsinnigen Streich spielte, um seine Dozentenstelle zu feiern.«

David sah sie unter hochgezogenen Brauen verwundert an, weil er nicht wußte, wovon sie sprach. Roseleen hatte die Geschichte schon fast vergessen, aber es war ihr jetzt nicht mehr peinlich, ihm davon zu erzählen.

»Was hat dieser Bastard denn diesmal getan?« wollte David wissen.

»Irgendwie muß er herausgefunden haben, daß es mir gelungen ist, das Schwert schließlich doch noch zu bekommen, beziehungsweise daß es bald ankommen würde, denn er hat mir einen jungen Mann vorbeigeschickt, in einem Wikingerkostüm, der seine Rolle wirklich nicht schlecht spielte. Thorn Blooddrinker nannte er sich.«

»*Thorn* Blooddrinker?«

Ihr Gesichtsausdruck spiegelte plötzlich Davids Empörung wider, als sie sich an *diesen* Teil der Vorstellung erinnerte. David kannte all diese gräßlichen Rosenbuschsprüche, zu denen die Kurzform ihres Namens, Rosie oder Rose, so manchen Burschen inspiriert und worunter sie jahrelang gelitten hatte. Aber keiner hatte bisher behauptet, daß er Thorn heiße. Welche Eltern würden ihrem Sohn auch einen derart zweideutigen Namen geben?

»Ganz richtig«, sagte sie. »Ich vermute, daß Barry diesen miesen kleinen Scherz schon lange geplant und dann zufällig beobachtet hat, wie ich die Kiste mit dem Schwert an dem Tag, als sie ankam, in mein Klassenzimmer geschleppt habe. Ich war schon spät dran und konnte das Paket nicht mehr nach Hause bringen, nachdem ich es vom Postamt geholt hatte. Wenn er mich mit der Kiste gesehen hat, dann fiel es ihm sicherlich nicht schwer zu erraten, was sich darin befand, und diesen üblen Scherz vorzubereiten. Zeit genug hatte er ja dazu.«

»Was sollte man auch anderes von einem Mann erwarten, der sich an keine Prinzipien und ...«

»Ruhig Blut«, unterbrach sie ihn, nachdem sie beobachtet hatte, wie ihm langsam die Zornesröte in die Wangen stieg. David konnte Barry ebensowenig leiden wie sie. »Der kriegt eines Tages auch noch sein Fett ab, warte nur. Ich glaube fest daran, daß die göttliche Gerechtigkeit auch jene noch einholt, die ihr beim ersten Mal entwischt sind.«

Roseleen wechselte das Thema, bis David seine Wut verdaut hatte und ihm dieser Barry Horton nicht mehr im Kopf herumspukte. Als es ihr dann endlich gelungen war, ihn wieder zum Lachen zu bringen, was ihr nicht sonderlich schwerfiel – sie verfügte über eine recht drollige Art von Humor, die nur ihre engsten Freunde verstanden –, brachte sie das Gespräch wieder auf das Thema zurück, das ihr momentan am meisten am Herzen lag.

»So, jetzt verrate mir mal, warum Sir Isaac das Schwert

überhaupt verkauft hat, wenn er wegen dieses lächerlichen Fluchs so besorgt war?«

»Eben *weil* er vor dem Fluch so panische Angst hatte. Er glaubte, daß ihm nicht mehr allzu viele Lebensjahre blieben, und er hat nur Töchter, die später sein Vermögen und seinen Besitz erben werden. Er wollte es noch vor seinem Tod verkaufen und außer Reichweite seiner Töchter wissen.«

Roseleen schüttelte verwundert den Kopf. »Es ist doch wirklich erstaunlich, daß in unserem aufgeklärten Zeitalter noch jemand an die Kraft eines Fluchs glaubt!«

»Erstaunlich ist es schon, aber fraglos zu deinem Vorteil«, feixte David. »Wenn Sir Isaac nicht so abergläubisch gewesen wäre, dann hätte er das Schwert sicher nie verkauft. Und doch sitzen wir beide jetzt hier, quasi als lebender Beweis dafür, daß es nichts gibt, wovor man sich fürchten müßte. Der Fluch, oder was immer sonst auf diesem Schwert liegen mag, hat seine kalten Finger jedenfalls noch nicht nach mir ausgestreckt, weil ich es einer Frau geschenkt habe. Und es sieht auch nicht so aus, als hättest du dich inzwischen in Stein verwandelt, obwohl ich einen leicht grauen Schimmer auf deinem ...«

Der Rest ging in Lachen unter, als Roseleen begann, mit Sofakissen nach ihm zu werfen.

5

Als Roseleen von ihrem Erbe erfahren hatte, glaubte sie zunächst, mit Cavenaugh Cottage die stolze Besitzerin eines kleinen, efeubewachsenen Häuschens mit höchstens zwei oder drei behaglichen Zimmern geworden zu sein. Um so erstaunter war sie, als sie statt dessen eine imposante Villa vorfand, mit nicht weniger als vierzehn Zimmern, zu der außer einer ehemaligen Remise, die inzwischen zu einer Garage mit vier Stellplätzen umgebaut worden war, ein separates Gesindehaus von der Größe gehörten, wie sie sich das ganze Cottage vorgestellt hatte, und dazu noch einhundertsechzig Ar Land.

Daß sie John Humes und seine Frau Elizabeth mehr oder weniger mit dem Haus hatte übernehmen können, kam ihr außerordentlich gelegen. Das Ehepaar hatte über zwanzig Jahre lang für ihre Urgroßmutter gearbeitet. Die beiden waren nicht mehr die Jüngsten, aber immer noch recht rüstig und hielten Haus und Garten exzellent in Schuß.

Das Cottage war schon über zweihundert Jahre alt. Roseleen konnte sich glücklich schätzen, daß ihre Urgroßmutter das Haus in den vergangenen zehn Jahren von Grund auf hatte renovieren lassen, sah sie sich dadurch doch bis jetzt noch nicht gezwungen, das Anwesen zu verkaufen. Die beträchtlichen Kosten für die notwendigen Instandhaltungsarbeiten, die bei einem Haus dieses Alters und dieser Größe zwangsläufig in regelmäßigen Abständen anfielen, würde sie sich nämlich nicht leisten können, und das Haus aus falsch verstandenem Besitzerstolz verfallen zu lassen, das käme für sie nie in Frage. Doch bis jetzt waren noch keine weiteren Investitionen nötig gewesen, und so erfreute sie sich einstweilen an der malerischen Schönheit dieser alten Villa, wenn auch nicht unbedingt an deren riesigen Ausmaßen.

Ihre Urgroßmutter Maureen hatte Roseleen kaum gekannt. Zwar hatte die alte Dame die Familie des Sohnes ihres Enkels zweimal in den Staaten besucht, aber damals war Roseleen noch ein kleines Mädchen gewesen. Ihre eigene Familie hatte sich den Luxus einer Englandreise leider nie erlauben können. Doch mit dem Haus hatte Roseleen auch Maureens ganze persönliche Hinterlassenschaft geerbt, unter anderem die Tagebücher, die diese in jungen Jahren geschrieben hatte, einen ganzen Speicher voller antiker, ausrangierter Möbel und Truhen, in denen sie abgelegte Kleider und Schmuckstücke aus der Zeit der Jahrhundertwende fand. Für jemanden wie Roseleen, die alte Dinge über alles liebte, war Cavenaugh Cottage eine wahrhaft unerschöpfliche Fundgrube.

Sie hatte sich Maureens ehemaliges Schlafzimmer, das um etliches größer war als ihr kombiniertes Wohn-/Eßzimmer zu Hause, für sich hergerichtet. Das Himmelbett mit den geschnitzten Holzpfosten war fraglos eine Antiquität von hohem Wert, und die handgearbeitete Steppdecke war bestimmt schon über fünfzig Jahre alt. Mit Ausnahme ihrer persönlichen Dinge, die sie mit sich führte, und der Schreibmaschine, die sie sich bei ihrem ersten Aufenthalt hier gekauft hatte, um an ihrem Manuskript weiterarbeiten zu können, war alles, was sich in diesem Raum befand, um einiges älter als sie selbst – insbesondere *Blooddrinkers Fluch*.

Auf dem Weg ins Bad, das vom Schlafzimmer abging, warf sie einen Blick auf die Mahagonikiste. Der Zwang, alles stehen- und liegenzulassen und sie sofort zu öffnen, war hier komischerweise nicht so stark. Zu Hause hatte sie sich einen ganzen Monat lang gegen diesen Zwang zur Wehr setzen müssen, fest entschlossen, sich nicht davon beherrschen zu lassen. Nur wenn ihr Verlangen nicht mehr so stark war, würde sie sich erlauben, wieder einen Blick auf das Schwert zu werfen.

Heute hatte sie allerdings eine Ausnahme gemacht. Als sie es am Morgen auspackte, wollte sie sich nur vergewissern, daß es den Flug ohne Schaden überstanden hatte. Aber angefaßt hatte sie es bislang nicht wieder. Und genau das zu tun, es zu berühren, dazu drängte es sie am meisten, und dagegen kämpfte sie mit allen Mitteln an.

Ihr verzweifelter Kampf gegen diese Art von Besessenheit war inzwischen selbst zu einer Obsession geworden. Sie hatte sogar davon Abstand genommen, das Schwert in den sündteuren Glasschaukasten zu legen, den sie extra zu diesem Zweck hatte anfertigen lassen und der immer noch leer auf dem Ehrenplatz in der Mitte ihrer anderen Exponate hing und darauf wartete, ihre jüngste Errungenschaft zu beherbergen. Blooddrinkers Schwert würde erst dann an dem Platz hängen, wo sie es jederzeit betrachten konnte – wenn sie nicht mehr den Drang verspürte, es immerzu ansehen zu müssen.

Die Badezimmer des Cottage waren alle in diesem Jahrhundert modernisiert worden, und das Bad neben dem Schlafzimmer verfügte sogar über eine Dusche und eine Badewanne. Sosehr Roseleen sonst ein ausgiebiges Schaumbad schätzte, an diesem Abend war sie selbst dazu zu müde. Der lange Flug und die Zeitverschiebung forderten ihren Tribut. Sie wunderte sich ohnehin, daß sie immer noch auf den Beinen war. Selbst David hatte sich schon ins Bett gelegt.

Nach einer schnellen Dusche stand Roseleen keine zehn Minuten später, in ein flauschiges Badehandtuch gewickelt, vor dem wuchtigen Kleiderschrank, um sich eines der Nachthemden herauszunehmen, die sie schon früher am Abend ausgepackt und ordentlich gestapelt in ein Fach gelegt hatte. Sie entschied sich für ein hellblaues Hemd aus reiner Seide und warf es aufs Bett, wo es neben der Kiste mit dem Schwert zu liegen kam. Das Seidennachthemd wollte sie noch nicht anziehen, weil ihre Haut noch zu feucht vom Duschen war, und so setzte sich Roseleen erst einmal an die Frisierkommode, um sich die Haare zu bürsten.

Im Spiegel konnte sie sowohl das Himmelbett als auch die Holzkiste sehen, und ganz plötzlich wurde ihr bewußt, daß sie gar nicht das Bedürfnis verspürte, diese sofort zu öffnen. Wahrscheinlich lag es an ihrer bleiernen Müdigkeit. Oder vielleicht fühlte sich das Schwert in England wohler, in seiner ehemaligen Heimat, und besaß hier weniger Macht über sie …? Ach, du liebe Güte! Jetzt fantasierte sie schon wieder, dichtete diesem Schwert sogar Gefühle und Motive an. Genau das war ihr Problem – daß sich das alles nur in ihrem Kopf abspielte; aber sie würde das schon in den Griff bekommen, sagte sie sich.

Andererseits hatte sie sich ja erlaubt, das Schwert wieder in die Hand zu nehmen, sobald das Verlangen danach schwächer geworden war. Mit einem Lächeln wandte sie sich ihrem Spiegelbild zu. Sie hatte es nicht eilig, ihr Versprechen einzulösen, und war darüber sehr erleichtert. Andererseits, ein Versprechen war nun einmal ein Versprechen, und wenn sie auch aufgrund ihrer Erschöpfung im Moment nicht gerade darauf brannte, es einzulösen, so mußte es doch eingehalten werden. Als sie ihr Haar gebürstet hatte, das sie nachts immer offen trug und das ihr jetzt in üppigen Wellen über die Schultern fiel, holte sie also den kleinen Messingschlüssel aus ihrer Handtasche und trat an das Bett.

Keine Minute später hielt sie das Schwert in der Hand, und der Griff fühlte sich genauso angenehm warm an wie beim letzten Mal. Und dann, welch seltsamer Zufall, hörte sie ein Geräusch, das ihr ebenfalls noch gut in Erinnerung war – dieses Donnergrollen in der Ferne. Obwohl das Schlafzimmer hell erleuchtet war, sah sie selbst durch die dicken, zugezogenen Samtvorhänge den zuckenden Lichtschein eines Blitzes.

Die Stirn in nachdenkliche Falten gelegt, blickte sie zu den beiden Fenstern hinüber, die auf den Garten hinausgingen, und überlegte, daß sie diese schließen mußte, wenn ein Sturm aufkam. Die Fensterfront war dem Regen ungeschützt ausgesetzt, denn das ausladende Dach über dem Speicher, der so hoch war, daß Roseleen ihn ohne weiteres zu einer dritten Wohnetage hätte ausbauen können, hielt den Regen nicht ab.

Ihr Blick verweilte jedoch nicht lange bei den Fenstern, sondern blieb, begleitet von einem spitzen Aufschrei, an der Gestalt des Mannes haften, der wie aus dem Nichts aufgetaucht war und plötzlich in der Ecke neben den Vorhängen stand. Aber es war nicht irgendein Mann. Es war *der* Mann, der sich ihr als Thorn Blooddrinker vorgestellt hatte – Barry Hortons skurrile Vorstellung von einem gelungenen Scherz. Unmöglich! Sie blinzelte energisch, aber als sie wieder hinsah, stand er immer noch an derselben Stelle, eine Tatsache, die ihr übermüdeter Verstand allerdings nicht wahrhaben wollte.

Diesem Mann ein Ticket nach England zu bezahlen, so weit würde selbst Barry Horton nicht gehen, um sie zu verulken. Oder doch? Angenommen, dieser Mann hatte ohnehin vorgehabt, nach England zu fliegen, dann war der Gedanke nicht allzu abwegig, daß Barry die Gelegenheit beim Schopf gepackt und seine Schmierenkomödie um einen Akt verlängert haben könnte, nachdem der erste die erwünschte Wirkung gezeigt hatte.

Und dies hier war ohne jeden Zweifel derselbe Mann, der an jenem Abend plötzlich in ihrem Vorlesungsraum gestanden hatte. Sein Gesicht und vor allem sein Körper waren unverwechselbar und übten die gleiche faszinierende Wirkung auf sie aus wie damals. Ja, sie fühlte sich von ihm angezogen auf einer rein körperlichen Ebene, und das war eine Erkenntnis, die ihr überhaupt nicht behagte.

So etwas war ihr nur ganz selten passiert. Die wenigen Male, wo sie sich zu einem Mann aufgrund seiner äußeren Erscheinung hingezogen gefühlt hatte, waren ohne weitere Folgen geblieben, da das Objekt ihrer verhaltenen Begierde sich seinerseits nicht für sie interessiert hatte. Aber stets war mit diesen Erlebnissen ein klein wenig Neugier verbunden gewesen – wie es wohl sein mochte, wenn einer der Männer in derselben Weise auf sie reagieren würde. Doch Gott behüte, nicht *dieser* hier!

Er war ein wenig anders gekleidet als beim letzten Mal, aber von Schlips und Kragen konnte auch jetzt nicht die Rede sein. Wieder trug er ein Kostüm, aber diesmal wirkte seine ganze Erscheinung irgendwie … abgerissen, ja, das war der passende Ausdruck.

Seine Hose und die Stiefel waren die gleichen oder zumindest jenen sehr ähnlich, die er beim letzten Mal angehabt hatte, doch trug er darüber jetzt eine langärmelige Tunika, schmutzig beigefarben, die lose in Höhe der Hüften gebunden und vorne von oben bis unten aufgerissen war. Es dauerte eine Weile, bis Roseleen realisierte, daß die dunklen Flecken auf seinem Überwurf Blutflecken sein konnten, und dann verstrichen nochmals etliche Sekunden, bis sie das Blut bemerkte, das ihm aus den Mundwinkeln rann.

Er mußte sich gerade mit jemandem geprügelt haben, überlegte sie noch, als schon im nächsten Augenblick ein anderer Gedanke in ihrer Vorstellung Gestalt annahm. »Um Himmels willen!« rief sie. »Sie haben doch David nicht etwa verletzt, als Sie ins Haus eingebrochen sind, oder?«

»David? Mit Verlaub, es war mein Bruder Thor, mit dem ich gerade gekämpft habe. Der wird nicht mehr die Hand gegen mich erheben, das ist gewiß. Schickt mich zurück, Verehrteste. *Sofort*. Ich will den Kampf ...«

Dieser Zorn, der auch jetzt wieder seine Miene beherrschte, war ihr in der Aufregung entgangen, doch in seiner Stimme war er unüberhörbar und wurde durch seinen seltsamen Dialekt sogar noch verstärkt. Schauspieler oder nicht, einen Mann von seiner Statur in ihrem Schlafzimmer zu wissen, war mehr als beunruhigend, ganz abgesehen davon, daß er über die Maßen verärgert zu sein schien – und zwar über sie. Wäre sie nicht selbst so wütend gewesen, hätte sie sich mit Sicherheit vor ihm gefürchtet.

»Lassen Sie's gut sein, Mister«, fiel sie ihm ins Wort. »Es ist mir gleichgültig, wie lange Sie gebraucht haben, um diese Rolle einzustudieren, aber wenn Sie glauben, hier vor einem geneigten Publikum zu spielen, dann befinden Sie sich im Irrtum. Dieser Unsinn geht allmählich zu weit. Ich werde Sie und Barry gerichtlich belangen, wenn Sie nicht sofort ...«

Diesmal war er es, der ihr ins Wort fiel. »Ihr wart es doch, die mich gerufen hat, Mylady. Freiwillig bin ich nicht gekommen.«

Ihre Augen waren nur noch schmale Schlitze. »So, Sie

wollen also wirklich um jeden Preis weitermachen? Glauben Sie vielleicht, ich amüsiere mich bei dieser lächerlichen Vorstellung? Wenn ja, dann hat Barry Sie falsch unterrichtet.«

Sein eben noch so grimmiger Gesichtsausdruck verwandelte sich plötzlich in neugieriges Staunen. »Blueberry? Gibt es hier Beeren, die sprechen können?«

Jetzt begriff Roseleen überhaupt nichts mehr. »Was?«

»Ich mag die blauen sehr.«

»Die blauen …?«

Ein entnervter Seufzer begleitete ihr Kopfschütteln, als sie schließlich dahinterkam, daß er von Blaubeeren sprach. Sie wollte ihm gerade den Irrtum erklären, aber da fuhr er schon fort: »Andererseits, Verehrteste, wenn Ihr mich gerufen habt, damit ich das Lager mit Euch teile, dann kann mein Bruder noch etwas warten.«

Während er das sagte, hing sein Blick an dem Badetuch und den paar Zentimetern ihrer nackten Oberschenkel, die er von seinem Platz aus zwischen dem Handtuch und der Bettkante, hinter der sie stand, erkennen konnte. Seine unverschämte Bemerkung trieb ihr augenblicklich eine purpurne Röte in die Wangen.

Ganz instinktiv hob Roseleen das Schwert hoch, das noch immer quer über der Matratze lag und dessen Griff sie die ganze Zeit nicht losgelassen hatte, und hielt es dann in einer Art Drohgebärde senkrecht vor sich hin. Seine Reaktion darauf war jedoch mehr als entmutigend.

Er warf den Kopf in den Nacken und brach in ein schallendes Gelächter aus. Offenbar schien er sich köstlich zu amüsieren.

Nach einer Weile beruhigte er sich wieder, aber ein freches Grinsen blieb. Er hatte *tatsächlich* Grübchen, stellte sie fest und ärgerte sich gleichzeitig, daß ihr so etwas überhaupt auffiel. Und er ließ sie auch nicht im ungewissen über den Grund seiner Erheiterung.

»Mein Schwert kann mir keinen Tropfen Blut entlocken.

Nur die Götter können das – und Wolfstan der Verrückte, falls er mich jemals finden sollte.«

Roseleen hörte nur ›mein Schwert‹, und sofort regte sich ihr Besitzerstolz, den sie in den vergangenen vier Wochen entwickelt hatte. Und sie zögerte auch keinen Augenblick, ihren Besitzanspruch auf besagte Waffe klar und deutlich anzumelden.

»Ihr Schwert? *Ihr* Schwert! Sie haben genau zwei Sekunden Zeit, um aus meinem Haus zu verschwinden, dann rufe ich die Polizei!«

»Ihr wollt mich also nicht in Eurem Bett haben?«

»Raus!«

Er zuckte gelassen mit den Schultern und grinste noch einmal. Dann war er verschwunden, vor ihren Augen – und wieder zerriß ein Donnerschlag die nächtliche Stille, gefolgt von einem gleißenden Blitz.

Etliche Minuten stand Roseleen wie angewurzelt da und starrte fassungslos auf die Stelle, wo dieser Mann eben noch gestanden hatte. Das Herz klopfte ihr bis zum Hals. Ihre Gedanken waren wie gelähmt, und sie hatte am ganzen Körper eine Gänsehaut.

Als ihr Verstand langsam wieder zu arbeiten begann, legte sie das Schwert vorsichtig in die Kiste zurück und schob diese unter ihr Bett. Dann zog sie ihr Nachthemd über, und erst als der Saum ihre Knie vollständig bedeckte, angelte sie das Badetuch darunter hervor, etwas, was sie noch nie zuvor getan hatte – jetzt aber glaubte tun zu müssen.

Immer wieder stahl sich ihr Blick hinüber zu der Ecke ihres Schlafzimmers. Doch nichts geschah – sie blieb leer. Roseleen kroch in ihr Bett, legte sich jedoch nicht hin, sondern blieb noch eine ganze Weile mit angezogenen Knien sitzen und starrte wie betäubt zu den Fenstern. In dieser Nacht das Licht zu löschen wäre ihr nicht im Traum eingefallen.

Als sie sich endlich doch niederlegte, entrang sich ihr ein tiefer Seufzer. Morgen früh würde sich eine ganz logische

Erklärung für das, was gerade geschehen war, finden lassen. Morgen früh würde sie frisch und ausgeschlafen sein und darüber nachdenken. Im Augenblick kreiste immer nur ein Gedanke in ihrem Kopf: Sie mußte den Verstand verloren haben.

6

Ein Traum. Damit hatte Roseleen ihre Erklärung für das, was letzte Nacht geschehen war – oder besser gesagt, was sie glaubte, das geschehen war. Ihre Neugier das Schwert betreffend hatte sich anscheinend im Traum mit Barrys dummem Scherz vermischt und ihr dadurch einige Antworten beschert, aber wie das mit Träumen so ist, war sie nicht dazu gekommen, Fragen zu stellen.

Ein Traum. Das war die einfachste Erklärung und auch die logischste. Mein Gott, war ich dumm! dachte sie gleichzeitig. Jetzt hatte sie schon einmal von einem gutaussehenden Mann geträumt und war dann so töricht gewesen, die Entrüstete zu spielen und ihn wegzuschicken. Er hätte nicht nur ihre endlosen Fragen nach der Geschichte dieses Schwertes beantworten können, es gab auch noch andere Dinge, die sie brennend interessierten, und was diese betraf, schien er durchaus willens gewesen zu sein, ihre Neugier zu befriedigen, hatte er das Thema ›Bett‹ ja ganz unverblümt zur Sprache gebracht. Sie hätte nur zu antworten brauchen: ›Warum nicht, das wäre nett‹, und dann …

Still lächelnd ließ sie diesen Teil des Traumes noch einmal Revue passieren. Es gab wohl keinen bequemeren Sex als den, von dem man träumt. Und sicher war er obendrein. Moral, Schuld, Reue, selbst die eigene Persönlichkeit konnte man im Traum einfach beiseite schieben und sich erotischen Fantasien hingeben, die man im wirklichen Leben nicht einmal in Erwägung ziehen würde. Aber sie hatte natürlich die Form wahren und ihre Moralvorstellungen, ihre Entrüstung und ihr ganzes Lehrerinnengehabe in den Traum mit einbringen müssen, der mit Sicherheit ihr ungewöhnlichster und interessantester war, den sie je gehabt hatte. Eine Schande, wirklich.

Roseleen war sehr zufrieden mit ihrer Erklärung – aber erst nachdem sie eine Stunde lang das Schlafzimmer nach Kabeln und versteckten Kameras abgesucht hatte, mit deren Hilfe man solche wirklichkeitsnahen Bilder in diesen Raum hätte projizieren können. Aber sie fand nichts dergleichen. Eigentlich hatte sie auch nicht damit gerechnet.

Derart ausgeklügelte Tricks gingen entschieden über die Vorstellungskraft eines Barry Horton hinaus, ganz abgesehen davon, daß er so geizig wie die Nacht schwarz war. Niemals wäre es ihm in den Sinn gekommen, sein Geld für so komplizierte und sicherlich sündhaft teure Apparaturen zu verschwenden, die nötig gewesen wären, um so eine Aufführung in Szene zu setzen. Seine Vorstellung von extravaganten Geschenken hatte sich während ihrer Verlobungszeit in mehr oder minder geschmackvollen Blumensträußen erschöpft, die alles enthielten, was auf seinem Campus gerade in Blüte stand. Gott bewahre, wenn er jemals auf die Idee verfallen wäre, einen richtigen Blumenladen zu betreten. Je billiger, desto besser, das war schon immer sein Motto gewesen.

Sein Scherz hatte in den Staaten begonnen und auch dort geendet, das war ihr nun klar. Eine einmalige Inszenierung, um sich an ihr schadlos zu halten und dabei noch Spaß zu haben. Aber diese lächerliche Komödie mußte doch einen größeren Eindruck auf sie gemacht haben, als sie gedacht hatte, wenn sie einen Monat später eine ähnliche Szene träumte und sich ihr Unterbewußtsein dabei an jedes winzige Detail der äußeren Erscheinung dieses fraglos sehr gutaussehenden Komplizen von Barry erinnern konnte.

David hatte angeboten, ihr für die Dauer ihres Aufenthaltes in London seinen Wagen zu überlassen, was bedeutete, daß sie ihn morgen zum Bahnhof fahren mußte. Heute wollte er sie in die Nachbarstadt begleiten, wo es ein Lebensmittelgeschäft gab, das eine große Auswahl an amerikanischen Produkten führte, auf die sie beide in England nicht verzichten wollten. Roseleen saß am Steuer, um sich wieder an das Fahren auf der anderen Straßenseite zu gewöhnen, und es war ihr angenehm, David neben sich zu wissen, der sie gleich darauf aufmerksam machte, wenn sie auf die falsche Seite geriet, was ihr in den ersten Tagen hier öfter passierte.

Auf dem Heimweg entschloß sie sich, David von ihrem seltsamen Traum zu erzählen. Als sie mit ihrer Geschichte fertig war, sah er sie an und grinste über das ganze Gesicht.

»Blooddrinkers ursprünglicher Besitzer – und du hast ihn hinausgeworfen, noch ehe du Gelegenheit hattest, ihn nach dem Fluch zu fragen?«

»Mir war doch gar nicht klar, daß ich geträumt habe, David. Ich glaubte, ich hätte es wieder mit Barrys Freund zu tun, der nur *vorgab*, der Besitzer des Schwertes zu sein!« Und dann mußte auch sie lachen. »Abgesehen davon – wenn ich ihn gefragt hätte, dann wäre seine Antwort ohnehin nur aus meinem eigenen Unterbewußtsein gekommen, und ich habe immer noch nicht die leiseste Ahnung, was es mit diesem angeblichen Fluch auf sich haben könnte.«

»Schön, aber es wäre doch sicherlich recht interessant gewesen herauszufinden, mit welcher Antwort dein Unterbewußtsein aufgewartet hätte. Ist schon eine seltsame Sache, dieses Unterbewußtsein. Die Leute, die an Reinkarnation glauben, sagen doch, daß jedes Leben, das man einmal gelebt hat, irgendwo in den Tiefen des Bewußtseins verankert ist.«

Roseleen verdrehte die Augen und geriet in der nächsten Kurve beinahe von der schmalen Landstraße ab. Nachdem sie den Wagen wieder auf die richtige Fahrspur gebracht und sie beide herzlich über dieses kleine Mißgeschick gelacht hatten, meinte sie: »Daß wir uns über einen lächerlichen Fluch den Kopf zerbrechen, ist schon schlimm genug. Aber Reinkarnation sollten wir doch lieber aus dem Spiel lassen, meinst du nicht auch?«

»Auf alle Fälle. Aber eines mußt du wissen – das Blitzen und Donnern, das du erwähnt hast, das hat nicht nur in deinem Traum stattgefunden. Ich war gestern abend gerade eingeschlafen, als ich durch das Gewitter wieder hochgeschreckt wurde.« Roseleens Stirn legte sich in nachdenkliche Falten, als er hinzufügte: »Aber andererseits ist es ja so, daß Geräusche, die wir im Schlaf hören, sich manchmal in unsere Träume einschleichen.«

»Das stimmt«, entgegnete sie, doch seine Bemerkung brachte sie auf etwas, das ihr bisher noch nicht aufgefallen war. Beide Male, in ihrem Vorlesungsraum und in ihrem Traum, war der Wikinger immer dann erschienen, nachdem sie kurz zuvor das Schwert berührt hatte. Und seit sie dieses Schwert besaß, stand sie unter dem unwiderstehlichen Zwang, es anzufassen. War es möglich, daß …?

Sie gab sich einen Ruck, um ihre Gedanken davon abzuhalten, wieder in die Welt der Fantasie abzugleiten. Und um sich selbst zu beweisen, wie unrealistisch ihre Gedankengänge waren, überließ sie David nach ihrer Rückkehr das Wegräumen der Einkäufe und begab sich schnurstracks in ihr Schlafzimmer. Ohne einen Augenblick zu zögern, holte sie die Holzkiste unter ihrem Bett hervor, legte sie auf die Matratze, klappte den Deckel hoch und hob den Griff des Schwertes gerade nur so viel an, daß sie ihn mit ihren Fingern umfassen konnte.

Es donnerte. Sie sah nicht aus dem Fenster, um festzustellen, ob ein Blitz folgte. Ihr Blick war starr auf die Ecke des Zimmers gerichtet, wo Thorn Blooddrinker vergangene Nacht gestanden hatte. Und da war er wieder, diesmal mit einer dicken Lammkeule in der Hand, die er gerade an den Mund führen wollte.

O Gott, das konnte doch nicht wahr sein! Der Geist des

einstigen Besitzers dieses Schwertes konnte doch unmöglich hier in ihrem Schlafzimmer stehen, am hellichten Tag. Kein kostümierter Wikinger, sondern ein echter! Ein *toter* Wikinger. Ein Geist. Sie glaubte zwar nicht an Geister – aber was sollte er sonst sein? Irgendwie stand er jedenfalls mit dem Schwert in Verbindung – *seinem* Schwert. Nein, das konnte einfach nicht *wahr* sein.

Der unheimliche Besucher kniff die Brauen zusammen und setzte wieder diese vorwurfsvolle Miene auf, die ihr inzwischen klarmachte, daß er nicht gerne hier war. »Ihr habt mich von Odins Festgelage weggeholt, Lady. Schickt mich zurück, oder gebt mir etwas zu essen. Mein Hunger ist groß und verlangt danach, gestillt zu werden.«

»Verschwinden Sie!« zischte sie leise.

Sein Augen wurden noch eine Spur schmaler. Mit einem einzigen Biß riß er das Fleisch von der Keule, die er in der Faust hielt, und warf den abgenagten Knochen dann achtlos über die Schulter, wo er gegen die Wand klatschte und zu Boden fiel. Aber er verschwand nicht, sondern blieb stehen, wo er stand, kaute genüßlich und leckte sich dann die Finger ab.

»Wenn ich Odins Gelage nicht so schätzen würde, bliebe ich hier, denn Euer ständiges Herbefehlen ist mir mehr als lästig. Aber anstandshalber will ich Euch warnen, Mylady. Ihr könnt mich zurückschicken, und ich werde gehen – aber nur, weil ich es so will. Beschließe ich jedoch zu bleiben, so könnt Ihr tun und sagen, was Ihr wollt, um mich loszuwerden, es wird Euch nichts nutzen.« Und dann grinste er unvermittelt, zeigte ihr wieder diese betörenden Grübchen, die sofort ein heftiges Prickeln in ihrem Bauch auslösten – ein Gefühl, das so gar nicht mit der Angst, die sie empfand, in Einklang stand. »Ruft mich noch einmal, Herrin, und ich werde es Euch vielleicht beweisen!«

Damit war er verschwunden, so plötzlich, wie er erschienen war, kein langsames Auflösen, begleitet von dünnen Rauchschwaden oder schaurigen Geräuschen, die man mit

Geistern gemeinhin in Verbindung bringt – allerdings begleiteten Blitz und Donner auch diesmal wieder seinen Abgang. Aber er war tatsächlich verschwunden. Roseleen starrte benommen auf den Lammknochen, der noch immer dort lag, wo er ihn hingeworfen hatte.

Ein Geist, der Dinge zurücklassen konnte? Ein Geist, der essen konnte – und mit ausgesprochenem Appetit sogar? Nein, sie glaubte nicht an Geister, genausowenig wie an Flüche.

Unvermittelt begann sie zu lachen, doch ihr Lachen endete in einem tiefen Stöhnen. Offenbar träumte sie immer noch. Sie ließ das Schwert auf die Samtunterlage fallen, schlug den Holzdeckel zu und legte sich schnell auf ihr Bett – in der Hoffnung, den Prozeß des Aufwachens dadurch zu beschleunigen.

7

Reichlich benommen kam Roseleen die Treppe herunter, in der ausgestreckten Hand den Lammknochen, den sie wie eine tote Ratte mit spitzen Fingern vor sich her trug. Nachdem sie aus ihrem Nickerchen erwacht war, hatte sie ihn in ihrem Schlafzimmer auf dem Fußboden entdeckt – kein Traumgebilde, nein, eine echte, abgenagte Lammkeule. In der Küche, wo sie den Knochen in den Mülleimer werfen wollte, traf sie auf David, der mit dem Rücken zu ihr an der Anrichte stand, allerlei Gemüsesorten um sich herum ausgebreitet hatte und dabei war, das Abendessen vorzubereiten. Als sie ihn sah, sprach sie ganz spontan aus, was ihr als erstes in den Sinn kam: »Zwick mich mal, David! Ich glaube, ich träume immer noch.«

Er drehte sich zu ihr um, musterte sie kurz und meinte dann erschrocken: »Um Himmels willen! Du siehst ja aus, als hättest du einen Geist gesehen.«

Sie unterdrückte ein hysterisches Lachen und preßte die Lippen zusammen. Daß er ausgerechnet *diesen* Vergleich wählte, um ihre Blässe zu beschreiben, war einfach zuviel der Ironie für ihren momentanen Gemütszustand. Zum Glück fiel sein Blick dann auf den Knochen, den sie immer noch weit von sich gestreckt hielt, und sein Kommentar: »Hat die Katze von Elizabeth den hierhergeschleppt?« holte sie wieder in die Wirklichkeit zurück.

Natürlich, das war eine andere logische Erklärung dafür. Elizabeth Humes hatte eine Katze, die sich des öfteren einmal ins Haus schlich, und Katzen lieben Knochen bekanntlich genausosehr wie Hunde. Die Tatsache, daß sie den Knochen zuerst in seiner Hand gesehen und nicht schon vorher bemerkt hatte, das war eine Spitzfindigkeit, mit der sie sich nicht verrückt machen wollte. Ganz offensichtlich war es so gewesen, daß sie ihn gesehen hatte, bevor sie sich hinlegte, war aber einfach zu müde gewesen, um genau zu registrieren, worum es sich handelte, denn sonst wäre dieser Lammknochen in ihrem Traum wohl kaum vorgekommen.

Etwas beruhigter ging sie zum Abfalleimer und warf das Corpus delicti hinein. »Kann ich dir helfen?« fragte sie David und lächelte schon wieder.

Ihre Art, über ein Thema hinwegzugehen, über das sie nicht reden wollte, entlockte David ein unwilliges Brummen. Es ärgerte ihn, daß sie einfach so tat, als habe sie seine Frage nicht gehört.

»Es freut mich zu sehen, daß deine Wangen wieder ein wenig Farbe bekommen, aber trotzdem interessiert es mich, warum du vor wenigen Augenblicken noch so leichenblaß warst. Du wirst mir doch nicht krank werden, Rosie?«

»Nein … hoffe ich wenigstens nicht«, erwiderte sie und entschied dann mit einem Schulterzucken, daß sie sich nichts vergeben würde, wenn sie David die Wahrheit sagte. »Ich hatte nur wieder so einen komischen Traum, beinahe den gleichen wie vorige Nacht, von diesem Wikingergeist,

Thorn Blooddrinker, der plötzlich in einer Ecke meines Schlafzimmers erschien und dessen Auftauchen von einem lauten Donnern begleitet wurde.«

»Wie kommst du plötzlich auf Geist?«

»Nun, er ist tausend Jahre alt«, erklärte sie, »und taucht trotzdem in diesem Jahrhundert auf, wenn auch nur in meinen Träumen. Als was würdest du ihn denn bezeichnen?«

»Wie wär's mit Unsterblicher?« Ihr verächtliches Schnauben, mit dem sie seine Antwort quittierte, entlockte ihm ein Schmunzeln. »Hast du ihn diesmal wenigstens über den Fluch ausgefragt?«

»Sein Erscheinen hat mir wieder einen derartigen Schrecken eingejagt, daß ich an den Fluch überhaupt nicht dachte. Ich habe nur gesagt, er solle augenblicklich verschwinden. Aber ... bevor er verschwand, hat er noch eine Warnung ausgesprochen; sinngemäß etwa so, daß ich ihn wegschicken könne und daß er dann auch gehen würde, aber nur, weil er es so will. Wenn er sich jedoch entschließen sollte zu bleiben, dann, so sagte er, könnte ich nichts tun, um ihn loszuwerden.«

»Zumindest nicht, bis du aufwachst.«

Dieser simple Einwurf zauberte ein Lächeln auf Roseleens Lippen; sie fühlte sich mit einemmal ungemein erleichtert. Die nervliche Anspannung, unter der sie bisher gestanden hatte, wurde ihr erst jetzt, da sie nachließ, so richtig bewußt.

»Wirklich zu dumm, daß ich während meines Traumes nicht an den Fluch gedacht habe.«

»Nun, vielleicht denkst du ja das nächste Mal dran und kannst ihn dann ...«

»Ich habe *keineswegs* die Absicht, diesen speziellen Traum noch einmal zu träumen, David«, fiel sie ihm ins Wort, und obwohl ihre Stimme recht entschlossen klang, war eine Spur Unsicherheit dabei.

»*Falls doch,* dann halte ihn wenigstens so lange auf, bis du etwas über den Fluch erfahren hast. Ich bin nämlich sehr gespannt, was für eine Antwort deinem Unterbewußtsein dazu einfällt.«

Das konnte Roseleen von sich nun nicht gerade behaupten. Ihre bewußten Gedanken hatten seit diesem ersten Traum derart fantastische Formen angenommen, daß sie eigentlich gar nicht scharf darauf war zu erfahren, mit welchen Absurditäten ihr Unterbewußtsein aufwarten würde.

»Ach, übrigens«, fuhr David fort, »wenn du mich fragst, dann war es das schreckliche Gewitter heute nachmittag, das dir wieder diesen Traum beschert hat. Das Unwetter, das uns gestern abend nicht mehr erreicht hat, ist inzwischen angerückt, falls du es nicht bemerkt haben solltest.«

Das war ihr tatsächlich nicht aufgefallen. Doch als sie jetzt aus dem Küchenfenster schaute, sah sie, daß es tatsächlich regnete – nicht etwa tröpfelte, nein, es goß in Strömen. In ihrem Gesicht dagegen ging förmlich die Sonne auf, so strahlte sie plötzlich.

»Ich hätte nie gedacht, daß ich mich über einen Platzregen so freuen könnte«, sagte sie. »Daß es in letzter Zeit zweimal bei klarem Himmel geblitzt und gedonnert hat, das kam mir langsam schon ein bißchen seltsam vor, muß ich gestehen. Na, zumindest scheint ja das Gewitter von heute nachmittag der ganz normale Vorbote einer Schlechtwetterfront gewesen zu sein.«

David brach in schallendes Gelächter aus. »Mein Schwesterchen ist wohl ein wenig abergläubisch geworden?«

Roseleen errötete und grinste verlegen. »Vielleicht ... aber nur ein bißchen.«

Irgendwie gelang es ihr, für den Rest des Abends alle Gedanken an Geister, Wikinger und tausendjährige Flüche beiseite zu schieben und Davids Gesellschaft zu genießen, solange er noch hier war. Aber leicht fiel es ihr nicht.

Nächste Woche würde sie mit ihren Recherchen beginnen. Sie mußte Museen besuchen, Buchhandlungen und die älteren Bibliotheken in London, wo sie eine Fülle von Büchern finden konnte, die schon lange nicht mehr verlegt wurden – und natürlich die Schlachtfelder von damals besichtigen. Keinesfalls konnte sie es sich erlauben, ihre kostbare Zeit mit dem Analysieren von Träumen zu verschwenden, die ihre Neugier in bezug auf den Fluch nicht *wirklich* befriedigen würden. Welche Antworten ihr Unterbewußtsein auf ihre Fragen auch geben mochte, die wahren, die richtigen Antworten konnten das ohnehin nicht sein ...

Später am Abend, als sie gemütlich unter ihrer dicken Daunendecke lag, dachte sie doch noch einmal über die ganze Sache nach, wissend, daß sie keinen Schlaf würde finden können, solange dieser nagende Zweifel in ihrem Kopf herumspukte – was wäre, wenn sie nun doch nicht geträumt hatte?

Das war ein großes ›Wenn‹, eines, das ihr an logische Fakten gewöhnter Verstand eher argwöhnisch betrachtete und dem er ungern nachging. Denn wenn sie tatsächlich nicht geträumt hatte und auch keinen sicheren Beweis dafür finden konnte, daß sie nur einem dummen Streich zum Opfer gefallen war, dann mußte sie zwangsläufig davon ausgehen, daß sie mit einem Geist gesprochen hatte. Und das würde natürlich eine Unmenge weiterer Fragen nach sich ziehen.

Noch war Thorn Blooddrinker jedesmal verschwunden, wenn sie ihn darum gebeten hatte. Was aber, wenn er die Wahrheit gesprochen hatte und tatsächlich bleiben konnte, wenn ihm das beliebte? Was wußte sie überhaupt von Geistern, abgesehen davon, daß sie nicht an Geister glaubte beziehungsweise nicht daran geglaubt hatte? Bestand der eigentliche Fluch darin, daß der ursprüngliche Besitzer quasi untrennbar mit seiner Waffe verbunden war?

Der Vorbesitzer war vor ewiger Verdammnis gewarnt worden, falls das Schwert in die Hände einer Frau geriete. Warum? Weil nur eine Frau den Geist ›rufen‹ konnte? Und würde sie jetzt so lange einen Geist am Hals haben, wie sich dieses Schwert in ihrem Besitz befand? So beängstigend diese Vorstellung auch war, entbehrte sie andererseits doch nicht einer gewissen Faszination. Wenn sie sich schon mit einem Geist abfinden mußte, dann wenigstens mit einem, der so fantastisch gut aussah wie dieser …

Sie stöhnte in ihr Kopfkissen. Begann sie jetzt etwa *wirklich* an diesen Unsinn zu glauben? Aber wenn … wenn Blooddrinker nun tatsächlich ein Geist war, der tausend Jahre alte Geist eines *Wikingers* …?

Ihr Herz begann aufgeregt zu klopfen, als sich ihr plötzlich eine ganz neue Möglichkeit offenbarte. War er vielleicht Zeuge all der Jahrhunderte nach seinem Tod gewesen? Konnte er ihr praktisch aus erster Hand über das Mittelalter berichten, ihr Fakten liefern, die bislang unbekannt waren? Sie bei ihren Recherchen unterstützen?

Von dem Gedanken gepackt, daß das unter Umständen möglich sein konnte, warf sie die Zudecke weg und war schon halb aus dem Bett, um das Schwert zu holen. Doch im letzten Moment hielt sie inne. Sie war im Nachthemd und … wenn sie ihn wirklich durch Berühren des Schwertes *rufen* konnte, dann würde er diesmal vielleicht nicht gehen wollen.

Außerdem war ja David noch da. Er schlief nur ein paar Zimmer entfernt. Aus irgendeinem Grund wollte sie ihren Geist nicht mit David oder einem anderen Menschen teilen, noch nicht, selbst wenn sich dadurch möglicherweise zweifelsfrei beweisen ließe, ob er nun echt war oder nicht. Freilich war es durchaus denkbar, daß nur sie ihn sehen konnte, aber trotzdem wollte sie es nicht riskieren.

Diese Besitzgier, dieses selbstsüchtige Gefühl, das ihr völlig neu war, hatte sich ganz offensichtlich wieder ihrer bemächtigt. Das Schwert gehörte ihr, also gehörte ihr selbstverständlich auch der Geist. Sie würde warten, bis David abgereist war, um festzustellen, ob sie sich nun wieder in Hirngespinste verstrickt hatte oder ob es tatsächlich so etwas wie Geister gab.

8

Roseleen hatte es kaum erwarten können, David zum Bahnhof zu bringen. Dreimal war sie nahe daran gewesen, ihre neueste Theorie auszuprobieren. Der einzige Grund, der sie letztlich doch davon abgehalten hatte, das Schwert auszupacken, war die Überlegung gewesen, daß sie Thorn Blooddrinker, falls dieser wirklich erscheinen, aber nicht wieder verschwinden sollte, zwangsläufig allein im Haus zurücklassen müßte, wenn sie David zum Bahnhof fuhr. Und die Vorstellung, daß der Wikinger in der Zwischenzeit seine neue Umgebung erkunden und dabei verlorengehen beziehungsweise *ihr* verlorengehen könnte, die hätte sie schon gar nicht ertragen können.

Die Schlagzeile am nächsten Tag in der Zeitung konnte sie sich lebhaft vorstellen:

AMERIKANISCHE PROFESSORIN SETZT 1000 JAHRE ALTEN GEIST IN ENGLAND FREI.

Daß ihren amerikanischen Brüdern und Schwestern so etwas passieren konnte, würde die Engländer zwar nicht verwundern, doch sie hatte keine Lust, ihren Namen in den Skandalblättern zu lesen.

Natürlich mußte sie auch die Möglichkeit in Betracht ziehen, daß sie unter Umständen die Kontrolle über ihren Geist verlieren könnte, falls dieser sich entscheiden sollte, eine Weile dazubleiben, was aber eher unwahrscheinlich war. Sie verließ sich vielmehr auf die Tatsache, daß er bisher nicht sehr erbaut davon gewesen war, von ihr gerufen zu werden, und immer darauf bestanden hatte, daß sie ihn dorthin zurückschickte, wo immer er sich aufzuhalten pflegte, wenn er nicht gerade herumspukte.

Sie mußte ihm versichern, daß sie ihn nicht lange beanspruchen würde, nur so lange, bis er alle Fragen beantwortet hatte, die ihr auf der Seele brannten. Wobei sie hoffte, daß er das verstehen und bereit sein würde, mit ihr zusammenzuarbeiten. Und sie hoffte auch, daß nur sie allein ihn sehen konnte. Dann würde sie sich nämlich nicht mehr darum sorgen müssen, ob sie ihn kontrollieren konnte oder nicht – zumindest mußte sie dann nicht ständig auf der Hut sein, daß ihn ihre Mitmenschen nicht zu Gesicht bekamen. Doch das alles kümmerte sie im Augenblick nicht. Sie war fest entschlossen, ihn wieder zu rufen – falls er nicht nur ein Traum war. Die Dinge, die er ihr möglicherweise über die Vergangenheit erzählen konnte, waren so wichtig für sie, daß sie dieses Risiko unbedingt in Kauf nehmen mußte.

Es gelang ihr zwar, ihre innerliche Anspannung und Nervosität vor David zu verbergen, bis sie ihn am Bahnhof abgesetzt hatte, doch so leichtsinnig und schnell wie auf dem Rückweg zum Cottage war sie in ihrem ganzen Leben noch nicht Auto gefahren. Dort angekommen, flog sie förmlich die Treppe hoch zu ihrem Schlafzimmer.

Die einzige Vorsichtsmaßnahme, die sie traf, bestand darin, die Tür abzuschließen und den Schlüssel zu verstecken, damit der Geist nicht aus ihrem Zimmer entkommen konnte. Zumindest hoffte sie, ihn dadurch an einer Flucht zu hindern. Wenn er jedoch durch Wände und geschlossene Türen zu gehen vermochte, wie man es Geistern gemeinhin nachsagte, dann konnte sie allerdings wenig tun, um seinen Bewegungsdrang einzuschränken.

Sie war noch ganz außer Puste, als sie den Holzkasten unter ihrem Bett hervorzog und öffnete. Diesmal richtete sie ihren Blick auf die Zimmerecke, noch ehe sie ihre Hand um den warmen Griff des Schwertes schloß. Und in Erwartung des Donnergrollens zuckte sie schon vorher leicht zusammen.

Der Donner kam – und gleichzeitig erschien Thorn Blooddrinker.

Es war also doch wahr! Ihr Herz hämmerte so heftig gegen ihre Rippen, daß es ihr fast weh tat. Das hier konnte nun wirklich kein Traum sein. Träume ließen sich nicht einfach nach Gutdünken herbeirufen. Ihr Geist hingegen schon.

Diesmal war er beinahe formell gekleidet, oder was man damals als formell bezeichnet haben mochte. Seine kobaltblaue Tunika war um den V-förmigen Halsausschnitt herum, der bis zur Mitte seiner Brust reichte, mit goldenen Ornamenten bestickt. Ein im gleichen Muster bestickter kurzer Umhang war mit goldenen Fibeln an seiner Schulter befestigt. Sein Schuhwerk schien diesmal von besserer Qualität zu sein, zumindest waren keine Nähte sichtbar. Und der Gürtel mit den goldenen Beschlägen, den er um die schmale Taille trug, harmonierte vom Stil her mit den goldenen Fibeln.

Roseleen konnte nicht umhin festzustellen, daß er von Mal zu Mal attraktiver aussah, und deshalb klang ihre Stimme ein wenig atemlos, als sie ihn mit »Hallo, Thorn Blooddrinker« begrüßte.

Sofort blickte er sie mit seinen glasklaren blauen Augen an, wobei er so vernehmlich stöhnte, daß sie es trotz der Distanz zwischen ihnen hören konnte. Er hob eine Hand und fuhr sich sichtlich verärgert durch seine lange Lockenmähne. Auf Roseleens Gesicht erschien ein wissendes Lächeln. Ihrem Geist behagte es – wieder einmal – nicht, hier zu sein.

Und dann nagelte sein Blick sie förmlich fest. »Ihr habt Eure Angst vor mir überwunden, wie ich sehe.«

Das stimmte nicht ganz, aber darüber wollte sie im Moment nicht mit ihm streiten. Statt dessen bot sie ihm eine Entschuldigung an.

»Es tut mir leid, wenn ich Sie wieder von einem feierlichen Anlaß weggerufen habe. Ich werde Sie diesmal nicht lange hierbehalten.«

»Hierbehalten?« Seine Stirn legte sich sofort in bedrohliche Falten. »Mit Verlaub, Lady – treibt Ihr jetzt Eure Spiele mit mir?«

Sein Stirnrunzeln jagte ihr einen solchen Schrecken ein, daß sie ihm nur stammelnd versichern konnte: »Nein … wirklich nicht. Ich … ich bin nur neugierig. Und ich möchte gerne wissen, wie es möglich ist, daß ich Sie rufen kann, wie ich es eben getan habe?«

»Wie das geht, wißt Ihr bereits«, brummte er unwirsch. »Ihr haltet mein Schwert ja noch in der Hand, und Ihr wißt, daß es Euch die Macht gibt, mich zu rufen.«

Sein Blick hatte sich auf das Schwert geheftet, während er zu ihr sprach. Sofort regte sich wieder ihr Besitzerstolz. Sie warf das Schwert in den Kasten und ließ rasch den Deckel zufallen, bevor sie erwiderte: »Soviel habe ich auch begriffen. Aber ... Sie haben mich jedesmal gebeten, Sie zurückzuschicken. Was passiert, wenn ich das nicht tue?«

An seinem Gesichtsausdruck konnte sie ablesen, daß ihm diese Frage absolut nicht behagte, trotzdem beantwortete er sie: »Ihr habt mich mit Hilfe meines Schwertes gerufen, Mylady, also habt auch nur Ihr die Macht, mich zurückzuschicken. Mir bleibt die Entscheidung, ob ich gehe oder nicht. Umgekehrt kann ich jedoch nicht gehen, wenn Ihr mich nicht entlaßt.«

»Mit anderen Worten, die Wahl liegt bei Ihnen, wenn ich Sie loswerden will, aber bei mir, wenn ich das nicht will. Ist das richtig?«

Sein knappes Nicken wirkte mürrisch. Es schien ihm ebensowenig zu gefallen, daß sie Macht über ihn besaß, wie es ihr gefiel, daß diese angebliche Macht einen Haken hatte, nämlich den, daß sie wirkungslos war, wenn er beschließen sollte, sich ihr nicht zu beugen – vorausgesetzt, er hatte sie nicht angelogen. Aber das würde sie herausfinden, wenn er blieb oder verschwand, bevor sie es ihm befohlen hatte. In der Zwischenzeit wollte sie ihre Neugier befriedigen, und das konnte Stunden oder unter Umständen auch Tage dauern.

Dessen eingedenk sagte sie freundlich: »Möchten Sie nicht Platz nehmen?«

Zwischen den beiden Fenstern stand ein bequemer Ohrensessel, ein anderer Stuhl stand vor ihrem Schreibtisch.

Er schlenderte jedoch in Richtung Bett und ließ sich genau neben der Mahagonikiste nieder. Ohne einen Augenblick zu zögern, schnappte sie sich den Kasten und schob ihn unter das Bett. Angesichts ihrer resoluten Handlung kräuselten sich seine Lippen ein klein wenig; fast sah es so aus, als ob er lächelte – aber ihren Kopf hätte sie dafür nicht verwettet.

Er saß seitlich auf dem Bett und hatte Roseleen, die an einem Bettpfosten lehnte, genau im Blickwinkel. Seine Augen unterzogen sie einer raschen Musterung, registrierten ihre locker sitzende ärmellose Bluse und die weite Hose, die ihre Figur keineswegs vorteilhaft betonte, aber das lag ja auch nicht in ihrer Absicht. Wenn sie allein zu Hause war, ließ sie ihr Haar meist offen, aber da sie gerade erst vom Bahnhof zurückgekehrt war, trug sie es noch zu dem strengen Knoten gebunden, und auch die Brille fehlte nicht, um das typische Bild einer Lehrerin zu vervollständigen.

Einen Augenblick lang glaubte sie, er suche in ihr die Frau, die er beim letzten Mal angetroffen hatte, die in dem kurzen Badehandtuch und mit der kastanienroten, schulterlangen Mähne, doch sein Gesichtsausdruck verriet nichts. Ihrer hingegen wahrscheinlich um so mehr. Seine Nähe machte sie fraglos verlegen. Er war wirklich ein großer, stattlicher Mann, beziehungsweise ein großer, stattlicher Geist. Und alles an ihm wirkte hart, kompakt – gefährlich. Wenigstens vermittelte er diesen Eindruck. Doch soweit sie über Geister informiert war, hatten diese absolut keine Substanz, und wenn das stimmte, dann konnte er eigentlich gar nicht gefährlich werden.

Diese Überlegung animierte sie denn auch gleich zu der ein wenig einfältigen Frage: »Wie fühlt man sich denn so als Geist?«

Thorn Blooddrinker brach in polterndes Gelächter aus und erklärte: »Ich bin genauso ein Mensch aus Fleisch und Blut, wie Ihr es seid, Verehrteste.«

Es dauerte ein Weilchen, bis Roseleen ihre Überraschung überwunden hatte, dann erwiderte sie erbost: »Das ist unmöglich. Ich habe mich gerade erst mit dem Gedanken angefreundet, daß es tatsächlich Geister geben könnte. Wollen Sie mir nun etwa einreden, daß Sie gar keiner sind?«

Vor lauter Enttäuschung redete sie so lächerlich daher. Tatsächlich hatte sie inzwischen nämlich damit gerechnet, daß er ihr etwas über die Zeitspanne erzählen könne, für die sie Expertin war. Seine Antworten hätten ihr sofort bewiesen, ob er die Wahrheit sagte – oder ob der ganze Spuk doch nur ein abgekartetes Spiel war.

Dem Lächeln nach zu urteilen, das noch immer um seine Mundwinkel spielte, schien er sich gut zu amüsieren. »Ihr seid nicht die erste, die mir derartiges vorwirft, obgleich ich Euch bereits gesagt habe, daß nur Götter mir einen Tropfen Blut rauben können – und natürlich Wolfstan der Verrückte. Ich freue mich schon auf den Tag, da er mich findet.«

Roseleen war noch immer entrüstet, doch gleichzeitig hatte seine letzte Erklärung sie so neugierig gemacht, daß sie nicht umhin konnte, ihn zu fragen: »Wollen Sie im Kampf mit ihm sterben?«

Was jetzt in seiner Stimme mitschwang, war eindeutig Arroganz. »Ich gedenke zu beweisen, daß er kein Gegner für mich ist.«

»Dann können Sie ihn also auch töten?«

Er seufzte hörbar. »Nein, er ist schon tot. Gestorben durch die Hand der Hexe Gunnhilda, damit er mich ewig peinigen kann. Darum haßt er mich auch so, was ihm kein Wikinger übelnehmen würde. Gunnhilda hat ihm durch ihren Fluch den Zutritt zu Walhalla verwehrt.«

»Walhalla? Moment mal ... Odins Festgelage? Gestern sagten Sie, ich hätte Sie von Odins Tafel weggeholt – in Walhalla?«

»Wo denn sonst?«

»Jetzt machen Sie aber mal einen Punkt!« fuhr sie hoch. »Walhalla ist ein Mythos, eine Legende, genau wie Odin und Thor und …« Sie unterbrach sich, als sie sich plötzlich daran erinnerte, daß er ihr vergangene Nacht erzählt hatte, er habe gerade mit Thor gekämpft – seinem *Bruder* Thor. Empört warf Roseleen die Hände in die Höhe und stemmte sie dann in die Hüften. »Jetzt ist es wirklich genug! Wenn Sie mir weismachen wollen, daß Sie ein Wikingergott sind, dann habe ich Ihnen nichts mehr zu sagen. Ich habe meinen Glauben schon genug strapaziert, indem ich die Möglichkeit akzeptierte, daß Sie ein Geist sein könnten, aber bei legendären mythischen Gottheiten hört der Spaß wirklich auf.«

Brüllend vor Lachen warf er sich auf ihrem Bett hin und her; die Unterhaltung schien ihn köstlich zu amüsieren. Daß sie der Anlaß seiner Erheiterung war, trieb Roseleen hingegen die Zornesröte in die Wangen.

So knapp wie möglich fragte sie: »Bedeutet das nun ja oder nein?«

Als er sich so weit beruhigt hatte, daß er wieder sprechen konnte, meinte er schmunzelnd: »Ich bin kein Gott. Ich mag vielleicht eine kleine Gefolgschaft von Verehrern gehabt haben, die mich kannten und wußten, daß ich unsterblich war, aber diese Ehre verdanke ich dem Fluch und meinem Bruder, der schon vorher Mitleid mit mir empfunden und mir den Zutritt zu Walhalla gewährt hat.«

»Sie bleiben also steif und fest bei der Behauptung, daß Ihr Bruder ein Gott ist, verstehe ich Sie richtig?«

»Ihn hat man viel mehr verehrt als mich. Im Gegensatz zu meinem Namen, der schon lange in Vergessenheit geraten ist, hat der seine in der Legende überlebt.«

Sie glaubte einen Anflug von Groll in seiner Stimme vernommen zu haben und fragte ihn deshalb geradeheraus: »Und das ärgert Sie wohl, wie?«

»Würde Euch das nicht auch ärgern?« kam die Gegenfrage. »Es gibt nichts, was er kann, das nicht auch ich könnte, und ich würde ihn mehr als einmal besiegen, wenn er sich auf einen Kampf mit mir einließe. Doch unglücklicherweise ist mir das Mißgeschick unterlaufen, Gunnhildas Fluch auf mich zu ziehen.«

Roseleen seufzte, als ihr bewußt wurde, daß sie sich dazu hatte hinreißen lassen, alles, was er ihr erzählte, für bare Münze zu nehmen. »Diese Hexe Gunnhilda – Sie erwarten jetzt wohl von mir, daß ich an Hexen und Wikingergötter glaube, aber das kann ich einfach nicht …«

»Was Ihr glaubt oder nicht, das ist mir wirklich egal. Ich habe es nicht nötig zu beweisen, was ich sage. Daß ich hier bin, ist Beweis …«

»*Falls* Sie hier sind«, berichtigte sie ihn. »Ich bin geneigt, das abermals in Zweifel zu ziehen.«

Das brachte ihr wieder ein hämisches Grinsen ein, das sich auch nicht verlor, als er aufstand und um das Bett herum auf sie zukam. Roseleen schlug das Herz bis zum Hals.

»Nun – ich denke, es wird Zeit für Sie zu gehen«, preßte sie eilig hervor, aber nicht schnell genug.

»Ich danke Euch für die Erlaubnis, gehen zu dürfen, jedoch – ich bin noch nicht bereit, mich zu verabschieden.«

Als er dies sagte, stand er bereits direkt vor ihr, nur wenige Zentimeter von ihr entfernt. Roseleen hatte zwar das Glück, mit ihren ein Meter siebzig ein wenig über der weiblichen Durchschnittsgröße zu liegen, doch er war immer noch gut einen Kopf größer als sie – eine Tatsache, die ihr erst jetzt richtig bewußt wurde, da sie zu ihm hochblicken mußte. Und als sie dann sah, wie seine Hand sich ihrem Gesicht näherte, wurde ihr ganz schwindlig.

Sie kniff die Augen zu, hielt den Atem an und erwartete … ja, was denn eigentlich? Daß etwas Schreckliches geschah? Ein grauenhaftes Erlebnis? Das einzige, was passierte, war, daß ihr die Brille langsam von der Nase rutschte.

»Dieser Schmuck, den Ihr da tragt, ist mir unbekannt. Wie nennt Ihr ihn?«

Ihre Lider flogen auf. Der Mann inspizierte verwundert

ihre Brille. Die Art, wie er sie hielt, an den Gläsern und nicht am Gestell, verriet einen Mangel an Vertrautheit mit solchen Alltäglichkeiten deutlicher als seine Frage.

Kein tätlicher Angriff. Kein eiskalter Lufthauch, den man in Gegenwart eines Geistes erwarten mochte, der so nahe vor einem stand. Ganz langsam atmete Roseleen aus.

»Brille«, sagte sie.

Er sah zu ihr herab, bis ihre Blicke sich trafen. Dann warf er die Brille nach hinten über die Schulter, genau wie den Knochen am Abend zuvor, ohne sich darum zu kümmern, wo sie landete.

»Schmuck ist dazu gedacht, zu verschönern, Verehrteste. Warum tragt Ihr welchen, der das nicht tut?«

»Eine Brille ist kein Schmuckstück ...«, begann sie, doch ihre weitere Erklärung endete in einem Aufstöhnen; schon wieder näherte sich seine Hand ihrem Gesicht. »Was machen Sie ...?«

Ihre Stimme versagte. Er antwortete nicht. Seine Hand hatte bereits ihr Ziel erreicht, den Dutt in ihrem Nacken. Ein kurzer Ruck an den metallenen Haarnadeln, und das kastanienrote Haar löste sich aus dem Knoten und fiel ihr in üppigen Kaskaden über den Rücken. Er griff in die dichte Haarmähne, brachte eine Strähne nach vorne und drapierte sie über ihre linke Brust. Viel zu nahe an derselben Brust fand er eine Haarklammer, die sich in den Locken verfangen hatte und die er nun gründlich untersuchte. Sie hatte so eine Ahnung, daß diese Klammer denselben Weg nehmen würde wie die Brille, wenn er mit der Inspizierung fertig war. Nachdem sich ihre Ahnung bestätigt hatte, heftete er seinen Blick wieder erbarmungslos auf sie.

»Schon besser«, nickte er zufrieden, nachdem er erst ihr Profil und dann die Flut ihrer kastanienroten Haarpracht gemustert hatte, die ihr fast bis zu den Hüften reichte. »Es gefällt mir, daß Ihr mir zeigt, was Ihr vorher vor mir verborgen habt. Ich denke, ich kann mich an den Gedanken gewöhnen, daß Ihr im Besitz meines Schwertes seid.«

Sie hätte schon sehr begriffsstutzig sein müssen, um nicht zu merken, daß er auf den Abend anspielte, als sie nur in ein kurzes Badetuch gehüllt vor ihm gestanden hatte, und auf seine so altmodisch formulierte Vermutung, ob sie ihn gerufen habe, damit er das Lager mit ihr teilte. Doch bevor sie sich noch eine passende Antwort zurechtlegen konnte, sah sie schon wieder seine Hand auf sich zukommen.

Die schmale Schulterpasse ihrer ärmellosen Bluse war diesmal das Ziel seiner neugierigen Finger. »Wie läßt sich diese seltsame Tunika ablegen?« wollte er wissen.

Nachdem ihr Herzschlag nun schon zum dritten Mal kurzfristig ausgesetzt hatte, stieß sie schroff hervor: »Das ist eine Bluse, und die wird überhaupt nicht abgelegt. Wenn Sie glauben, ich bleibe hier einfach so stehen und warte, bis Sie meine ganzen Kleidungsstücke untersucht haben, dann ...«

»Nein, Euer Gewand interessiert mich nicht«, unterbrach er sie, obwohl seine Finger im selben Moment an dem dünnen Stoff der Schulterpasse nestelten. »Wie ich sehe, ist es ein leichtes, diesen Stoff zu zerreißen. Wenn Ihr also Euer Gewand schonen wollt, dann sagt es besser gleich.«

Das Herz schlug ihr jetzt wieder bis zum Hals. Was er da andeutete, konnte doch unmöglich sein Ernst sein.

»Sie haben sich jetzt genug herausgenommen, Thorn. Schluß damit. Alles andere bleibt da, wo es ist.«

Ohne auf ihre Worte zu achten, schob er zwei Finger seiner linken Hand unter den schmalen Stoffstreifen an ihrer anderen Schulter. Die Bluse spannte sich unter ihren Achseln, als sich seine Hände zu Fäusten schlossen, dann folgte ein kurzer, kräftiger Ruck. Die dünne Sommerbluse riß genau in der Mitte auseinander, vorne und hinten, und die zwei Hälften hingen ihr nun rechts und links an den Armen.

Sie stand da wie zu Stein erstarrt und hörte ihn mißbilligend schnaufen. »Was ist das nun wieder für ein komisches Gebilde, das Euch da oben einschnürt?«

Ihr Büstenhalter. Er starrte auf ihren BH, und an seinem

Gesichtsausdruck konnte sie genau ablesen, daß er herausgefunden hatte, wie man auch dieses Kleidungsstück loswerden konnte.

Die Arme hochzureißen und vor der Brust zu kreuzen war eins. Plünderungen und Vergewaltigungen mochten zu seiner Zeit ein ganz alltägliches Vergnügen gewesen sein, aber das hier war nicht seine Zeit, das war ihre.

Mit strenger Miene und gleichzeitig bemüht, die Tatsache nicht zur Kenntnis zu nehmen, daß sie halbnackt vor ihm stand, stieß sie hervor: »Ich weiß zwar nicht, was Sie vorhaben, aber so geht das nicht. Sie können sich nicht einfach nehmen, was Sie wollen. Sie müssen fragen – und meine Antwort lautet nein.«

Ihre Belehrung entlockte ihm nur ein dünnes Grinsen. »Und weshalb sollte ich dann so dumm sein und erst noch fragen?«

»Sie haben da etwas mißverstanden.«

»Nein, ich habe Euch sehr wohl verstanden. Ihr wollt, daß ich vor Euch zu Kreuze krieche, aber das werde ich nicht tun. Das letzte Weib, das mein Schwert besaß, äußerte auch solchen Unsinn. Aber Euch, Mylady, Euch habe ich gewarnt, daß mein Appetit groß ist.«

»Nach Essen«, beeilte sie sich, ihn zu erinnern.

»Und Kämpfen ... und Frauen. Und es ist schon lange her, seit ich mich das letzte Mal mit einem schönen Weib vergnügt habe.«

»Tut mir leid, das zu hören, aber Sie werden sich wohl noch etwas länger in Enthaltsamkeit üben müssen.«

»Das glaube ich nicht.«

Er zog sie neben sich aufs Bett, und als nächstes spürte sie seine Hände an ihren Hüften. Sie verlor das Gleichgewicht und fiel halb auf ihn; blitzschnell rollte er sich herum und begrub sie unter sich.

Prickelnde Erregung durchströmte sie, ihre Nerven nahmen jeden Reiz wahr; sein Gewicht, das unbestreitbar existent und dazu recht schwer auf ihr lastete, das Kratzen seiner Bartstoppeln auf ihren Wangen, seinen Mund, der ihre Lippen suchte und fand. Es war wirklich nichts Substanzloses an dem Körper, der sie so unbarmherzig auf die Matratze preßte. Und die Lippen, die über die ihren glitten, waren die sinnlichsten, die sie je berührt hatten.

Die Angst, die sie immer noch umfing, war sicherlich mitverantwortlich für den Sturm an Gefühlen und Empfindungen, der jetzt in ihrem Inneren tobte. Noch nie hatte ihr Herz so heftig geschlagen. Das Blut raste durch ihre Adern, daß es sie am ganzen Körper kribbelte. Und als seine Zähne dann an ihrer Unterlippe zupften, kurz bevor sie daran zu saugen begannen, war sie verdammt nahe daran zu ...

Roseleen brachte keinen Ton hervor, als seine Lippen sich von ihrem Mund lösten und an ihrem Hals herunterwanderten. Sie hätte ihn auffordern können, unverzüglich mit dem aufzuhören, was er da tat, hätte die Situation vielleicht ein bißchen mehr unter Kontrolle bringen können, aber sie war viel zu beschäftigt mit sich und den überwältigenden Erfahrungen, die ihr erstmals so richtig zum Leben erwachter Körper gerade machte.

Und dann zog er das eine Körbchen ihres Büstenhalters nach unten – mit den Zähnen. Seine breiten Hände hielten sie seitlich unter den Armen umfaßt, knapp neben ihren Brüsten, berührten sie aber nicht. Daß seine Finger so nahe waren, trieb sie schier zum Wahnsinn. Und als ihre Brust von dem spitzenbesetzten Körbchen, das jetzt darunter klemmte, nach oben gedrückt wurde, zog sich ihre Brustwarze zusammen und wurde hart. Es tat weh, und sie rang nach Luft. Dann spürte sie nur noch die Wärme seines Mundes, der sich um ihre Brustspitze geschlossen hatte und rhythmisch daran saugte.

Stöhnend hob sie ihren Körper dieser feuchten Hitze entgegen. Sie konnte nichts dagegen tun. Irgendwie war es so richtig. Zum ersten Mal in ihrem Leben stimmte alles genau, und sie stand in Flammen. Als er ihr dann in die Augen schaute, spielte ein schalkhaftes Grinsen um seine Mundwinkel.

»Glaubt Ihr jetzt immer noch, daß ich ein Geist bin?«

Es dauerte eine Weile, bis seine Bemerkung durch den Nebel an Empfindungen zu ihr durchgedrungen war, und als ihr verwirrter Verstand endlich begriffen hatte, umfing sie ein seltsames Gefühl – sie wußte nicht genau, was es war, aber es war kein gutes Gefühl. Was er gerade mit ihr gemacht hatte – das hatte er nur deshalb getan, um ihr zu beweisen, daß er dazu in der Lage war. Er hatte gar nicht vor, sie zu vergewaltigen – oder sie zu lieben, je nachdem, wie sie es sehen wollte. Und jetzt, da sie ihre Sinne halbwegs wieder beieinander hatte, wußte sie nicht, ob sie enttäuscht sein sollte oder erleichtert.

»Ich habe Euch zweimal gewarnt, Lady. Beim nächsten Mal werdet Ihr meine Gelüste befriedigen müssen – und zwar alle.«

»Heißt das, daß ich Sie auch zum Kampf herausfordern muß? Kann ich dann Ihr Schwert benutzen, oder beanspruchen Sie es für sich?«

Sie hätte sagen können, daß der Teufel aus ihr gesprochen habe, aber Tatsache war, daß sie allmählich wirklich wütend wurde. Wie konnte er es wagen, einen so hohen Preis für die Informationen zu verlangen, die sie von ihm haben wollte?

Und dann besaß er auch noch die Frechheit, ihr zu antworten: »Es gibt nur ein Schwert, Verehrteste, das ich gegen Euch erheben würde.«

Sein Grinsen, noch eine Spur niederträchtiger diesmal, sagte ihr, daß sie sich nicht die Mühe zu machen brauchte, an der Bedeutung dieser Aussage zu zweifeln. »Auf derartige Geschmacklosigkeiten kann ich verzichten, vielen Dank«, erwiderte sie frostig. »Ich möchte, daß Sie jetzt gehen, Thorn Blooddrinker.«

Um ihren Worten mehr Nachdruck zu verleihen, versuchte sie ihn von sich wegzuschieben, mußte aber ärgerlich feststellen, daß sie keine Möglichkeit besaß, ihn dazu zu bewegen, sich von der Stelle zu rühren, wenn er es nicht freiwillig tat. Aber dann bewegte er sich doch, rückte so weit von ihr ab, bis er am Fußende saß, und betrachtete sie von dort aus eingehend. Ihre Blicke begegneten sich, und er hielt den ihren mit einer Intensität fest, die ihr wieder den Atem nahm. Daraufhin wanderten seine Augen weiter nach unten zu ihrer immer noch entblößten Brust, und jetzt wurde Roseleen plötzlich bewußt, daß sie daran gar nicht mehr gedacht hatte.

Mit einem spitzen Schrei krabbelte sie aus dem Bett, zerrte energisch ihren Büstenhalter hoch und flog förmlich zu ihrem Kleiderschrank, verfolgt von seinem schallenden Gelächter. Dieses Lachen versetzte sie so richtig in Zorn. Doch bevor sie sich noch umdrehen und ihm ihre Wut ins Gesicht spucken konnte, hörte sie es donnern.

Sie mußte sich nicht erst umdrehen, um zu wissen, daß er verschwunden war. Ihre Schultern sanken erleichtert nach unten. Ja, es war fraglos Erleichterung, was sie jetzt empfand. Sie würde dieser verpaßten Gelegenheit nicht nachtrauern. Sich mit einem tausend Jahre alten Wüstling auseinanderzusetzen, überstieg ganz offensichtlich ihre Fähigkeiten. Ihretwegen konnte er in seinem sagenumwobenen Walhalla verschimmeln. Sie würde nicht noch einmal so töricht sein, ihn zu rufen.

9

Fünf Tage lang glückte es Roseleen, nicht über Thorn Blooddrinkers Worte nachzudenken. Und sie gab sich alle erdenkliche Mühe, auch zu vergessen, was er mit ihr auf dem Bett gemacht hatte – ein wahrlich schwieriges Unterfangen, denn was sie während dieser wenigen Minuten empfunden hatte, war so aufregend gewesen, so unglaublich schön, daß es sich kaum aus ihrer Erinnerung vertreiben ließ. Sie könnte sie ihrer Angst zuschreiben, diese intensiven Gefühle, die sie erlebt hatte, ja gewiß – und doch würde sie sich selbst belügen, wenn sie die Tatsache in Abrede stellte, daß er in ihr eine Leidenschaft geweckt hatte wie noch kein Mann zuvor.

Und dabei wußte sie immer noch nicht, *was* er überhaupt war.

Ein Geist? Das zu akzeptieren hätte ihr noch die wenigsten Schwierigkeiten bereitet. Viele Menschen glaubten an Geister und schworen sogar, welchen begegnet zu sein. Roseleen zählte sich zwar zu den Skeptikern, die nur glaubten, was sie mit eigenen Augen sahen ..., aber ein Unsterblicher? Ein Mensch, der tausend Jahre alt werden konnte, ohne dabei ein einziges graues Haar zu bekommen? Jemand, der behauptete, daß es tatsächlich dieses mysteriöse Himmelreich gab, das nur Wikingern vorbehalten war? Unmöglich.

Gut, aber wer war Thorn Blooddrinker dann? Ein reicher, exzentrischer Scherzbold, dem genügend aufwendiges und kostspieliges High-Tech-Equipment zur Verfügung stand, um ihr vorzugaukeln, daß er mittels eines verfluchten Schwertes erscheinen und verschwinden konnte? Nein. Er *war* echt. An diesem Körper, der sie unter sich begraben hatte, war ebensowenig Geisterhaftes wie an dem Mund, der sich so heiß angefühlt hatte und so ...

Roseleen hatte schon eine Idee, wie sie endgültig Klarheit erlangen konnte. In ihrem Schlafzimmer, überall im Haus war es möglich, irgendwelche Kameras oder Projektoren zu verstecken, selbst in dem Wagen, den sie benutzte. Sie hatte aber nicht vor, das gesamte Haus auf den Kopf zu stellen, um diese Gerätschaften zu finden. Das war auch gar nicht nötig. Sie brauchte nur aufs Land zu fahren, auf eine Wiese unter freiem Himmel, wo außer ihr und dem Schwert nichts und niemand sonst war.

Und wenn er wieder erschien? Nun, das wäre dann zumindest der Beweis dafür, daß er keine High-Tech-Illusion war. Sie würde dann zwar immer noch nicht wissen, was es mit ihm auf sich hatte, aber darüber konnte sie sich später den Kopf zerbrechen. Wenn er tatsächlich auftauchte, vorausgesetzt, sie wäre bereit, es noch einmal zu riskieren, dann müßte sie sich zuallererst mit seiner Drohung auseinandersetzen, und das war das einzige, was sie im Augenblick beschäftigte.

»Beim nächsten Mal werdet Ihr meine Bedürfnisse befriedigen müssen – und zwar alle.«

Der bloße Gedanke an seine Bedürfnisse, insbesondere seine sexuellen, löste ein süßes, kribbelndes Ziehen in ihrem Körper aus. Sie wünschte sich beinahe, ihr Vater hätte ihr nicht so strenge moralische Grundsätze eingebleut. Und sie begann sogar die Tatsache, daß sie noch Jungfrau war, zu hinterfragen, was sie bisher noch nie getan hatte. Immerhin, wie viele neunundzwanzigjährigen Frauen konnten von sich behaupten, noch nie mit einem Mann geschlafen zu haben? Sie hätte heutzutage sicherlich einige Mühe, eine andere Frau ihres Alters ausfindig zu machen, die derart tugendhaft war wie sie.

Die sechziger und siebziger Jahre hatten die sexuelle Revolution eingeleitet. Die achtziger Jahre hatten den Frauen die Gleichberechtigung gebracht und den Prozeß der Veränderung und der neuen Einstellung gegenüber dem weiblichen Geschlecht weiter vorangetrieben. Die Frauen hatten eine Menge gewonnen im Laufe dieser Entwicklung, das stand außer Frage, aber dabei auch etwas eingebüßt – von echten ›Gentlemen‹ verwöhnt zu werden.

Barry war geradezu ein Paradebeispiel für diese Art von Verlust. Er hatte ihr nie die Tür aufgehalten oder ihr im Restaurant den Stuhl zurechtgerückt, bevor er sich selbst setzte, noch die wenigen Male, daß er es überhaupt für nötig erachtete, sie nach Hause zu bringen, darauf bestanden, für sie die Tür aufzuschließen. Meist holte er sie weder ab, wenn sie eine Verabredung hatten, noch begleitete er sie anschließend nach Hause. Er traf sich einfach irgendwo mit ihr und hielt es für eine Selbstverständlichkeit, daß sie für den Bus oder das Taxi dorthin selbst aufkam. Und Roseleen hatte sich nicht einmal etwas dabei gedacht. Letztlich war sie doch ein Kind der siebziger Jahre, auch wenn sie unter einem bestimmten Aspekt sehr altmodische Ansichten hegte.

Als sie sich damals mit dem Gedanken trug, Barry zu heiraten, hatte sie dieser spezielle Aspekt auf einmal in Verlegenheit gebracht, denn sie wußte nicht, wie sie ihrem zukünftigen Ehemann in der Hochzeitsnacht ihren ungewöhnlichen Zustand erklären sollte. Tatsache war nämlich, daß kein Mann mehr damit rechnete, daß seine Auserwählte unberührt in die Ehe ging. Ungläubiges Erstaunen war das mindeste, was sie als Reaktion von Barry zu erwarten hatte; auf schallendes Gelächter und schlechte Witze mußte sie jedoch auch gefaßt sein. Nein, sie war absolut nicht erpicht darauf gewesen, sich ihm gegenüber für ihre moralischen Grundsätze zu rechtfertigen.

Er seinerseits hatte sie nie nach dem Grund gefragt, warum sie sich weigerte, mit ihm zu schlafen. Anscheinend schrieb er diese Abwehr ihrem zurückhaltenden Wesen zu, so hatte er es jedenfalls einmal ausgedrückt, und sie hatte ihn auch in dem Glauben gelassen. Abgesehen davon hatte er ohnehin keine intensiven Versuche unternommen, sie ins Bett zu locken, was ihr wiederum hätte zu denken geben müssen. Doch damals war sie ganz einfach erleichtert gewesen, daß er sie in dieser Hinsicht nicht bedrängte oder gar wütend wurde, wie manch anderer Verlobter es vielleicht geworden wäre.

Aber mit Thorn Blooddrinker verhielt es sich völlig anders. Er hatte ihr ein Ultimatum gestellt, und das behagte ihr ganz und gar nicht. Die Aussicht, mit ihm ins Bett zu gehen, mochte im Augenblick ihr ganzes Denken beanspruchen und ihren Körper in Wallung versetzen, aber Tatsache war, daß er den Preis für das festsetzte, was sie von ihm wissen wollte. Sie würde für die Informationen, die sie sich von ihm so sehnlichst erhoffte, mit ihrem Körper bezahlen müssen, und das war in ihren Augen erniedrigend, gemein und absolut unakzeptabel.

Hätte er irgend etwas anderes gefordert, so hätte sie keinen weiteren Gedanken daran verschwendet. Das wäre dann das gleiche gewesen, als wenn sie ein Nachschlagewerk gekauft oder eine Tour zu den berühmten Schlachtfeldern gebucht hätte. Gut, er verdiente *etwas*, als Entschädigung für das, was sie von ihm bekommen würde. Aber ihren Körper, und insbesondere ihre Jungfräulichkeit? Nein, das war zuviel verlangt, und sie glaubte zu wissen, daß auch ihm das klar war, daß er diesen Preis nur deshalb genannt hatte, weil er nicht wieder gerufen werden wollte.

Nachdem sie sich schließlich doch gestattet hatte, über Thorn und sein Ultimatum nachzudenken – und sich wieder aufs neue darüber zu ärgern –, dauerte es nicht lange, bis sie eine Möglichkeit gefunden hatte, wie sich das Ganze umgehen ließ. Warum, überlegte sie, drehte sie nicht einfach den Spieß um und stellte ihm ebenfalls ein Ultimatum? Kaum hatte die Idee richtig Gestalt angenommen, da packte Roseleen auch schon einen großen Picknickkorb, schnappte sich den Kasten mit dem Schwert und fuhr hinaus aufs Land.

Es dauerte eine Weile, bis sie einen geeigneten Platz fand, und den hätte sie dann auch noch um ein Haar übersehen, gerade weil er sich so perfekt für ihr Vorhaben eignete. Eingebettet zwischen goldenen Weizenfeldern breitete sich am Fuße eines flachen Abhangs, von der Straße aus kaum sichtbar, eine kleine Wiese aus, auf der alle Arten von Sommerblumen blühten und wo einige dichtbelaubte Bäume standen, deren tief herabhängende Äste ausreichend Schatten spendeten. Ein idyllisches Plätzchen, dessen absolute Stille kaum vom munteren Flattern bunter Schmetterlinge und einer sanften Nachmittagsbrise gestört wurde.

Soweit das Auge reichte nur unberührte Natur, eine Szenerie, die nicht auf ein bestimmtes Jahrhundert schließen ließ, was diesen Platz für Roseleens Plan so ideal machte. Sie wollte nicht, daß sich ihr Wikinger diesmal durch irgendwelche Errungenschaften des 20. Jahrhunderts ablenken ließ. Sie wollte seine ungeteilte Aufmerksamkeit – zumindest bis die ›Preisverhandlungen‹ abgeschlossen waren.

Sie mußte zweimal gehen, denn der große Picknickkorb und die Holzkiste mit dem Schwert waren zu schwer, um beides gleichzeitig auf die Wiese zu tragen. Doch schon bald hatte sie unter einem der Bäume eine Decke ausgebreitet und den Deckel des Korbes geöffnet, der bis zum Rand mit allerlei Köstlichkeiten gefüllt war, und natürlich auch die Mahagonikiste aufgeschlossen, wobei sie sorgsam darauf bedacht war, den Schwertgriff noch nicht zu berühren.

Das Essen diente in erste Linie dazu, Thorn Blooddrinker milde zu stimmen. Da er sicherlich nicht beglückt auf das Ultimatum reagieren würde, das *sie* ihm stellen wollte, hatte sie daran gedacht, daß sie zumindest eines seiner Bedürfnisse befriedigen mußte. Für die anderen beiden, über die er sie nicht im ungewissen gelassen hatte, fühlte sie sich nicht zuständig. Sie hatte nicht vor, auf einer intimen Ebene mit ihm zu verhandeln, und er würde sich sicherlich schwertun, in diesem Jahrhundert die Art von Schlachten zu schlagen, mit denen er vertraut war.

Dieser Gedanke entlockte ihr ein Lächeln. Armer Mann. Er würde wohl bei dem Handel, den sie ihm anzubieten hatte, den kürzeren ziehen. Und plötzlich erschreckte sie die Gewißheit, daß sie tatsächlich so fest mit seinem Erscheinen rechnete, als wäre es das Selbstverständlichste von der Welt. Und hier draußen konnte es mit Sicherheit keine versteckten technischen Spielereien geben. Wenn er wieder begleitet von Blitz und Donner erschien, dann mußte sie wohl oder übel akzeptieren, daß er ein …

Roseleen stöhnte innerlich auf. An so etwas wollte sie gar

nicht denken, wollte sich nicht Tatsachen gegenübersehen, die jeglicher Logik entbehrten. Es *mußte* eine andere Erklärung dafür geben, eine, die nicht von ihr verlangte, alle bisherigen Erkenntnisse über Bord zu werfen, und sie war fest entschlossen, eine solche zu finden.

Sie griff nach dem Schwert, kam aber nicht dazu, es zu berühren. Plötzlich begann ihr Herz verrückt zu spielen, das Blut raste durch ihre Adern, und tief in ihrem Inneren ... o Gott, der bloße Gedanke daran, ihn wiederzusehen, genügte schon, um dieses angenehme Brennen in ihrem Bauch auszulösen. Kein Mann hatte es bisher vermocht, derartige Gefühlsstürme in ihr wachzurufen. Sie *brauchte* gar nicht mit ihm zu verhandeln. Sie konnte einfach ... nein! Nein, das kam nicht in Frage. Nicht als Bezahlung und nicht mit einem Mann, von dem sie nicht einmal sicher wußte, ob er überhaupt existierte.

Tief durchatmend rief sie ihre Gefühle *und* ihren Körper zur Ordnung und schloß dann die Finger fest um den Griff des Schwertes. Wie bei den letzten Malen fühlte es sich auch jetzt wieder sonderbar warm an, ein weiterer Punkt, der jeglicher Logik widersprach. Das Metall hätte kalt sein müssen und sich erst erwärmen dürfen, sobald sie es eine Weile in der Hand gehalten hatte – aber nicht so bei diesem Schwert.

Die Sonne war hinter einer Wolke hervorgekommen. Wenn es geblitzt hatte, so bemerkte sie es nicht, aber das Grollen des Donners war unüberhörbar. Thorn Blooddrinker jedoch war nirgends zu sehen. Sie wirbelte herum, aber er stand auch nicht hinter ihr. Und plötzlich überkam sie ein Gefühl von – Leere und tiefer Enttäuschung. Es war, als habe sie gerade etwas sehr, sehr Wertvolles verloren. Sie war so traurig, daß sie sich am liebsten hingesetzt und geheult oder aber vor Wut geschrien hätte, tat aber weder das eine noch das andere. Wehmütig ließ sie das Schwert fallen und verdrängte die Erkenntnis, daß das Ganze doch nur ein Streich gewesen war, ein ganz übler Scherz – inszeniert von dem Mann, der sich in ihr Schlafzimmer geschlichen hatte, wer immer er auch gewesen sein mochte. Im Augenblick war sie nicht in der Verfassung, sich damit auseinanderzusetzen und sich zu überlegen, wie dieser Mann das angestellt hatte, und vor allem weshalb. Sie war einfach zu …

»Ihr überrascht mich, verehrte Lady. Ich hatte angenommen, Ihr würdet ein weiches Bett vorziehen.«

10

Langsam beugte Roseleen den Kopf nach hinten und schaute nach oben – da war er. Thorn Blooddrinker saß genau über ihr auf einem der unteren Äste und ließ die Beine in der Luft baumeln wie ein kleiner Junge. Das Lächeln, das dabei um seine Lippen spielte, war jedoch alles andere als kindlich. Es war vielmehr ein breites, niederträchtiges Grinsen, das genau erkennen ließ, woran er gerade dachte – daß es mit der langgeübten Enthaltsamkeit, die er erwähnt hatte, sehr bald vorbei sein würde.

Einen Augenblick lang starrte sie ihn entgeistert an, während die Niedergeschlagenheit, die sie eben noch empfunden hatte, einem akuten Nervenflattern wich – ja, so würde sie das Gefühl beschreiben, das sie mit einemmal überkam. Hatte sie sich wirklich eingebildet, mit diesem Mann fertig werden zu können? Dem Abkömmling eines Volkes, dessen Männer für ihre Gewalttätigkeit, Kriegslust und ihr barbarisches Benehmen berüchtigter waren als alle anderen Volksstämme, die die Geschichtsschreibung kannte; so arrogant, daß sie an ein Himmelreich glaubten, das nur ihnen allein vorbehalten war und in das nur Eingang finden konnte, wer mit der Waffe in der Hand auf dem Schlachtfeld fiel. Das alles sagte genug über die Denkweise dieses Volkes und folglich auch dieses Mannes aus.

Wenn es ihr nicht augenblicklich gelang, ihre Gedanken

in eine andere Richtung zu lenken, überlegte sie, blieb ihr wohl nichts anderes übrig, als sich in ihren Wagen zu flüchten. »Wie kommen Sie da hinauf?« fauchte sie ihn in der stillen Hoffnung an, daß sie ihn damit auch von seinen Gedankengängen ablenken könnte.

Die weite, weiße Tunika, die er diesmal trug, hatte er nur lässig über die Schulter geworfen, und sie rutschte ihm jetzt beinahe herunter, als er ihre Frage mit einem heftigen Schulterzucken quittierte. Der Überwurf ließ den größten Teil seines Oberkörpers frei, seine dunkelbraunen Hosen steckten diesmal in weichen Stiefeln, die ihm bis zu den Knien reichten und mit Lederriemen umwickelt waren. Sein Aufzug hätte lässig, beinahe harmlos gewirkt, wenn er nicht diese Scheide an seinem breiten Schwertgurt getragen hätte. Sie war leer, doch der Dolch mit der langen Klinge daneben, der ihr als nächstes ins Auge fiel, machte ihre Erleichterung darüber sogleich zunichte.

Roseleens schroffe Frage beantwortete er mit der nicht minder unfreundlichen Erklärung: »Euch obliegt es, mich zu rufen, Lady, aber ich habe die Wahl, wo ich meine Füße hinstelle, und im Augenblick gedenke ich sie nicht auf den Boden zu setzen.«

Als sie realisierte, daß er genau vor ihrer Nase landen würde, falls er seine Absicht demnächst zu ändern beliebte, machte sie einen schnellen Satz zur Seite. Sein Lachen klang verhalten, wissend. Er spürte ganz genau, daß sie Angst vor ihm hatte. Keine gute Ausgangsposition für eventuelle Verhandlungen – jedenfalls nicht für sie.

Roseleen hatte einen knöchellangen, mit einem blau-gelben Blumenmuster bedruckten Rock gewählt, dazu eine gelbe, hochgeschlossene Seidenbluse, die locker über den Rock fiel, und flache Sandalen. Der Hitze wegen hatte sie auf lange Ärmel verzichtet, doch das war auch ihr einziges Zugeständnis an den warmen Sommertag gewesen. Schließlich hatten die Männer bis zu Beginn dieses Jahrhunderts außerhalb des Schlafzimmers niemals ein unbedecktes Frauenknie zu Gesicht bekommen, und nur ganz wenige Frauen waren so mutig gewesen, lange Männerhosen zu tragen. Zudem hatte Roseleen keine Ahnung, in *welches* Jahrhundert dieser Wikinger von früheren Schwertbesitzern gerufen worden war – ein weiterer Punkt, der sie brennend interessierte.

Roseleen trug ihre Brille wie ein Schutzvisier, und ihre adrette Duttfrisur wirkte noch eine Spur strenger als sonst. Diese Vorsichtsmaßnahmen bargen freilich das Risiko, daß er sich wieder bemüßigt fühlen könnte, ihr die Brille abzunehmen und die Haarnadeln aus dem Dutt zu ziehen, aber es war ihr in diesem Fall wichtiger gewesen, ihm durch ihr Erscheinungsbild zu verstehen zu geben, daß sie nicht im mindesten vorhabe, in irgendeiner Form anziehend auf ihn zu wirken.

Roseleen straffte die Schultern und versuchte, den ängstlichen Eindruck zu korrigieren, den sie eben noch vermittelt hatte. Und dann sagte sie in dem Tonfall, der bislang auch die rüpelhaftesten Studenten augenblicklich fügsam gemacht hatte: »Ich muß mit Ihnen reden, Thorn.«

Ihr autoritäres Auftreten beeindruckte ihn wenig. Sein Gesichtsausdruck zeigte eine überhebliche Amüsiertheit, als er von dem Ast, auf dem er gehockt hatte, heruntersprang und meinte: »Das könnt Ihr – anschließend.«

Er war etwa zwei Meter vor ihr gelandet, gedachte jedoch nicht, da stehenzubleiben. Roseleen rührte sich nicht von der Stelle, als er langsam näher kam. Wegrennen würde ihrem Ultimatum jegliche Überzeugungskraft nehmen, das war ihr klar, und auch daß sie es ihm jetzt sofort stellen mußte, solange zwischen ihnen noch ein gewisser räumlicher Abstand herrschte.

»Noch einen Schritt weiter, und Sie werden niemals wieder dorthin zurückkehren, von wo Sie gekommen sind.«

Er blieb augenblicklich stehen, etwa einen halben Meter vor ihr, in Reichweite zwar, kam aber nicht mehr näher. Sein Blick war starr auf den Boden geheftet, als erwarte er, daß sich vor ihm eine Fallgrube öffnen und ihn verschlucken könnte. Nachdem er sich versichert hatte, daß sie tatsächlich nur ein Stück grüne, blühende Sommerwiese trennte, hob er den Blick, spähte um sich, und seine Angespanntheit verriet ihr, daß er sich nicht ganz sicher war, ob sich in den Weizenfeldern nicht doch eine bewaffnete Armee versteckt hielte.

Ohne sie anzusehen, immer noch darauf gefaßt, irgendwo eine Pfeilspitze oder die Schneide eines Schwertes aufblitzen zu sehen, preßte er hervor: »Erklärt mir das, Lady. Was könnte mich am Gehen hindern?«

Für einen Moment spielte sie ernsthaft mit dem Gedanken, doch lieber wegzurennen. Instinktiv wußte sie, daß er in diesem Moment sein Leben unmittelbar bedroht sah und daß ihn das, was sie ihm zu sagen hatte, sehr wahrscheinlich in Rage versetzen würde. Aber sie sagte es trotzdem:

»Ich zum Beispiel.«

Langsam wanderte sein Blick zu ihr zurück, verwirrt zunächst, dann pure Neugier ausdrückend.

»Ihr? Wie denn?«

Sie mußte sich erst räuspern, bevor sie reden konnte. »Indem ich die Worte nicht ausspreche, die Sie entlassen.«

Immer noch kein Anzeichen für einen Wutausbruch. Im Gegenteil, schon wieder zupfte dieses tückische Grinsen an seinen Mundwinkeln. »Dann werdet Ihr mich also bei Euch behalten?«

Die Schlußfolgerung, die er gezogen hatte, war bestürzend. Roseleen kniff ihre Brauen zusammen, um ihm zu zeigen, daß sie seine Belustigung nicht teilte. »Ich glaube, Sie haben mich nicht richtig verstanden, Thorn. Ich will nichts weiter von Ihnen, als daß Sie meine Fragen beantworten – und Ihre Hände ruhig halten. Wenn wir uns darauf einigen können, dann werden Sie in allerkürzester Zeit wieder in Ihre Gefilde zurückkehren können.«

»Darauf kann ich mich nicht einlassen.«

Aus irgendeinem Grund hatte sie mit einer so direkten

Abfuhr nicht gerechnet und spürte Panik in sich aufsteigen. »Warum nicht?« verlangte sie zu wissen, eine Spur zu schrill.

»Weil ich Euch will.«

Der Effekt, den diese simplen Worte auf sie hatten, war dramatisch. Roseleens Knie drohten nachzugeben. Ihrer Kehle entrang sich ein leises Stöhnen. Und was der Blick aus diesen tiefblauen Augen in ihrem Inneren auslöste ...

»Und weil Ihr mich auch wollt«, fügte er hinzu.

»Das ist nicht ... das hat nicht das geringste damit ... Ich *kann* Ihre Bedingungen nicht akzeptieren.«

Sein Gesichtsausdruck wurde eine Spur härter. »Ihr wollt mich hierbehalten, aber Euch nicht um meine Bedürfnisse kümmern?«

»Für Ihren Hunger ist gesorgt. Hinter Ihnen steht ein Korb voll mit Essen.«

»Das ist nicht der Hunger, den ich meine, Gnädigste. Und das wißt Ihr sehr gut.«

Jetzt war er wütend, und wie. Aber seltsamerweise gab ihr das Auftrieb. Sie wurde mutiger.

»Essen ist das einzige Ihrer Bedürfnisse, dem ich Rechnung zu tragen gewillt bin«, teilte sie ihm mit fester Stimme mit. »Das und ein Bett zum Schlafen – nur zum Schlafen, wohlgemerkt. Was *Sie* vorschlagen, kommt überhaupt nicht in Frage. Wir kennen einander ja kaum.«

»Ich habe Eure Lippen gekostet und Geschmack daran gefunden. Das genügt mir. Mehr muß ich nicht wissen.«

Da waren sie wieder, die Hitzewellen in ihrem Bauch. Und die Röte, die ihr in die Wangen schoß. Seine schonungslose Offenheit war einfach barbarisch. Sie fragte sich, ob er überhaupt wußte, wie man ein Thema wie dieses behutsam anging.

»Dann lassen Sie mich noch einmal wiederholen«, begann sie und mußte sich mehrmals räuspern, um diesen sinnlichen Unterton aus ihrer Stimme zu vertreiben, »daß ich jedenfalls Sie kaum kenne – und von Geschmack will ich nichts mehr hören. Dieses Thema steht schon lange nicht mehr zur Debatte. Sie werden in Zukunft Ihre Hände von mir lassen, *und* Ihre Person, sonst … sonst sehen Sie Ihr Walhalla nie wieder.«

»Meine Person?«

Erstaunlich, daß es ihr gelang, so unnachgiebig und teilnahmslos zu agieren, zumal sie innerlich vor Verlegenheit schier verging. »Ihren Körper«, stellte sie klar, und ihre Wangen färbten sich noch eine Spur dunkler, erglühten geradezu, als er den Kopf in den Nacken warf und sich ausschüttete vor Lachen.

»Es war sehr klug von Euch, beides zu erwähnen. Keine Sorge, ich werde Euch nicht mit Gewalt nehmen. Gebt mir die Erlaubnis zu gehen, dann werde ich Eure Fragen beantworten.«

Auf einen so simplen Trick fiel sie nicht herein. »Ich soll Ihnen blind vertrauen? Nein, da muß ich Sie enttäuschen. Ich werde tun, was Sie wollen, sobald Sie getan haben, was ich will.«

»Also soll ich Euch vertrauen, wie?«

»Im Augenblick bin ich in der stärkeren Position, wie mir scheint. Ich möchte Sie nicht lange aufhalten, Thorn. Ich will nur meine Neugier befriedigen – und muß wirklich einiges wissen.«

»Und werdet Ihr auch die meine befriedigen?«

Er hatte sich zwar bereits mit ihren Bedingungen einverstanden erklärt, aber richtig beruhigt war Roseleen erst jetzt, nach diesen Worten. Seine Neugier befriedigen? Endlich hatte sie etwas, das sie ihm als Gegenleistung anbieten konnte, um ihr Schuldgefühl zu besänftigen, weil sie seine Mitarbeit so gnadenlos erzwungen hatte.

»Aber gewiß«, sagte sie und schenkte ihm ein zaghaftes Lächeln. »Was möchten Sie denn gerne wissen?«

»In welcher Zeit lebt Ihr?«

»Das ist das zwanzigste Jahrhundert.«

Er schnaubte verächtlich und blickte sich um. »Kein

großer Unterschied zum vorigen Mal, als ich gerufen wurde.«

Nachdem er genau das ausgesprochen hatte, was sie mit der Auswahl dieses Ortes beabsichtigt hatte, ging sie nicht weiter auf seine Bemerkung ein, sondern fragte statt dessen: »In welchem Jahr war das?«

»Siebzehn dreiundzwanzig, so wurde es genannt. Aber ich mag diese neuen Zeiten nicht – außer ... Gibt es hier zufälligerweise eine Schlacht, in der ich meine Fähigkeiten unter Beweis stellen könnte?«

Es überraschte sie nicht, daß das die erste Frage war, die er stellte. Insgeheim schüttelte sie amüsiert den Kopf. Wikinger, allzeit versessen auf einen Kampf. Daran mußte sie in Zukunft *immer* denken.

»Ich fürchte, die modernen Kriege sind nicht mehr das, was Sie unter Schlachten verstehen, Thorn«, fühlte sie sich bemüßigt, ihm zu erklären. »Die Art von Waffen, die Sie vielleicht bei Ihrem letzten Besuch kennengelernt haben, Vorderlader und Kanonen, sind inzwischen technisch sehr viel komplizierter geworden.« Sie sah, daß er ihr nicht ganz folgen konnte, Ausdrücke wie technisch oder kompliziert anscheinend nicht verstand, deshalb fügte sie erklärend hinzu: »Heutzutage kämpft man nicht mehr mit Schwertern. Niemand will dem Gegner direkt gegenüberstehen, und außerdem herrscht in diesem Land zur Zeit Frieden.«

Das Wort Frieden schien ihm nicht zu gefallen. Die Enttäuschung stand ihm im Gesicht geschrieben. »Und was für ein Land ist das, in das Ihr mich gerufen habt?«

»England.«

Das entlockte ihm ein hoffnungsfrohes Grinsen. »Die Engländer haben nie lange Frieden gehalten.«

Da die Geschichte seiner Behauptung recht gab, sah sie sich zu einer weiteren Erklärung genötigt. »Da ein dritter Weltkrieg wahrscheinlich die gesamte Menschheit ausrotten würde, legen die Länder heute im Umgang miteinander sehr viel mehr Diplomatie an den Tag, und da bildet auch England keine Ausnahme.«

»Es gab einen *Weltkrieg*? Und den habe ich verpaßt?«

Roseleen verdrehte die Augen angesichts der neuerlichen Enttäuschung, die seine Miene widerspiegelte. »Der letzte hätte auch Ihnen nicht sonderlich gefallen, und der davor auch nicht. Vergessen Sie es, Thorn, Sie werden in diesen Zeiten keinen Krieg nach Ihrem Geschmack mehr finden.«

Und um sicherzugehen, daß er sich den Gedanken an Kriege und Schlachten endgültig aus dem Kopf schlug, fügte sie hinzu: »Es sind einige Jahrhunderte vergangen, seit man Sie das letzte Mal gerufen hat, und die Welt hat sich inzwischen entscheidend gewandelt. Zu keiner Zeit in der Geschichte haben so viele dramatische Veränderungen stattgefunden wie in den letzten hundert Jahren. Einige dieser Neuerungen mögen Ihnen vielleicht zusagen, die meisten jedoch nicht. Zum Beispiel das, was Sie mit mir vorhatten, ist ohne meine Zustimmung illegal.«

»Illegal?«

»Gegen das Gesetz.«

Er grinste. »Ich folge meinen eigenen Gesetzen, Mylady, und setze sie auch durch. Mit meinem Schwertarm.«

Sie schüttelte den Kopf. »Es tut mir leid, aber so einfach geht das heutzutage nicht mehr.«

Sein Blick verriet ihr, daß er trotzdem nach seinem Gutdünken handeln würde. Sie konnten noch Stunden darüber reden, ohne zu einem Schluß zu kommen, aber schließlich wollte sie ja gar nicht, daß man ihn einsperrte, sie wollte nur ein paar Antworten von ihm. Und außerdem hätte sie *dieses* spezielle Thema gar nicht wieder anschneiden dürfen.

Aber er kam von sich aus auf etwas anderes zu sprechen. »Ich habe bereits einige dieser Veränderungen bemerkt. Dieses Gemälde von Wilhelm zum Beispiel, erstaunlich, wie lebensecht das wirkte.«

Nachdem sie das gehört hatte, gab es keinen Zweifel

mehr daran, daß sein erstes Erscheinen in ihrem Klassenraum in den Staaten tatsächlich stattgefunden hatte. Nicht, daß sie immer noch an seiner Existenz zweifelte; für ihr Empfinden war er real genug. Die Frage war nur, wie das möglich war und warum.

Aber ihre eigenen Fragen konnten warten, denn ihr war klargeworden, daß er, wenn sie erst einmal sein Interesse für die jetzige Zeitperiode geweckt hatte, nichts dagegen haben würde, so lange hierzubleiben, bis er sein Wissen über die Vergangenheit mit ihr geteilt hatte.

Deshalb sagte sie: »Das war kein Gemälde, sondern die Vergrößerung einer Fotografie«, und als er sie nur verständnislos anblickte: »Kommen Sie, ich zeige es Ihnen.«

Sie ging zurück zu der Decke, kniete sich hin und begann in ihrer Handtasche zu kramen. Daß er bereits neben ihr hockte, bemerkte sie erst, als sie gefunden hatte, was sie suchte. Mit der Brieftasche in der Hand richtete sie sich auf und sah ihn neben sich sitzen – nur eine Handbreit von sich entfernt.

Er beobachtete nicht, was sie tat, sondern starrte sie nur an, und für einige Sekunden hielt sein Blick den ihren gefangen, gelang es ihr nicht, ihre Augen von den seinen abzuwenden. Die Erregung kehrte zurück, schlug in Wellen über ihr zusammen. Sie stellte sich vor, wie es wäre, seine Wange zu berühren, seinen Nacken zu umfassen und ihn an sich zu ziehen, bis ihre Lippen sich trafen. Ihr stockte der Atem. Sie konnte ihn förmlich spüren, schmecken ...

Roseleen kniff die Augen zu. Du lieber Himmel, sie mußte verrückt sein, ihn länger hierbehalten zu wollen, wenn er eine solche Macht über ihren Körper besaß – nein, sie mußte verrückt sein, wenn sie das, woran sie eben gedacht hatte, nicht in die Tat umsetzen würde. Sie seufzte lautlos über ihre widersprüchlichen Gedankengänge. Wenn sie nur anders erzogen worden wäre, wenn er nur ein *normaler* Mann wäre, einer, der nicht durch die Berührung eines Schwertes erscheinen und verschwinden konnte.

Als sie die Augen wieder aufschlug, sah sie ihn grinsen. Er wußte Bescheid. Wußte ganz genau, was er ihr angetan hatte, strahlte aber gleichzeitig die Zuversicht eines Mannes aus, der überzeugt davon war, daß er das, was er wollte, sehr bald bekommen würde.

»Ihr wolltet mir etwas zeigen?«

Wollte sie? Ach ja, die Fotos in ihrer Brieftasche. Denk daran, ihn in Erstaunen zu versetzen, ihn so zu verblüffen mit den Wundern der modernen Welt, daß er gar nicht mehr dazu kommt, seine magischen Kräfte an dir auszuprobieren, redete sie sich ein.

Sie klappte ihre Brieftasche auf, die Seite mit der Plastikfolie, hinter der die Fotos steckten, hielt ihm das erstbeste unter die Nase, das ihr in die Finger kam, dann ein anderes und noch eines. »Das sind Fotografien von Menschen, die ich kenne. Meine Eltern, mein Bruder David, Gail, meine beste Freundin, Barry ... Verdammt, nicht zu fassen, daß ich dieses Bild immer noch mit mir herumtrage!« Sie zog den bis dahin völlig vergessenen Schnappschuß von Barry aus ihrer Brieftasche und zerriß ihn in lauter kleine Schnipsel. »Da sieht man mal wieder, wie selten ich mir diese Fotos anschaue«, murmelte sie.

»Weshalb tut Ihr das?«

Bevor sie antwortete, sammelte sie die Schnipsel ein und warf sie in den Picknickkorb. »Ein Foto zerreißen? Weil ich den Mann darauf nicht ausstehen kann.«

»Aber so was ist doch kostbar, oder nicht?«

»Nein, überhaupt nicht. Anhand dieser Fotos wollte ich Ihnen nur erklären, daß das Poster, das Sie damals in meinem Vorlesungsraum gesehen haben, nichts anderes war als die Vergrößerung eines Bildes wie diese hier. Es war kein handgemaltes Gemälde. Und mit Sicherheit hat auch nicht Wilhelm der Eroberer dafür Modell gestanden. Fotografien werden mit Kameras gemacht, das sind kleine, kastenförmige Apparate, die es inzwischen seit über hundert Jahren gibt. Schade, daß ich keine Polaroidkamera dabei habe, dann könnte ich ein Bild von Ihnen machen und es Ihnen gleich hier ...«

Sie unterbrach sich, als sie merkte, daß er ihr gar nicht mehr zuhörte. Vielleicht hatte sie zu viele unbekannte Ausdrücke verwendet, die er nicht verstand, weshalb das, was sie eben gesagt hatte, keinerlei Sinn für ihn ergab. Oder etwas anderes hatte seine Aufmerksamkeit gefesselt, denn er kramte plötzlich, ohne sie gefragt zu haben, in ihrer Handtasche herum.

Ihre erste Reaktion war Empörung, verständlicherweise, doch sie schluckte die Worte, die ihr auf der Zunge lagen, noch rechtzeitig herunter. Was immer ihn interessieren mochte, es konnte nur zu ihrem Vorteil sein. Das durfte sie ebenfalls nicht vergessen, und sie mußte sich besser im Griff haben, was ihre Emotionen betraf.

Sich über einen Mann zu echauffieren, der den männlichen Chauvinismus so glaubhaft personifizierte, wäre reine Zeitverschwendung. Letztlich war sein Benehmen Frauen gegenüber genauso mittelalterlich wie er selbst, und sie wußte nur zu gut, welchen Stellenwert die Frauen zu seiner Zeit gehabt hatten – denselben wie das Vieh und der Vorrat an Met, reines Besitzgut, mehr nicht. Tatsächlich zählten die Frauen noch weniger als verkäufliche Waren.

Würde es ihm demnach etwas ausmachen, wenn er sie beleidigte? Oder wenn sie wütend wurde? Wohl kaum. Darüber mußte sie beinahe lächeln. Der Umgang mit ihm würde das reinste Geschichtsseminar werden. Sie sollte eigentlich froh sein, daß sie sich in der Geschichte und in den damaligen Gepflogenheiten so gut auskannte und ihre Denkweise der seinen anpassen konnte. Wäre dem nicht so, würde sie wahrscheinlich die ganze Zeit über mit diesem Wikinger streiten, was sie natürlich keinen Schritt weiterbrachte.

Also hielt sie ihre Zunge im Zaum und wartete in Ruhe ab, welchem Gegenstand sein Interesse galt. Ihrem kleinen Parfümzerstäuber? Dem mit Solarzellen betriebenen Taschenrechner? Oder dem Päckchen mit Papiertaschentüchern, das sie am Flughafen gekauft hatte?

Was er schließlich aus den Tiefen ihrer Handtasche zum Vorschein brachte, war ihr Lippenstift, den er hin und her drehte und dessen Metallhülse er von allen Seiten ausgiebig untersuchte. Na klar, Metall. Kein Wunder, daß ihn der Lippenstift interessierte. Metall hatte etwas mit Waffen zu tun. Er schnippte sogar ein paarmal mit dem Fingernagel gegen die Hülse, um sich zu überzeugen, daß sie tatsächlich aus Metall war. Dabei löste sich die Kappe ein wenig vom unteren Teil, was ihm nicht entging, und seine Augen weiteten sich erstaunt, als er sie dann ganz abzog.

Ihr Lippenstift hatte ihn total in den Bann gezogen, und warum, das erfuhr sie gleich, als er in die leere Verschlußkappe hineinspähte und anschließend versuchte, seinen Zeigefinger in die schmale Öffnung zu stecken. Daß ihm das nicht gelingen konnte, war ihr klar.

»So dünn, dieses Metall. Und absolut rund und glatt!« rief er begeistert. »Eure Schmiede müssen wahre Künstler sein, Lady!«

Sie konnte sich ein Lächeln nicht verkneifen. Wenn ihn ein so einfaches Ding wie ein Lippenstift schon derartig faszinierte, was würde dann erst passieren, wenn er zum ersten Mal ein Fernsehgerät zu Gesicht bekäme? Das wäre wahrscheinlich der totale Schock für ihn. Oder, Gott steh ihm bei, wenn ein Düsenflugzeug über ihn hinwegdonnerte.

»Einen Schmied zu finden, das würde Ihnen heutzutage nicht leichtfallen. Sie werden nämlich nicht mehr gebraucht, ebensowenig wie Pferde – aber machen Sie sich nichts draus, das werden Sie auf dem Weg zurück zum Cottage schon selbst herausfinden.«

Und plötzlich freute sie sich richtig darauf, ihn in ihren Wagen hineinzubugsieren. Würde er ihm Angst einjagen oder ihn nur in heilige Ehrfurcht versetzen? Oder würde er ihren Wagen bloß als ein Transportmittel ansehen, das ihn schneller zu einem Schlachtfeld brachte? Gleich würde sie platzen vor Lachen, wenn sie nicht schleunigst diese Gedanken unterdrückte und diese Bilder aus ihrem Kopf verscheuchen könnte, wie er an Panzern und mobilen Abschußrampen vorbeiraste, das Schwert aus dem Autofenster streckte und damit wie ein Wilder in der Luft herumfuchtelte.

»Was das Metall betrifft«, fuhr sie mit ernster Miene fort, »so kann man das heutzutage in jeglicher Form und Größe herstellen, genau wie Plastik und Fiberglas und so weiter. Eine Fabrik stellt die Teile her, eine andere baut sie zusammen, und die Endprodukte stellen dann die verschiedenen Annehmlichkeiten unseres modernen Zeitalters dar, die wir, die wir hier leben, als etwas ganz Selbstverständliches betrachten. Sie werden bald viele dieser modernen Wunder selbst in Augenschein nehmen können. Aber fragen Sie mich bitte nicht, wie diese Wunderwerke funktionieren. In Sachen Technik bin ich nämlich völlig unbewandert.«

Ihre Ausführungen entlockten ihm nur ein verächtliches Schnauben. Wahrscheinlich hatte sie sich ihm wieder einmal nicht richtig verständlich machen können, überlegte sie. Unterdessen hatte er sich wieder dem Gegenstand seiner Aufmerksamkeit zugewandt und entdeckte gerade, was sich in dem Metallröhrchen befand.

Gutmütig kam ihm Roseleen zu Hilfe. »Halten Sie die Hülse fest, und drehen Sie an dem unteren Teil.«

Das tat er und riß dann verblüfft die Augen auf, als der bunte Stift zum Vorschein kam und wieder verschwand, wenn er den Ring in die andere Richtung drehte. Eine geschlagene Minute lang spielte er mit dem Stift und drehte ihn raus und rein, ganz in sich versunken wie ein kleiner Junge, der eine aufregende Entdeckung gemacht hat.

Nach einer Weile fragte er: »Wozu wird das benutzt?«

Das zumindest war eine Frage, die sie ihm ausreichend erklären konnte, und zwar auf einfache Art und Weise, so daß er es auch begriff. »Um die Lippen zu färben, die Lippen der Frauen, um genau zu sein.«

»Warum?«

Roseleens Lächeln galt eigentlich ihr selbst. »Das habe ich mich auch schon oft gefragt. Dieser Lippenstift ist nur eines der vielen Schönheitsmittel, die Frauen benutzen, um ihr Aussehen zu verbessern.«

Er fixierte ihre Lippen, und zwar so lange und intensiv, daß sie wieder das Gefühl bekam, es flatterten Schmetterlinge in ihrem Bauch herum. Sie konnte kaum glauben, wie wenig es bedurfte, um sie zu erregen, aber ein Blick aus seinen blauen Augen genügte schon, um sie zu entflammen.

Aus purem Selbstschutz wollte sie sich gerade abwenden, als er seinen Blick wieder auf den mauvefarbenen Lippenstift richtete und bemerkte: »Ihr habt so was aber nicht benutzt.«

Irgendwie glückte es ihr, ihre Stimme, atemlos wie sie war, einigermaßen normal klingen zu lassen. »Nein, das tue ich nur selten.«

Er reichte ihr den Stift. »Zeigt mir, wie Ihr das macht.«

Das war ein Befehl. Und er erwartete offenbar, daß sie ihm ohne Widerrede Folge leistete. Aber im Augenblick kümmerte sie das nicht. Sie würde alles tun, nur damit sie nicht mehr daran denken mußte, daß sie sich ihm am liebsten an Ort und Stelle an den Hals geworfen hätte.

Mit raschen, akkuraten Bewegungen trug sie den Lippenstift auf, preßte die Lippen ein paarmal aufeinander und fuhr dann, da sie keinen Spiegel zur Hand hatte, ganz automatisch mit dem Zeigefinger die Linie ihrer Oberlippe nach, um zu prüfen, ob sie nicht über den Rand hinausgemalt hatte.

Als sich ihre Blicke wieder trafen, überraschte er sie mit der Frage: »Nach was schmeckt das denn?«, und sie wußte sogleich, in welche Richtung seine Gedanken abschweiften – wenn sie nicht bereits dort angelangt waren.

»Das werden Sie nicht herausfinden«, entgegnete sie, und die Schärfe ihrer Stimme kam einer Warnung gleich.

Daraufhin nahm er ihr wortlos den Lippenstift aus der Hand und ließ ihn langsam, zu langsam für ihr Empfinden, über seine Zunge gleiten. Und während er das tat, beobachtete er Roseleen, die wie ein hypnotisiertes Kaninchen auf seinen Mund starrte.

Als sich seine Lippen zu einem süffisanten Lächeln kräuselten, war der Bann gebrochen. Roseleen senkte die Augen, als sie ihn sagen hörte: »Das schmeckt nicht – unangenehm, aber lieber würde ich Eure Lippen schmecken.«

Leise aufstöhnend fuhr sie herum, packte in ihrer Verzweiflung den Picknickkorb und stellte ihn vor Thorn hin. »Hier, bedienen Sie sich«, schrie sie beinahe. »Ich gehe inzwischen spazieren.«

Spazieren? Zum Teufel, sie rannte förmlich in die andere Richtung davon, weiter auf die Wiese hinaus, und sein zynisches Lachen verfolgte sie dabei auf Schritt und Tritt.

11

Thorn ließ Roseleen keinen Moment aus den Augen, während sie über die Wiese stapfte. Er wollte sehen, wie sich der Wind in ihrem offenen Haar fing und damit spielte. Er wollte erleben, wie sich ihre Lippen wieder für ihn öffneten und diese sinnliche Glut in ihren Augen aufflackerte, die sie nicht verbergen konnte. Er wollte wieder ihren weichen Körper unter dem seinen spüren und von ihr hören, daß auch ihr das gefiel.

Es faszinierte ihn, daß sie ihn begehrte und dieses Verlangen gleichzeitig derart verleugnete. Keine der anderen Frauen hatte sich je das Vergnügen versagt, das sein Körper bereiten konnte. Entweder wollten sie ihn, oder sie wollten ihn nicht, aber sie hatten nie nein gesagt, wenn sie ja meinten.

Gunnhilda würde sich in ihrem Grab umdrehen, wenn sie wüßte, wie sehr er diese Frau begehrte, die jetzt im Besitz seines Schwertes war. Was er im Augenblick empfand, war nicht das, was die Absicht der alten Hexe gewesen war, als sie ihn verflucht und für immer und ewig an seine eigene Waffe gefesselt hatte.

Ihr Fluch hatte ihn auf Gedeih und Verderb der Macht der Frauen ausgeliefert, ihn zum Spielball ihrer Wünsche und Launen gemacht. Sie hatte genau gewußt, daß er nichts auf der Welt so sehr hassen würde – und sie hatte recht behalten.

Er haßte dieses Dasein noch immer, doch jetzt wurde er für all die grausamen Jahre entschädigt; in Gestalt dieser Frau mit dem merkwürdigen Namen und den seltsamen Worten, die sie gebrauchte. Anfangs hatte er sich gegen die Gefühle, die sie in ihm auslöste, gewehrt, weil er es nicht ertragen konnte, daß sie Macht über ihn besaß, ebensowenig wie er das bei den anderen geschätzt hatte. Aber jetzt kämpfte er nicht mehr dagegen an. Seit er sie zum ersten Mal gesehen hatte, mußte er unentwegt an sie denken. Und er hatte nicht vor, sie dieses Mal wieder zu verlassen, ob sie es ihm nun befahl oder nicht.

Sie war anders als die anderen Frauen, das konnte er nicht leugnen. Sie wollte ihn nicht dazu benutzen, ihre Feinde umzubringen. Sie bestand nicht darauf, daß er ihr Vergnügen bereitete, ganz im Gegenteil. Sie behandelte ihn nicht wie ihren Sklaven. Aber andererseits wußte sie auch noch nicht, daß ein Teil des Fluches darin bestand, daß er ihren Befehlen gehorchen mußte. Daß er sie nicht belügen oder ihr in irgendeiner Weise Schaden zufügen durfte. Daß sie viel mehr Macht über ihn besaß, als ihr bewußt war, solange sie ihn nicht entließ. Doch einmal entlassen, konnte er bestimmen, was weiter geschah.

Die anderen hatten das gewußt, und er hatte sie alle dafür

gehaßt, daß sie die Macht, die der Fluch ihnen verlieh, bis zum Äußersten ausnutzten. Selbst die wenigen, die anfangs noch ängstlich gewesen waren, wurden sehr schnell mutiger und maßloser in ihren Forderungen, sobald sie erkannt hatten, was er alles für sie tun konnte.

Die meisten waren von Haus aus schon reich und verwöhnt und verdorben gewesen, bevor sie in den Besitz des Schwertes gelangten. Eine hatte sogar getötet, um dieses Schwert zu besitzen, von dessen geheimer Macht sie erfahren hatte. Allerdings mußte sie dann selbst sterben, als ihr Ehemann herausgefunden hatte, daß sie beabsichtigte, ihn durch einen jüngeren und ranghöheren Edelmann zu ersetzen. Allerdings hatte sie den Fehler begangen, Thorn nicht ausdrücklich Stillschweigen über ihr Vorhaben zu gebieten, als sie ihm befahl, ihren Mann zu töten.

Thorn wäre gezwungen gewesen, den Mann umzubringen. Der Fluch hätte ihm keine andere Wahl gelassen, da es ihm so befohlen worden war. Nicht, daß er grundsätzlich etwas gegen das Töten einzuwenden hatte. Nein, er genoß einen guten Kampf, egal, ob es nun um eine ehrenvolle Sache ging oder nur darum, seine Fähigkeiten mit denen seines Gegners zu messen. Mord jedoch verabscheute er aus tiefster Seele, und gegen einen Mann zu kämpfen, der so alt war wie der Ehemann dieser Frau, war in seinen Augen Mord.

Thorn glaubte fest daran, daß Odin damals seine Hand im Spiel gehabt hatte, denn es kam ganz anders. Er klärte den Mann über den wahren Sachverhalt auf, und da diese dumme, gierige Person den Tod ihres Gatten mit eigenen Augen sehen wollte, mußte sie an seiner Stelle sterben. Dadurch endete ihre Macht über Thorn, und das rettete ihrem Ehemann zu guter Letzt das Leben. Und es vergingen vierhundert Erdenjahre, bis *Blooddrinkers Fluch* wieder in die Hände einer Frau geriet und bis er im Jahre 1723 das letzte Mal gerufen wurde.

Doch daran dachte er kaum noch. Keine dieser Zeiten

war es wert, sich daran zu erinnern, mit Ausnahme vielleicht jener Zeitspanne, als Blythe ihn gerufen hatte. Sie hatte von ihm nur verlangt, daß er an der Seite ihres Lehnsherrn kämpfen und ihn beschützen sollte. Damals hatte es Thorn leid getan, dieses Jahrhundert und die Freunde, die er dort gefunden hatte, wieder zu verlassen.

Jedesmal, wenn er danach gerufen worden war, hatte er versucht, wieder zu Blythe zurückzukehren. Odin hatte ihm versichert, daß dies möglich sei. Doch die Frauen, die über ihn geboten, waren nicht willens gewesen, ihm diese Gunst zu erweisen, denn sie hätten ihn dabei begleiten müssen. Sie befürchteten, daß ihnen dadurch die Rückkehr in ihre eigene Zeit für immer verwehrt bleiben würde. Und ihm einen Wunsch zu erfüllen, daran dachten seine Gebieterinnen ohnehin zuallerletzt.

Bei dieser Frau nun wagte Thorn kaum, jenes Thema auch nur anzuschneiden. Sie war zu schnell bei der Sache, wenn es darum ging, ihm einen Wunsch abzuschlagen, selbst wenn sie diesen Wunsch ebenfalls hegte. Und da sie nicht an den Fluch glaubte und auch nicht an die Existenz des Ortes, an dem er sich aufzuhalten pflegte, wenn er nicht bei ihr war, wie konnte er sie da von dem einzigen Nutzen überzeugen, den dieses Schwert seiner Meinung nach besaß?

Es geschah überhaupt zum ersten Mal, daß seine Aussagen in Zweifel gezogen wurden. Schließlich glaubte jedermann an die Existenz von Hexen, und der Fluch einer Hexe war in der Tat eine sehr gefährliche Angelegenheit. Das gehörte im Grunde genommen zur Allgemeinbildung – zumindest in der Vergangenheit wußte jeder über solch simple Dinge Bescheid. Gab es in diesen modernen Zeiten etwa keine Hexen mehr? Hatte man sie inzwischen ausgerottet? Oder agierten sie jetzt eher im verborgenen?

Ob es sie nun noch gab oder nicht, interessierte ihn eigentlich nicht besonders. Schon so oft hatte er versucht, diesen Fluch durch eine andere Hexe brechen zu lassen, eine, die mehr Macht besaß als Gunnhilda, und jedesmal hatte man ihn wissen lassen, wie töricht es war anzunehmen, daß eine andere Hexe ihm helfen würde, selbst wenn sie es vermocht hätte.

Der Fluch *konnte* sehr wohl gebrochen werden, aber dessen Macht hinderte ihn daran, von sich aus darüber zu sprechen. Gunnhilda selbst hatte ihm das unter höhnischem Gelächter zu verstehen gegeben. Nur wenn ihn jemand direkt danach fragte, konnte er erklären, wie es möglich war, ihm die Kontrolle über sein Schicksal wieder zurückzugeben. Und keine seiner früheren Gebieterinnen hatte es je für nötig erachtet, ihn zu fragen, ob man diesen Fluch brechen könnte. Ihn von den Fesseln des Fluches zu erlösen war das letzte, was ihnen in den Sinn gekommen wäre. Sie hatten ihn nur benutzen wollen.

Ab und zu bückte sich Roseleen, um eine Blume zu pflücken. Nicht ein einziges Mal hatte sie bisher zu ihm herübergeschaut. Thorn jedoch konnte seinen Blick nicht von ihr abwenden.

Er aß von den Sachen, die sie ihm mitgebracht hatte, und da er keine Ahnung hatte, was es eigentlich war, griff er einfach in den Korb und verzehrte, was immer ihm in die Hände fiel. Wenn er gelegentlich auf etwas herumkaute, das offenbar ungenießbar war, so spuckte er es einfach aus. Die Speisen genauer zu untersuchen, erschien ihm nicht der Mühe wert, solange er das Vergnügen hatte, Roseleen zu beobachten.

Er würde sie bekommen. Daran hatte er nicht den mindesten Zweifel. Nur wann, das war noch ungewiß. Er hatte noch nicht herausgefunden, was genau sie von ihm wollte, was es erforderte, ihre ›Neugier‹ zu stillen, doch war sie offensichtlich entschlossen, ihn so lange hierzubehalten, bis sie bekommen hatte, was immer es sein mochte.

Sie hatte ihn gezwungen, gleich von Anfang an Farbe zu bekennen. Mut besaß sie im Überfluß. Obwohl sie sich ganz offensichtlich vor ihm fürchtete, hatte sie ihren Standpunkt behauptet, und das ohne zu wissen, daß er ihr nichts anhaben konnte.

Das Schwert verlieh ihr im Augenblick uneingeschränkte Macht über ihn. Aber nicht nur das Schwert, sondern auch der Umstand, daß er sie begehrte. Daß so etwas geschehen könnte, hätte er sich nie träumen lassen, aber im Moment machte es ihm nicht das geringste aus, von einer Frau beherrscht zu werden – solange es nur diese Frau war.

12

Roseleen konnte es nicht glauben. Sie hatte Thorn Blooddrinker tatsächlich allein mit dessen Schwert zurückgelassen. Falls er es inzwischen an sich genommen hatte, konnte sie sich nicht vorstellen, wie sie es jemals wieder zurückbekommen sollte. Und was wäre, wenn er das Schwert besaß und ihre Macht über ihn dadurch endete? Konnte er dann einfach verschwinden und das Schwert mitnehmen?

Im selben Augenblick, da ihr klar wurde, welche Torheit sie begangen hatte, nur um Abstand von ihm zu gewinnen und sich wieder zu fassen, rannte sie auch schon wie vom Teufel gejagt zurück. Wider Erwarten lag das Schwert noch genauso wie vorher in der Holzkiste. Damit hatte sie weiß Gott nicht gerechnet, aber auch nicht mit dem Anblick, der sich ihr jetzt bot. Die Decke und die Wiese drumherum waren übersät mit weggeworfenen Essensresten, und inmitten all des Durcheinanders saß Thorn und machte ein Gesicht, als wäre er am Verhungern, obwohl sie deutlich sehen konnte, daß der Korb leer war und er nichts von dem unversucht gelassen hatte, was darin gewesen war.

Es war dieser hungrige Gesichtsausdruck, der sie so aus der Fassung brachte, daß sie keinen zusammenhängenden Satz mehr herausbringen konnte. »Ich dachte, Sie hätten …

Wie können Sie nur ... Hören Sie auf, mich so anzustarren!« stieß sie hastig hervor.

Als er seinen Blick von ihr abwandte, wünschte sie, er würde sie wieder ansehen. O Gott, sie wußte überhaupt nicht mehr, was sie eigentlich wollte. Doch, sie wußte es. Sie wollte von ihm Informationen über die Vergangenheit. Darauf mußte sie sich von nun an voll und ganz konzentrieren und endlich damit aufhören, sich von seinen Blicken aus dem Konzept bringen zu lassen.

Um letzterem abzuhelfen, richtete sie ihre Aufmerksamkeit auf die Unordnung, die er angerichtet hatte, schnalzte mißbilligend mit der Zunge und machte sich daran, die Überreste aufzusammeln, die achtlos im Gras lagen. »Daß Sauberkeit bei Ihren Zeitgenossen damals nicht ganz oben auf der Dringlichkeitsliste gestanden hat und daß Sie nichts davon gehört haben, daß man hier fünfhundert Dollar Strafe zahlt, wenn man seinen Müll einfach liegen läßt, das weiß ich wohl – aber im Ernst, Thorn, Sie müssen sich wirklich an Abfallkörbe gewöhnen, solange Sie hier sind. Heutzutage legen wir Wert darauf, unsere Umwelt sauberzuhalten, und das bedeutet, daß wir nach einem Picknick unseren Abfall aufsammeln.«

»War das eine Rüge?«

Sie maß ihn mit einem strengen Blick, entdeckte in seiner Miene jedoch nur Neugier – der hungrige Ausdruck war verschwunden – und einen Anflug von Schuldbewußtsein. »Nicht im Traum würde mir das ...«, begann sie, besann sich dann aber eines Besseren. Wenn sie schon die Gelegenheit hatte, etwas Zeit mit ihm zu verbringen, dann durfte sie diese nicht damit vertrödeln, sich über solche Kleinigkeiten aufzuregen, wenn es so viel Wichtigeres gab, das ihre ganze Aufmerksamkeit erforderte. »Ja, das war in der Tat eine Rüge. Ab jetzt wird nichts mehr einfach nach hinten über die Schulter geworfen. Wenn Sie etwas nicht mehr brauchen, dann legen Sie es zurück, geben es zurück oder werfen es weg, je nachdem.«

»Wegwerfen? Aber genau das habe ich ja getan, wie Ihr sehen könnt.«

Er klang zerknirscht, nicht weil sie ihn gescholten hatte, sondern weil er sich ungerechterweise getadelt fühlte, da sie sich wieder einmal nicht deutlich genug ausgedrückt hatte. Sie stieß einen Seufzer aus. Mußte sie denn jedes einzelne Wort erst auf die Goldwaage legen, bevor sie es aussprach? Nein, das war entschieden zuviel verlangt.

»Verzeihung – wenn wir heute ›wegwerfen‹ sagen, dann meinen wir damit, etwas in den nächstgelegenen Abfalleimer zu werfen. Und da es hier keinen gibt, werden wir alles wieder fein säuberlich in den Korb packen und mitnehmen, damit wir diesen Platz so verlassen, wie wir ihn vorgefunden haben.«

»Die Tiere des Waldes werden Euch das aber nicht danken, Lady.«

Daß dies eine Rüge von seiner Seite war, entging Roseleen nicht. Kopfschüttelnd setzte sie sich auf. Demnach hatte seine Schlamperei doch einen Grund: Er wollte die Wildtiere füttern. Das erschien ihr so liebenswert und großzügig, ein Wesenszug, den sie mit einem Wikinger nie in Verbindung gebracht hätte, daß sie im ersten Moment sprachlos war.

Und es tat ihr beinahe leid, zugeben zu müssen: »Ich glaube nicht, daß es in England heute noch wilde Tiere gibt, Thorn, zumindest nicht solche, die Sie möglicherweise kennen. Also, tun Sie mir bitte den Gefallen, und helfen Sie mir, hier aufzuräumen. Nehmen Sie einfach die Decke mit allem, was noch draufliegt, und stecken Sie sie in den Korb. Ich kümmere mich um die übrigen Sachen.«

Vorsichtshalber nahm sie den Kasten mit dem Schwert zuerst von der Decke, für den Fall, daß er ihre Anweisung wieder ganz wörtlich nahm. Doch als sie ihn in der Hand hatte, fiel ihr wieder ein, weshalb sie vorhin so schnell zurückgerannt war.

»Ich glaubte, Sie hätten das Schwert an sich genommen, aber Sie haben es nicht einmal berührt, nicht wahr?«

Er hatte sich über die Decke gebeugt, um sie an den Ecken zusammenzuraffen, und sah sie deshalb nicht an, als er antwortete: »Es ist mein größter Wunsch, dieses Schwert wieder zu besitzen, aber ohne Eure Erlaubnis kann ich es nicht berühren.«

»Können Sie nicht, oder würden Sie nicht?«

»Der Fluch gestattet es mir nicht. Nur Ihr könnt mir das Schwert in die Hand geben.«

Sie konnte bloß hoffen, daß er die Wahrheit sprach. Denn wenn dem wirklich so wäre, war sie schon mal eine große Sorge los.

»Und wenn ich es Sie halten ließe?«

Jetzt sah er sie an, so intensiv, daß es ihr beinahe den Atem verschlug. »Dann läge die Macht in meiner Hand. Würdet Ihr das für mich tun?«

»Wenn es mir dadurch wieder abhanden kommt – nein, niemals«, sagte sie bestimmt und schüttelte dabei mehrere Male heftig den Kopf. »Das Schwert gehört jetzt mir, Thorn. Ich denke nicht daran, es an Sie abzutreten.«

Wie er so dastand, mit hängendem Kopf und zutiefst enttäuscht, war sie kurz davor zu sagen: »Na gut, dann nehmen Sie es.« Sie mußte wirklich mit aller Kraft gegen den Drang ankämpfen, es ihm zu geben, und verstand überhaupt nicht, warum sie so fühlte.

»Wären Sie in der Lage, dann zu verschwinden?«

»Wenn Ihr den Besitzanspruch auf das Schwert an mich abtretet und mir so die ganze Macht übertragt, dann ja. Wenn Ihr es mich nur benutzen laßt, nein, dann kann ich nicht gehen, solange Ihr mir nicht die Erlaubnis dazu erteilt.«

Die Kompliziertheit dieses merkwürdigen Fluchs machte sie nur noch neugieriger. »Was wäre, wenn ich Ihnen das Schwert zeitweilig *leihen* würde, nicht übergeben, wie gesagt, und Sie dann versehentlich entließe? Würden Sie das

Schwert dann mitnehmen, so daß ich Sie nie wieder rufen könnte?«

»Das ist nicht möglich, Lady. Ich könnte gehen, aber das Schwert bliebe hier. Nur wenn Ihr Euch einverstanden erklärt, mit mir zu kommen, würde das Schwert in meiner Hand verbleiben.«

Sie, nach Walhalla gehen? In Odins sagenhaften Festsaal, wo sie von betrunkenen, grölenden Wikingern umgeben wäre? Nein, vielen Dank.

Und wenn er ihr nur das erzählte, was sie hören wollte? Es konnte doch gut möglich sein, daß er log. Sie hatte keine Möglichkeit, die Wahrheit herauszufinden, und wenn er mit ihrem Schwert verschwunden war, dann war es zu spät. Vorausgesetzt natürlich, daß sie zu glauben bereit war, daß Walhalla sein Zuhause war; daß er tatsächlich der war, der zu sein er behauptete. Aber wie könnte sie sich Gewißheit verschaffen?

Fakten. Genau, sie brauchte Fakten und Beweise, und sie war wild entschlossen, sich diese zu verschaffen. Die Informationen, die er ihr aus der Vergangenheit lieferte, konnten auf ihren Wahrheitsgehalt hin überprüft werden, zumindest die meisten davon, und diese Informationen mußte er ihr geben. Das würde dann beweisen oder zumindest die Annahme stützen, daß er wirklich in einem anderen Zeitalter gelebt hatte beziehungsweise in dieses Zeitalter gerufen worden war.

»Genug für heute zu diesem Thema«, meinte sie, während sie eine Handvoll Abfall in den Korb warf und nach weiteren herumliegenden Resten Ausschau hielt. »Und weil wir gerade dabei sind, der Ausdruck ›Lady‹, mit dem Sie mich ständig ansprechen, gefällt mir nicht besonders. Ich weiß, daß diese Anrede dort, wo Sie herstammen, respektvoll verwendet wurde, aber bei uns ist das nicht üblich … Na, wie dem auch sei, mein Name ist Roseleen. Sie dürfen mich gerne …«

»Rose nennen?«

Kaum hatte er den Namen ausgesprochen, fing er auch schon an zu lachen. Roseleen wurde auf der Stelle krebsrot. Daß selbst ein tausend Jahre alter Geist – oder was immer er war – von ihrem Vornamen auf dumme Gedanken gebracht wurde … Oder worüber amüsierte er sich sonst? Das wollte sie doch gleich wissen.

»Würde es Ihnen etwas ausmachen, mich auch an dem Witz teilhaben zu lassen?«

»Witz? Nein, ich habe nur gedacht, daß Professor Euer Name ist. Welchen Beruf übt Ihr denn aus, daß Ihr Professor genannt werdet?«

Jetzt mußte auch sie grinsen, aber mehr über sich selbst, weil sie diesmal den falschen Schluß gezogen hatte. Er sah also nichts Besonderes an ihrem Namen, und sie hatte auch nicht vor, ihn mit der Nase darauf zu stoßen.

»Geschichte«, antwortete sie. »Ich bin aufs College gegangen, um Geschichte zu studieren, und nun unterrichte ich dort dieses Fach.«

»Die ganze Geschichte der Welt?« fragte er.

»Mein Hauptgebiet ist das frühe Mittelalter, speziell das elfte Jahrhundert.«

»Ach, diese Zeit kenne ich sehr gut«, meinte er schmunzelnd. »Besonders die Kriege, die habe ich sehr genossen.«

Das zu hören war fast so erregend wie … nun, nicht *ganz* so vielleicht, aber doch aufregend genug, um sie in Hochstimmung zu versetzen. Sie hatte tausend Fragen an ihn. Aber es war gewiß klüger, sich die aufzusparen, bis sie wieder im Cottage waren und sie einen Notizblock zur Hand hatte.

Mit einem Lächeln, das sich über ihr ganzes Gesicht ausbreitete, erklärte sie: »Ich kann Ihnen gar nicht sagen, wie froh ich bin, das zu hören, Thorn. Später möchte ich von Ihnen noch sehr viel mehr darüber erfahren.«

»Ich könnte Euch zeigen …«

Ihn einmal mehr mißverstehend, schnitt sie ihm kurzerhand das Wort ab. »Demonstrationen sind keineswegs nötig, mir genügen Fakten.«

Sein enttäuschter Blick entging ihr diesmal, denn sie starrte gerade das in Zellophan eingewickelte Brötchen an, das sie von der Wiese aufgelesen hatte und von dem er nur einmal kräftig abgebissen hatte. Daß er das Zellophanpapier anscheinend mitgegessen hatte, veranlaßte sie zu der etwas zynischen Frage: »Haben Sie nicht bemerkt, daß man das Brötchen erst auswickeln muß, bevor man es ißt?«

Er stand da und beobachtete, wie sie ihren Teil der Aufräumarbeiten beendete; mit dem seinen war er bereits fertig. Das angebissene Brötchen in ihrer Hand war ihm nur einen raschen Seitenblick wert, bevor er seine blauen Augen wieder auf sie richtete und kaum merklich mit den Schultern zuckte.

»Ich habe Euch bei Eurem Spaziergang zugesehen und nicht darauf geachtet, was ich aß«, meinte er. »Und seid gewarnt, Roseleen – ich liebe es, Euch anzusehen.«

Da war es wieder, dieses heiße Beben, das ein innerliches Aufstöhnen begleitete. Wie konnte sie ihn nur dazu bringen, daß er aufhörte, ihr solche Dinge zu sagen und sie mit diesem Blick anzusehen? Mit nichts, das wußte sie. Sie hatte bereits ihre Forderung gestellt: Nicht anfassen. Damit hatte sie ihr Pulver verschossen.

Und hinzu kam, daß schließlich sie diejenige war, die darauf bestanden hatte, daß er blieb, die ihn mehr oder weniger gegen seinen Willen hierbehielt. Sie konnte ihm ja schlecht *alles* verweigern, was ihm Spaß machte.

Aber wie sollte sie das überleben, was er mit ihr anstellte?

13

Roseleen hielt die Luft an, als sie oben an der Straße ankamen und Thorn zum ersten Mal ihren Wagen sah, oder genauer gesagt Davids Wagen. Es war ein Ford-Modell, mattschwarz und für den englischen Markt so umgerüstet, daß sich der Fahrersitz rechts befand. Der Wagen war brandneu, aber das war auch das einzig Auffällige daran. Lydia mochte es ja gefallen, Bentleys und andere Luxuslimousinen zu fahren, doch David zog es vor, den Inhalt seiner Brieftasche seinen Mitmenschen nicht mittels einer Automarke auf die Nase zu binden.

Und Thorn Blooddrinker war denn auch keineswegs verwundert oder gar sprachlos, als er das Fahrzeug zu Gesicht bekam.

Gut, er blieb stehen, um es sich anzusehen, aber nur für einen kurzen Moment. Was ihn offenbar viel mehr interessierte, waren die Strommasten entlang der Straße, die er jetzt neugierig bestaunte.

Roseleen konnte sich nicht helfen, aber sie war irgendwie enttäuscht von seiner Reaktion beziehungsweise vom Ausbleiben einer Reaktion. Freilich, noch wußte er nicht, was so ein Wagen alles konnte.

Sie schluckte die Enttäuschung hinunter und kam seiner Frage, die er gewiß gleich gestellt hätte, mit einer Erklärung zuvor. »Erinnern Sie sich an die Leuchtkörper an der Decke in meinem Vorlesungsraum, die Sie damals so interessiert betrachtet haben, Thorn? Sie werden durch eine Kraft zum Leuchten gebracht, die wir elektrischen Strom nennen, und diese Schnüre, die Sie da oben sehen, sind dazu da, um diesen Strom überall dorthin zu transportieren, wo er gebraucht wird. Keine qualmenden Öllampen oder Kerzen mehr – außer bei einem Stromausfall.«

Seine Augen wanderten wieder zu ihr zurück und blickten sie so fragend an, daß sie laut aufseufzte. »Fragen Sie mich jetzt bitte nicht, wie das mit dem elektrischen Strom genau ...«

»Wenn diese Kraft, dieser Strom, wie Ihr es nennt, ausfällt, habt Ihr dann auch keine Macht mehr über mein Schwert?« unterbrach er sie.

War es nur das, was ihn an der ganzen Sache interessierte? Sie schüttelte den Kopf, sichtlich mehr überrascht, als er es war.

»Nein«, entgegnete sie. »Welche Kraft diesem Schwert auch innewohnen mag, es muß eine übernatürliche Kraft sein. Die Kraft, von der ich sprach, entsteht durch die sogenannte Elektrizität und vermag mechanische Dinge zu bewegen oder anzutreiben. Sie werden eine Menge Beispiele dafür erleben, wenn wir in das Cottage zurückkehren. Aber wir benutzen außer elektrischem Strom auch noch andere Kraftquellen, Batterien zum Beispiel, Benzin ... ja, Sie werden gleich Gelegenheit haben, so eine Maschine, wie wir sagen, kennenzulernen, die durch Benzin angetrieben wird.«

Als sie den Wagen erreicht hatten, legte Roseleen das Schwert auf den Rücksitz und klappte dann den Kofferraum auf, damit Thorn den Picknickkorb hineinstellen konnte. Sie wartete immer noch auf eine Reaktion von ihm, und als die Frage dann kam, klang seine Stimme sehr ungehalten.

»Was soll das denn sein?«

»Sie haben doch einige Zeit im achtzehnten Jahrhundert verbracht. Wenn Sie die exquisiten Gemälde dieser Periode gesehen haben, dann sind Ihnen sicherlich auch einige der damals gebräuchlichen Kutschen begegnet. Dieses Jahrhundert war berühmt für die ausgefallensten ...«

Da ihm ihre Erklärung anscheinend zu lange dauerte, fiel er ihr ungeduldig ins Wort. »Aber was haben jene Gefährte mit diesem Ding hier zu tun?«

»Das ist ein Automobil, oder, moderner ausgedrückt, ein Auto. Das erste Automobil, das erfunden wurde, bezeichnete man damals als pferdelose Kutsche. Deshalb habe ich die Kutschen erwähnt, damit Sie den Zusammenhang besser verstehen.«

»Eine Kutsche ohne Pferde? Die sich also nicht bewegen kann?«

»Doch, sie bewegt sich.« Roseleen mußte unwillkürlich

grinsen. »Füttern Sie es mit Benzin, dann wird sie Sie überall hinbringen, wohin Sie wollen.«

»Dieses Ding ist *lebendig*?«

Diesmal schickte sie einen lautlosen Stoßseufzer zum Himmel. Sie mußte ihre Erklärungen verständlicher gestalten. So witzige Umschreibungen wie ›füttern‹ verwirrten ihn nur noch mehr.

»Nein, es lebt nicht. Ein Auto ist eines der vielen Ihnen unbekannten Dinge, die wir aus Metall herstellen können. Es ist nichts anderes als eine moderne Kutsche. Kommen Sie, ich werde Ihnen zeigen, was anstelle von Pferden dieses Auto heutzutage zieht.«

Mit ein paar raschen Handgriffen hatte sie die Motorhaube geöffnet. Die restliche Erklärung hielt sie bewußt kurz und bündig. »Das ist ein Motor. Das Benzin, das ich bereits erwähnte, bringt ihn zum Arbeiten. Die Leistung, die so ein Motor erbringt, wird in ›Pferdestärken‹ gemessen. Die Kraft des Motors dreht die Räder und bewegt dieses Fahrzeug vorwärts. Sind Sie bereit für eine Vorführung?«

»Wenn Ihr mich fragt – ich würde ein Pferd vorziehen, Lady.«

Daß er sie wieder ›Lady‹ nannte, verriet seine Verwirrung, seine Zweifel und vor allem sein Unbehagen. Hatte sie ihm dies alles wirklich zumuten wollen? Andererseits stand ihr nicht der Sinn danach, die fünf Kilometer zum Cottage zu Fuß zurückzulegen, nur um es ihm leichter zu machen und ihn nicht mit unbekannten technischen Errungenschaften zu konfrontieren.

»Pferde benützen wir heutzutage nur noch zum Vergnügen, aber nicht mehr als Transportmittel«, klärte sie ihn auf. »Wenn die Leute heute irgendwohin wollen, dann benutzen sie dazu das Auto oder … Nun, belassen wir es einstweilen dabei. Dieses Auto wird uns jedenfalls in wenigen Minuten nach Hause bringen, sobald wir *eingestiegen* sind.«

Um der Diskussion ein Ende zu machen, nahm sie einfach seinen Arm und führte ihn um den Wagen herum zur Beifahrertür; obwohl sie ihm diese mit einer einladenden Geste aufhielt, mußte sie mit sanftem Druck nachhelfen, daß er endlich einstieg. Sie stellte den Sitz ein wenig zurück, damit er mehr Platz für seine langen Beine hatte, erntete als Dank jedoch nur ein unwirsches Schnauben, woraufhin sie sich zu einem weiteren Kurzvortrag über Komfort, Bequemlichkeit und elektrisch verstellbare Autositze genötigt sah.

Als Roseleen dann endlich hinter dem Lenkrad saß, war sie gar nicht mehr auf irgendwelche erstaunten Reaktionen ihres Beifahrers aus, sondern bemühte sich nur, ihn nicht noch mehr aufzuregen und zu verwirren. Vorsorglich warnte sie ihn vor den kommenden Geräuschen. »Wenn ich diesen Schlüssel jetzt umdrehe, beginnt der Motor zu arbeiten. Diese Arbeit werden Sie hören, also erschrecken Sie nicht vor dem lauten Geräusch. Und erschrecken Sie auch bitte nicht, wenn sich der Wagen jetzt gleich in Bewegung setzt. Das soll er nämlich. Okay? Sind Sie bereit?«

Statt einer Antwort nickte er nur mit dem Kopf, steif und ruckartig wie ein Roboter. Dann klammerte er sich mit beiden Händen an den Außenkanten seines Sitzes fest, den Blick stur nach vorne gerichtet auf die einsame Landstraße, auf der es nichts zu sehen gab außer einem alten Schuppen, der in weiter Ferne neben der Straße stand. So verkrampft und ängstlich hatte sie selten einen Mann erlebt.

Roseleen seufzte. Sie überlegte kurz, ob sie noch einige Erklärungen hinzufügen sollte, kam aber dann zu dem Schluß, daß sie im Grunde nichts tun konnte, um ihm das, was er gleich erleben würde, irgendwie zu erleichtern. Mit einem entschlossenen Ruck drehte sie daher den Zündschlüssel um. Was sie allerdings zu erwähnen vergessen hatte, war das Autoradio, das wie immer angeschaltet war. Mit dem Brummen des Motors erhob sich gleichzeitig eine

Stimme, und Thorns blaue, weit aufgerissene Augen richteten sich auf das Armaturenbrett.

»Es spricht? Aber Ihr sagtet doch, es wäre nicht lebendig!«

Sie konnte sich nicht helfen. Sein Tonfall war dermaßen anklagend und verärgert, die Mischung aus Wut und heiliger Ehrfurcht, die sich in seiner Miene spiegelte, so komisch, daß sie einfach laut lachen mußte. Der Sender, den sie eingeschaltet hatte, gab gerade die Nachrichten durch, darum war nur eine einzige Stimme zu hören, aber das genügte, um ihn glauben zu lassen, sie habe ihn vorhin belogen.

»Es ist nicht der Wagen, der hier spricht, Thorn, sondern ein Radio. Es bringt auch Musik, und man kann unter vielen verschiedenen Arten von Musik wählen.« Sie schaltete durch zwei plärrende Rockkanäle, bis sie etwas Ruhigeres fand. »Sehen Sie? Ein Radio ist nur eine weitere Annehmlichkeit dieser modernen Zeiten, die in diesem Fall zu unserer Unterhaltung dient.« Aber Thorn hörte ihr gar nicht zu, stierte nur verblüfft auf das Radio und haderte offenbar mit sich, ob er ihr nun glauben sollte oder nicht. Er merkte nicht einmal, wie sie mit einem Knopfdruck die Fenster herunterließ, weil es im Wageninneren brütend heiß war.

Roseleen beschloß, auf direktem Wege nach Hause zu fahren. Je früher sie dort ankamen, desto besser. Doch als sie den Gang einlegte und das Gaspedal antippte, schoß Thorn vor lauter Schreck vom Sitz hoch, und sie trat nicht weniger erschrocken so fest auf die Bremse, daß der Wagen ins Schlingern geriet und mit den Hinterrädern in der Wiese landete.

Jetzt war Roseleen mit ihrem Latein erst einmal am Ende. Sie hatte keine Ahnung, was sie tun konnte, um ihn zu beruhigen, vielmehr hatte sie selbst Beruhigung nötig, da seine Nervosität sie ansteckte und ganz verrückt machte. Doch plötzlich kam ihr die rettende Idee. Daß ihr diese Lösung so schnell eingefallen war, lag hauptsächlich daran, daß ihr das, was sie vorhatte, schon die ganze Zeit seit seinem Erscheinen im Kopf herumspukte. Sich jedoch ob dieser verwegenen Idee zu schelten, dafür war jetzt nicht der geeignete Augenblick. Ihr Ablenkungsmanöver war nur ein Mittel zum Zweck, um Thorn die Angst vor seiner ersten Autofahrt zu nehmen, und das hatte er bitter nötig.

Roseleen holte also tief Luft, beugte sich zu ihm hinüber und legte ihm ihre Hand auf den Nacken, um ihn zu zwingen, ihr ein Stück entgegenzukommen. Kaum hatte sie ihn berührt, flog sein Kopf herum, sein Blick fragend zunächst, dann vor Erregung flackernd, als er die Antwort auf seine stumme Frage gefunden hatte. Aber er bewegte sich keinen Zentimeter in ihre Richtung. Es war also an ihr, sich ihm weiter zu nähern und ihn zu küssen, da er es offenbar nicht darauf ankommen lassen wollte, von sich aus ihre Abmachung zu brechen.

Aber das war in Ordnung so. Die Abmachung war ihr im Augenblick auch gar nicht so wichtig. Sie hatte eine Entschuldigung für diesen Kuß parat, an der auch ihre strengen Moralvorstellungen nichts auszusetzen fanden, und sie ergriff diese Chance, bevor sie es sich vielleicht noch anders überlegte.

Gezwungenermaßen beugte sich Roseleen noch ein Stück weiter zu ihm hinüber und legte auch die andere Hand auf seinen Nacken. Zwischen den ersten kurzen Küssen flüsterte sie: »Entspannen Sie sich. Ich wollte Sie nicht in Angst und Schrecken versetzen. Im Gegenteil, ich möchte, daß Sie Ihre erste Fahrt in einem Automobil genießen.«

Dann küßte sie ihn intensiver, und plötzlich war auch er nicht mehr so teilnahmslos. Binnen einer Sekunde hatte er die Kontrolle über diesen Kuß übernommen, und wenn sie vorgehabt hatte, diesen ebenso kurz zu gestalten wie die vorhergehenden, so hatte er jedenfalls anderes im Sinn.

Seine Zunge war so gierig wie er selbst, suchte die ihre und spielte damit. Spielen war nicht das richtige Wort. In diesem Kuß lag eine Wildheit, die seinen Hunger in Großbuchstaben proklamierte, und diese Wildheit mußte bei ihr richtig angekommen sein, denn sie erwiderte seinen Kuß mit der gleichen Leidenschaft, so als könne sie nicht genug von ihm bekommen.

Roseleen hatte keine Ahnung, wie lange dieser Kuß dauerte. Sie war wie in Trance, als ihre Lippen sich trennten, und es dauerte eine Weile, bis sie wieder Luft bekam. Wie sie dazu gekommen war, halb auf seinem Schoß in seinen Armen zu liegen, die sie dort festhielten, das wußte sie nicht genau, sie wunderte sich nur, daß er sie nicht auf den Rücksitz geworfen hatte.

Nun, das war verständlich, denn vom Gebrauch der hinteren Sitzbank in Autos konnte Thorn ja schließlich nichts wissen, und sie hatte geschworen, sich diese spezielle Erfahrung zu ersparen. Hätte er davon gewußt, dann hätte sie sicherlich keine Einwände erhoben, und diese Gewißheit versetzte ihr jetzt noch nachträglich einen ganz schönen Schreck. So der Welt entrückt, wie sie bei diesem Kuß gerade gewesen war, hätte er ihr die Jungfräulichkeit rauben können, und sie hätte es wahrscheinlich erst gemerkt, wenn jeder Protest zu spät gekommen wäre.

Sie würde ihm jetzt nicht in die Augen sehen – schlichtweg weil sie befürchtete, daß sich darin immer noch diese Begierde spiegelte, die sie umgehend dazu veranlassen könnte, ihn nochmals zu küssen.

Es gelang ihr, ihre Stimme einigermaßen gefaßt klingen zu lassen, als sie sagte: »Nun, ich denke, jetzt sind wir beide ein wenig – entspannter.«

Jetzt *mußte* sie ihn ansehen. Gottlob, das Feuer in seinen Augen loderte nicht mehr ganz so heftig, aber sein Blick war immer noch sehr leidenschaftlich, zu leidenschaftlich, um ihm länger standzuhalten.

»Wir sollten uns jetzt auf den Weg machen, Thorn.«

»Aber ich wollte …«

»Sagen Sie es nicht«, hinderte sie ihn daran, seinen Wunsch auszusprechen. »Ich habe Sie geküßt, um Ihre Gedanken von dem Wagen abzulenken, aber das ändert nichts an unserer Abmachung.«

»Doch, tut es sehr wohl, weil ich Euch berühre, mit meinen Händen.« Seine Hüften preßten sich an ihren Po, als er hinzufügte: »Und mit meinem Körper. Ihr werdet eine Antwort auf Eure Fragen bekommen, aber Ihr werdet mir nicht noch einmal verwehren, wozu Ihr mich gerade ermutigt habt.«

Roseleen errötete bis unter die Haarwurzeln. Er hatte recht, mit ihrem Kuß hatte sie seine Berührung geradezu herausgefordert – zumindest sah er das so und war offenbar auch nicht geneigt, sich von etwaigen gegenteiligen Beteuerungen umstimmen zu lassen. Sicherlich, sie würde mehr als scheinheilig wirken, wenn sie ihm nochmals befahl, seine Finger von ihr zu lassen, doch daran führte kein Weg vorbei.

»Nun, darüber sprechen wir später. Lassen Sie mich jetzt los, damit ich uns heimfahren kann.«

Er kam ihrer Aufforderung nach, und zwar umgehend, und sie rutschte blitzschnell auf ihren Platz hinter dem Steuer. Den Wagen wieder auf die Straße zu lenken bedurfte längerer Bemühungen. Und diesmal sah Roseleen nicht zu ihm hinüber, wie er das Anfahren aufnahm. Sie wollte es im Moment gar nicht wissen.

Erst einige Minuten später, als der Fahrtwind ihr das Haar in die Augen wehte, bemerkte sie, daß sie keine Brille trug und daß ihr das Haar offen über den Rücken fiel. Er hatte es wieder getan, und sie hatte es nicht einmal gemerkt. Wahrscheinlich hatte er die Brille einfach aus dem Fenster geworfen, überlegte sie und versuchte sich daran zu erinnern, ob sie ihre Ersatzbrille eingepackt hatte. Nein, hatte sie nicht.

Aber das war nicht so tragisch. Es war vielmehr seine anmaßende Art, die sie so wütend machte. Ihm gefiel ihre Brille nicht; bei der erstbesten Gelegenheit hatte er sie einfach verschwinden lassen, und es war ihm völlig gleichgültig gewesen, was *sie* dazu sagte. Andererseits war dieses Verhalten typisch für die Zeit, in der er gelebt hatte. Die Meinung einer Frau war damals keinen Pfifferling wert gewesen. Die Männer trafen die Entscheidungen und bestimmten über ihr Leben und das ihrer Frauen.

Sie hatte genaugenommen keinen Grund, sich zu ärgern. Thorn benahm sich ganz so, wie sich ein Mann zu seiner Zeit eben benommen hatte. Nur weil sie ihn ins 20. Jahrhundert beordert hatte, durfte sie nicht erwarten, daß er seine gewohnte Verhaltensweise aufgab oder weniger dominant …

Sie war so in ihre Gedanken versunken, daß sie das Fahrzeug nicht bemerkte, daß ihnen auf der Straße entgegenkam. O Gott, ein Lastwagen! Ein *großer* Lastwagen. Sie hatte bei ihrem Vortrag über Automobile vergessen, Thorn darauf hinzuweisen, daß es diese mit Benzin betriebenen pferdelosen Kutschen in verschiedenen Größen und Formen gab. Und ein rascher Seitenblick zeigte ihr, daß jede Faser seines Körpers zum Zerreißen gespannt war, viel mehr noch als zu Anfang, denn seine Finger hatten sich so fest um den Griff seines Dolches geklammert, daß die Knöchel weiß hervortraten.

»Machen Sie die Augen zu«, schlug sie vor.

Eigentlich hatte sie nicht erwartet, daß er ihr Folge leisten würde, aber er tat es. Doch er beruhigte sich nicht, im Gegenteil, sein ganzer Körper verspannte sich nur noch mehr, so daß sie rasch hinzufügte: »Er wird uns nicht rammen. Er wird rechts an uns vorbeifahren und gleich wieder verschwunden sein.«

»Roseleen, erlöst mich!«

Mein Gott, warum hatte sie nicht *selbst* daran gedacht, ihm diesen Horror zu ersparen. »In Ordnung, Sie können gehen. Ich rufe Sie wieder, wenn …«

»Ich danke Euch«, erwiderte er steif, »aber es sind nur meine Augen, die erlöst werden wollen.«

»Wie bitte?« Er wiederholte seine Antwort nicht, und als

der Lastwagen an ihnen vorbeigefahren war, wurde Roseleen sofort ruhiger. »Sie können die Augen wieder aufmachen, Thorn. Er ist weg.«

Er riß die Lider auf und starrte sie wütend an. »Hindert mich nie wieder daran, der Gefahr ins Auge zu blicken! Wollt Ihr mich zum Feigling abstempeln?«

»Wovon reden Sie überhaupt? Und weshalb sind Sie nicht gegangen, wenn ich Ihnen schon die Erlaubnis dazu gab?«

»Ich sehe keinen Grund, warum ich gehen sollte, solange Ihr hier seid.«

14

Das Eßzimmer, ganz im englischen Stil der Jahrhundertwende gehalten, strahlte eine elegante Behaglichkeit aus, die durch die weinroten Stofftapeten über der Sockeltäfelung aus dunklem Mahagoniholz besonders zum Tragen kam. Das Licht der Kerzen, die in dem imposanten Kronleuchter über dem Eßtisch brannten, brach sich hundertfach in den rautenförmigen Kristallprismen und spiegelte sich in den Weingläsern und dem auf Hochglanz polierten Tafelsilber. Mrs. Humes hatte sich wahrlich selbst übertroffen, nachdem Roseleen sie darauf vorbereitet hatte, daß sie einen Gast zum Abendessen erwartete.

Diesem Gast saß Roseleen nun an der festlich gedeckten Tafel gegenüber, inzwischen etwas entspannter. Thorn hatte gleich nach ihrer Ankunft das Haus inspizieren wollen, und sie hatte sich damit einverstanden erklärt – mit Einschränkungen allerdings. Daß er zum Beispiel die Küche besichtigte, hatte sie angesichts der vielen technischen Geräte, die dort herumstanden, unbedingt vermeiden wollen, und es war ein hartes Stück Arbeit gewesen, ihn von diesem Teil des Hauses fernzuhalten.

Die übrigen Zimmer des Cottage waren allesamt sehr altmodisch, was die Ausstattung anbelangte, und vermittelten Thorn wahrscheinlich einen ähnlichen Eindruck wie die Räumlichkeiten, die er bei seinem letzten Besuch vor zwei Jahrhunderten angetroffen hatte. Am meisten interessierten ihn die Lichtschalter. Er betrat keinen Raum, ohne sie mehrmals an- und auszuschalten. Das Fernsehgerät war ihm allerdings kaum einen Blick wert. Und sie hatte auch nicht vor, ihm dieses Wunderwerk der Technik jetzt schon vorzuführen. In ein paar Tagen vielleicht, wenn er mit dieser Zeitperiode ein wenig vertrauter war, aber gewiß nicht so kurz nach dieser nervenaufreibenden Autofahrt.

Den Fernseher und die Stereoanlage hätte sie für eine Weile seiner Aufmerksamkeit entziehen können, aber sie hatte nicht an das Telefon gedacht. Und wie's der Teufel wollte, hatte es auch prompt geläutet, als sie durch das Wohnzimmer gingen. Roseleen hatte ganz automatisch den Hörer abgenommen und sich gemeldet. Es war David gewesen, der ihr mitteilte, daß er übers Wochenende nach Frankreich zu seiner Frau fliegen würde.

Da Thorn sie während des ganzen Gesprächs fassungslos angestarrt hatte – er konnte ja nur sie sprechen hören –, kam Roseleen nicht umhin, ihn in einem zwanzigminütigen Vortrag mit den Wundern der Kommunikationstechnik vertraut zu machen und ihm zu erklären, wie es möglich war, sich mit anderen Menschen über weite Entfernungen hinweg zu unterhalten, selbst wenn diese sich gerade am anderen Ende der Welt befanden. Äußerst skeptisch inspizierte Thorn daraufhin das dünne Kabel, das den Hörer mit dem Telefonapparat verband, und dann das andere Kabel, das vom Apparat zur Buchse in der Wand führte. Er glaubte ihr kein Wort.

Die modernen Sanitäranlagen dagegen akzeptierte er, ohne mit der Wimper zu zucken, das heißt, nachdem er mindestens zehnmal die Toilettenspülung betätigt und sich die Finger unter dem Heißwasserhahn verbrannt hatte. Die Dusche hätte er am liebsten an Ort und Stelle ausprobiert, doch sie konnte ihn damit bis nach dem Abendessen vertrösten. Was den elektrischen Fön betraf, den er entdeckt und angeschaltet hatte, bevor sie einige erklärende Worte dazu sagen konnte – nun, der lag jetzt zerbrochen im Abfallkorb, nachdem er ihn vor Schreck hatte fallen lassen.

Innerlich schmunzelnd sah Roseleen ihm jetzt dabei zu, wie er ihrem Beispiel folgend konzentriert mit Messer und Gabel hantierte. Er machte das gar nicht schlecht. Zumindest gab er sich redlich Mühe, sich ihren Gepflogenheiten anzupassen. Für jemanden, der es bisher gewohnt gewesen war, einen Knochen in die Faust zu nehmen und das Fleisch mit den Zähnen abzureißen, war das weiß Gott keine Selbstverständlichkeit.

»Ihr habt irgendwelche Amerikaner erwähnt – zweimal bisher«, nuschelte er, eine reichliche Portion Yorkshire-Pudding im Mund. »Wer ist das?«

Bisher hatte er sich so eingehend mit den verschiedenen Speisen auf dem Tisch beschäftigt, genaugenommen mit allem, was auf dem Tisch stand, einschließlich den Salz- und Pfefferstreuern, daß sie mit einer Unterhaltung überhaupt nicht gerechnet hatte. Das Thema, das er jetzt anschnitt, eignete sich jedoch ausgezeichnet für ein leichtes Tischgespräch, fand sie.

»Um es kurz zu machen, die Amerikaner sind das Volk, das in Nordamerika die Macht übernommen und der englischen Herrschaft eine Ende gesetzt hat. Den Krieg haben Sie natürlich auch verpaßt.«

Er bedachte sie mit einem säuerlichen Blick, den Roseleen lachend quittierte. Sie hatte ihn ein wenig ärgern wollen, und das war ihr auch gelungen. Anscheinend fühlte sie sich in seiner Gegenwart durchaus nicht bedroht, sonst hätte sie sich das wohl nicht getraut. Und das war um so erstaunlicher nach der Bemerkung, die er vorhin im Wagen gemacht hatte:

»Aus welchem Grund sollte ich denn gehen, solange Ihr hier seid?«

Sie war mit einemmal ganz still geworden, nicht weil sie Angst hatte, falls er wirklich nicht gewillt war zu gehen, sondern ob der Gefühle, die seine Worte in ihr ausgelöst hatten. Angst und Hochstimmung, zwei völlig gegensätzliche Emotionen. Nun, das war ja nichts Neues; seit seinem ersten Erscheinen war es ihm immer wieder gelungen, sie durcheinanderzubringen.

Sie schreckte davor zurück, in der Tiefe ihres Herzens nach der Ursache für diese Gefühle herumzustochern, und um sich von diesen unerfreulichen Gedanken abzulenken, beschloß sie, statt dessen lieber ihre Neugier zu befriedigen. Sie hatte noch immer so viele Fragen, die sie ihm stellen wollte, vor allem bezüglich des Schwertes und seiner ungewöhnlichen Kräfte.

»Ach, übrigens, Thorn, warum glaubte denn der letzte Besitzer des Schwertes, daß er verflucht werde, falls das Schwert in die Hände einer Frau gelangen sollte?«

Er hob den Kopf ein wenig von seinem Teller, gerade so weit, daß er sie ansehen konnte, und ein so blasiertes und selbstgefälliges Grinsen, wie es dieser Wikinger in diesem Augenblick zur Schau trug, war ihr bisher noch nie untergekommen. »Anscheinend hat meine Warnung bei Jean Paul doch einen tiefen Eindruck hinterlassen.«

»Jean Paul?«

»Der älteste Sohn der Frau, die zuletzt mein Schwert besessen hatte. Als sie starb, erbte er *Blooddrinkers Fluch.*«

Für ihn schien damit die Sache erledigt zu sein, wie Roseleen seinem Achselzucken entnahm. Doch sie war nicht gewillt, das Thema so rasch fallenzulassen.

»Haben Sie die Macht, jemanden wirklich zu verfluchen?« bohrte sie weiter.

Er lächelte nur. Wollte er sie auf den Arm nehmen? War ein Wikinger überhaupt in der Lage, jemanden zu necken?

»Dumme Frage«, sagte sie mehr zu sich selbst. »Sie haben mir ja versichert, daß Sie kein Gott sind.« Und dann kam ihr ein anderer Gedanke. »Verleiht mir dieses

Schwert noch andere Kräfte, über die ich Bescheid wissen sollte?«

Das Lächeln, das er aufgesetzt hatte, war jetzt nicht mehr nur freundlich, sondern ausgesprochen strahlend. »Über die Ihr Bescheid wissen solltet? Nein, alle anderen Kräfte, die es besitzt, betreffen nur mich.«

»Und welche sind das?«

Er legte Messer und Gabel auf den Teller zurück, bevor er antwortete: »Gebt mir das Schwert, dann werde ich es Euch zeigen.«

»Aber natürlich, selbstverständlich.«

Der unverhohlene Sarkasmus ihrer Antwort konnte niemandem entgehen, egal aus welchem Jahrhundert er stammte. »Habt Ihr einen bestimmten Grund, daß Ihr mir sogar den zeitweiligen Gebrauch des Schwertes verwehrt?«

Das klang so beleidigt, daß sie sich ihre Antwort sehr gut überlegte. »Verstehen Sie mich bitte nicht falsch, Thorn, aber Sie sind in der Lage zu gehen, wann immer es Ihnen paßt; und ich habe nur Ihr Wort, daß das Schwert nicht mit Ihnen verschwindet. Gerade in dieser Angelegenheit möchte ich Ihre Glaubwürdigkeit nicht unbedingt auf die Probe stellen, wenn Sie gestatten.«

»Glaubt Ihr, daß ich Euch belüge?«

»Haben Sie Jean Paul nicht belogen, als Sie ihn bis in alle Ewigkeit verfluchten?« konterte sie.

Es folgte eine längere, unangenehme Pause. Roseleen konnte nicht recht glauben, daß sie etwas Derartiges geäußert hatte, und er offensichtlich ebensowenig. Aber dann lachte er plötzlich herzlich, ergriff sein Weinglas und prostete ihr zu.

Um sie über den Grund seiner Heiterkeit nicht im unklaren zu lassen, sagte er: »Mich dünkt, es gefällt mir, daß Ihr mir nicht glaubt.«

Roseleen blickte verständnislos drein. »Wirklich? Warum?«

»Das zu erklären, dazu fühle ich mich nicht gezwungen.«

Sie runzelte ärgerlich die Stirn, wegen der unverschämten Antwort und auch wegen dieses selbstgefälligen Lächelns, das jetzt wieder um seine Mundwinkel spielte, bis ihr aufging: »Sie wollen nur mit mir abrechnen, weil ich Sie geärgert habe, stimmt's? Kommen Sie, Sie können es ruhig zugeben.«

»Roseleen, wenn ich mit Euch ›abrechnen‹ wollte, so würdet Ihr es ohne Zweifel merken.«

Langsam, aber sicher wurde sie richtig wütend auf diesen Wikinger und wußte nicht einmal genau warum. Doch, sie wußte es ...

»Und *wie* würde das dann aussehen, wenn Sie mit mir abrechnen?«

Wieder dieses niederträchtige Lachen. Roseleen fing an, mit den Fingerspitzen auf die Tischplatte zu trommeln; sein Gelächter brachte sie allmählich wirklich auf die Palme, was Thorn nicht entging. Er starrte eine Weile auf ihre Finger, dann wanderten seine Augen langsam an ihr hoch. Die Intensität seines Blicks ließ sie auf der Stelle innehalten.

»Vielleicht sollte ich es Euch zeigen?« schlug er vor, seine Stimme dunkel vor Sinnlichkeit.

Roseleen ging schlagartig ein Licht auf, wie seine Abrechnung aussehen würde. Er wollte sie sexuell beherrschen. Er wollte ihr mit seinen Zärtlichkeiten den Verstand rauben und sie einlullen, bis sie zu allem bereit war, was er von ihr verlangte; und sie wußte nur zu gut, wie leicht ihm das fallen würde. Die bloße Vorstellung ließ ihr schon den Atem stocken.

»Hören Sie auf damit!« fauchte sie.

Eine seiner Brauen krümmte sich leicht. »Womit denn?«

Sie beschloß, das Thema zu wechseln. Das war unbedingt nötig. Doch seine aufgesetzte Unschuldsmiene ließ ihre Wut wieder aufflackern.

»Das wissen Sie ganz genau. Ich habe Ihnen bereits gesagt, daß Sie mich nicht so ansehen sollen.«

»Erwarten alle Frauen heutzutage, daß die Männer tun, was sie von ihnen verlangen?«

Das war eine heikle Frage, auf die es mindestens ein Dutzend Antworten gab. Aber sie entschied, daß es in diesem Fall am klügsten war, gar nicht darauf zu reagieren.

»Vergessen Sie es. Wir haben eine Abmachung getroffen. Werden Sie sich daran halten?«

»Habt Ihr Euch denn daran gehalten?«

Schamröte überflutete ihre Wangen, und zugleich damit meldete sich ihre Empörung. »Ich habe nur versucht, Ihre Anspannung und Ihren Streß abzubauen« – verdammt, das Wort Streß verstand er sicher auch wieder nicht – »und Ihnen dabei zu helfen, Ihre erste Autofahrt einigermaßen gut zu verkraften. Ich habe Ihnen sogar die Erlaubnis erteilt zu gehen, damit Sie diese Aufregung nicht länger ertragen müßten, und das, obwohl ich mir geschworen hatte, es nicht zu tun. Ich finde, Sie sollten mir dankbar sein, anstatt mir derart zuzusetzen.«

»Ergebensten Dank«, sagte er mit einem kurzen, ausgesprochen herablassenden Nicken.

Roseleen war jetzt klargeworden, daß er ihr absichtlich nicht geantwortet hatte. Und auch nicht vorhatte, es noch zu tun. Er wollte sie zappeln lassen und ... Sie funkelte ihn zornig an und erntete von ihm dafür ein ausgesucht freundliches Lächeln.

Das Abendessen konnte sie vergessen. Jeder Appetit war ihr gründlich vergangen, der Ärger lag ihr wie ein Stein im Magen, oder war es vielleicht ...? Nein! Es gefiel ihr keineswegs, daß er sich nicht länger daran gehindert fühlte, sich zu nehmen, wonach ihn verlangte.

Sie stand auf, stützte die Hände auf den Tisch und beugte sich vor. »Ich hoffe, Sie haben nicht vergessen, was ich Ihnen über das Gesetz sagte und darüber, was hier und heute erlaubt ist und was nicht, denn ich erkläre hiermit zum letzten Mal: Ich wünsche es nicht, daß Sie mir zu nahe kommen. Und erwarten Sie keine weitere Erklärung von mir, denn Sie wissen ganz genau, wovon ich spreche. Wenn Sie die Absicht haben, mir bei meinen Recherchen behilflich zu sein, dann erwarte ich Sie in einer Stunde in der Bibliothek. Falls nicht, dann wäre ich Ihnen sehr verbunden, wenn Sie mein Haus verließen.«

Sie konnte sich wirklich auf die Schulter klopfen, daß sie diese Ansprache trotz des dicken Kloßes in ihrem Hals so halbwegs flüssig herausgebracht hatte. Allerdings glaubte sie nicht, daß er jetzt noch bleiben würde, ungeachtet dessen, was er vorhin gesagt hatte, und die Enttäuschung darüber schnürte ihr noch mehr den Hals zu.

Hätte sie genau darüber nachgedacht, wäre ihr klargeworden, daß die Angst vor dem Verlust wichtiger Informationen wohl kaum für die Gefühlslage, in der sie sich momentan befand, verantwortlich sein konnte.

Doch daran verschwendete sie keinen Gedanken. Sie registrierte nicht einmal, daß er ihr wieder nicht geantwortet hatte, als sie den Raum verließ.

15

Die folgende Stunde, die sie in bangem Warten verbrachte, nicht wissend, ob Thorn nun gehen oder in der Bibliothek erscheinen würde, war eine der schlimmsten, die sie je durchlebt hatte. Sie machte es sich noch schwerer, indem sie absichtlich nicht in die Bibliothek ging, obwohl die Möglichkeit bestand, daß er vor der verabredeten Zeit erschienen wäre – falls er überhaupt erschien – und sie dadurch von ihren peinigenden Gedanken erlöst hätte. Statt dessen schloß sie sich in ihr Zimmer ein, lief unruhig auf und ab und machte sich die größten Vorwürfe, daß sie ein derartiges Ultimatum überhaupt gestellt hatte.

Wann begriff sie endlich und stellte sich in ihren Verhandlungen mit ihm darauf ein, daß er nicht wie ein Mann des 20. Jahrhunderts dachte oder wie ein solcher reagierte? Kein Wunder, daß er ihr nicht geantwortet hatte. Wahrscheinlich hatte sie ihn wieder einmal durch ihr Benehmen schockiert, das ihm als vollkommen ungerechtfertigte Anmaßung erscheinen mußte. Zu seiner Zeit hatten Frauen einfach keine Forderungen gestellt oder einem Mann Befehle erteilt; und wenn, dann waren das Frauen, die eine Krone trugen und auf einem Thron saßen.

Als sie sich nach Ablauf dieser grauenvollen Stunde langsam die Treppe hinunter in die kleine Bibliothek wagte, brannte dort kein Licht. Hatte sie wirklich etwas anderes erwartet? Selbst wenn er gerne geblieben wäre, hätte er gehen müssen, schon allein deshalb, um zu beweisen, daß er sich von ihr nicht herumkommandieren…

»Wo ist der Lichtschalter, Roseleen? Ich konnte ihn nicht finden.«

Beim Klang seiner Stimme blieb sie wie angewurzelt stehen. Im matten Schein der Flurbeleuchtung entdeckte sie Thorn, der es sich in einem der drei Lehnstühle bequem gemacht hatte. Eilig trat sie zu ihm und schaltete die Leselampe neben seinem Stuhl an. Ihr Herz raste, nicht nur, weil er sie so erschreckt hatte, sondern hauptsächlich, weil er sich nicht davongemacht hatte.

Doch er zeigte keinerlei Interesse an ihrer Reaktion auf die Tatsache, daß er immer noch da war. Sie hingegen konnte ihr Entzücken darüber kaum verbergen; ihr Herz machte einen Freudensprung nach dem anderen, doch er spähte nur neugierig unter den Lampenschirm.

»Ich habe mir schon gedacht, daß dies eine Lichtquelle ist«, sagte er. »Aber ich konnte dort keinen solchen Schalter finden wie an der Wand.«

»Nein, Tischlampen haben keine Kippschalter, diesen hier muß man drehen.«

Er dankte ihr diese Erklärung mit einem stummen, vorwurfsvollen Blick. Meinte er, daß sie ihm das schon früher hätte sagen können? Roseleen dagegen konnte es kaum fassen, daß sie jetzt über Lichtschalter diskutierten, und noch weniger, daß ihre Stimmen dabei so ruhig klangen.

Aber sie war viel zu aufgeregt, um das Thema, das ihnen wohl beiden im Kopf herumging, oder zumindest *ihr*, noch länger zu ignorieren. »Ich habe wirklich angenommen, Sie würden gehen.«

»Um Euch damit in die glückliche Lage zu versetzen, sich neue Abmachungen auszudenken, wenn Ihr mich das nächste Mal ruft? Mitnichten, im Augenblick bin ich Herr der Lage, und ich gedenke es auch zu bleiben.«

Roseleen wurde sehr still. Wie war es möglich, daß sie nicht schon vorher daran gedacht hatte? Sie hatte sich schier zu Tode gegrämt, daß er sie verlassen könnte, wo es doch so viel besser für sie gewesen wäre, wenn er tatsächlich gegangen wäre. Dann hätte sie nämlich wieder das Sagen gehabt.

Aber sie hatte überhaupt nicht mehr an die Macht gedacht, die ihr der Besitz des Schwertes verlieh, Macht, die sie erst wieder besitzen würde, nachdem er sich zum Gehen entschlossen hatte. Jetzt wußte sie nicht, was er vorhatte, doch allein die Tatsache, daß seine Handlungsfreiheit im Moment durch nichts beeinträchtigt werden konnte, machte sie höchst nervös.

Nun, zumindest machte er keine direkten Anstalten, sich auf sie zu stürzen. Er schien vollkommen ruhig und sexuell nicht erregt, soweit sie das abschätzen konnte. Vielleicht hielt er sich weiterhin an die Abmachung – nein, die hatte sich auf andere Voraussetzungen gegründet. Warum sollte er sich jetzt noch daran halten?

Um diesem speziellen Thema möglichst aus dem Weg zu gehen, schnitt sie rasch ein ganz anderes an. »Wo haben Sie so gut Englisch gelernt?«

»Da mich mein dritter Ruf in dieses Land zitierte, war ich gezwungen, Eure Sprache zu lernen, und später dann auch die der Normannen.«

»Aber das muß doch dann Altenglisch gewesen sein, das

sich von dem Englisch, das wir seit gut vierhundert Jahren sprechen, erheblich unterscheidet. Im College damals habe ich selbst ein Semester lang Altenglisch gelernt. Und das ist im Grunde genommen eine ganz fremde Sprache. Also, das erklärt nicht, warum Sie das moderne Englisch so tadellos beherrschen.«

»Ich hatte Tutoren.«

»Wie bitte?«

Ihr verdutzter Gesichtsausdruck entlockte ihm ein Grinsen. »Jean Paul Tutor«, erläuterte er. »Seine Mutter bestand darauf. Sie wollte jegliche Mißverständnisse ausschalten, wenn sie sich ... äh, mit mir unterhielt.«

Vor ihrem inneren Auge begann sich ein Bild zu formen: Thorn, auf einer viel zu niedrigen Schulbank hockend, in einem stickigen Dachstübchen, wo die Kinder der besseren Gesellschaft in jenen Tagen unterrichtet zu werden pflegten, hinter ihm ein streng dreinblickender *Lehrer* mit einem Zeigestock in der Hand. Nur mühsam konnte sie angesichts dieser Vorstellung ein Kichern unterdrücken.

Sie beherrschte sich zwar, aber ein wissendes Lächeln konnte sie sich nicht verkneifen. »Sie hatten offenbar einen exzellenten Lehrer.«

Sein Grinsen wurde breiter. »Jawohl, sie hat ihre Aufgabe sehr gewissenhaft erfüllt.«

Ihr Lächeln verschwand und machte einem verdutzten Staunen Platz. »Sie? Verstehen Sie mich bitte nicht falsch, ich zweifle nicht an Ihren Worten, aber im achtzehnten Jahrhundert waren weibliche Lehrer noch eine absolute Seltenheit, falls es überhaupt welche gab. Wie sind Sie an eine solche geraten?«

»Die Lehrerin war ein Stubenmädchen, das sich jede Nacht in mein Bett ...«

Bevor ihre Wangen noch röter wurden, als sie ohnehin schon waren, warf sie schnell ein: »Schon gut, die Einzelheiten interessieren mich nicht. Ihr richtiger *Lehrer* war also männlichen Geschlechts, nicht wahr?«

»Hm, ja, und einen widerlicheren Kerl als den hat die Welt noch nicht gesehen. Aber seine Manieren besserten sich umgehend, nachdem ich ihm mit einem gezielten Schlag das Nasenbein gebrochen hatte.«

Das erzählte er so beiläufig, als wäre daran nichts Ungewöhnliches. »Tun Sie das öfter?« wagte sie zögernd zu fragen. »Jemandem die Nase einschlagen, meine ich.« Als sein Grinsen noch breiter und arroganter wurde, wiegelte sie rasch ab. »Sie brauchen mir nicht zu antworten. Ich möchte eigentlich gar nicht wissen, wie viele Nasenbeine Sie schon zertrümmert haben.«

»Ohne eine ordentliche Schlägerei oder auch zwei wäre ein Festgelage in Walhalla nur eine halbe Sache. Das macht allen Gästen immer einen Heidenspaß.«

Zumindest nannte er keine genauen Zahlen, aber da er Gefallen an dem Thema zu finden schien, zügelte sie ihre Neugier nicht und fragte weiter: »Haben Sie auch bei diesen Schlägereien mitgemacht?«

»Immer«, kam die prompte Antwort. »Und ich habe nie verloren.«

Thorn, ein Angeber? Aber warum sollte sie das überraschen? So groß und stark wie er war, gab es sicherlich eine Menge Heldentaten, deren er sich brüsten konnte.

Aber dann fiel ihr etwas ein. »Haben Sie nicht gesagt, Sie hätten gelegentlich gegen Ihren Bruder verloren?«

»Wenn Thor meine Herausforderung annimmt, so ist das offiziell, und der Kampf findet unter Odins Aufsicht statt. Und Thor ist gegenwärtig in Odins Hallen nicht willkommen. Sie liegen in Fehde miteinander – wieder einmal.«

Interessierte sie sich wirklich für die Händel mythischer Gottheiten, an deren Existenz sie nicht so recht glaubte? Sie mußte sich klar vor Augen halten, daß die Wikinger für ihre großartigen Legenden berühmt waren – und für ihre Prahlsucht. Es war ein Hauptbestandteil ihres täglichen Lebens, abenteuerliche Geschichten zu erfinden, die die Zuhörer in Atem hielten. Schließlich gab es damals ja noch kein Fernsehen, um sich anderweitig zu unterhalten.

Bei dem letzten Gedanken lächelte sie, doch dann gestattete sie sich noch eine weitere Frage zu diesem Thema. »Was ist der Anlaß für diese Fehde?«

Thorn zuckte mit den Schultern. »Ach, bei den beiden braucht es dazu nicht allzuviel. Beim letzten Mal, glaube ich, hat mein Bruder Odins Füße beleidigt.«

Nicht gerade das, was sie als Antwort erwartet hatte; aber jetzt wollte sie es genau wissen. »Was? Hat Thor behauptet, sie seien zu groß oder so was Ähnliches – wie *beleidigt* man in Ihren Kreisen denn überhaupt Füße?«

»Indem man sagt, sie seien zu kümmerlich, um einen ordentlichen Abdruck zu hinterlassen. Eigentlich hat er sich noch deutlicher ausgedrückt, aber den genauen Wortlaut möchte ich Euren Ohren lieber ersparen.«

Sie lachte leise, weil sie sich sehr gut vorstellen konnte, wie deftig die Beschimpfungen und Schmähungen eines Wikingers geklungen haben mochten, und erst recht die eines Wikinger-Gottes.

»Ich bin Ihnen sehr zu Dank verbunden, daß Sie mich damit verschonen …«, begann sie.

Weiter kam sie nicht, denn Thorn war aus seinem Sessel hochgeschossen, rannte zum Fenster und fragte: »Was ist das für ein Geräusch?«

Sie trat zu ihm und hörte nichts Ungewöhnliches … doch dann begriff sie. Ein Flugzeug, ein Passagierflugzeug, dem Klang nach zu urteilen. Ein Geräusch, das die meisten Menschen gar nicht mehr wahrnahmen, weil es so alltäglich war. Aber jemanden, der so etwas, oder etwas Ähnliches, noch nie gehört hatte, mußte es natürlich sofort auffallen.

Und Thorn hatte das Geräusch nicht nur ganz deutlich gehört, sondern auch dessen Ursache ausgemacht. »Was ist *das*?« wollte er wissen und zeigte nach oben.

Sie spähte über seine Schulter, und als sie das Flugzeug entdeckte, war sie froh, daß es sich kaum von den tiefhängenden Wolken abhob. Eine deutliche Silhouette dieses Jets hätte ihm bestimmt einen Schock versetzt. Dennoch würde sie jetzt wohl um eine Reihe ausführlicher Erklärungen nicht herumkommen.

Roseleen wollte gerade damit beginnen, überlegte es sich aber plötzlich anders. Ihn in eines dieser Flugzeuge zu bringen, würde sie nervlich wahrscheinlich nicht durchstehen und wollte es deshalb gar nicht erst versuchen.

Anstatt ihm also auch dieses Wunderwerk der Technik zu erklären, meinte sie achselzuckend: »Ach, nur ein Vogel. Heutzutage sind sie viel größer.«

Der Blick, den er ihr daraufhin zuwarf, war mehr als skeptisch. Entweder, weil er ihr nicht glaubte – oder gerade weil er ihr glaubte. Wie auch immer, es interessierte sie nicht. Sie lotste ihn vom Fenster weg, indem sie hinzufügte: »Keine Angst. Sie greifen keine Menschen an und sind wirklich ganz harmlos« – solange sie nicht abstürzen, dachte sie im stillen und meinte dann, um ihn abzulenken: »Übrigens, was die Untersuchungen betrifft, die ich früher erwähnte ...«

Er blieb abrupt stehen. »Oh, darauf bin ich in der Tat neugierig, muß ich zugeben. Was ist es denn, was Ihr nicht finden könnt und wobei ich Euch untersuchen helfen soll?«

»Wie bitte? Ich verstehe nicht.«

»Ihr sucht doch etwas.«

Seinem eifrigen Gesichtsausdruck nach zu urteilen, schien es ihm wirklich Freude zu machen, daß sie seine Hilfe benötigte. Doch so, wie er das Wort ›untersuchen‹ ausgesprochen hatte, ganz langsam und gedehnt, waren daraus zwei Wörter geworden, deren Bedeutung er ganz offenbar falsch verstand.

Bevor sie ihn noch korrigieren konnte, fragte er: »Wenn ich finde, was Ihr sucht, wäret Ihr dann bereit, mir eine Gunst zu erweisen?«

Wollte er mit ihr handeln? Suchte er nach anderen Mitteln und Wegen, um sie endlich ins Bett zu bekommen? Ihre

Forschungsarbeit konnte warten, erst einmal mußte sie herausfinden, was er im Schilde führte.

»Einverstanden«, sagte sie und verschränkte ihre Arme genauso vor der Brust, wie er es tat. »Und was haben Sie sich da so vorgestellt?«

»Die Rückgabe meines Schwertes.«

Das zu hören war ein wenig ernüchternd, zumal sie eine ganz andere Antwort erwartet hatte. »Ich sagte Ihnen doch bereits, daß ich mich nie ...«

»Was verlangt Ihr denn sonst als Gegenleistung?« warf er ein und klang dabei ziemlich frustriert. »Edelsteine? Sklaven? Gebt mir das Schwert, und ich erfülle Euch jeden Wunsch.«

»Soso, jetzt habe ich wohl plötzlich einen Geist vor mir, der mir funkelnde Schätze zu Füßen legt?« schnaubte sie.

Thorn setzte wieder eine überhebliche Miene auf. »Falsch, ich werde einfach den Steuereintreiber des Königs überfallen.«

»Welches Königs denn?«

»Irgendeines englischen Königs.«

»Irgendeines Königs? Sie reden Unsinn, Thorn. England wird von einer Königin regiert. Aber abgesehen davon – ich werde dieses Schwert um keinen Preis der Welt verkaufen.«

Er war enttäuscht, zutiefst enttäuscht. Obwohl er es zu verbergen suchte, verrieten ihn seine hängenden Schultern und die gerunzelte Stirn. Zu dumm. Aber er hatte nicht vor, ihr mit schmeichelnden Worten *Blooddrinkers Fluch* abzuluchsen.

»Können wir uns nun mit dieser Untersuchung befassen? Was allerdings nicht heißt, daß ich etwas verloren habe. Unter einer Untersuchung versteht man das sorgfältige Sammeln von Informationen zu einem bestimmten Thema.«

Er brummte unwirsch. Ihre Erklärung interessierte ihn nicht die Bohne, seine Gedanken kreisten immer noch um sein Schwert. Dennoch ließ er sich zu einer Antwort herab.

»Ich bezweifle, daß ich im Sammeln von diesen sogenannten Informationen sehr geschickt bin.«

»Nun, ich erwarte nicht, daß Sie für mich Informationen sammeln, ich will sie von Ihnen bekommen. Ihre Kenntnisse der Vergangenheit sind wertvoll, Thorn. Ich bin sicher, daß Sie mir bei den Recherchen zu dem Buch, an dem ich gerade schreibe, sehr nützlich sein werden.«

»Meine Kenntnisse? Und wenn ich die nun für mich behalte?«

Da war es wieder, dieses heftige Verlangen, und es war so intensiv, daß sie unwillkürlich einen Schritt zurückwich. »*Das*, woran Sie denken, können Sie gleich wieder vergessen«, sagte sie streng und funkelte ihn aus zusammengekniffenen Augen warnend an.

Thorn verzichtete darauf, den Harmlosen zu spielen und zu fragen, was er vergessen könnte. Statt dessen grinste er sie an. Anscheinend hatte sich seine Laune wieder gebessert, wohingegen die ihre zusehends schlechter wurde.

»Seid Ihr Euch da sicher, Roseleen?« fragte er mit deutlich belegter Stimme.

»Verdammt sicher«, schoß sie zurück, wobei sie das Kribbeln in ihrem Bauch, das sein sinnlicher Tonfall auslöste, zu ignorieren versuchte. »Wenn Sie mir nicht helfen wollen, dann wäre das wirklich sehr schade. Es würde nämlich bedeuten, daß unsere Unterhaltung damit beendet ist.«

Jetzt lachte er. »Ihr erwägt, mich wieder zu entlassen? Das würde Euch nicht so einfach gelingen. Aber ich habe nicht gesagt, daß ich Euch mit meinen Kenntnissen nicht behilflich sein möchte. Ihr müßt mir nur sagen, welche Kenntnisse genau das sind.«

So plötzlich mit seiner Bereitschaft zur Zusammenarbeit konfrontiert, wußte sie nicht, wo sie beginnen sollte. Sie war erleichtert und gleichzeitig von gespannter Erwartung erfüllt. Dann erinnerte sie sich an die Schautafel und wußte auf einmal, wie sie in das Thema einsteigen konnte.

»Als Sie damals dieses Bild in meinem Klassenzimmer

sahen und dachten, er stelle Wilhelm den Bastard dar, wie Sie ihn nannten, schien es mir, als würden Sie ihn kennen – persönlich, meine ich. Wurden Sie jemals in seine Zeit gerufen?«

Er wirkte überrascht und schien nun auch seinerseits Gefallen an dem Thema zu finden. »Ich habe seine Bekanntschaft gemacht, ganz recht. Möchtet Ihr ihn auch kennenlernen?«

16

Ob sie einen der berühmten Könige Englands kennenlernen wollte? Roseleen war derartig baff, daß sie Thorn eine ganze Weile mit offenem Mund anstarrte. Und an diesem bestimmt nicht sonderlich intelligenten Gesichtsausdruck war sie selbst schuld. Sie hatte ihm ja diese lächerliche Frage gestellt.

»Heißt das, Sie können den Geist von Wilhelm dem Eroberer herbeirufen?«

»Nein, aber ich kann Euch zu ihm führen, in die Zeit, da er Fleisch und Blut war.«

Sie seufzte, als sie das hörte. Dieses ständige Auf und Ab zwischen Begeisterung und Enttäuschung begann an ihren Nerven zu zehren, sehr sogar. Sie zu ihm bringen? Was er ihr da vorschlug, war völlig unmöglich, und das sagte sie ihm auch.

»Das ist nicht mög…«, begann sie, hielt aber sogleich wieder inne.

Was redete sie da? Daß *er* hier war, war genauso unmöglich, und doch stand ein sehr großer Wikinger vor ihr, der überaus echt wirkte.

Zögernd, mit angehaltenem Atem, lenkte sie daher ein. »Okay, und wie wollen Sie das bewerkstelligen?«

»Mit *Blooddrinkers Fluch* in der Hand.«

»Das Schwert? Wollen Sie mir weismachen, daß dieses Schwert auch noch die Kraft besitzt, Ihnen eine Reise durch die Zeit zu ermöglichen?«

»Ganz recht.«

»Und wie?«

»Ich muß mir nur vorstellen, wohin ich reisen will, und schon geht es los.«

Jetzt hatte sie die Begeisterung gepackt. »Dann kann ich das also auch?«

»Nein, diese Kraft des Schwertes ist an mich gebunden. Solange ich nicht da bin, besitzt es diese Macht nicht.«

Sie seufzte enttäuscht, ein wenig lauter diesmal. Aha, das war also der Haken. Eine gemeine Falle. Damit hätte sie eigentlich rechnen müssen. Sie war sich jetzt sicher, daß er nichts unversucht lassen würde, um wieder in den Besitz dieses Schwertes zu kommen, er scheute nicht einmal die Mühe, sich eine Geschichte wie diese auszudenken, nur um sie herumzukriegen.

Im Moment ging sie noch auf sein Spielchen ein, indem sie fragte: »Mit anderen Worten, ich soll Ihnen das Schwert borgen und darauf vertrauen, daß Sie nicht mit dem Schwert verschwinden, sehe ich das richtig?«

»Wenn Ihr nicht mitkommt, geht das nicht.«

Weshalb kamen ihr diese Worte nur so bekannt vor? Ah, er hatte es schon einmal gesagt. Na, zumindest hielt er an seinen großartigen Geschichten wortwörtlich fest.

»Nun gut, nehmen wir einmal an, ich gebe Ihnen das Schwert, und nehmen wir weiter an, ich entschließe mich dazu mitzukommen. Was geschieht dann?«

»Die Macht über das Schwert bleibt weiterhin in meiner Hand. Ich werde in der Lage sein, überall dorthinzugehen, wo es mir beliebt, in jedem Krieg mitzukämpfen, ganz wie ich will. Odin hat mir versichert, daß das möglich ist.«

Glaubte er wirklich, sie würde Odin beim Wort nehmen, obwohl sie allein schon dessen Existenz stark in Zweifel zog? Sie hätte diesem Ammenmärchen gleich zu Anfang

Einhalt gebieten sollen ... Aber plötzlich fiel der Groschen, als sie sich vergegenwärtigte, was *genau* er gesagt hatte.

»Warten Sie mal«, meinte sie nachdenklich. »Wollen Sie damit sagen, daß Sie es noch nie ausprobiert haben?«

»Nein, diese Gelegenheit ist mir bislang noch nicht zuteil geworden. Wie ich schon sagte, die Besitzerin meines Schwertes muß mich begleiten, aber bis jetzt hat sich noch nie eine damit einverstanden erklärt.«

»Also wissen Sie nicht mit Sicherheit, ob das Ganze überhaupt funktioniert, sehe ich das richtig?«

»Odin hat mir ...«

»Ja, ja, ich weiß schon, er hat Ihnen versichert, daß es klappt«, warf sie ein und schaffte es mit Müh und Not, sich nicht anmerken zu lassen, wie wenig sie von dieser Versicherung hielt. Seine Götter zu beleidigen war ihrem gespannten Verhältnis gewiß nicht zuträglich, wollte sie doch weiterhin Frieden mit ihm halten – auch auf die Gefahr hin, daß er versuchte, ihr das Schwert mit allen möglichen Tricks abzuluchsen.

»Okay, um das Ganze noch einmal klarzustellen«, fuhr sie fort. »Sie behaupten, daß wir beide sofort, hier und jetzt, König Wilhelm einen Besuch abstatten könnten, wenn Sie mein Schwert in der Hand halten würden, ja?«

»König Wilhelm? Ihr meint wohl Herzog Wilhelm ...«

»Wie auch immer. Können wir das?«

»Ja.«

»Oder irgendeinem anderen König eines anderen Jahrhunderts?«

»Jawohl – und wir könnten jeden Kriegsschauplatz aufsuchen.«

Roseleen zog die Stirn kraus. Er wiederholte sich, und wenn es um ein anderes Thema gegangen wäre, hätte sie es vielleicht gar nicht bemerkt.

Aber Krieg? Sie wußte, wie gerne er kämpfte, und sein Gesichtsausdruck zeigte ganz eindeutig, wie sehr er die momentane Unterhaltung genoß. War es möglich, daß er allen Ernstes davon überzeugt war, durch die Zeit reisen zu können? War es möglich, daß das, was er ihr gerade glaubhaft zu machen versuchte, nicht nur ein Trick war, um in den Besitz seines Schwertes zu gelangen?

Wieder spürte sie eine Welle der Begeisterung in sich aufsteigen. Wenn sie sich gestattete, auch nur für einen Moment daran zu glauben, daß alles, was Thorn ihr erzählte, der Wahrheit entsprach – so waren die daraus resultierenden Möglichkeiten geradezu schwindelerregend. In der Lage zu sein, durch die Zeit zu reisen, Gelegenheit zu haben, genau die Menschen kennenzulernen, die den Lauf der Geschichte entscheidend beeinflußt hatten ... Warum sollte sie ihm angesichts dieser atemberaubenden Möglichkeiten nicht wenigstens die Chance geben, den Beweis für seine Behauptungen anzutreten?

Aber das hieße natürlich, daß sie ihm das Schwert geben oder es ihm zumindest *borgen* mußte. Wollte sie dieses Risiko eingehen? Andererseits, konnte sie diese einzigartige Gelegenheit ungenutzt verstreichen lassen? Falls auch nur die geringste Wahrscheinlichkeit bestand, daß es ihr möglich wäre, in die Vergangenheit zu reisen, mit eigenen Augen den Werdegang der Geschichte zu verfolgen und ihre Informationen quasi aus erster Hand zu beziehen ...

»Warten Sie hier, ich hole das Schwert«, stieß sie rasch hervor, bevor sie ihre Meinung ändern konnte.

Was er natürlich nicht tat. Wie hatte sie auch nur so blauäugig sein können, das anzunehmen? Er folgte ihr, als sie die Bibliothek verließ, und als sie die Treppe hinaufeilte, hatte sie das Gefühl, als klebe er an ihren Hacken, was wahrscheinlich nur daher kam, weil sie sich seiner Nähe so stark bewußt war. Ohne ihren Schritt zu verlangsamen, betrat sie ihr Schlafzimmer – und zögerte erst, als sie die schwere Waffe in der Hand hielt.

Mit einemmal übermannte sie wieder die Unschlüssigkeit. Die Tatsache zu akzeptieren, daß sie ein Schwert besaß, das sie angeblich in die Lage versetzen konnte, die Zeit zu überwinden, war für ihre logische und auf Beweise ausgerichtete Denkweise, mit der sie bislang bestens zurechtgekommen war, eine arge Herausforderung, die sie nicht so ohne weiteres annehmen konnte. Ihr erster Entschluß war demnach sicherlich der richtige gewesen. Und sie wollte ihr Schwert nicht verlieren, nein, gewiß nicht …

»Gebt es mir, Roseleen.«

Sie schloß die Augen und unterdrückte ein Stöhnen. Bei diesen mit heiserer Stimme geflüsterten Worten dachte sie an etwas ganz anderes. Aber *er* sprach von dem Schwert.

Sie drehte sich zu ihm um. Er stand gar nicht so nahe bei ihr, wie sie geglaubt hatte. Seine ausgestreckte Hand verlangte schweigend nach dem Schwert.

Sie gab es ihm, ja sie drängte ihm die Waffe förmlich auf. Und so nervös und angsterfüllt, wie sie war, wäre ihr beinahe die Veränderung entgangen, die mit *Blooddrinkers Fluch* von sich ging, sobald sich Thorns Faust um den Griff geschlossen hatte. Zunächst glaubte sie sich nur einzubilden, daß sich die Scharten an der doppelschneidigen Klinge schlossen, daß das im Laufe der Zeit schwarz gewordene Metall langsam wie poliertes Silber zu glänzen begann und daß die Bernsteine, die das Heft zierten und die seine große Hand nicht verbargen, nicht mehr matt waren, sondern kristallklar im Schein der Deckenbeleuchtung schimmerten.

Das *konnte* nur Einbildung sein, hervorgerufen durch ihre Angst, daß ihr Schwert *und* ihr Wikinger aus ihrem Leben verschwinden könnten. Oder auch eine optische Täuschung – eine Lichtspiegelung. Und doch war da noch der kleine Funke Hoffnung, daß sie sich, wenn sie die Augen zumachte und nach einer Weile wieder öffnete, in einem anderen Jahrhundert wiederfand, daß alles, was er ihr erzählt hatte, tatsächlich der Wahrheit entsprach.

Sie schloß die Augen, um ihm Gelegenheit zu geben, seine Behauptung zu beweisen. Nun, natürlich passierte nichts. Sie konnte immer noch das leise Ticken ihres

Weckers hören, die leichte, duftende Sommerbrise spüren, die durch die geöffneten Fenster …

»Wir können nicht aufbrechen«, hörte sie Thorn sagen. »Nicht ohne Eure Zustimmung, daß Ihr mir – aus freiem Willen – überallhin folgt, wohin ich gehe.«

Ihre Lider öffneten sich. Sie befanden sich immer noch in ihrem Schlafzimmer – wo auch sonst? Er hatte ja gesagt, daß sie es noch nicht verlassen könnten. Und da stand auch Thorn, seine Hand fest um *Blooddrinkers Fluch* geschlossen und irgendwie recht mißmutig dreinblickend. Weil sie schwieg? Konnte er wirklich nicht ohne ihre Einwilligung gehen?

Diese Vorstellung schmälerte ihre Furcht ein wenig; sie spielte sogar kurz mit dem Gedanken, ihr Schwert zurückzufordern, um sie ganz zu vertreiben. Andererseits wollte sie nicht wieder diesen enttäuschten Ausdruck in seinem Gesicht sehen, nicht einmal für wenige Augenblicke, zumindest nicht, wenn sie der Grund dafür war.

Außerdem hatte sie nun tatsächlich den Eindruck, daß Thorn allen Ernstes von der Möglichkeit seiner Zeitreisen überzeugt war. Und daher würde ihm eine Enttäuschung in Kürze ohnehin nicht erspart bleiben, wenn er selbst herausfand, daß sein geliebter Odin ihn hereingelegt hatte. Aber dazu bedurfte es zunächst ihres Einverständnisses. Allerdings war sie angesichts dieser Überlegung jetzt hin- und hergerissen, ob sie es ihm geben sollte, weil er im Fall eines Mißlingens bestimmt sehr deprimiert gewesen wäre. Doch andererseits würde keiner von ihnen beiden jemals hinter die Wahrheit kommen, wenn sie nicht mitspielte.

Also beschloß sie, die gewünschten Worte zu sprechen, sagte jedoch um ihres eigenen Seelenfriedens willen: »Um jegliches Mißverständnis auszuschalten, Thorn, ich *leihe* Ihnen mein Schwert nur. Das möchte ich nochmals klar feststellen. Und Sie werden es mir zurückgeben, wenn ich Sie darum bitte, ja?«

Es verstrich eine ganze Weile, bis er antwortete, und das

nicht einmal mit Worten. Alles, was sie von ihm erhielt, war ein kurzes Nicken, zu dem er sich offensichtlich sehr hatte zwingen müssen. Aber da war noch eine Sache, die sie sicherstellen mußte.

»Und ich will Ihr Wort darauf, daß Sie uns hierher zurückbringen, wenn ich diesen Wunsch äußere.«

Diesmal kam eine Antwort über seine Lippen, aber leicht fiel ihm dies offensichtlich auch nicht. »Das habt Ihr.«

»Also schön«, fuhr sie fort und schenkte ihm ein halbes Lächeln. »Ich erkläre mich hiermit einverstanden, Ihnen überallhin zu folgen, wo immer Sie wollen, und das aus freiem Willen.«

Jetzt strahlte er über das ganze Gesicht; sein Lächeln war unglaublich schön in der freudigen Erwartung dessen, was ihnen bevorstand. Diesmal mußte Roseleen ihre Augen gar nicht schließen. Plötzlich war nichts als tiefe Schwärze um sie herum und das eigenartige Gefühl, durch die Luft zu schweben. Doch dabei blieb es nicht – Sekunden später vernahm sie das scharfe Klirren aufeinandertreffender Schwerter, das Wiehern von Pferden und sah sich, wie ihr vorkam, Tausenden von Kriegern in schweren Rüstungen gegenüber, die versuchten, einander umzubringen.

17

Sich mitten in einer tobenden Schlacht wiederzufinden war ein Grund, in Panik zu geraten. Aber zuerst kam der Schock. Wie zur Salzsäule erstarrt, stand Roseleen bewegungslos da und stierte stumm auf die Szenerie, die sich da vor ihren Augen abspielte, während ihr Verstand fieberhaft nach einer Erklärung – einer logischen Erklärung – für die Existenz dieser mittelalterlichen Krieger suchte, die sich rings um sie herum erbittert bekämpften. Durch Drogen hervorgerufene Halluzinationen, holographisch erzeugte

Scheinbilder, kam es ihr in den Sinn, oder einfach nur ein Traum – war sie wieder beim Traum als Erklärung für diese wahrhaft unerklärlichen Erscheinungen angelangt?

Was Thorn betraf, nein. Aber das hier? Ganz bestimmt ein Traum. Gott sei Dank, seufzte Roseleen innerlich auf, die mit dieser Erkenntnis große Erleichterung überkam. Im Traum konnte einem nichts geschehen, folgerte sie logisch, als sie zusehen mußte, wie ihr schlachtenhungriger Wikinger sich kopfüber ins Kampfgetümmel stürzte.

Indes waren die Einzelheiten dieses Traumes geradezu unglaublich realistisch. Sie konnte den Geruch von Blut riechen und von Pferdemist – nun, bei den vielen Pferden hier mußte es ja zwangsläufig so stinken, sagte sie sich. Und das metallene Klirren der Schwerter verursachte ihr richtige Kopfschmerzen.

Thorn jedoch schien den größten Spaß seines Lebens zu haben. Keine Sekunde war *Blooddrinkers Fluch* in seiner Hand Ruhe vergönnt, seit dieser Traum begonnen hatte. Immer wieder blitzte die Klinge im Sonnenlicht auf, sauste durch die Luft, schlug zu und – tötete Menschen.

Roseleen kniff die Augen so fest sie konnte zu, zuckte aber bei jedem Schmerzensschrei zusammen, bei den Schreien der Männer und denen der Pferde. Das Blut, das auf ihr Kleid spritzte, versuchte sie geflissentlich zu ignorieren. Die Flecken würden ja verschwunden sein, wenn sie erwachte. Aber eines konnte sie schon jetzt mit Sicherheit behaupten: Dieser Traum würde ihr als der allerschrecklichste Alptraum in Erinnerung bleiben, den sie je erlebt hatte. So realistische und grauenhafte Bilder ...

Ein vorbeigaloppierendes Pferd streifte Roseleens Schulter, so daß sie ins Stolpern geriet und auf Thorn zuwankte. Und als sie ihr Gleichgewicht wiedergefunden hatte, sah sie einen muskulösen Arm und ein blutiges Schwert auf sich niedersausen, das ihren Nacken treffen mußte. Roseleen rührte sich nicht vom Fleck und hatte nicht einmal Angst. Es war ja nur ein Traum, und im

Traum zu sterben war nahezu eine Garantie dafür, sogleich aufzuwachen, was sie sich im Augenblick auch sehnlichst wünschte.

Aber sie sollte nicht sterben, noch nicht jedenfalls. Ein anderes Schwert prallte scheppernd gegen das, das ihr den Tod hätte bringen sollen, stieß es zur Seite und bohrte sich tief in die Brust ihres Angreifers. Eine ganze Blutfontäne traf sie. Wenn das alles wahr wäre, so würde sie spätestens jetzt die Nase gestrichen voll haben von diesem Theater. Nein, weshalb sich etwas vormachen? Sie würde vor Angst den Verstand verlieren, wenn dies alles in Wirklichkeit geschähe.

Thorn hatte sie – wie nicht anders zu erwarten – davor bewahrt, in absehbarer Zeit aus diesem schrecklichen Traum zu erwachen. Sie beschloß, ihm gleich jetzt an Ort und Stelle mitzuteilen, wie dankbar sie ihm war, daß er für sie dieses gräßliche Schauspiel noch weiter in die Länge zog, aber er dachte gar nicht daran, bei ihr zu verharren und sich ihre zynischen Bemerkungen anzuhören. Drei bis an die Zähne bewaffnete Männer hatten sich ganz in der Nähe um einen Ritter geschart, den sie anscheinend gerade aus dem Sattel geholt hatten, und Thorn stürzte sogleich hinzu, um den armen Kerl zu retten.

Roseleen entrang sich ein stummer Schrei. Sie mußte etwas unternehmen, und zwar schnell. Entweder lief sie Gefahr, von einer anderen tödlichen Waffe getroffen zu werden, oder sie versuchte, Thorns Aufmerksamkeit so lange zu fesseln, bis sie ihm klargemacht hatte, daß sie diesen Schauplatz umgehend verlassen wollte. Nun, sich in seine Nähe zu wagen bedeutete, genaugenommen, beide Alternativen gleichzeitig zu wählen, da er bereits aus diesen drei Männern Hackfleisch gemacht hatte und sich gerade gegen zwei andere Ritter zur Wehr setzte.

Wie das bei Träumen bisweilen so ist, schien dies ein besonders langer Traum zu werden. Aber bei Gott, sie hätte sich wirklich ein etwas angenehmeres Thema gewünscht.

Eigentlich wäre ihr im Moment alles andere lieber gewesen, selbst ein anderer Alptraum. Sie war es endgültig leid, mit ansehen zu müssen, wie scharf die beiden Schneiden von *Blooddrinkers Fluch* waren.

So nahm sie ihren ganzen Mut zusammen, lief die wenigen Schritte auf Thorn zu – er hatte sich in dem Kampfgetümmel nicht allzuweit von ihr entfernt –, stieß dabei einen anderen Krieger zur Seite, der sich von hinten an Thorn herangeschlichen hatte, und packte ihn an seinem freien linken Arm.

Ihr Vorhaben schlug fehl. Der Versuch, ihn von etwas abzubringen, war bis jetzt ohnehin nur selten von Erfolg gekrönt gewesen, und jetzt, so *beschäftigt* wie er im Augenblick war, absolut zum Scheitern verurteilt. Aber wenigstens hatte er ihr Anliegen zur Kenntnis genommen.

Sie konnte sich zwar nicht vorstellen, warum er wußte, daß sie es war, die an seinem Arm gezerrt hatte, da er sich nicht die Mühe machte, auch nur einen Blick über die Schulter zu werfen, um zu sehen, wer da hinter ihm stand, und doch sagte er in einem überraschend sanften Ton: »Nicht jetzt, Roseleen.«

Es war wahrscheinlich seine Gemütsruhe, die dazu beitrug, daß sie immer wütender wurde. Trotz der immensen körperlichen Anstrengung schien dieser Mann nicht einmal außer Atem zu sein. Abgesehen davon richtete der Krieger, den sie angerempelt hatte, seine ganze Aufmerksamkeit nun auf Thorns Rücken und ihren Bauch, wohl um abzuschätzen, ob sein langer Speer beide Ziele mit einem einzigen Stoß erreichen konnte.

Ihre aufkeimende Wut hatte ihre eigenen Handlungsmöglichkeiten erheblich eingeschränkt. Zum Teufel mit dem Sterben – sie war noch nicht bereit dazu, zumindest wollte sie Thorn vorher noch ihr Mißfallen kundtun. Mit diesem Ziel vor Augen ballte Roseleen beide Hände zu Fäusten und rammte sie Thorn in den Rücken. Daß er ihren Stoß nicht einmal wahrzunehmen schien, machte sie schier rasend.

Um das scheppernde Waffengeklirr zu übertönen, brüllte sie, so laut sie konnte: »Schluß jetzt! Ich verlasse diesen Alptraum, mit oder ohne Ihre Begleitung. Das mag vielleicht Ihre Vorstellung von einem vergnüglichen Ausflug sein, aber nicht die meine – außerdem bohrt Ihnen jemand gleich ein paar Luftlöcher in den Rücken!«

Als habe er den speerschwingenden Angreifer in seinem Rücken die ganze Zeit über genauso scharf im Auge behalten wie den übriggebliebenen Ritter, auf den er gerade eindrosch, schwang Thorn plötzlich sein Schwert herum. Der Krieger, der seine Entscheidung inzwischen getroffen hatte, gleichwohl die falsche, sank langsam zu Boden, aber ohne Kopf …

In diesem Augenblick war für Roseleen das Maß endgültig voll. Entsetzt über soviel Brutalität stieß sie angewidert hervor: »Nur zu, schlagen Sie doch noch ein paar Männern den Kopf ab! Warum auch nicht? Macht mir doch nichts aus. Ich stehe solange hier und drehe Däumchen, bis Sie genug von diesen blutrünstigen Spielchen haben. Aber wenn Sie mich das nächste Mal in einen Ihrer Träume mit einbeziehen, wie wär's, wenn Sie dann einen romantischeren auswählten, vielleicht etwas mit Kerzenlicht, sanfter Musik und …«

Jetzt sahen seine blauen Augen sie zum ersten Mal an. »Und einem Bett?«

Wie schnell sie neuerdings errötete. »Solange es nur ein Traum ist …«

Sie biß sich auf die Zunge, fassungslos, daß sie so etwas tatsächlich gesagt hatte – und dann noch zu diesem Mann. Da hätte sie ihm ja gleich eine Einladung mit Goldrand schicken können. Und er grinste, setzte sofort dieses niederträchtige, lüsterne Grinsen auf, das seine Gedanken so eindeutig kundtat.

Glücklicherweise, zumindest schien es ihr angesichts ihrer Empörung ein glücklicher Umstand zu sein, hatte Thorn immer noch diesen Ritter zu erledigen und konnte ihr deshalb nicht länger seine Aufmerksamkeit schenken. Allerdings benötigte er nur wenige Sekunden, um den Angreifer ins Jenseits zu befördern, und mit ihm noch einen weiteren, der an Stelle seines gefallenen Kameraden das Schwert gegen Thorn erhoben hatte. Dann endlich schwang Thorn sich auf eines der nun reiterlosen Pferde – Auswahl hatte er ja reichlich –, packte sie am Arm und zog sie mit einer einzigen Bewegung hinter sich auf den Sattel.

Daß er sie von diesem grauenvollen Ort wegbringen wollte, dämpfte ihre Wut ein wenig. Mehrere Male mußte er anhalten, um diverse Speere und Schwerthiebe abzuwehren, die ihren Ritt behinderten, und auch das veranlaßte sie dazu, ihren Ärger einstweilen für sich zu behalten. Doch als er unter einem Baum am Rande des Schlachtfeldes das Pferd parierte, sich zu ihr umdrehte, sie um die Hüften faßte und auf einem der unteren Äste absetzte, kehrte ihre Wut mit unverminderter Heftigkeit zurück.

»Was glauben Sie eigentlich, wer Sie sind ...!«

»Dort seid Ihr einstweilen sicher«, beschied er sie und besaß dabei die Frechheit, ihr mitten ins Gesicht zu grinsen, obwohl sie sich alle Mühe gab, ihn mit ihrem wütenden Blick zu erdolchen. »Verhaltet Euch unauffällig, Roseleen, und vor allem leise. Es würde mir nicht gefallen, wenn man auf Euch aufmerksam würde.«

»Ach, wirklich?« schnaubte sie.

Zu ihrer geplanten Standpauke kam sie gar nicht, denn Thorn hatte bereits sein Pferd gewendet und trottete von dannen, ohne sie eines weiteren Blickes zu würdigen. Weit entfernte er sich allerdings nicht von ihr. Sie hätte ihm noch eine Schimpfkanonade hinterherschicken können, und er hätte sie wahrscheinlich auch gehört, aber nur, weil er damit rechnete. Andernfalls wäre ihre Stimme in den Schlachtrufen und den Schreien der verwundeten Krieger untergegangen, die hier am Rande des Geschehens nicht minder laut waren als mittendrin.

Aber sie versuchte erst gar nicht, sich Gehör zu verschaffen, wußte sie doch verdammt gut, daß er nicht umkehren würde, ganz gleich, was sie ihm nachbrüllte. Er hatte seine Schlacht gefunden und war fest entschlossen, dieses heißersehnte Vergnügen in vollen Zügen zu genießen.

Von ihrem neuen Aussichtspunkt aus konnte sie feststellen, daß sich hier bei weitem nicht Tausende von Kriegern bekämpften, wie sie anfangs geglaubt hatte. Die beiden gegnerischen Truppen, die in dem Kunterbunt ihrer Rüstungen und Waffen nur schwer voneinander zu unterscheiden waren, zählten auf der einen Seite vielleicht vierzig Mann und etwa fünfzig auf der anderen. Wenn sie gleich zu Anfang ihren Verstand eingeschaltet hätte, wäre ihr klar gewesen, daß sich in mittelalterlichen Scharmützeln nie mehr als hundert Mann gegenübergestanden hatten, meist sogar weniger – falls nicht ein König in die Schlacht verwickelt war, was hier nicht der Fall zu sein schien.

Freilich war die Zahl der Krieger, die noch stehenden Fußes und mit einer Waffe in der Hand aktiv am Kampfgeschehen teilnehmen konnte, inzwischen erheblich geschrumpft. Zwar entdeckte sie einige Verwundete, die mit lautem Wehgeschrei ihr Schicksal beklagten, doch die meisten der auf dem Schlachtfeld herumliegenden Krieger schienen sehr tot zu sein, zumindest erweckten die klaffenden Wunden diesen Anschein.

Wie betäubt starrte Roseleen auf die Szene, die sich vor ihr abspielte, und schauderte. Das war der Stoff, aus dem die Fantasien der harten Männer gemacht waren. Moderne Frauen pflegten nicht davon zu träumen, in mittelalterlichen Schlachten mitzumischen. Und dieser Alptraum dauerte bereits entschieden zu lange, um zu einem Ende zu kommen oder auf ein neues Thema umzuschwenken.

Von heftigem Stirnrunzeln begleitet, kam ihr ein anderer, höchst merkwürdiger Aspekt dieses Alptraums zu Bewußtsein. Seit wann hatte sie in ihren Träumen Kontrolle über ihre Gedanken? Gut, an die meisten Träume konnte sie sich nicht erinnern. Man träumte bekanntlich die ganze Nacht hindurch, doch gewöhnlich blieb einem nur der letzte Traum in Erinnerung, den man kurz vor dem Erwachen gehabt hatte, und selbst dieser geriet binnen Sekunden in Vergessenheit, wenn man sich ihn nicht sofort intensiv vergegenwärtigte. Also war es allem Anschein nach doch so, daß man sehr wohl im Traum denken, selbst tiefschürfende, zusammenhängende und durchaus logische Gedanken produzieren konnte und daß ihr bisher nur nie einer dieser Träume in Erinnerung geblieben war.

Auf der anderen Seite erschien ihr Thorn für einen Traum erschreckend konsequent in seinen Handlungen. Wie übrigens auch sie selbst. Wie oft verhielt sich ein Mensch im Traum so normal und seinen Fähigkeiten entsprechend wie im täglichen Leben, noch dazu in einem Alptraum? Gewiß nicht oft, zumindest nicht so unbeirrbar und ohne die geringste Abweichung, wie es hier der Fall zu sein schien.

Roseleen war sich sehr wohl bewußt, was sie gerade tat, also versuchte sie sich einzureden, daß dies gar kein Alptraum war, sondern die reine Wirklichkeit – und sofort kroch ihr der kalte Angstschweiß über den Rücken. Vielleicht war ihre kurze Unterhaltung mit Thorn über die Möglichkeit von Zeitreisen ein Traum gewesen, der anschließend diesen hier ausgelöst hatte und ... ja, das war möglich.

Sie überlegte, ob sie sich ein Bein brechen und von dem Schmerz aufwachen würde, wenn sie jetzt einfach von dem Ast sprang, auf dem sie saß. Eine Weile starrte sie auf die Wiese, die sich gut zwei Meter unter ihr ausbreitete, verwarf diese Idee aber gleich wieder. Es gab einen einfacheren und weniger risikoreichen Weg, um herauszufinden, ob sie aufwachte, wenn sie Schmerzen hatte. Sie biß sich in den Zeigefinger, so fest sie konnte, bis ihr die Tränen in die Augen schossen. Und während sie das tat, nahm die grauenvolle Gewißheit, die sich ihr aufdrängte, immer deutlichere Gestalt an.

O Gott, das war überhaupt kein Traum! Thorn konnte sie beide tatsächlich in graue Vorzeiten zurückversetzen, genau wie er das behauptet hatte. Und möglicherweise hatte er inzwischen sogar jemanden getötet, der diese Schlacht ansonsten überlebt hätte. Er veränderte vielleicht gerade in diesem Moment den Lauf der Geschichte, während sie grübelnd auf dem Ast hockte und nichts dagegen unternahm.

Ein Film über eine Zeitreise, den sie früher einmal gesehen hatte, kam ihr wieder in den Sinn, und auch die Fotografien, von denen Gesichter verschwanden, nachdem der Lauf der Geschichte verändert worden war. Deshalb wunderte sie sich nicht, daß die Panik, die sie schon vor geraumer Zeit hätte befallen sollen, jetzt mit verstärkter Kraft über sie hereinbrach.

Sie schrie Thorns Namen. Doch falls er sie überhaupt gehört hatte, war er zu beschäftigt, sich darum zu kümmern. Er brauchte den Kampf nicht von sich aus zu suchen – man kam auf ihn zu, und das meist paarweise.

Das mußte wohl an seiner imposanten Statur liegen, dachte sie. Niemand traute sich, es allein mit ihm aufzunehmen. Und doch sah sie relativ gelassen zu, wenn sich zwei dieser blutrünstigen Gesellen gleichzeitig auf ihn stürzten. Thorn hatte ihr ja versichert, daß er nur durch die Hand eines dieser angeblichen Götter sterben könne oder durch das Schwert Wolfstans, der einen immerwährenden Haß auf ihn zu nähren schien.

Ein unangenehmes Kratzen in der Kehle veranlaßte sie, mit dem Schreien aufzuhören. Sie mußte sich beruhigen. Okay, es entsprach also alles der Wahrheit, was er ihr erzählt hatte. Und sie hatte es diesem ›wohin auch immer‹ zu verdanken, das sie so leichtfertig dem Einverständnis, ihn überallhin zu begleiten, beigefügt hatte, daß sie sich jetzt mitten in einer Schlacht wiederfand. Und nach einer solchen hatte es ihn schon vom ersten Mal an verlangt, da sie ihn gerufen hatte. Gedankenlos wie sie war, hatte sie ihm die Macht verliehen, so viele Kampfschauplätze zu besuchen, wie er wollte und wo immer es ihm beliebte.

Sie mußte ihre leichtfertige Zusage schleunigst revidieren. Wenn er glaubte, sie würde ihm jederzeit wie ein Hündchen folgen, wenn es ihn danach verlangte, in irgendeinem längst geschlagenen Gefecht mitzumischen und sein Schwert mit Blut zu besudeln, dann hatte er einiges mißverstanden.

Vorsichtig kletterte sie von dem Baum herunter. Auf dem Kampfplatz bekriegten sich immer noch an die fünfundzwanzig Männer – die genaue Zahl festzustellen machte sie sich nicht die Mühe –, jedoch mit sichtlich weniger Enthusiasmus als vorher. Eine Folge der Erschöpfung, vermutete sie. Acht der letzten wackeren Kämpfer waren Ritter, von denen einer gerade mit Thorn das Schwert kreuzte, der noch immer auf dem Pferd saß, das er sich vorhin ausgeliehen hatte.

Streitrösser hatte man diese Pferde damals – besser gesagt heute – genannt, und sie waren um etliches größer als die Pferde, die Roseleen kannte. Sie wurden speziell für den Krieg gezüchtet, schwere, aggressive Tiere, denen zu nahe zu kommen Roseleen sich unter anderen Umständen gewiß gehütet hätte. Aber jetzt blieb ihr keine andere Wahl.

Zwischen ihr und Thorn befanden sich vier Leichen, über die sie hinwegsteigen mußte, und ein Streitroß ohne Reiter, das sich aus irgendeinem Grund an ihre Fersen heftete, obwohl sie einen großen Bogen darum gemacht hatte. Die Gewißheit, dieses Ungeheuer hinter sich zu wissen, ließ sie noch etwas forscher ausschreiten. Und dann war sie nahe genug bei den beiden verbissen kämpfenden Männern, daß sie es sich aussuchen konnte, ob sie sich lieber von diesem Streitroß tottrampeln oder von wild kreisenden Schwertern köpfen lassen wollte.

Noch einmal brüllte sie Thorns Namen. Diesmal hörte er sie – so nahe, wie sie bei ihm stand, konnte er ihren Schrei auch gar nicht überhören –, doch er drehte sich nicht zu ihr um. Keine Sekunde ließ er die blitzende Klinge seines Gegners aus den Augen, noch verschwendete er ein Wort an sie.

Im Grunde sehr weise von ihm, jegliche Ablenkung zu vermeiden, die ihm das Leben kosten konnte, doch Roseleen betrachtete es in diesem Augenblick von einer anderen Warte aus. Voller Entsetzen wurde ihr erneut klar, daß er vielleicht Männer umbrachte, die in dieser Schlacht gar nicht hätten sterben sollen, und so unter Umständen ganze Generationen daran hinderte, geboren zu werden, darunter möglicherweise sogar einen ihrer eigenen Vorfahren.

Sie mußte ihm auf der Stelle Einhalt gebieten, konnte es nicht zulassen, daß er auch nur noch ein einziges Mal tötete. In ihrer Verzweiflung ergriff sie die einzige Chance, die sie sah, um die beiden Kämpfenden so lange voneinander zu trennen, bis sie sich Gehör verschafft hatte. Entschlossen wirbelte sie herum, um das Schlachtroß zu besteigen, dessen Schnauben sie im selben Augenblick in ihrem Nacken spürte.

Es gab sogar Steigbügel, doch die waren in einer solchen Höhe angebracht, daß die Vermutung nahelag, der ehemalige Besitzer dieses Pferdes wäre um einiges kleiner als sie gewesen. Sie hingen viel zu hoch. Zu versuchen, mit Anlauf in den Sattel zu springen, war wohl das Beste, was sie tun konnte, vorausgesetzt das Vieh blieb dort stehen, wo es stand.

Doch bevor sie noch den Versuch starten konnte, wurde sie von hinten gepackt, hochgehoben und fand sich gleich darauf auf Thorns Schoß sitzend wieder, von seinem stahlharten Arm um die Hüften gefaßt, so daß sie sich keinen Millimeter rühren konnte.

»Was in Odins Namen sollte das werden, Frau?« verlangte er mit scharfer Stimme zu wissen. »Wißt Ihr denn nicht, daß diese Bestie Euch hätte umbringen können?«

Sie ignorierte den verärgerten Blick, mit dem er sie anfunkelte – im Augenblick jedenfalls. »Ich war mir dieser Gefahr sehr wohl bewußt, danke trotzdem für den Hinweis, aber nachdem Sie ... ach, ist schon gut. Ich will gehen, Thorn, und zwar auf der Stelle. Und wenn Sie uns nicht gleich von hier wegbringen – *sofort*, verdammt noch mal! –, dann ... dann schnappe ich mir mein Schwert und werde in aller Seelenruhe dabei zusehen, wie diese freundlichen Ritter hier ein Nadelkissen aus Ihnen machen.«

In Anbetracht seiner Gemütslage hätte sie ihr Anliegen vielleicht besser in Form einer Bitte vorgebracht. Doch für Nettigkeiten war im Augenblick keine Zeit, und am Rande des Schlachtfeldes wollte sie sich auch nicht wieder absetzen lassen. Sie wandte auch nicht den Kopf, um zu sehen, ob der letzte Gegner besiegt am Boden lag, sie wollte überhaupt keine Gegner mehr sehen.

Thorn mußte ihre Drohung ernst genommen haben. Aber Antwort erhielt sie keine. Das war auch nicht nötig. So blitzartig, wie sie hier erschienen waren, so schnell waren sie auch wieder verschwunden.

18

»Haben Sie überhaupt die leiseste Vorstellung davon, wie gefährlich es ist, die Zeitgeschichte zu manipulieren? Einer dieser Männer, die Sie heute getötet haben, hätte der Vorfahre einer wichtigen Persönlichkeit sein können – jemand, der seine eigene Zeit entscheidend beeinflußte. Wenn Sie jetzt den Stammbaum dieses Mannes gekappt haben, bevor er noch Gelegenheit hatte, Nachkommen zu zeugen ...«

Aufgeregt ging Roseleen in ihrem Schlafzimmer auf und ab, wohin Thorn sie zurückgebracht hatte. Er stand mit verschränkten Armen mitten im Raum und sah sie einfach nur an.

Nach ihrer Ankunft hatte sie erst einmal ein paar Flüche ausgestoßen und ihn dabei finster angeblitzt, aber am liebsten hätte sie ihm eine Tracht Prügel verpaßt für die Angst, die er ihr eingejagt hatte. Und es war mehr als frustrierend zu wissen, daß er wahrscheinlich nur milde gelächelt hätte, wenn sie dumm genug gewesen wäre, ihrem Ärger dergestalt Luft zu machen.

Doch schließlich hatte sie sich so weit beruhigt, daß sie ihm erklären konnte, was er falsch gemacht hatte, woraufhin er sie mit den Worten unterbrach: »Ihr zerbrecht Euch den Kopf über Lappalien.«

Lappalien? Wenn der ganze Ablauf der Geschichte verändert worden sein konnte?

Ihre Augen bildeten schmale Schlitze, als sie fragte: »Was war das überhaupt für eine Schlacht? Hat man sie damals aufgezeichnet?«

»Ach, nur ein kleines Scharmützel zwischen Nachbarn, nichts von Bedeutung.«

Der Unterton von Gleichgültigkeit, der in seinen Worten mitschwang, irritierte sie sehr. Für Wikinger waren Schlachten eine große Sache, ein überaus wichtiger Bestandteil ihres Lebens. Und sie scherten sich nicht darum, wer durch ihre Klingen sein Leben ließ. Selbst wenn eine Schlacht so bedeutend war, daß man im nachhinein noch darüber sprach, hatte niemand Mitleid mit den Gefallenen. Man überhäufte den Sieger mit Lob und Ehren, der so tapfer und geschickt gekämpft hatte, daß er die Geschichte weitererzählen konnte.

»Sie haben anscheinend das Wesentliche nicht begriffen, Thorn. Diese Schlacht hat vor etlichen hundert Jahren stattgefunden. Eine abgeschlossene Sache mit feststehendem Ausgang, der die weitere geschichtliche Entwicklung in irgendeiner Weise mitbestimmt hat. Wenn aber nun jemand wie Sie, der bei der ursprünglichen Schlacht gar nicht dabei war, plötzlich dort auftaucht und aktiv in den Verlauf eingreift, jemanden tötet, der ansonsten überlebt hätte ...«

Wieder unterbrach er sie, diesmal mit dem Versuch einer Erklärung. »Odin hat mich sehr wohl davor gewarnt, niemandem das Leben zu nehmen, der nicht dazu bestimmt war, während meiner Anwesenheit zu sterben, und auch davor, mir bei einem etwaigen Besuch nicht selbst zu begegnen.«

»Nicht selbst zu begegnen?« wiederholte sie verblüfft; daran hatte sie überhaupt noch nicht gedacht. Doch was er vorher gesagt hatte, kam ihr so gelegen, daß sie nicht auf seine Antwort warten mochte. »Warum haben Sie dann den Ratschlag Ihres Gottes nicht befolgt?«

»Habe ich doch«, erwiderte er brüsk. »Die beiden gegnerischen Parteien dieser Schlacht lagen schon seit vielen Jahren miteinander im Krieg. Bei dieser Auseinandersetzung gab es nur wenige Überlebende. Aber da war noch ein dritter Nachbar, der wiederum die beiden anderen nicht leiden konnte, und der hat sich deren Scharmützel zunutze gemacht, indem er kurz vor dem Ende das Schlachtfeld betrat und auch die noch umbrachte, die ansonsten den Sieg davongetragen hätten. Bei diesem Gemetzel sind alle gefallen, Roseleen, was macht es also für einen Unterschied, ob einige von ihnen durch meine Hand oder die eines anderen gestorben sind?«

Eins zu null für ihn. Damit hatte er sie glatt ausargumentiert. »*Warum* haben Sie das denn nicht früher gesagt? Und woher wissen Sie das alles eigentlich?«

Jetzt klang sein Tonfall plötzlich nicht mehr so unbeteiligt wie bisher, sondern ließ eine gewisse Abscheu erkennen. »Ich ritt damals bei der dritten Truppe mit. Das war die Gefolgschaft des Besitzers meines Schwertes und ein ganz übler Haufen. Sie trieben grausame Spiele mit ihren Opfern, ehe sie sie von ihren Qualen befreiten und ins Jenseits beförderten.«

»Und *Sie* waren daran beteiligt?«

»Nein«, wiegelte er ab. »Ich habe dabei zwar zugesehen, konnte es aber nicht verhindern. Na, wenigstens sind diesmal einige von ihnen durch meine Hand schneller und anständiger gestorben.«

Was konnte denn an einem solchen Tod anständig sein?

Sie versuchte gerade, diesen Brocken zu verdauen, als er in einem ärgerlichen Tonfall fortfuhr: »Nochmals werdet Ihr Euch meinen Anordnungen nicht widersetzen, Roseleen. Mein Leben war nicht in Gefahr, auf dem meinen liegt ein Fluch, nicht so aber auf dem Euren. Dieses Streitroß hätte Euch binnen Sekunden zu Tode trampeln können.«

Sie schenkte ihm ein zerknirschtes Lächeln, in der Hoffnung, ihn dadurch ein wenig zu besänftigen. »Komisch, ich hatte eher den Eindruck, das Biest mochte mich irgendwie.«

Der Versuch schlug fehl. Mit einem drohenden Brummen wischte er ihre Bemerkung weg: »Wer begreift denn jetzt das Wesentliche nicht?«

»Oh, ich habe sehr wohl begriffen«, entgegnete sie trocken. »Sie haben mich auf dieser Astgabel abgesetzt – was mir nicht besonders behagte –, ohne mir zu sagen, daß dieses Schlachtfeld am Ende als Picknickplatz für die Geier bestimmt war. Hätten Sie mir diese Information früher zukommen lassen, dann hätte ich es mir auf meinem Ast so richtig schön bequem machen und die Vorstellung genießen können, auch wenn niemand mit einem Bauchladen mit Popcorn vorbeigekommen wäre.«

Das Wort ›Popcorn‹ quittierte er nur mit einem kurzen, erstaunten Stirnrunzeln, da er noch viel zu sehr mit seiner Wut beschäftigt war. »Hättet Ihr getan, was ...«

Jetzt war die Reihe an ihr, ihm ins Wort zu fallen. »Irrtum, mein verehrter Wikinger. Ich weiß, das ist ein Schock für Ihr mittelalterliches Weltbild, aber heutzutage springen Frauen nicht mehr, wenn ein Mann sagt ›spring‹. Wir denken selbständig, handeln selbständig, und wir *gehorchen* nicht mehr diesen – verdammt, ich hasse diesen Ausdruck – Machos, die nichts anderes zu tun haben, als uns herumzukommandieren.«

»Wenn Euer Leben davon abhängt, solltet Ihr das aber.«

Seine Stimme klang jetzt wieder ganz ruhig, obwohl es ihr lieber gewesen wäre, wenn er sie angebrüllt hätte. Denn seine gelassene Ruhe demonstrierte, daß er genau wußte, daß er recht hatte, und wenn sie nicht so wütend auf ihn gewesen wäre, hätte sie ihm sogar zugestimmt.

»Sie hätten nichts weiter tun müssen, als sich einen Moment Zeit zu nehmen, um mir die Sachlage zu erklären, Thorn, dann wäre ich nicht in Panik geraten angesichts der Vorstellung, daß Sie vielleicht gerade die direkten Vorfahren von Königen und Präsidenten umbringen und so das ganze mir bekannte Gesellschaftsgefüge verändern. Sie glauben doch wohl nicht, daß ich aus irgendwelchen nichtigen Gründen mein Leben riskiert hätte, oder?«

»Präsidenten?«

»In anderen Ländern ...«, begann sie zu erklären, winkte dann aber ab. »Schon gut, vergessen Sie's. Als Sie das letzte Mal gerufen wurden, gab es noch keine Demokratien. Aber falls wir so etwas noch einmal machen, und die Betonung liegt auf dem Wort ›falls‹, dann würde ich es begrüßen, wenn Sie mir vorher sagten, was gespielt wird. Und wie steht es überhaupt mit Wilhelm dem Bastard, den wir aufsuchen wollten? Ich könnte schwören, daß Sie diese Begegnung nur als Köder benutzt haben, um mein Einverständnis, Sie zu begleiten, überhaupt zu bekommen.«

Seine Mundwinkel kräuselten sich zu einem Grinsen. »Lord Wilhelm sieht es nicht gern, wenn ich seine Wappenträger herausfordere. Aber hätte ich das nicht getan, so hätte ich mich um das Vergnügen gebracht, endlich wieder einmal in einer zünftigen Schlacht mitzukämpfen. Jetzt hingegen könnten wir ihn ohne Gefahr besuchen.«

»So, könnten wir also?« nörgelte sie. »Nun, ich fürchte, ich bin leider nicht in der Lage, zwei dieser nervenaufreibenden Zeitreisen an einem Tag zu verkraften. Herzlichen Dank für das freundliche Angebot, aber Wilhelm der Eroberer wird sich bis morgen gedulden müssen. Jetzt begebe ich mich erst einmal zu Bett, um mich von dieser Mördertour zu erholen.«

»Zu Bett begeben, das klingt in der Tat sehr verlockend.

Aber vorher würde ich noch gerne Eure ›Dusche‹ ausprobieren.«

Richtig, er hatte sie darum gebeten – war das tatsächlich erst wenige Stunden her? –, und eine Dusche hatte er jetzt auch wirklich nötig, und einen Kleiderwechsel. Sie übrigens auch, so wie sie aussah. In der Aufregung hatte sie gar nicht bemerkt, daß sie noch immer über und über mit Blut bespritzt war und daß dieser Alptraum, der nach dem Aufwachen gewöhnlich keinerlei Spuren hinterließ, sich als sehr, sehr reale Wirklichkeit herausgestellt hatte.

»Sie können das Bad am Ende des Flurs benutzen. Dort hängen bestimmt noch ein paar Hemden und Hosen von meinem Bruder – er räumt selten auf –, und vergessen Sie nicht, die Wassertemperatur zu prüfen, bevor Sie sich unter die Dusche stellen.«

»Das könnt Ihr für mich erledigen, Roseleen, denn ich gedenke, mit Euch gemeinsam zu duschen und auch gemeinsam mit Euch zu Bett zu gehen.«

19

Wie ein Film liefen daraufhin verschiedene Szenen vor Roseleens geistigem Auge ab, und es gelang ihr nicht, diesen anzuhalten: Thorn mit ihr zusammen unter der Dusche, während sie seine breite Brust einseifte; dann Thorn auf ihrem Bett ausgestreckt, sein Körper noch feucht, und sie rittlings auf ihm sitzend und mit ihren Händen jeden Zentimeter seines Körpers erforschend …

Roseleen stockte der Atem. Sie schloß die Augen und spürte der Erregung nach, die sich tief in ihrem Bauch in heißen Spiralen wand. Ihre Knie wurden weich, sie begann zu schwanken und mußte sich schnellstens hinsetzen, mußte schnellstens diese Bilder loswerden. Sie mußte … o Gott, sie wollte ihn!

Als sie die Augen wieder aufschlug, stand er dicht vor ihr. Und er wußte genau, was sie fühlte. Wenn er ihre Reaktion auf seine letzten Worte nicht in ihrem Gesicht gesehen hätte, so wäre es ihr vielleicht gelungen, ihn davon zu überzeugen, daß sie weder bei dem einen noch dem anderen Teil seines Plans für diese Nacht mitzuspielen gedächte. Aber er war ja nicht blind. Und sie war körperlich und gefühlsmäßig viel zu erschöpft für irgendwelche Wortgefechte.

Als er sie dann hochhob, äußerte sie nicht den leisesten Protest, sondern schlang ihre Arme um seinen Nacken und ließ sich von ihm ins Schlafzimmer tragen, wo er sie direkt vor ihrem Bad absetzte. Er entledigte sich nur seiner Lederscheide mit dem Dolch und streifte die Schuhe ab, bevor er mit ihr in die Duschkabine trat. Aber es war nicht das warme Wasser, das ihn in erster Linie interessierte.

Seine Hände legten sich um ihre Wangen und hoben ihren Kopf leicht an, damit ihre Lippen seinen Mund berühren konnten. Ohne daß sie etwas dazu tat, schmiegte sich ihr Körper immer enger an den seinen. Und so blieben sie stehen, wie lange, wußte sie nicht zu sagen, genossen einander, entdeckten einander mit ihren Zungen und Lippen und bebenden Händen.

Roseleen wurde mit jeder Sekunde leidenschaftlicher und schwächer. Thorn schien völlig ungerührt, obgleich sein hartes Glied, das sich an ihren Bauch preßte, etwas ganz anderes bewies.

Jetzt hatte sich sein Blutrausch wohl in sinnliche Begierde verwandelt, ein ganz natürlicher Vorgang, wenn man davon absah, daß er nicht besonders viel Sinnlichkeit ausstrahlte. Er war sehr ruhig, sehr beherrscht und doch absolut entschlossen. Seine Verführung war methodisch, und er überließ nichts dem Zufall. Er führte, bestimmte das Tempo, war Herr der Situation.

Und nun, da er mit seinen Küssen erreicht hatte, daß ihre Knie weich und ihr Kopf schwindlig wurde, forderte er sie auf: »Ihr mögt nun die Dusche bedienen, Roseleen, um Euch um diese sogenannte ›Wassertemperatur‹ zu kümmern.«

Mochte sie? Sie tat es, ohne Widerrede, viel zu benommen, um sich seinen Anordnungen zu widersetzen. Und die Tatsache, daß sie beide noch vollständig angezogen waren, drang erst in ihr Bewußtsein, als das Wasser schon auf sie niederprasselte.

Gemeinsam zu duschen kam gewöhnlich nach dem Liebesvergnügen, und nicht vorher. Na schön, von einem Wikinger konnte man wohl nicht erwarten, daß er sich an derartige Abläufe hielt. Zudem roch dieser Wikinger hier recht streng nach Schlachtfeld.

Thorn warf den Kopf in den Nacken, um sich das Wasser ins Gesicht plätschern zu lassen. Sie wandte sich verlegen von ihm ab, bis seine Arme sich von hinten um ihre Schultern schlangen und seine Hände sich auf ihre Brust legten.

Die Lippen ganz nah an ihrem Ohr murmelte er: »Ich habe wieder das starke Verlangen, Euch die Kleider vom Leib zu reißen. Gleichwohl erinnere ich mich, daß Ihr diese einfachen und zweckdienlichen Methoden nicht sehr schätzt, und werde mich daher zurückhalten. Gerechterweise möchte ich jedoch hinzufügen, daß Ihr Eurerseits gerne von dieser Methode Gebrauch machen könnt.«

»Ich soll Ihnen die Kleider vom Leib reißen, habe ich das richtig verstanden?« fragte sie mit stockendem Atem.

»Falls es Euch danach verlangt.«

Falls? Sie konnte sich im Augenblick nichts Aufregenderes vorstellen …, aber nein, nein, das war Wahnsinn. Er steckte sie ja richtig an mit seinen barbarischen Methoden oder versuchte es zumindest. Sie konnten sich ebensogut manierlich ihrer Kleider entledigen oder sich gegenseitig ausziehen, ohne alles zu zerfetzen.

Sie drehte sich um und wollte ihm das sagen, doch als sie sah, wie die Tunika an seiner breiten Brust klebte, fragte sie nur scheu: »Sind Sie sicher, daß Sie das wirklich wollen?«

Er antwortete mit einem breiten Grinsen. Und sie grinste

zurück! Ihre Schüchternheit war vergessen, dafür war das Verlangen, an Kleidern zu reißen und zu zerren, von dem er vorhin gesprochen hatte, um so präsenter. Doch nach etlichen Versuchen, seine Tunika zu zerfetzen, ließ sie es bleiben und brach in schallendes Gelächter aus. Und das war nun gar nicht ihre Art. Normalerweise ärgerte sie sich schrecklich über sich selbst, wenn ihr etwas nicht gelang, das sie sich vorgenommen hatte.

»Benötigt Ihr Hilfe?« erkundigte er sich freundlich.

Sie schaute zu ihm hoch, ob er sich nicht lustig über sie machen wollte, aber es schien ihm ernst mit der Frage zu sein. »Nein, nein – eigentlich ist das Bedürfnis, noch gut erhaltene Kleider kaputtzumachen, schon wieder verflogen.«

»Die kann man doch ganz leicht flicken.«

»Werden *Sie* dann Nadel und Faden zur Hand nehmen?« feixte sie.

»Nein, Ihr werdet das tun.«

»O nein, ganz bestimmt nicht«, versicherte sie ihm. »Schon gar nicht, da wir in jeder Stadt zahllose Bekleidungsgeschäfte haben. Es gibt heutzutage nur noch ganz wenige Menschen, die ihre Kleidung selbst schneidern, Thorn. Alle anderen kaufen sich, was sie zum Anziehen brauchen. Und obwohl die meisten von uns ein Kleid nicht gleich wegwerfen, nur weil der Saum oder eine Naht aufgegangen ist, sondern so etwas ausbessern, hört bei Sachen, die nur noch aus Fetzen bestehen, der Spaß auf. Alles, was nicht mehr zu reparieren ist, endet normalerweise in der Altkleider…«

Er küßte sie ungestüm, wahrscheinlich um ihrem nervösen Geplapper ein Ende zu machen. Und aus welchem Grund auch immer, sie hatte jedenfalls nichts dagegen einzuwenden. Aber nervös war sie tatsächlich. Groß und breit wie ein Schrank stand er dicht neben ihr, und unter der Tunika, die ihm am Leib klebte, konnte sie nur allzu deutlich jeden Teil seines gestählten Körpers erkennen. Mein Gott, was für ein Körper! Und sie wußte genau, was er mit diesem Körper tun würde, sobald sie fertig geduscht ...

»Dann zieh sie mir aus, wenn du sie nicht zerreißen willst«, flüsterte er gegen ihre Lippen und gebrauchte zum ersten Mal nicht mehr das altmodische ›Ihr‹ und ›Euch‹.

Ja, selbstverständlich würde sie das tun, sobald er ihr gesagt hatte – wie. Doch dann fiel er vor ihr auf die Knie, woraufhin sie rasch ihre Gedanken aus dem Schlafzimmer zurückholte, wohin sie sich inzwischen geschlichen hatten, und realisierte, daß er immer noch von seiner Tunika sprach und daß er es ihr durch seinen Kniefall leichter machen wollte, ihn zu entkleiden.

Sie bückte sich, um an dem Gewand zu ziehen. Seine Lippen berührten ihren Nacken, dann ihre Wangen. Sie spürte seine Hände an ihren Hüften, und plötzlich glitt ihr nasser Rock an den Beinen herunter. Ihre Hände begannen zu zittern, als ihr klar zu werden begann, daß sie es wahrscheinlich gar nicht mehr bis ins Bett schaffen würden, daß seine Vorstellung vom Duschen sich von der ihren erheblich unterschied.

Nicht daß ihr dies nicht angenehm gewesen wäre, angesichts des Gefühlstaumels, der sich ihrer bemächtigt hatte. Je früher, desto lieber, dachte sie und zog mit einem beherzten Ruck an seiner Tunika. Er rückte ein wenig von ihr ab, damit sie sie ihm über den Kopf und die Arme ziehen konnte. Kaum lag sein Gewand als nasser Haufen zu ihren Füßen, da griff sie auch schon nach der Seife und bearbeitete damit seine Brust und seine Arme, wie es ihr schon seit geraumer Zeit vorgeschwebt hatte. Das Bild von vorhin kam ihr wieder in den Sinn, aber die Wirklichkeit war um vieles aufregender als alle ihre Vorstellungen.

»Sie ist so weich – deine Seife.«

Seine Hände waren unter ihre Bluse geschlüpft, der nasse Stoff spannte sich über seinen kräftigen Gelenken, während sie langsam nach oben wanderten und sich auf ihre Brüste legten, wo sie verharrten. Roseleen verschlug es den Atem;

ihre eigenen Hände erstarrten mitten in der Bewegung. Sie sah zu ihm auf, und er grinste. Aus irgendeinem Grund begann sie daraufhin wieder zu lachen und fühlte sich sogar wunderbar dabei.

Eigentlich hatte sie nicht erwartet, mit einem solchen Mann ›Spaß‹ haben zu können. Warum, wußte sie nicht, aber Sex hatte sie bisher nie mit Vergnügen in Verbindung gebracht, obwohl es doch die natürlichste Sache der Welt war zu lachen, wenn man sich wohl fühlte, und im Moment fühlte sie sich wohl, ungeheuer wohl.

Noch immer ein glückliches Lächeln auf den Lippen, wandte sie ihren Blick von Thorn ab und drehte ihn an den Schultern herum, um ihm den Rücken zu schrubben. Dabei entdeckte sie, daß er kitzelig war, aber er brauchte nicht lange, um das auch bei ihr herauszufinden. Es folgten noch mehr Gelächter und einige schrille Quietscher von ihr, bevor sie sich vollends ausgezogen hatten. Und mit dem letzten Kleidungsstück war auch der letzte Rest Schamhaftigkeit von Roseleen abgefallen.

Es verging noch eine ganze Weile, bis Thorn sie wieder hochhob und aus der Duschkabine trug, aber nicht, um sie im Badezimmer abzusetzen. Sie wollte ihn eigentlich mit dem Vorteil von Handtüchern vertraut machen, als er sie ins Schlafzimmer trug, besann sich dann aber eines Besseren. Er machte sowieso, was er wollte und wie er es wollte, ganz gleich, was sie dazu sagte. Soviel hatte sie inzwischen begriffen. Und abgesehen davon fand sie sogar allmählich Gefallen daran, wie er gewisse Dinge handhabte.

Sehr vorsichtig legte er sie in die Mitte ihres Bettes. Und genauso vorsichtig legte er sich auf sie. Auf seinem Gesicht spiegelte sich nichts als tiefste Zufriedenheit, daß er sie endlich da hatte, wo er sie schon die ganze Zeit hatte haben wollen.

Sie nahm ihm diese diebische Freude über seinen Erfolg nicht einmal übel. Im Gegenteil, im stillen gratulierte sie sich dazu, daß es ihr so problemlos gelungen war, ihre altmodischen Skrupel bezüglich Moral über Bord zu werfen. Darüber, *wie* problemlos das vonstatten gegangen war und weshalb, wollte sie sich zu einem späteren Zeitpunkt Gedanken machen. Im Augenblick war sie einfach nur glücklich, daß es überhaupt passiert war.

Kalte Wassertropfen lösten sich aus seinem klatschnassen Haar und fielen ihr ins Gesicht. Lächelnd sah sie zu ihm hoch und meinte: »Du weißt schon, daß wir jetzt das ganze Bett naß machen?«

»Das trocknet wieder.«

Wird es wohl, dachte sie, bevor er hinzufügte: »Aber erst werde ich dich abtrocknen.«

Und das tat er auch sofort mit großem Eifer, leckte ihr jede einzelne Wasserperle von der Haut, obwohl von Trocknen natürlich keine Rede sein konnte, so naß wie er war. Seine Lippen lösten ein ganz neues, sinnliches Gefühl bei ihr aus, kitzelten sie bisweilen sogar, aber auch das war sehr erotisch, besonders wenn er sehr empfindliche Stellen berührte. Lachend wand sie sich unter ihm, als er seine nasse Mähne schüttelte und ein kalter Sprühregen sie überrieselte, damit er wieder von vorne mit dem Trocknen beginnen konnte.

Als sein Lecken in Küsse überging, war Roseleen nur noch ein Opfer ihrer inneren Gefühlsstürme und hochsensiblen Hautnerven, die schon auf Thorns leiseste Berührung reagierten. Ihre Vorstellung von mittelalterlichen Barbaren hatte sie schon seit geraumer Zeit ein für allemal revidiert.

Alle historischen Recherchen und Studien, die Roseleen bislang über das Mittelalter gelesen hatte, kamen zu dem Schluß, daß Sex in jenen Tagen eine eintönige, wenn auch notwendige Pflicht gewesen war, deren Ausübung von der Kirche bestimmt und strikt geregelt wurde. Und Pflichten erledigte man gewöhnlich schnell und effizient. Dazu kam, daß man Frauen als absolut wertlos betrachtete, solange sie über keinen Besitz verfügten. Beide Tatsachen hatten Roseleen in dem Glauben bestärkt, daß ihre Geschlechtsgenossinnen nicht viel Zärtlichkeit oder Aufmerksamkeit von seiten ihrer männlichen Partner erfahren hatten, und ganz gewiß nicht diese Art von erregendem Vorspiel, das Roseleen gerade so großzügig zuteil wurde.

Und Thorn war noch nicht am Ende. Er mochte ja aus einem heidnischen Zeitalter stammen, das der kirchlichen Einmischung in den Schlafzimmern noch nicht ausgesetzt war, aber die Wikinger genossen, was Sex anbelangte, einen erheblich schlimmeren Ruf. Plündernd und vergewaltigend, wie die Wikingerkrieger durch die Lande gezogen waren, erweckten sie wohl in niemandem die Vorstellung von liebevollen, sensiblen Liebhabern – doch genau als solcher zeigte sich ihr Wikinger.

Seine Zunge brachte sie schon halb um den Verstand, und seine Küsse brannten wie Feuer. Oder war es ihre Haut, die glühte wie Kohlen? Sie fühlte sich, als hätte sie Fieber. Noch nie war ihr so heiß gewesen – innerlich. Sie kannte auch den Grund für diese Glut. Sinnliche Lust, von einer Intensität, die sie sich nie hatte vorstellen können.

Dieses Gefühl verzehrte sie, dieses tiefe, primitive Verlangen, mit ihm eins zu werden, und es wurde immer stärker, als er ihre Brustspitzen in den Mund nahm; und noch viel stärker, als seine Lippen über ihren Hals hinauf bis zum Ohr wanderten. Nun geschah alles gleichzeitig. Während seine Zunge in ihrer Ohrmuschel kreiste, glitt seine Hand zwischen ihre Schenkel, und ein Finger noch ein wenig tiefer.

Roseleen kam im selben Augenblick. Unerwartet und explosiv war der Höhepunkt, der sie so plötzlich von der fast unerträglichen Anspannung befreite. Sie schrie auf, ohne sich dessen bewußt zu werden. Sie erwürgte ihn beinahe, so krampfhaft umklammerte sie seinen Hals, und auch das merkte sie nicht.

Er dagegen war sich seines Tuns überaus bewußt, mußte seinen ganzen Willen zusammennehmen, um nicht in sie einzudringen und die ganze Kraft seiner Leidenschaft in sie hineinzustoßen. Schier besinnungslos vor Lust, die er so lange unterdrückt hatte, wollte er sie doch nicht die wilde, zügellose Seite seines Wesens spüren lassen, die sie selbst in ihm wachgerufen hatte.

Lichtjahre schienen zu vergehen, bis sie ihren Griff lockerte und ihr Herz sich nicht mehr überschlug. Und doch ging ihr Atem noch in unregelmäßigen Stößen, als sie flüsterte: »Ich sollte dich besser warnen, bevor du es merkst und vielleicht überrascht bist. Ich habe das noch nie gemacht.«

Der Drang, über ihr Geständnis zu lachen, löste seine Spannung ein wenig. »Ich weiß«, erwiderte er leichthin.

Bei seinem wissenden Tonfall wanderten ihre Brauen nach oben.

»Oh? Und woher willst du das so genau wissen?«

Jetzt konnte er ein Schmunzeln nicht mehr verbergen. »Glaubst du, ich merke den Unterschied nicht? Du hast keinen Mann, und du bist keine Hure, da du bislang kein Geld von mir verlangt hast. Also kannst du nur eine Jungfrau sein.«

»Verstehe«, sagte sie und nickte heftig mit dem Kopf. »Sehr logisch gefolgert – nur hast du dich trotzdem geirrt. Heutzutage sind Frauen nicht ...«

Er verschloß ihr die Lippen mit einem Kuß. Das war die wirkungsvollste Methode, um den nun unweigerlich weit ausholenden Vortrag über die jeweiligen Unterschiede ihrer Zeitepochen zu beenden.

Sie war das rechthaberischste Weib, dem er je begegnet war, obwohl ihn das eigentlich nicht sonderlich störte. Ihr Benehmen war wirklich einzigartig und überaus amüsant; noch keine Frau zuvor hatte es gewagt, ihn zu tadeln, nicht einmal die, die durch den Besitz seines Schwertes Macht über ihn erlangt hatten. Aber jetzt war nicht der passende Augenblick, um Diskussionen vom Zaun zu brechen. Und Roseleen schien ausnahmsweise einmal mit ihm einer Meinung zu sein, denn sie erwiderte seine Küsse, ihre Arme schlangen sich wieder um seinen Hals, und ihr Körper hob sich dem seinen höchst auffordernd entgegen.

Das war nun wirklich mehr, als er im Augenblick ertragen konnte. Sie war bereit, und nachdem sie ihr Vergnügen genossen hatte, so einladend, daß er keine Sekunde länger warten konnte, sie zu besitzen. Vorsichtig drang er in sie ein, ihre Bereitschaft erleichterte ihm seinen Weg, und es bedurfte nur eines sachten Stoßes, um das kleine Hindernis der Unschuld zu durchdringen, bis sie ihn ganz aufnehmen konnte.

Sie gab keinen Ton von sich. Und als er sie anblickte, um zu sehen, ob er ihr auch nicht weh getan hatte, erkannte er, daß ihre Leidenschaft zurückgekehrt war, und das trieb ihn vollends zum Wahnsinn. Er stieß in sie hinein, gleichwohl mit einem Maß an Zurückhaltung, das er bei keiner anderen gezeigt hatte, und als sie wieder kam und als er ihre Wollust spürte, da ergoß er sich in sie und erlebte mit ihr gemeinsam den Gipfel der Ekstase.

Nun war sie sein. Die Besitzerin seines Schwertes war zur Besessenen geworden.

20

Roseleen streckte sich genüßlich, als sie langsam wach wurde. Sie fühlte sich so frisch und erholt, als habe sie tagelang geschlafen. Und sie fühlte sich gut – unglaublich gut sogar. Tatsächlich konnte sie sich nicht erinnern, jemals nach dem Aufwachen so glücklich gewesen zu sein. Ihr Entschluß stand fest: Diesen Zustand wollte sie noch eine Weile auskosten, bevor sie aufstand und den neuen Tag begann.

Da hörte sie Pferde, hörte Schnauben und Wiehern und das Klirren von Zaumzeug. Ein muffiger Geruch drang in ihre Nase, den sie nicht einordnen konnte, Moder oder Schimmel, aber so richtig kam ihr das alles gar nicht zu Bewußtsein. Ebensowenig wie das leichte Kratzen des Bettzeugs, das sie aus irgendeinem Grund eher an wollene Armeedecken erinnerte als an ihre weichen Batistlaken …

Pferde?

Ihre Lider flogen auf, sie blinzelte ein paarmal kräftig, aber auch dann konnte sie nicht glauben, was sie sah. Das war nicht ihr Schlafzimmer, hatte nicht die entfernteste Ähnlichkeit damit. Sie befand sich in einer Art Zelt. Der muffige Geruch kam von der Matratze und den Kissen, das Kratzen von den gröbsten Laken, die sie je gesehen hatte. Die Matratze, wenn man dieses Ding überhaupt so nennen konnte, lag einfach auf dem Boden, ohne ein Bettgestell, und war noch schmaler als ein Einzelbett.

Derselbe grobe Stoff, aus dem das Zelt gemacht war, bedeckte auch den Fußboden. Darauf lag, wie ein Teppich drapiert, irgendein Tierfell. An der einen Zeltwand stand eine wuchtige, altertümliche Holztruhe mit einem dicken Vorhängeschloß, deren Deckel hochgeklappt war. Rechts und links davon standen zwei kleinere Truhen, ebenfalls mit soliden Vorhängeschlössern versehen, diese jedoch waren verschlossen und die eine zusätzlich mit einer rostigen Eisenkette gesichert. Ein Eisentopf, oder genauer gesagt ein Kessel hing an einem dreibeinigen Eisengestell, die Holzscheite darunter waren verkohlt, die Feuerstelle kalt.

Das konnte doch nicht wahr sein! Nein – das würde Thorn nicht wagen, nicht ohne ihr vorher Bescheid zu sagen. Wahrscheinlich hatte er nur eine Abneigung dagegen, in geschlossenen Räumen zu schlafen, dachte sie, und hatte sie deshalb irgendwann in der Nacht nach draußen verfrachtet. Aber woher hatte er das Zelt?

Roseleen warf die Laken beiseite und stand auf, um ihre Kleider zu suchen. Daß sie splitternackt war, stimmte sie nachdenklich, doch als dann allmählich die Erinnerung an die vergangene Nacht zurückkehrte, blieb sie wie angewurzelt stehen. Ein Lächeln erschien auf ihrem Gesicht. Nun, vielleicht würde sie ihm doch nicht den Hals umdrehen, wenn sie ihn fand. Vielleicht würde sie nur leise anmerken, daß sie es ganz nett fände, wenn er sie das nächste Mal vorher informieren würde, falls er wieder einmal den Wunsch verspürte, unter freiem Himmel zu kampieren. Aber wo hatte er nur mitten in der Nacht ein Zelt aufgetrieben?

Sie machte sich weiter auf die Suche nach ihren Kleidern. Gerade als sie sich über die große, offene Truhe beugte, wurde die Plane vor dem Zelteingang zur Seite geschlagen, und ein Junge von ungefähr vierzehn, fünfzehn Jahren kam herein.

»Guten Morgen, Mylady!« rief er fröhlich, nachdem er sie bemerkt hatte.

Roseleen erwiderte seinen Gruß nicht so, wie das wahrscheinlich erwartet wurde. Sie stieß einen schrillen Schrei aus, stürzte auf ihr Nachtlager und zog sich die Laken bis zu den Ohren hoch. Doch, jetzt würde sie Thorn den Hals umdrehen, sobald er ihr unter die Augen kam. Der Aufzug des Jungen, eine Tunika, die seine nackten Beine bis zu den Knien bedeckte, und das Schwert an dem Gürtel, der den Umhang zusammenhielt, ließen keinen Zweifel daran, daß Thorn sie nicht in den Garten verschleppt hatte, sondern in ein anderes Jahrhundert.

Nachdem sie sich so weit gefaßt hatte, um einen Blick unter der Decke hervor zu riskieren, stand der Junge immer noch da. Und es schien ihn nicht im mindesten zu stören, daß er sie im Evaskostüm überrascht hatte. Er sah sie einfach nur fragend an.

Jetzt erinnerte sich Roseleen auch wieder, daß Nacktheit im Mittelalter etwas ganz Selbstverständliches gewesen war. Niemand zwängte sich damals zum Schlafen in beengende Nachthemden oder dergleichen, und daß mehr als ein Dutzend Menschen im selben Raum schliefen, war absolut nichts Ungewöhnliches in diesen Zeiten. Die Gastfreundschaft gebot es, daß die Damen und Dienerinnen eines Hauses auch einem wildfremden Besucher zum Empfang ein heißes Bad bereiteten. Wenn der Herr und die Herrin sich ankleideten, waren stets etliche Diener und Zofen anwesend, und das Küchenpersonal dachte sich nichts dabei, alle Kleider abzulegen, wenn die Hitze an der Feuerstelle unerträglich wurde.

Verlegenheit oder peinliche Empfindungen beim Anblick eines nackten Körpers waren in jenen Zeiten noch völlig unbekannt. Erst in den späteren Jahrhunderten hatten die Menschen begonnen, so etwas Unnatürliches wie Scham beim Anblick der schönsten Schöpfung der Natur, dem menschlichen Körper, zu verspüren.

Unglücklicherweise war Roseleen ein Produkt der Neuzeit und nicht jener unschuldigen Tage und daher ein Opfer ihres anerzogenen Schamgefühls, das sich nun akut bemerkbar machte. Sie versuchte sich zwar einzureden, daß dazu kein Grund bestand, aber das glückte ihr nicht so recht. Selbst die Tatsache, daß sie hier einen echten Jüngling des Mittelalters vor sich hatte, den sie fragen konnte und der offensichtlich die anglonormannische Sprache beherrschte, mit der sie vertraut war, konnte ihre Zunge nicht lösen.

Es wäre ihr lieber gewesen, wenn er sich einfach entfernt und ihre Verlegenheit gleich mitgenommen hätte. Aber er machte keinerlei Anstalten, sie zu verlassen, stand einfach nur da und wartete, aber sie wußte nicht worauf. Jetzt erst bemerkte sie, daß er irgendein langes Gewand über dem Arm trug, offensichtlich ein Frauengewand. Für sie? Hoffentlich.

Doch da er ihr die Kleider nicht reichte und auch sonst nichts unternahm, mußte sie wohl oder übel etwas zu ihm sagen. Sich endlich etwas überziehen zu können, lag ihr zwar sehr am Herzen, aber herauszufinden, wo sich ihr Wikinger im Moment aufhielt, hatte absoluten Vorrang.

»Thorn Blooddrinker, weißt du, wer das ist?«

»Gewiß. Er ist mein Herr.«

Roseleen runzelte die Stirn und fragte argwöhnisch: »Hier auf Erden oder im Himmel?«

»Mylady?«

Seine offensichtliche Verwirrung sagte ihr, was sie hatte wissen wollen, doch um sicherzugehen, erkundigte sie sich noch: »Wie ist er denn dein Herr geworden?«

»Meine Schwester Blythe gab mich in seine Dienste«, erklärte er und setzte mit stolzgeschwellter Brust hinzu: »Und wenn ich genug gelernt habe, werde ich sein Knappe.«

Sie und Thorn waren doch gerade erst angekommen. Wie zum Teufel konnte dies in der kurzen Zeit geschehen sein? Außer – diese Blythe war eine der Frauen, die *Blooddrinkers Fluch* besessen hatten. Aber das konnte bedeuten, daß Thorn Gefahr lief, sich in der Zeit, in die er sie gebracht hatte, selbst zu begegnen.

»Seit wann ist Thorn schon dein Herr?«

»Das sind wohl bald zwei Jahre.«

Jetzt machte Roseleen sich ernsthaft Gedanken. Thorn hatte ihr nicht gesagt, was passieren würde, wenn er bei seinen Zeitreisen sich selbst begegnete, nur daß Odin ihm nahegelegt hatte, dies zu vermeiden. Sie mußte mit ihm reden, und zwar schnell.

»Wo ist Thorn jetzt, weißt du das?«

»Gewiß doch. Er ist zum Hafen geritten, um mit Herzog Wilhelm zu konferieren.«

Also sollte sie diesmal tatsächlich Wilhelm den Eroberer kennenlernen. Ihre Begeisterung wuchs in demselben Maße wie ihre Entrüstung, daß Thorn sie einfach in diesem Zelt zurückgelassen hatte. Schließlich wäre es ja möglich gewesen, sie zu wecken, und dann hätten sie sich gemeinsam auf den Weg zu dem ersten Normannenkönig Englands machen können.

»Mein Herr hat mir befohlen, Euch einige Gewänder zu besorgen«, fuhr der Junge fort, »und Euch beim Ankleiden zu helfen, da Ihr keine Zofe bei Euch habt.«

Ach, hat er das? dachte sie, und ihre Miene verfinsterte sich. Aber sie würde ihre Wut nicht an dem armen Jungen auslassen. Nein, dazu benötigte sie jemand ganz anderen.

»Wie heißt du eigentlich?« fragte sie ihn. »Mein Name ist Roseleen.«

»Ich bin Guy von Anjou.«

»Nun, ich danke dir, daß du mir die Kleider gebracht hast, Guy, aber beim Anziehen benötige ich deine Hilfe nicht. Leg sie einfach auf die Truhe, ich komme schon selbst zurecht.«

»O nein, ich habe den Auftrag, Euch behilflich zu sein, und ich bin es gewohnt, jeden Befehl meines Herrn auszuführen.«

Sein störrischer Gesichtsausdruck sagte ihr, daß eine ernste Auseinandersetzung bevorstand, doch sie machte noch einen Versuch und erklärte diesmal etwas strenger: »Falls ich tatsächlich Hilfe brauchen sollte, werde ich dich rufen. Du kannst inzwischen draußen warten, wenn du willst.«

Jetzt grinste er überlegen. »Ihr werdet meine Hilfe brauchen, Mylady. Dieses Hemd hat gut hundert Bänder.«

»Hundert?« fragte sie ungläubig. »Zeig sie mir.«

Er hielt das zweiteilige Gewand hoch, das er über dem Arm trug, damit sie es sich ansehen konnte. Der gelbe Überwurf hatte, soweit sie sehen konnte, keine Bänder, das dunkelblaue, wie ein Hemd geschnittene Unterkleid dagegen sehr viele, zwanzig vielleicht, sicherlich keine hundert, doch diese waren ausnahmslos am Rücken zu binden. Sie brauchte tatsächlich Hilfe, das stand außer Frage, aber sie würde sich ganz sicher nicht von einem Teenager anziehen lassen.

»Du hast recht, ich gebe zu, daß ich Hilfe benötige, aber zunächst hätte ich gern etwas Wasser, damit ich mich frisch machen kann. Wäre es zuviel verlangt, wenn ich dich bitte, mir eine Kanne Wasser zu holen?«

»Keineswegs. Dauert nur eine Minute«, strahlte er jetzt, da sie sich entgegenkommend zeigte.

»Die kannst du hierlassen!« rief sie ihm hinterher, als er sich anschickte, mit den Sachen über dem Arm zu entschwinden.

»Gewiß, Mylady«, erwiderte er mit einer angedeuteten Verbeugung und legte die Kleider neben sie auf das Bett. Dann eilte er hinaus.

Nicht minder eilig zog sich Roseleen das Unterkleid über, damit sie wenigstens *etwas* anhatte, wenn Guy mit dem Wasser zurückkehrte. Kein leichtes Unterfangen. Die langen Ärmel des Kleides, das offensichtlich für jemand mit schmaleren Armen und Händen gemacht war, saßen wie eine zweite Haut. Aber das war auch schon das Schlimmste. Das Vorder- und Rückenteil würde ganz gut passen, wenn es einmal hinten geschlossen war, und der ärmellose Überwurf, an den Seiten geschlitzt, könnte dann locker über das Hemd fallen.

Der Stil kam ihr bekannt vor. So hatten sich die Damen im zehnten und elften Jahrhundert tatsächlich gekleidet. Und wenn König Wilhelm immer noch Herzog Wilhelm genannt wurde, dann hatte Thorn sie in die Zeit vor der normannischen Eroberung entführt. Dagegen hatte sie nichts einzuwenden. Es war ihr nicht so wichtig, zu welchem Zeitpunkt sie den Herzog kennenlernte, solange sie überhaupt die Möglichkeit hatte, seine Bekanntschaft zu machen.

Kurz darauf kam Guy mit einem großen Eimer Wasser herein. Es hatte wenig Sinn, ihn zu schelten, weil er vor dem Eintreten nicht angeklopft hatte, da es ja keine Tür gab, wo er das hätte tun können. Und jetzt fragte sich Roseleen zum ersten Mal, warum sie sich überhaupt in einem Zelt befand.

»Sag mir, Guy, wie weit von hier entfernt liegt denn dieser Hafen, zu dem Thorn aufgebrochen ist?«

»Nicht weit, Mylady. Es ist nur ein kurzer Ritt bis dorthin.«

Was mochten diese Leute, deren einziges Transportmittel

Pferde waren, wohl unter einem kurzen Ritt verstehen? Eine Stunde oder zwei, wenn sie schon Tage brauchten, um von einer Stadt zur nächsten zu gelangen?

»Gibt es keine ...« Wie wurden die Gasthöfe hier damals noch genannt? Ach ja »... Wirtshäuser in der Nähe des Hafens?«

Er schmunzelte und erklärte ihr dann strahlend: »Gewiß doch, aber nicht genug für eine sechstausend Mann starke Armee.«

Eine Armee? Und die lagerte an einem Hafen? Herr im Himmel, war das möglich? Hatte Thorn sie hierhergebracht, um Zeuge der berühmtesten Schlacht der Geschichte zu werden? Waren die Normannen dabei, den Kanal zu überqueren und in der Pevensey-Bucht zu landen?

Es brannte ihr auf der Zunge, Guy nach dem heutigen Datum zu fragen, aber das hätte zu sonderbar geklungen, zumal sie ihm mit ihrem holprigen Anglonormannisch wahrscheinlich schon seltsam genug erscheinen mußte. Thorn war derjenige, dem sie etliche Fragen stellen mußte, aber das war erst möglich, wenn sie ihn ausfindig gemacht hatte – und genau das wollte sie tun, sobald sie angekleidet war.

Daher ignorierte sie die Röte, die ihr in die Wangen stieg, nahm ihr Haar zusammen, hielt es hoch, damit es nicht im Weg war, und drehte schließlich Guy ihren nackten Rücken zu. »Na, was ist nun mit den Bändern, mit denen du es so wichtig hattest?«

»Mylady?«

Sie verdrehte genervt die Augen, er konnte es ja nicht sehen, und wiederholte ihre Frage. »Schnürst du mir die Bänder zu, Guy? Sei so gut. Ich muß Thorn finden.«

Gerade spürte sie, wie das Hemd hinten zusammengerafft wurde, da lockerte es sich wieder, als Guy erschrocken ausrief: »Nein, ich soll hier bis zu seiner Rückkehr auf Euch aufpassen.«

Sie wollte schon anfangen, mit ihm darüber zu debattieren, doch ihr Gefühl sagte ihr, daß sie ihr Hemd dann nie zugeschnürt bekäme. Deshalb meinte sie nur: »Hat er dir das aufgetragen?«

»Jawohl.«

»Wie – weise – von ihm.«

Diese Worte mußten ihn beruhigt haben, denn seine Hände machten sich jetzt wieder an den Bändern zu schaffen. Nach zehn endlosen Minuten hatte er die letzte Schleife gebunden und ließ mit einem geseufzten »So, bitte sehr« die Arme sinken.

Sofort zog sie das Überkleid an und zupfte es über dem Hemd zurecht. Viel zu lang, befand sie. Hohe Absätze hätten die Länge vielleicht ausgeglichen, aber die waren damals noch nicht Mode. Nun, dann brauchte sie eben einen Gürtel, entschied sie und wandte sich wieder an Guy.

»Hast du auch an Schuhe und eine – Schärpe gedacht?« fragte sie den Jungen.

»Gewiß«, strahlte er.

Dienstbeflissen griff er in seine Tunika, wo er die kleineren Accessoires in der Falte über seinem Gürtel verstaut hatte. Zum Vorschein kamen ein Paar Stoffstiefel mit einer einfachen Fellsohle und ein langes, besticktes Band, das wohl als Gürtel oder Schärpe, wie sie es nannten, dienen sollte.

»Ausgezeichnet«, lobte sie ihn und ließ sich auf die Matratze fallen, um sich in die spitzzulaufenden Stiefel zu zwängen.

Erstaunlicherweise paßte ihr alles recht gut, war sie doch bestimmt ein wenig fester gebaut als die Frauen damals. Ein bißchen zu gut vielleicht, befand sie, da ihre eingeschnürte Taille unter der Schärpe auf geradezu lächerliche Weise an eine Wespentaille erinnerte. Also verzichtete sie darauf. Sie würde einfach die Stoffbahnen beim Gehen vorne hochraffen und das Rückenteil auf dem Boden schleifen lassen, wie es ohnehin wohl üblich war.

»Das Wasser, Mylady?« erinnerte sie Guy.

»Das kommt gleich«, erklärte sie. »Aber zuerst ...«

Sie beendete den Satz nicht, sondern stürzte aus dem Zelt, bevor er noch auf den Gedanken kommen konnte, sie aufzuhalten. Er rief, besser gesagt schrie ihren Namen und klang dabei höchst besorgt, aber sie dachte nicht daran, stehenzubleiben. So schwer konnte es doch nicht sein, diesen Hafen zu finden, der sich bestimmt irgendwo in der Nähe befand. Der Geruch würde ihr schon die Richtung weisen, oder die Mastspitzen der Schiffe – schließlich sprachen die Geschichtsbücher davon, daß diese Flotte damals aus mehr als siebenhundert Kriegsschiffen bestanden hatte. Obwohl sie rannte, so schnell sie konnte, spähte sie dabei in alle Richtungen, ob nicht irgendwo Masten in den Himmel ragten, sah aber nichts als Zelte, Hunderte und aber Hunderte von Zelten. Also mußte sie sich wohl oder übel mit dem Gedanken anfreunden, daß Guy mit seinem ›kurzen‹ Ritt doch etliche Stunden gemeint hatte.

Und Männer waren da. Buchstäblich Tausende von Männern, die herumstanden oder auf dem Boden hockten, würfelten, sich unterhielten, über offenen Feuern in Töpfen rührten, ihre Waffen putzten oder Übungskämpfe ausfochten. Sie entdeckte auch einige Frauen, aber nicht sehr viele, die alle wie Soldatenliebchen aussahen, zumindest legten ihre zerlumpten Kleider und ihr rüdes Benehmen diese Vermutung nahe.

Der Kleidung kam im Mittelalter insofern große Bedeutung zu, als diese schon auf den ersten Blick die unterschiedlichen sozialen Klassen kennzeichnete, da sich nur die hohen Stände edle Stoffe und Gewänder leisten konnten. Die Kleider, die man für Roseleen bereitgelegt hatte, waren zweifellos aus hochwertigem Material gefertigt, doch sie hatte das unbestimmte Gefühl, daß ihr das nicht viel Schutz bieten würde, nicht inmitten einer Armee, deren Krieger offensichtlich aus allen sozialen Schichten stammten. Adlige und Bauern hatte man zu den Waffen gerufen, und darunter befanden sich bestimmt viele Gauner, da es immer etwas zu stehlen gab, wenn so viele Menschen wie hier auf engstem Raum zusammengepfercht wurden.

Sie hatte schon kehrtgemacht, um zu Thorns Zelt zurückzugehen, da sie zu dem Schluß gekommen war, daß sie ebensogut warten konnte, bis er sie aufsuchte. Doch jetzt bemerkte sie, daß sie nicht die leiseste Ahnung hatte, wie Thorns Zelt von außen aussah, denn um Guy zu entwischen war sie einfach nur losgerannt, ohne sich noch einmal umzusehen. Ihre einzige Hoffnung bestand jetzt darin, daß der Junge ihr gefolgt war und sie bald eingeholt haben würde.

Leicht verunsichert trat sie den Rückweg an und war noch nicht weit gegangen, als sich ein Arm um ihre Schulter legte und sie herumwirbelte. Ihre erste Reaktion war, den Arm abzuschütteln, aber der Kerl war zu stark und sein Griff zu fest. Nach einem Blick auf den Mann stöhnte Roseleen innerlich auf. Ein gemeiner Krieger, kaum größer als sie selbst, dabei aber recht stämmig. Er war noch jung, doch sein Grinsen entblößte etliche Lücken in seinem Gebiß. In seinem struppigen Vollbart hingen noch die Überreste einer Mahlzeit und wohl auch einige gutgenährte Läuse.

Und die drei wilden Gestalten, zu denen er sie jetzt hinschleppte, sahen auch nicht viel vertrauenerweckender aus als er.

21

In diesem Augenblick dämmerte Roseleen, wenngleich ein wenig spät, daß sie zwar wie eine Lady gekleidet war, ihre Frisur sich aber in einem verwegenen Zustand befand, da sie die Nacht zuvor mit nassen Haaren zu Bett gegangen war und sich vor ihrer überstürzten Flucht aus dem Zelt auch nicht gekämmt hatte.

So wie sie aussah, mußte jeder annehmen, der sie zu Gesicht bekam, daß sie geradewegs aus dem Bett gestiegen war. Ihre Eile könnte vermuten lassen, daß sie verschlafen hatte; daß sie sich aber ohne angemessene Begleitung in einem Heerlager aufhielt, dafür gab es eigentlich nur eine – fatale – Erklärung, und zwar, daß sie sich über Nacht mit einem der Söldner vergnügt hatte. Und wenn sie sich mit einem einließ, warum nicht auch mit mehreren?

Sie hoffte inständig, daß die Männer, die nun im Kreis um sie herumstanden, nicht auch diesen Schluß gezogen hatten, aber das niederträchtige Grinsen, das sich auf ihren Gesichtern breitmachte, erstickte diese vage Hoffnung noch im Keim. Zudem hatte sie es hier nicht mit zivilisierten Zeitgenossen des 20. Jahrhunderts zu tun, die unverzüglich, vielleicht sogar mit einer gemurmelten Entschuldigung auf den Lippen, beiseite getreten wären, sobald sie ihnen das Mißverständnis erklärt hätte.

Dies hier waren einfache Bauern, die man auf Geheiß ihres Herzogs von den Höfen geholt und zu den Waffen gerufen hatte, Männer, die sich auf jedes Vergnügen stürzten, das ihnen ihr ansonsten trostloses Leben bot. Zudem wußten diese Männer, daß sie nur zu bald dem Tod ins Auge blicken würden. Die Normannen mochten die Schlacht bei Hastings zwar gewonnen haben, aber sicherlich nicht ohne erhebliche Verluste auch auf ihrer Seite.

Vielleicht wäre es ihr sogar möglich gewesen, Mitleid mit ihnen zu empfinden, wenn sie nicht den deutlichen Eindruck gehabt hätte, daß sie es war, bei der sie sich ihr Vergnügen holen wollten. Gleich hier, an Ort und Stelle, unter freiem Himmel und den neugierigen Blicken ihrer Kumpane. Und daß sie ihr Eindruck nicht täuschte, konnte sie unschwer an ihren erwartungsfrohen Mienen ablesen. Diese Kerle mußten total ausgehungert sein – und scherten sich offenbar nicht um etwaige Konsequenzen.

Es wäre gewiß klüger gewesen, wenn sie wie eine Furie auf diese Männer eingebrüllt hätte, anstatt es mit Ruhe und Geduld und der leise vorgebrachten Warnung zu versuchen: »Gentlemen, ich werde laut um Hilfe rufen und einiges Aufsehen erregen, wenn Sie mich nicht sofort meinen Weg fortsetzen lassen.«

Diese Drohung war einem der Kerle nur ein polterndes Gelächter wert. Ein anderer griff nach ihrem langen Haar und zwirbelte genüßlich eine Locke zwischen seinen dreckigen Fingern. Derjenige, der sie immer noch an der Schulter festhielt, zog sie jetzt näher an sich heran. Sein durchdringender Schweißgeruch drehte ihr beinahe den Magen um.

Dann ließen die Worte des Kerls, der mit einer schmierigen Pranke nach ihrer Brust grabschte, ihr fast das Blut in den Adern gefrieren. »Wenn'ste willst, daß sich die anderen auch noch mit dir vergnügen, dann schrei nur, Liebchen. Wir hab'n nichts dagegen, dich mit unseren Kameraden zu teilen.«

Von dieser Meute vergewaltigt werden? Nein, danke. Wahrscheinlich hatte dieser Grobian nicht einmal so unrecht. Unter den Söldnern befanden sich nicht so viele vornehme Ritter, als daß sie auf einen heldenhaften Kavaliersakt zu ihrer Rettung hoffen durfte. Und es hätte sie nicht gewundert, wenn diese wenigen Lords genauso ungehobelt gewesen wären wie ihre Untergebenen und sich nur zu gerne mit diesen ein unerwartetes Vergnügen teilen würden.

Immerhin besaßen die Wikinger nicht das Monopol darauf, am Ende einer erfolgreich geschlagenen Schlacht raubend und plündernd durch die Lande zu ziehen. Diese Männer rüsteten sich gerade zu einem Feldzug, und das Rauben und Schänden von Frauen war nun einmal ein ganz normaler und sicherlich sehr geschätzter Bestandteil der mittelalterlichen Kriegsführung; eine Art Belohnung für die Gewinner, eine zusätzliche Schmach für die Verlierer.

Man mußte es wohl Herzog Wilhelms starker Hand und seinen wohlgefüllten Schatztruhen anrechnen, daß er sein Heer, das monatelang hier an der Küste lag und darauf wartete, den Kanal zu überqueren, bislang davon hatte abhalten können, die umliegenden Dörfer zu plündern und deren Frauen zu entführen. Was sie dann allerdings in England nachholten, wie die Geschichte bewies.

Der Kerl, der sie an der Schulter gepackt hatte, schlug jetzt die schmutzige Pranke seines Kumpans von ihrer Brust, bevor sie es noch selbst versuchen konnte. Ein Dankeschön war jedoch nicht angebracht, denn er hatte ihr damit nicht helfen wollen, sondern nur klar und deutlich seinen Besitzanspruch angemeldet.

»Die hab' ich gefunden«, knurrte er seinen Freund an. »Deshalb bin ich auch als erster dran.«

Oh, sie hätte sich wirklich gewünscht, daß sein Freund ihm dieses Privileg streitig machen würde. Ein kleiner Faustkampf zwischen den beiden hätte ihr vielleicht Gelegenheit gegeben, sich unbemerkt aus dem Staub zu machen. Doch der gute Freund lachte nur und zuckte mit den Schultern. Daß er gegen das Teilen nichts einzuwenden habe, war demnach kein Scherz gewesen.

Roseleen fand, daß es jetzt höchste Zeit war, einige passende Namen fallenzulassen, ein wenig aufzuschneiden und im stillen zu beten, daß diese Männer Verstand genug besaßen, um zu wissen, wer hier das Sagen hatte. »Ich bin ein Gast von Herzog Wilhelm und auf dem Weg, ihn zu besuchen«, begann sie mit fester Stimme. »Sein Halbbruder Odo, der Bischof von Bayeaux, hat mich hierher begleitet, aber wir haben uns leider aus den Augen verloren. Wenn einer von Ihnen die Güte hätte, mich zum Herzog zu führen, dann werde ich dafür sorgen, daß er fürstlich belohnt wird.«

»Ich bring' dich hin, wo immer du hinwillst, Liebste. Aber erst hol' ich mir meine Belohnung – und zwar bei dir.«

Das war der, der sie an der Schulter festhielt. Und noch während er das sagte, drehte er sie zu sich herum und leckte sich in freudiger Erwartung die Lippen.

Wenn er sie jetzt küßte, würde sie sich übergeben müssen, das wußte sie, und sie dankte dem Himmel für diese Gewißheit, denn sie sah keine andere Möglichkeit, um ihn von seinem Vorhaben abzubringen. Gewalt war kein geeignetes Mittel. Daß sie noch nie gegen jemanden handgreiflich geworden war, spielte nicht die ausschlaggebende Rolle, denn sie hätte sich in dieser Situation nicht gescheut, diesem Widerling die Faust ins Gesicht zu rammen. Aber eine derartige Aktion hätte nur noch mehr von diesen Kerlen angelockt, und die waren ohnehin schon in der Überzahl ... ach, das war nun auch schon egal.

In dem Augenblick, als sich dieser stinkende, nasse Mund auf ihre fest zusammengekniffenen Lippen preßte, riß sie ihr Knie hoch, um es ihrem lüsternen Gegenüber in die Weichteile zu stoßen. Ihr Knie verfehlte das Ziel – doch etwas anderes geschah. Irgend jemand stieß den Kerl weg, und sie wäre mit ihm zu Boden gegangen, wenn nicht dieser Jemand ihren Arm gepackt und sie weggezerrt hätte, so energisch, daß ihr Arm fast ausgerenkt wurde.

Roseleens Möchtegerncasanova wand und krümmte sich stöhnend auf der Erde, eine Hand auf das Ohr gepreßt, das so stark blutete, daß das Blut zwischen seinen Fingern hindurchrann. Eine Faust, die in einem Kettenpanzer steckte, hatte ihn niedergestreckt. Im Umdrehen sah Roseleen diese Faust und auch das frische Blut daran. Aber sie sah auch, wer zu dieser Faust gehörte – ein prächtiger Ritter in voller Rüstung, die Kettenglieder seines Brustharnischs so auf Hochglanz poliert, daß sich die Morgensonne darin brach.

Er war groß und breit und trug das blonde Haar nach normannischer Art kurz geschnitten. Seine Augen, grün schimmernd wie Smaragde, waren fest auf sie gerichtet, nicht auf ihren Angreifer, der gerade versuchte, unbemerkt davonzukriechen, was ihm allerdings nicht glückte, da zumindest sie es bemerkte. Seine Kameraden hatten sich bereits aus dem Staub gemacht und sie mit diesem Ritter zurückgelassen – und Guy von Anjou.

Es dauerte einen Moment, bis sie den Jungen hinter dem breitschultrigen Ritter entdeckt hatte. Und als sie dann sein noch immer angstverzerrtes Gesicht sah, realisierte sie, daß er es gewesen sein mußte, der ihr den Ritter zu Hilfe geschickt hatte, da er gegen diese bulligen Burschen wahrscheinlich ebensowenig hätte ausrichten können wie sie. Er mußte näher bei ihr gewesen sein, als sie gedacht hatte, und gesehen haben, was da vor sich ging. Gott sei Dank war er so klug gewesen, jemanden um Hilfe zu bitten, der ihr wirklich helfen *konnte*.

Roseleen war ihm aus tiefster Seele dankbar, aber auch sehr durcheinander, sonst wäre ihr schon früher der bewundernde Blick des Ritters aufgefallen, mit dem er sie unverwandt anstarrte. Jetzt erst bemerkte sie ihn und stellte gleichzeitig fest, daß er verdammt gut aussah in seiner glänzenden Rüstung – glänzende Rüstung?

Viel hätte nicht gefehlt, und sie hätte laut losgelacht. Doch das wäre in dieser Situation nun wirklich nicht angebracht gewesen, und so verkniff sie sich das Lachen. Einfach war das freilich nicht. Stand da doch tatsächlich ein *echter* Ritter vor ihr, in vollem Harnisch, und hatte sie errettet – und ein so gutaussehender obendrein.

Das war eine uralte Wunschvorstellung, gleichwohl eine, die für Frauen des zwanzigsten Jahrhunderts außerhalb ihrer Träume niemals Wirklichkeit werden konnte – wenn sie nicht wie Roseleen das Glück hatten, in die Vergangenheit versetzt zu werden. Und sie konnte sich nicht vorstellen, daß vielen Frauen dieses Glück vergönnt war – falls es nicht noch mehr Männer wie Thorn gab, die mit übernatürlichen Kräften ausgestattete Schwerter ihr eigen nannten.

Sie mußte ihn direkt einmal danach fragen. Und sie hatte ihn auch schon lange fragen wollen, weswegen er von dieser Hexe Gunnhilda eigentlich verflucht worden war. Aber im Moment war er nicht greifbar, und sie mußte sich bei ihren Rettern bedanken. Mit dem Ritter fing sie an.

»Ich danke Euch«, sagte sie und brachte sogar ein Lächeln zustande, das ihrer ernsten Absicht keinen Abbruch tat. »Euer Eingreifen war zeitlich sehr passend und überaus erwünscht. Mein Dank gilt auch dir, Guy, falls ich die Anwesenheit dieses edlen Ritters dir zu verdanken habe.«

»Ja, schon, obgleich es ein höchst unnötiges Unterfangen war«, brummte der Junge. »Wenn Ihr da geblieben wäret, wo Ihr ...«

»Ich weiß, ich weiß«, unterbrach sie ihn, um sich eine längere Gardinenpredigt zu ersparen. »Und glaube mir, ich werde einen solchen Fehler nicht noch einmal begehen. Ich habe ja nicht gewußt, daß sich hier so viele Männer ...«

Den Rest des Satzes ließ sie in der Luft hängen, um zum einen nicht den Eindruck zu erwecken, sie sei völlig unbedarft, und zum anderen nicht den Verdacht zu erregen, sie stamme nicht aus diesem Jahrhundert. Frauen kannten in diesen Zeiten ihre Grenzen und lehnten sich selten dagegen auf. Und eine Sache, an der wahrscheinlich keine von ihnen gerüttelt hätte, war das Wissen darum, was mit ihnen passieren würde, wenn sie ohne Begleitung durch ein Heerlager spazierten – eben genau das, was ihr passiert war.

»Das ist wahrlich eine ungehobelte Bande, aber sie würden sich davor hüten, einer Dame zu nahe zu treten«, beruhigte sie der Ritter.

Ihr lag schon eine recht trockene Bemerkung auf der Zunge, etwa: *Oh, gewiß, diese Horde wußte ganz genau, was sie nicht tun durfte. Dafür kann ich mich verbürgen.* Schön und gut, unter anderen Umständen mochte er vielleicht recht haben. Aber wie lange lebten diese Männer schon hier ohne ihre Frauen, die ihre natürlichen Bedürfnisse befriedigt hätten, und noch dazu ohne einen Silberling in der Tasche, um eine der Lagerhuren für ein bißchen Vergnügen bezahlen zu können? Eine Dame würde so etwas allerdings nicht erwähnen, deshalb tat sie es auch nicht.

Andererseits hatte er mit seiner zuversichtlichen Bemerkung die ganze Situation so verharmlost, daß sie sich einen kleinen Zusatz nicht verkneifen konnte. »Was immer sie auch vorhatten – ich bin Euch jedenfalls sehr dankbar, daß Ihr sie daran gehindert habt.«

»Es war mir ein Vergnügen, meine Gnädigste.« Er deutete eine Verbeugung an und setzte galant hinzu: »Falls Ihr zukünftig meinen Beistand ...«

»Sie steht unter Thorn Blooddrinkers Schutz«, stellte Guy an diesem Punkt klar.

»Wahrlich, dann benötigt sie keine weitere Hilfe«, beeilte sich der Ritter zuzustimmen und seufzte dann leise. »Zu schade.«

Roseleen errötete. Die smaragdgrünen Augen ihres Retters taxierten sie jetzt dermaßen freimütig, als habe er plötzlich seine Meinung über sie geändert und zöge es nun in Erwägung, da mit ihr weiterzumachen, wo die anderen zwangsläufig aufgegeben hatten. Aber solch niedrige Gedanken hegte er bestimmt nicht. Edle Rittersleute retteten schließlich keine Damen und brachten sie dann in die mißliche Lage, erneut um Hilfe rufen zu müssen.

Doch Guy schien ein Problem zu ahnen, denn plötzlich war er an ihrer Seite und packte sie am Arm, offenbar in der Absicht, sie von hier fortzubringen, bevor ihr noch weitere Unannehmlichkeiten zustießen. Und tatsächlich zog er sie im nächsten Moment schon von dem Ritter weg, der ihr gegenüberstand und ihr quasi den Weg versperrte.

»Mit Verlaub, Mylord«, war alles, was er statt eines Dankeschöns über die Lippen brachte.

Roseleen hätte dem Jungen für seine Unverschämtheit am liebsten eine Ohrfeige gegeben. Das unterließ sie freilich, widersetzte sich jedoch dem Zerren an ihrem Arm lange genug, um wenigstens einige freundliche Abschiedsworte an ihren Retter zu richten: »Lebt wohl, verehrter Ritter, und nochmals vielen Dank. Vielleicht kann ich eines Tages die erwiesene Gefälligkeit erwidern.«

Er warf den Kopf in den Nacken und lachte aus vollem Halse, worauf Roseleen nur noch tiefer errötete.

22

»Was fand er denn an meinen Abschiedsworten so komisch?« fragte Roseleen ihren Begleiter, der sie den schmalen Weg zwischen den Zelten entlangscheuchte.

Seine Antwort kam wie aus der Pistole geschossen. »Nun, Eure Worte klangen genau so, als hofftet Ihr, daß ihm demnächst einmal einige Frauen zu nahe treten würden, damit Ihr ihn retten könnt.«

»Das ist doch Unsinn, das habe ich doch damit nicht gemeint«, schnaubte sie indigniert.

»Es hörte sich aber so an«, beharrte er. »Wie sonst könntet Ihr ihm die Gefälligkeit erwidern, die er Euch erwiesen hat, außer...?«

Er sprach den Satz nicht zu Ende, aber als sie sah, daß ihm nun die Röte ins Gesicht stieg, wurde ihr mit einemmal klar, daß dieses ›außer‹ irgendeine Unverschämtheit nach sich gezogen hätte, und ihre Wangen glühten nun mit den seinen um die Wette. Zum Glück hatte dieser Ritter nicht an dieses ›außer‹ gedacht – oder etwa doch? Hatte er *deshalb* so gelacht?

Innerhalb von Sekunden wechselte ihre Gesichtsfarbe von Rot zu Puterrot, und daß sie überhaupt errötet war, ärgerte sie am allermeisten. Schließlich war sie eine gebildete Frau, erfahren mittlerweile wirklich in *allen* Dingen des Lebens, nachdem Thorn sie ihrer Jungfräulichkeit beraubt hatte. Und wenn sie die Zeitperiode bedachte, konnte sie wohl ohne Übertreibung von sich behaupten, die Frau mit dem höchsten Bildungsniveau zu sein, die sich in diesem Augenblick auf Erden befand.

Oh, was für ein befriedigender Gedanke! Nach all den Jahren, in denen sie über ihren Büchern gebrütet und auf alle Vergnügungen verzichtet hatte, um diese überdurchschnittlichen Leistungen zu erzielen! Aber irgendwie war es auch ein wenig zum Lachen. Was, zum Teufel, konnte sie mit dieser höheren Bildung hier anfangen?

Immerhin besänftigte diese Vorstellung ihren Ärger und ihre Verlegenheit insoweit, als sie nun ihrem jungen Begleiter die Frage stellen konnte, die ihr schon die ganze Zeit auf der Zunge brannte: »Wer war dieser Ritter denn? Irgend jemand Bedeutender?«

»Jemand Bedeutender?« wiederholte er in ausgesprochen herablassendem Tonfall. »Jeder, der das Vertrauen des Herzogs genießt, ist bedeutend, Mylady, und Reinard de Morville ist ein sehr enger Freund von Robert von Mortain.«

Daß Guy es nicht der Mühe für wert hielt, näher zu erklären, wer dieser Robert von Mortain war, sagte ihr, daß er jemand war, den jedermann kannte, und genaugenommen kannte sie ihn auch. Er war einer von Herzog Wilhelms Halbbrüdern und ebenso tatkräftig an dessen Feldzug beteiligt wie Odo.

Wenn Sir Reinard ein guter Freund Roberts war, dann würde er es sicherlich zu einiger Bedeutung im Weltgeschehen bringen. Und falls er bis jetzt als Person noch nicht zu Ruhm und Ehren gelangt war, dann würde dies spätestens dann geschehen, wenn England unterworfen und unter Wilhelms Wappenhaltern anschließend aufgeteilt war – falls er nicht in einer der kommenden Schlachten sein Leben ließ.

Diese Vorstellung allerdings behagte ihr überhaupt nicht. Sie wünschte, sie könnte sich an seinen Namen erinnern, denn dann wüßte sie, welches Schicksal ihm bestimmt war. Aber alles Nachdenken half nichts, zumal die meisten von Wilhelms Freiherren ihre Namen änderten, nachdem sie sich in England niedergelassen hatten. Ihre ursprünglichen Namen gerieten dann in Vergessenheit und waren daher in den Geschichtsbüchern nicht mehr dokumentiert worden.

Nach einiger Zeit hatten sie schließlich ihr Ziel erreicht, doch Guy, der sie immer noch am Arm festhielt, gab diesen erst frei, als er sie sicher im Inneren des Zeltes wußte. »Ihr werdet jetzt hierbleiben, bis unser Herr zurückkehrt!«

Unser Herr? Thorn war nicht *ihr* Herr. Was glaubte Guy eigentlich, wer sie war, in welcher Beziehung sie zu Thorn stand? Was hatte Thorn ihm wohl über sie erzählt? Fragen wollte sie ihn freilich nicht danach. Die Antwort konnte ohne weiteres unerfreulich sein, und ihr Bedarf an Unerfreulichkeiten war fürs erste gedeckt.

Doch sein Kommandoton paßte ihr ganz und gar nicht. Wie kam dieser vierzehnjährige Bursche überhaupt dazu, sich anzumaßen, ihr, einer Frau von beinahe dreißig, Befehle zu erteilen? Halbwüchsige Jünglinge mochten vielleicht in diesen Zeiten mehr zählen als erwachsene Frauen, aber, verflucht noch mal, *sie* mußte sich ein solches Benehmen nicht bieten lassen, zumal man ihr während ihres kurzen Aufenthalts hier sicherlich noch genug andere Beschränkungen auferlegen würde.

Deshalb erklärte sie ihm nun in einem Ton, der, wie sie annahm, keinen Widerspruch duldete: »Ich bleibe hier, Guy, aber nur, weil ich es so will. Und ein Kindermädchen brauche ich dazu auch nicht. Mach du dich lieber auf die Socken und sieh zu, daß du Thorn zu mir bringst, und zwar dalli – damit meine ich so schnell wie möglich.«

Er wurde wieder rot, doch diesmal war es Zorn, der seine Wangen zum Glühen brachte. Ihr Tonfall erinnerte ihn wahrscheinlich an seine Mutter, und sie hätte darauf wetten können, daß keine andere Frau außer dieser Dame jemals gewagt hatte, ihm zu sagen, was er zu tun habe. Im Mittelalter wuchsen die Jungen unter der Obhut ihrer Väter auf, und junge Burschen von Stand, wie dieser hier sicher einer war, wurden schon im Kindesalter in fremde Haushalte gegeben, um dort von anderen Rittern erzogen zu werden.

Er nahm ihre Anordnung jedoch ohne Kommentar hin, machte auf dem Absatz kehrt und trollte sich. Trollen wäre zu milde ausgedrückt, genauer gesagt stapfte er wütend von dannen.

Roseleen seufzte. Eigentlich war es nicht sehr klug von

ihr gewesen, einen der wenigen Leute, die sie hier kannte, zu verärgern. Dieser Zwischenfall mit den Kriegern mußte ihr mehr zugesetzt haben, als ihr bewußt war, da sie derart überempfindlich reagiert hatte. Es gab wirklich keinen Grund, gleich so grob zu werden, nur weil ein Teenager sich *normal* verhalten hatte – für seine Zeit zumindest. Zu alledem war es schließlich ihr Beruf, mit jungen Leuten umzugehen.

Mindestens genauso wütend auf sich selbst wie auf Thorn und Guy lief Roseleen im Zelt auf und ab, ungeduldig darauf wartend, daß ihr Wikinger sich endlich bemüßigt fühlen würde, zurückzukehren. Das Gehen mit den langen Gewändern war nicht so einfach. Sie mußte bei jedem Schritt den Saum vorne mit der Fußspitze hochwerfen, um nicht darüber zu stolpern, aber sie hatte ohnehin nichts Besseres zu tun.

Eine Stunde verstrich. Dann noch eine, und sie befürchtete schon, daß Guy sich gar nicht auf die Suche nach Thorn gemacht hatte. Vielleicht hatte er vor lauter Wut beschlossen, sie den ganzen Morgen warten zu lassen; braten zu lassen traf es eigentlich besser, denn die aufsteigende Sonne verwandelte das Zelt langsam aber sicher in einen Backofen.

Gegen Mittag schmorte sie im wahrsten Sinne des Wortes im eigenen Saft, und ihr Magen forderte mit lautem Knurren das längst überfällige Frühstück. Sich mit leerem Magen die Seele aus dem Leib zu schwitzen, war ein Zustand, der nun weiß Gott nicht dazu angetan war, ihre Stimmung zu heben, die den ganzen Morgen über schon nicht über den Nullpunkt hinausgekommen war. Kein Wunder also, daß sie wie eine Furie über Thorn herfiel, als dieser endlich ankam.

Sie ließ ihm nicht einmal Zeit, sich aus der gebückten Haltung zu erheben, die er einnehmen mußte, um durch die niedrige Öffnung ins Zelt zu treten, sondern machte sofort ihrem Ärger Luft. »Es wird ja langsam Zeit! Wie kannst du es wagen, mich hierherzubringen und dann einfach sitzenzulassen? Wenn ich mich in der Geschichte nicht so gut auskennen würde, dann hätte ich heute morgen in ernste Schwierigkeiten gera...«

Weiter kam sie mit ihrer Schimpftirade nicht, denn Thorn packte sie plötzlich an den Oberarmen und hob sie hoch. Nachdem er sie ein paarmal kräftig durchgeschüttelt hatte, wußte sie nicht mehr, was sie ihm noch alles hatte an den Kopf werfen wollen. Aber er half ihrem Gedächtnis schnell wieder auf die Sprünge.

»Wie konntest *du* es wagen, dieses Zelt zu verlassen, nachdem man dir ausdrücklich gesagt hatte, daß du hier auf mich warten solltest, Frau? Deine eigene Sicherheit scheint dir wohl keinen Heller wert zu sein. Kannst du dir nicht vorstellen, was alles hätte passieren können ...?«

»Laß gut sein, Thorn«, unterbrach sie seine Spekulationen. »Ich weiß ganz genau, was ohne diesen freundlichen Sir Reinard passiert wäre. Aber ich hätte gar nicht erst in diese unangenehme Lage geraten können, wenn du dagewesen wärst, als ich aufwachte. Wir sind gemeinsam hier, Thorn, erinnerst du dich? Wir sind nicht hergekommen, damit du dich verdrückst und deiner eigenen Wege gehst, während ich hier untätig herumsitze und Däumchen drehe. Und diese halbe Portion hat mich natürlich gleich verpetzt, stimmt's?«

»Halbe Portion?«

»Der Junge. Dieser Guy.« Und noch eine Spur trockener fügte sie hinzu: »Du erwartest doch nicht im Ernst von mir, daß ich den Anweisungen eines Teenagers Folge leiste, oder?«

Nach dieser Bemerkung schüttelte Thorn sie noch einmal kräftig, da die vorigen Maßnahmen, sie zur Vernunft zu bringen, anscheinend keine Wirkung zeigten. Roseleen funkelte ihn daraufhin noch wutentbrannter an, Auge in Auge sozusagen, zappelte sie doch immer noch gut einen halben Meter über dem Boden. Sie kam sich vor wie ein ungezogenes Kind. Entweder machte das der Größenunterschied aus

– oder die Tatsache, daß man einen Erwachsenen einfach nicht so behandelte, wie er es gerade tat.

Da er den Ausdruck ›Teenager‹ nicht kannte – er war ihr im Eifer des Gefechts herausgerutscht –, konnte er nur annehmen, daß sie immer noch von Guy sprach. Und damit hatte er auch recht.

»Ich habe eigentlich erwartet, daß du selbst so klug bist, auf mich zu warten«, erklärte er, und um sie nicht im Zweifel über den Grund seiner Verärgerung zu lassen, fügte er hinzu: »Guy hatte ganz genaue Anweisungen bezüglich deines Wohlergehens. Hat er dir nicht ausdrücklich beschieden, im Zelt zu bleiben?«

»Nun, er sagte nur, er müsse bis zu deiner Rückkehr auf mich aufpassen.«

Seine düstere Miene war um etliches wirkungsvoller als ihr böses Gesicht. Sie verspürte ein deutliches Unbehagen und wünschte, sie hätte die wörtliche Wiedergabe von Guys Warnung nicht als Ausrede benutzt. Wußten sie doch beide, daß sie sehr wohl begriffen hatte, daß sie das Zelt nicht hätte verlassen dürfen – und daß sie es dennoch getan hatte.

Thorn hielt es auch nicht für nötig, diesen Punkt extra herauszustreichen, sondern erklärte ihr in diesem Jetzt-hör-mir-mal-genau-zu-Tonfall, den sie so verabscheute: »Du wirst dich meinen Anordnungen nicht noch einmal widersetzen, ganz gleichgültig, *wer* sie dir gibt. Deiner Halsstarrigkeit habe ich es zu verdanken, daß ich jetzt in der Schuld eines Mannes stehe, in dessen Schuld zu stehen weiß Gott nicht meine Absicht war.«

Zeigte er sich nur deshalb so wütend, und nicht, weil sie um ein Haar vergewaltigt worden wäre? Das tat weh und reizte sie zu der spöttischen Bemerkung: »Wirklich, das ist aber auch zu schlimm.«

Dies wiederum brachte ihr ein weiteres Schütteln ein. Bevor er sie nicht wieder auf die Füße gestellt hatte, sollte sie ihre sarkastischen Kommentare wohl lieber für sich behalten. Und daß er sie wieder herunterließ, war nun absolut an der Zeit. Sie wollte ihn gerade dazu auffordern, aber Thorn war mit seiner Gardinenpredigt noch nicht zu Ende.

»Ja, das wäre wirklich schlimm, besonders für dich, wenn er nämlich herausfindet, daß du meine Buhle bist und nicht meine Gemahlin.«

Den Ausdruck ›Buhle‹ kannte sie nur zu gut, eben das mittelalterliche Äquivalent zu einer Geliebten, der in jenen Zeiten ebensowenig Respekt entgegengebracht wurde wie in der Zeitepoche, in der sie sich sonst bewegte. Sie straffte die Schultern und zischte: »Was? Du wagst es …!«

»Es würde mich nicht wundern, wenn er sich jetzt die Freiheit herausnehmen und auf Honorierung seiner Heldentat pochen würde; in Form – deiner Person.«

»Er … er … das würde er niemals tun!« kreischte sie außer sich vor Wut und schrie dann: »Und du würdest mich ihm wohl auch anstandslos überlassen, wenn er es wollte, wie?«

»Mitnichten. Wenn er mit so was ankommt, bringe ich ihn um.«

Dieser Ausspruch brachte sie endgültig zur Weißglut. »Prima, dieser Mann begeht eine gute Tat, und dafür machst du ihn dann einen Kopf kürzer! Soll das eine Art sein, sich zu bedanken, wenn ein simples Nein-das-geht-leider-nicht genügen würde?«

»Er hätte damit eine Beleidigung ausgesprochen …«

»Ich will von diesem ganzen Macho-Kram nichts mehr hören, Thorn. Wie zum Teufel kommst du überhaupt dazu, mich als deine Buhle zu bezeichnen?«

»Das mußte ich Lord Wilhelm zwangsläufig erzählen, damit man dich zu ihm vorläßt, denn er hatte sich schon vorher nach mir erkundigt und erfahren, daß ich nicht verheiratet bin.«

»Und was wäre gewesen, wenn du ihm von einer jungen Frau in Not berichtet hättest, der du zufällig begegnet bist?

Oder warum hast du nicht gesagt, daß ich deine Schwester bin, oder eine Bekannte …«

»Und wenn ihm dann auffällt, mit welchem Blick ich dich ansehe?«

Sie stieß ein mißmutiges Schnauben aus und versuchte strampelnd, wieder Boden unter die Füße zu bekommen. Vergeblich. »Laß mich endlich runter!« kommandierte sie.

Das tat er, seufzte tief und meinte dann: »Was soll ich nur mit dir machen?«

Damit hatte er sie jetzt endgültig beleidigt. Sie kam sich ja vor wie ein lästiges Anhängsel, um das er sich kümmern mußte. »Gar nichts, verflucht noch mal«, beschied sie ihn. »Ich unterstehe schließlich nicht deinem persönlichen Schutz.«

»O doch, genau das tust du. Oder hast du so wenig Ahnung von dieser Epoche, daß du nicht weißt, daß Frauen hier entweder unter der Obhut ihres Vaters, Ehemanns oder Lehnsherrn stehen? Sie sind sich nie selbst überlassen. Und diejenigen, die nicht den Schutz eines Mannes genießen, denen geht es nicht sehr gut.«

Natürlich wußte sie das, und es ärgerte sie um so mehr, daß sie ihm nicht widersprechen konnte. Genauso war es, und daß die Frauen unter diesen ungerechten, chauvinistischen Regeln zu leiden hatten, änderte auch nichts daran. Daß die Gleichberechtigung von Mann und Frau erst in ihrem Jahrhundert Eingang in das allgemeine Denken gefunden hatte, bewies doch nur, wie lange diese mittelalterliche Ordnung für die Männer von Nutzen gewesen war. Sie sprachen von Beschützen. Für sie war es nur eine nettere Umschreibung für Sklaverei.

Nachdem es an seiner letzten Bemerkung nichts zu rütteln gab, versuchte sie ihn an einem anderen Punkt zu packen. Und dieser Vorwurf erschien ihr nur zu legitim. »Wenn du das nächste Mal beschließt, mit mir in die Vergangenheit zu reisen, Thorn, dann sei bitte so freundlich und sag mir vorher Bescheid. Wenn ich nämlich an wildfremden Orten aufwache, bekomme ich meist sehr miese Laune.«

»Das habe ich bemerkt.«

»Nein, hast du nicht«, korrigierte sie ihn. »Du kannst meine Laune gar nicht bemerkt haben, weil du nämlich nicht hier warst. Die Laune, die du *jetzt* erlebst, ist nur die Folge deiner Abwesenheit heute morgen. ›Er konferiert mit dem Herzog‹, hat man mir gesagt. Warum zum Kuckuck hast du nicht auf mich gewartet?«

»Weil es noch nicht einmal hell war, als ich aufbrach, und außerdem glaubte ich, daß du Ruhe nötig hättest – nach dieser anstrengenden Nacht.«

Wieder traf ihn ein zorniger Blick, diesmal, weil es ihm mit dem Hinweis auf die vergangene Nacht gelungen war, ihr die Schamröte in die Wangen zu treiben. Was für eine gemeine Taktik, mitten in einer Auseinandersetzung süße, sinnliche Erinnerungen in ihr wachzurufen. Dagegen hieß es sich zu wehren. Sie verdrängte mit aller Kraft diese warmen Gefühle, befahl ihrem leicht bebenden Körper, weitere Erregung augenblicklich zu verdrängen, und drehte sich auf dem Absatz um. Wenigstens wollte sie einen eleganten Abgang hinlegen.

Unglücklicherweise vergaß sie dabei, ihre auf dem Boden schleifenden Röcke hochzuheben. Ihr Fuß verfing sich in den voluminösen Stoffbahnen, sie stolperte und fiel, Gesicht voraus, der Länge nach zu Boden. Dort lag sie, ein Häufchen Elend, begraben unter einem Haufen edler Gewänder. Wie *konnte* sie nur so ungeschickt sein, nachdem sie ihre Beschwerde so wirkungsvoll vorgebracht hatte? Sie würde einfach liegenbleiben, wo sie lag, und nie wieder aufstehen – oder erst dann, wenn er gegangen war.

Thorn jedoch hatte andere Pläne. Mit einer Hand drehte er sie um, mit der anderen griff er nach ihrem Arm, um ihr aufzuhelfen, besann sich dann aber eines Besseren. Er setzte sich neben sie auf den Boden und beugte sich über sie, bis seine Brust die ihre berührte. Seine Lippen, nun, seine Lippen erinnerten sie im gleichen Augenblick daran, daß sie seine Art zu küssen wirklich über alles schätzte.

Dahin waren ihre Beschwerden und ihre schlechte Laune. So einfach war es, sie vergessen zu lassen, weshalb sie sich gerade noch gestritten hatten. Und es dauerte noch eine ganze Weile, bis sie wieder einen klaren Gedanken fassen konnte. Aber da war ihre Wut schon gänzlich verraucht.

23

»Du machst das sehr gut«, seufzte Roseleen, während ihre Fingerspitzen träge Thorns harte Brustwarzen umkreisten.

Deutlicher brauchte sie nicht zu werden. Er wußte, daß sie damit auf seine Qualitäten als Liebhaber anspielte, und die leichte Röte, die diese Bemerkung in sein Gesicht zauberte, brachte sie zum Lachen. Er war an die Freimütigkeit, die man sich im zwanzigsten Jahrhundert in gewissen Dingen herausnahm, nicht gewöhnt. Sie war zwar auch nicht daran gewöhnt, aber aus irgendeinem unerfindlichen Grund hatte sie das Gefühl, ihm alles sagen zu können.

»Wirklich«, fuhr sie fort. »Nicht, daß ich in diesen Dingen sehr erfahren wäre, wohlgemerkt.« Sie lächelte vielsagend. »Aber nachdem es dir gelungen ist, mich innerhalb von wenigen Minuten gleich zweimal zum Höhepunkt zu bringen, kann ich dir guten Gewissens versichern, daß sich von den heutigen Durchschnittstypen so schnell keiner dieser seltenen Gabe rühmen kann – zumindest nicht, wenn er ehrlich ist.«

»Es ziemt sich nicht, über so etwas zu sprechen«, brummte er.

War er noch eine Spur röter geworden? Sie unterdrückte ein erneut aufkommendes Lachen. Es war wirklich zu komisch, daß diesen starken, furchtlosen, schlachterprobten

Wikinger ein Gespräch über Sex so verlegen machte, beziehungsweise allein schon das Zuhören.

»Wie kann etwas so Wunderbares unziemlich sein?« fragte sie und setzte eine unschuldige Miene auf.

»Man tut es, aber man spricht nicht darüber.«

»Warum?«

Er wollte aufstehen. Das war seine Art, einem unangenehmen Thema auszuweichen. Sie lagen immer noch auf dem Boden, wo dieses wunderbare Ereignis eben stattgefunden hatte, und Roseleen beugte sich über ihn, um ihn am Aufstehen zu hindern. Er ließ es geschehen, warf ihr aber einen recht mürrischen Blick zu.

Jetzt konnte sie das Lachen nicht länger zurückhalten. »Na, komm schon, nenn mich ruhig ein schamloses Weib. Ich weiß, daß dir so etwas auf der Zunge liegt.«

»Ganz recht, das bist du«, knurrte er.

»Aber warum, das hast du mir noch nicht gesagt.«

»Solche losen Reden führen nur Huren und ...«

Den Rest schluckte er hinunter. Klug, aber zu spät, denn für Roseleen war es nicht allzu schwierig, den Satz für ihn zu beenden. »Buhlen?« fragte sie und wunderte sich, daß sie diesmal keinerlei Ärger bei dem Ausdruck empfand. Sie war sogar zu der Frage fähig: »Macht das, was wir gerade getan haben, mich denn nicht zu deiner Buhle – gemäß deiner Betrachtungsweise?«

»Es macht dich zu meinem Weib.«

»Und da gibt's einen Unterschied?«

»Aber gewiß.«

Ihre Brauen bildeten einen steilen Bogen, höchste Skepsis verheißend. »Oh, und der wäre?«

»Ein Mann heiratet seine Buhle nicht.«

Nachdem sie das gehört hatte, wurde Roseleen sehr still. Eine Art Panik überfiel sie, aber gleichzeitig, oder im Widerspruch dazu, auch ein warmes, beglückendes Gefühl. Thorn Blooddrinker heiraten? Das war natürlich unmöglich. Er war über tausend Jahre alt – und konnte nach Belieben verschwinden. Und was sie betraf, war sie womöglich verrückt, reif für die Irrenanstalt, und bildete sich Thorn und alles drum herum einfach nur ein. Alles Hirngespinste.

Und doch hätte sie nichts auf der Welt daran hindern können, die naheliegende Frage zu stellen: »Heißt das, du würdest mich heiraten?«

»Ja.«

Und dann zögernd, mit angehaltenem Atem: »Soll das ein Heiratsantrag sein?«

»Wenn die Zeit dafür gekommen ist, erübrigt sich diese Frage, Roseleen. Dann wirst du es wissen.«

Ihr eben noch so erwartungsvoller Gesichtsausdruck verwandelte sich bei diesen Worten in eine gekränkte Miene. »Dann war das also kein Antrag?«

»Bevor du eine gute Ehefrau abgibst, bedarf es noch einiger Zähmung«, erklärte er ihr ernst und sachlich.

Roseleen holte tief Luft und richtete sich auf, bis sie neben ihm kniete. Ihre schokoladenbraunen Augen sprühten. »Zähmen? *Zähmen!* Ich bin doch kein Hund, der dir auf Pfiff gehorcht! Ich dachte, das hätte ich dir in unseren früheren Diskussionen bereits klargemacht. Außerdem würde ich dich sowieso nicht heiraten, solange du nicht ...«

Sie hatte keine Gelegenheit mehr, ihm die Grundlagen der Gleichberechtigung von Mann und Frau nahezubringen. Ehe sie sich's versah, lag sie wieder auf dem Rücken und Thorn halb auf ihr. Ein sinnlicher Schauer rann durch ihren Körper – sie waren beide noch nackt.

Doch Thorn stand der Sinn nicht nach Liebe, er hatte ihr noch etwas zu sagen und zögerte keine Sekunde, mit seiner Standpauke fortzufahren. »Und ob du gezähmt werden mußt! Du bist ein zänkisches, widerspenstiges Weib.«

Sie schnappte nach Luft. »Bin ich nicht!«

»Ach, bist du nicht?« gab er zurück. »Explodierst du nicht beim geringsten Anlaß wie ein Vulkan? Fällst du nicht wie eine Furie über mich her, weil ich etwas sage oder tue, was nur in deiner Vorstellung als Fehler gilt? Sei doch mal ehrlich – du bist doch viel öfter wütend als gut gelaunt, oder etwa nicht?«

Mittlerweile kochte Roseleen innerlich, schaffte es aber doch, ihn in einigermaßen ruhigem Ton aufzufordern: »Geh runter von mir, du eingebildeter Pinsel.«

Thorn grinste sie nur von oben herab an. »Wieso? Ich fühle mich hier im Augenblick recht wohl. Außerdem, je näher ich dir bin, um so schneller kann ich dich zum Schweigen bringen, falls du gleich wieder anfängst zu keifen.«

Er gedachte sie wohl durch Küsse zu besänftigen; bislang hatte das ja auch recht gut funktioniert, und anscheinend glaubte er, er käme immer damit durch. Nun, es würde ein böses Erwachen für ihn geben, wenn er es jetzt versuchte. Aber darauf wollte sie es gar nicht ankommen lassen. Sie wollte nur auf und davon, und zwar schleunigst. Diese Beleidigungen, die sie gerade hatte einstecken müssen, waren einfach zuviel. Doch diesen schweren Körper von sich zu wälzen war ein aussichtsloses Unterfangen, solange er sich nicht freiwillig rührte, und wie es aussah, hatte er das nicht vor.

»Himmel, was muß ich denn tun, damit du von mir runtergehst?«

»Willst du das wirklich?« fragte er und streichelte dabei sanft ihre Wange.

»Und ob, verdammt noch mal!«

Er bewegte sich, aber nicht, um sie freizugeben. Im Gegenteil, er schob seinen Körper jetzt ganz über den ihren, ließ sein Gewicht langsam auf sie niedersinken und bettete seinen Kopf auf ihre Brust. Aus irgendeinem unerfindlichen Grund, den nur er kannte, hatte er ihr einfach nicht geglaubt. Entweder das, oder dieser Mann war entschlossen, seinen Willen durchzusetzen, egal, ob sie damit einverstanden war oder nicht.

»Habe ich dir überhaupt schon gesagt, Roseleen, wie hinreißend du in diesen Gewändern ausgesehen hast?«

Reines Ablenkungsmanöver, dachte sie. Aber es wirkte,

denn bei der Anspielung auf ihre Kleider wurde ihr plötzlich bewußt, daß Thorn inzwischen neue angelegt hatte und nicht mehr die trug, die er gestern in ihrer Dusche ausgezogen hatte. Und diesen braunen Überwurf und die geschnürten Gamaschen hatte er sich wohl kaum aus dem Kleiderschrank ihres Bruders geborgt.

»Bist du zum Umziehen in Walhalla gewesen?« fragte sie, ohne nachzudenken.

Er stützte sich auf die Ellbogen, um ihr zu zeigen, daß er sich noch immer über sie amüsierte, was sein freches Grinsen eindeutig bewies. »Und wie hätte ich dann hierher zurückkommen sollen, ohne daß du mich gerufen hast?«

Sie haßte dumme Fragen, und besonders ihre eigenen. »Eins zu null für dich. Aber dann sag mir bitte schön, wo du in der kurzen Zeit diese perfekt sitzenden Klamotten aufgetrieben hast. Deine Kleidergröße entspricht ja wohl kaum den gängigen mittelalterlichen Maßen.«

»Die Sachen stammen noch von meinem letzten Aufenthalt hier. In der Truhe da drüben liegt noch mehr.«

Auf einmal erinnerte sie sich an eine Vermutung, die ihr früher schon gekommen war, und außerdem an all die Fragen, die sie ihm hatte stellen wollen. Im Augenblick war sie zwar nicht gerade in der Stimmung, Recherchen zu betreiben, aber einige dieser Fragen waren zu dringlich, um damit zu warten, bis sie besserer Laune war, speziell die eine …

»Du läufst doch nicht etwa Gefahr, hier auf dich selbst zu treffen, nicht wahr?«

»Nein.«

»Aber der Junge, der hat sich so angehört, als kenne er dich schon recht lange.«

»Das stimmt auch.«

»Also schön, ich fürchte, mein Verstand arbeitet heute nur mit halber Kraft, denn irgendwie begreife ich das alles nicht so recht.«

Er bemerkte wohl den sarkastischen Unterton in ihrer

Stimme, hatte aber offenbar Schwierigkeiten, den Grund dafür zu sehen. »Und ich begreife nicht, was du meinst.«

Seufzend suchte sie nach Worten, um ihm ihre Gedankengänge verständlich zu machen. »Wenn meine grauen Zellen richtig arbeiten würden, käme ich womöglich selbst drauf, aber da sie das nun mal nicht tun, wäre ich dir von Herzen dankbar, wenn du mir die Zusammenhänge erklären könntest. Also, immer schön der Reihe nach. Du warst schon einmal hier. Und Guy kennt dich. Warum läufst du dann nicht Gefahr, dir hier selbst zu begegnen?«

»Weil ich diese Zeit bereits verlassen hatte. Wir befinden uns hier und jetzt genau an dem Tag, da die ehemalige Besitzerin meines Schwertes aufhörte zu existieren. Somit wurde ich aus dieser Zeit entlassen und konnte in meine eigene zurückkehren.«

»Aufgehört zu existieren? Meinst du damit, sie ist gestorben?«

»Das nehme ich an. Bislang war das immer der einzige Weg, mich aus einer Zeitepoche zu befreien, bevor du in den Besitz von *Blooddrinkers Fluch* gelangt bist. Du bist die einzige der Besitzerinnen dieses Schwertes, die es für angebracht hielt, mich wegzuschicken. Alle anderen nutzten die Macht des Schwertes bis zum letzten und behielten mich bei sich. Nie wäre eine von ihnen auf die Idee gekommen, sich von dem Schwert zu trennen, es zu verkaufen oder jemand anderem zu überlassen, was mich ebenfalls befreit hätte, solange dieser Jemand keine Frau war. Nun, und deshalb war ich so lange an die jeweiligen Besitzerinnen gebunden, bis diese aufgehört hatten zu existieren.«

»Aber du kannst nicht mit absoluter Sicherheit sagen, daß diese letzte tatsächlich gestorben ist. Du warst doch nicht dabei, als das passierte, oder doch?«

»Nein, sie lebte in Anjou.«

Roseleen erinnerte sich nun wieder daran, was ihr der Junge erzählt hatte – daß er zu Thorn in die Lehre gegeben worden sei. »Es war Guys Schwester, hab' ich recht?« fragte sie. »Blythe?«

»Er hat sie erwähnt?«

»Hm, heute morgen.«

Thorn nickte. »Ja, das stimmt. Sie und ihr Bruder sind beide Lord Wilhelms Mündel. Ihre Treue zu ihrem Lehnsherrn ist bewundernswert. Sie hat mich gerufen, um Wilhelm zu beschützen und seine Sache zu unterstützen.«

»Warum hast du dich dazu bereit erklärt? Dieser Feldzug ging dich doch gar nichts an ... Nein, sag nichts«, wehrte sie ab, die Stirn in mißbilligende Falten gelegt. »Dumme Frage. Ich weiß schon, dir kommt jede Schlacht gelegen, egal, wer gegen wen, Hauptsache, es wird gekämpft.«

Nun lächelte er nicht mehr, sondern lachte aus vollem Halse. »Du glaubst wohl, du kennst mich so genau, nicht wahr?«

»Was das Kämpfen anbelangt, ja«, schnaubte sie verächtlich. »Da bist du wie ein offenes Buch für mich.« Sein verständnisloser Blick sagte ihr, daß er sie wieder einmal nicht verstanden hatte, weshalb sie sich rasch korrigierte, bevor er nachfragen konnte. »Das heißt, ich kenne deine Einstellung zu diesem speziellen Thema.«

»Mag sein«, gab er zu. »Aber in diesem Fall war der Feldzug gut begründet. Wilhelm ist der rechtmäßige König von England. Die Engländer werden es noch bereuen, an seiner Statt den Thronräuber Harold Godwinson gewählt zu haben.«

Als sie das hörte, mußte auch sie lachen. Sie hätte ihm auf der Stelle ein Dutzend Quellen nennen können, die den Normannen das Anrecht auf die englische Krone entschieden absprachen. Wilhelm der Eroberer war einfach ein sehr zielstrebiger Mann gewesen. Aber Geschichte ist nun einmal Geschichte und damit unwiderlegbar. Dieser Mann wurde tatsächlich der erste normannische König Englands, machte sich das Land untertan und teilte es großmütig unter seinen Nachkommen auf. Und die Engländer hatten den

Versuch, sich seiner Herrschaft zu widersetzen, tatsächlich bitter bereuen müssen.

Aber darüber wollte sie mit Thorn jetzt nicht streiten. Sie kannte die Hintergründe und Motive auf beiden Seiten, er hingegen nicht, und darum wäre es unfair gewesen, ihm gegenüber diesen Wissensvorsprung auszuspielen. Außerdem fiel ihr bei dem Thema gerade ein, daß sie ihn eigentlich hatte fragen wollen, wieviel Zeit ihnen noch blieb, bis die Normannen Segel setzten und nach England aufbrachen.

»Welcher Tag ist denn heute?«

»Ein Tag zum Feiern«, grinste er. »Die Flotte, die hier den ganzen Sommer über zusammengestellt wurde, ist jetzt groß genug, um alle Krieger auf einmal über den Kanal zu bringen. Alles ist bereit. Wir haben Nachricht erhalten, daß Harold Godwinson seine Männer von der Südküste abgezogen hat, und stechen morgen in See.«

»Du meinst, Wilhelm hat tatsächlich herausgefunden, daß Harold seine Truppen aufgrund der schlechten Versorgungslage nach Hause schicken mußte?« Ihre Stimme klang jetzt ganz aufgeregt. »Das ist ja unglaublich! Natürlich, so steht es in den Geschichtsbüchern geschrieben, und auch, warum er sie entlassen mußte. Der Großteil seiner Söldner waren Bauern, und die liefen ihm buchstäblich davon, als die Erntezeit anbrach. Aber nirgends steht geschrieben, daß Wilhelm das wußte.«

Thorn zuckte mit den Schultern. »Das macht doch nichts.«

»Und ob das was macht. Das ist genau die Art von bislang unbekannten Informationen, die ich mir von dieser Zeitreise erhofft hatte.« Und dann grinste sie, froh, daß er nicht getan hatte, worauf sie ihn jetzt ansprach: »Aber weißt du, wenn du mir meine erste Frage gleich beantwortet und gesagt hättest, welches Datum wir heute haben, dann hätte ich sofort gewußt, was hier los ist. Wie hat Wilhelm denn von Harolds Rückzug nach London erfahren?«

»Diese Nachricht hat er einem englischen Kundschafter während des Verhörs entlockt.«

Sie krümmte sich innerlich bei dem Gedanken an die grausamen Folterungen, die dieser arme Mann hatte erdulden müssen, bis er ein so wichtiges Geheimnis an seine Feinde verriet. »Sehr interessant. Und das erklärt natürlich auch, warum Wilhelm so ungeduldig darauf gewartet hat, daß der Nordwind endlich nachläßt, der ihn zwei Wochen lang in Saint-Valery festgehalten und an seiner Abfahrt gehindert hat.«

»Saint-Valery? Wir segeln von der Dive-Mündung ab, wo sich die Flotte gesammelt hat.«

»Ja, ja, ich weiß«, sagte Roseleen, und ihr Wissen um die weiteren Geschehnisse gab ihrem Tonfall eine leicht herablassende Note. »Die Flotte zieht aber erst nach Saint-Valery an der Somme, von dort aus ist der Weg nach England nämlich kürzer.«

»Aber nein, wie kommst du denn darauf? Aus welchem Grund sollten wir nicht von hier aus direkt nach England segeln, zumal wir wissen, daß die Südküste gegenwärtig unbewacht ist?«

»Weil der Seeweg nach England von hier aus länger ist und die Chancen geringer sind, die englische Flotte zu überraschen – warte, ich erklär's dir.« Sie runzelte die Stirn. »Also, Wilhelm weiß, daß Harold nach London zurückgekehrt ist. Weiß er aber auch, ob sich die englische Flotte aufgelöst hat? Will er deshalb direkt nach … Ach, das ist nicht so wichtig. Es ist belegt, daß er am zwölften September seine Armada nach Saint-Valery geschickt hat, ungeachtet dessen, was er über die englischen Truppenbewegungen in Erfahrung brachte.«

»Am besten du vergißt deine Geschichtsbücher«, beschied ihr Thorn. »Heute ist der erste September, und die Flotte *wird* morgen in See stechen – in Richtung England.«

Roseleen erbleichte. »Nein, das kann nicht sein! So war es nicht!«

24

Bevor Roseleen grundlos in Panik geriet, beschloß sie, erst einmal die Fakten sicherzustellen. »Es könnte doch sein, daß du dich im Datum täuschst, oder nicht?« wollte sie von Thorn wissen. »Vielleicht sind wir hier am falschen Tag angekommen, was bedeuten kann, daß dein anderes Ich immer noch hier herumläuft und uns jeden Augenblick begegnen könnte.«

»Nein, der Tag ist richtig.«

»Aber das kann nicht sein«, versetzte sie beharrlich. Ihre Stimme wurde eine Nuance schriller ob der Panik, die trotz aller Beherrschung in ihr hochstieg. »Hast du jemanden hier gefragt? Hat dir jemand ausdrücklich versichert, daß heute der erste September ist?«

»Sir Wilhelm hat es selbst erwähnt«, antwortete er, »als er seine Barone darüber unterrichtete, daß wir mit der Morgenflut auslaufen.«

Roseleen schüttelte den Kopf, verzweifelt nach einem Gegenargument für diese alarmierende Aussage suchend, und nach schier endlosen Sekunden des Grübelns ging ihr ein Licht auf. »Er wird seinen Plan ändern. Natürlich, das muß es sein. Möglich, daß der Herzog tatsächlich vorhat, morgen nach England zu segeln, aber es wird etwas passieren, das ihn daran hindert. Und nichts davon ist überliefert. Er wird erst am zwölften September aufbrechen, wie es geschrieben steht, und dann ... Du brauchst gar nicht den Kopf zu schütteln. Genau *so* wird es geschehen.«

»Was sollte unserem Aufbruch denn im Wege stehen? Der Zeitpunkt zum Angriff ist ideal, die Schiffe sind beladen und segelbereit.«

»Umschlagender Wind, zum Beispiel«, erklärte sie ihm. »Der behinderte auch den Aufbruch der Flotte am zwölften September von Saint-Valery und ...«

Sie unterbrach sich. Das konnte nicht stimmen. Wenn

Wind in nördlicher Richtung dokumentiert war, warum dann nicht auch für den ersten September? Das wäre doch genauso wichtig gewesen. Ebenso wie dieser Kundschafter. Von einem anderen Spion wurde nämlich berichtet, den man gefangengenommen und mit einer höhnischen Botschaft Wilhelms zu König Harold zurückgeschickt hatte, die besagte, daß Harold für alle Zeiten Wilhelm vergessen könne, falls dieser sich nicht binnen eines Jahres in England blicken ließe. Warum also wurde dieser Kundschafter nicht erwähnt, dessen Geständnis nahezu ...?

»Warte mal«, sagte sie. »Wenn heute der erste September ist, dann kann das, was der Kundschafter gesagt hat, nicht der Wahrheit entsprechen. Harold Godwinson hat sein Heer erst am achten September von der Südküste Englands abgezogen. Wenn ihr morgen lossegelt, dann würdet ihr geradewegs in einen Hinterhalt geraten, der Wilhelm die Krone Englands kosten könnte.«

»Dieser Kundschafter ...«

»... kann absichtlich hierhergeschickt worden sein, um euch in die Hände zu fallen und sich dieses falsche Geständnis abpressen zu lassen.«

»Und dabei ums Leben zu kommen?«

Sie zuckte zusammen, aber sie hätte ja wissen müssen, daß dies wohl sein Schicksal gewesen war. »Nun tu nicht so skeptisch. Solche Selbstopfer wurden schon viele Male zuvor gebracht, aus den verschiedensten Motiven heraus. Zuweilen geschieht das aus reiner Treue und Hingabe zu einem Führer, aber meist beauftragen sie damit Männer, die ohnehin dem Tod geweiht sind, entweder weil sie ein Verbrechen begangen haben, auf das der Strang steht, oder weil sie an einer unheilbaren Krankheit leiden; Männer, deren Familien man versprochen hat, sie nach deren Tod zu unterstützen.«

»Und das weißt du gewiß?«

Sie stieß einen tiefen Seufzer aus. »Nein, gewiß weiß ich das nicht, aber was ich mit Sicherheit weiß, ist, daß Harold es nur zu gerne sehen würde, wenn die Normannen jetzt angriffen, wo er über sein gesamtes Heer verfügt. Noch hat man ihn ja nicht in den Norden gerufen, um gegen seinen Bruder Tostig und die Gefahr aus Norwegen zu kämpfen.«

»Die Gefahr aus Norwegen? Harold Hardrada von Norwegen greift schließlich doch an?«

Es überraschte sie einen Moment, daß er davon nichts wußte, zumal diese Schlacht die letzte große Attacke der Wikinger gewesen war und der letzte große Sieg einer englischen Armee. Dann fiel ihr ein, daß Thorn seinerzeit diese Epoche am ersten September verlassen hatte und daß diese Schlacht nur wenige Tage bevor Wilhelm dann tatsächlich nach England segelte stattfand. Nun, viele Gelehrte waren der Ansicht, daß Herzog Wilhelm die Schlacht von Hastings nicht gewonnen hätte, wenn der König der Wikinger auf Tostigs Drängen hin nicht zufällig zur selben Zeit in England eingefallen wäre.

Offenbar hatte sich Thorn bei seinen nachfolgenden Missionen nie die Mühe gemacht, seine Nase in ein Geschichtsbuch zu stecken und dort über den Ausgang dieser Schlachten nachzulesen. Und sie war jetzt auch nicht in der Stimmung, ihm eine ausführliche Lektion in mittelalterlicher Geschichte zu erteilen. Zumal sie Thorn immer noch nicht dazu hatte bringen können, sich von ihr herunterzubewegen. Außerdem begann ihr Körper jetzt, da ihre anfängliche Panik der Erkenntnis gewichen war, daß bisher nichts geschehen war, was nicht durch einen kleinen Plausch mit Herzog Wilhelm vor morgen früh sicher ungeschehen gemacht werden könnte, wieder auf die nackte süße Last zu reagieren, die so angenehm schwer auf ihr lag.

Deshalb beeilte sie sich, ihm kurz die Zusammenhänge zu erläutern. »Ja, Hardrada greift an und verliert. Aber Harold Godwinson verzehrt die Kräfte seines Heeres auf seinem Gewaltmarsch nach Norden, wo er gegen den Norwegerkönig antritt, und es wird behauptet, daß nur die Hälfte der Männer, die er, als er von der Landung der Normannen erfuhr, eiligst rekrutierte und nach Süden hetzte, um gegen Wilhelm zu kämpfen, in London ankamen. Und diese Truppe war sicherlich durch den langen Eilmarsch geschwächt und ausgelaugt, wohingegen Wilhelms Männer zwar zahlenmäßig unterlegen, aber frisch und kampfbereit waren. Aber das alles hat sich erst Ende September zugetragen – das heißt, falls Wilhelm morgen früh nicht in See sticht ...«

»Und ich frage dich nochmals, warum er das nicht tun sollte?«

»Weil wir ihm erklären werden, daß dieser Kundschafter gelogen hat und daß König Harold die Südküste immer noch mit mehr Männern bewacht, als Wilhelm zur Verfügung stehen.«

»Und welchen Beweis werden wir dafür anführen?«

Roseleen stöhnte. Für sie klang das alles ganz einfach und logisch, aber sie hatte nicht bedacht, wie eine solche Theorie in den Ohren Wilhelms des Eroberers klingen mochte. Wenn sie sich hinstellen und behaupten würde, sie kenne die Zukunft und die seine im besonderen, dann würde er sie ohne Zweifel als Hexe abstempeln und ins nächste Verlies werfen lassen, wo sie dann abwarten konnte, bis es der Kirche irgendwann einmal zeitlich in den Kram paßte, sie auf dem Scheiterhaufen zu verbrennen. Und das würde die normannische Flotte sicherlich nicht davon abhalten, morgen früh gen England zu segeln.

»Also schön, dann halten wir uns eben raus«, korrigierte sie sich. »Den Leuten hier zu erzählen, was ihnen die Zukunft bringt, hieße, mit der Geschichte zu spielen, und das werden wir tunlichst vermeiden. Aber *irgend etwas* wird geschehen, damit diese Schlacht zum richtigen historischen Zeitpunkt stattfindet. Wir brauchen nur abzuwarten, dann werden wir schon sehen, was es ist.«

»Und wenn nichts ...?«

»Daran darfst du nicht einmal denken«, unterbrach sie ihn heftig. »Die Geschichtsschreibung hat sich *nicht* geirrt, man hat nur versäumt, diese unerwartete Entwicklung zu dokumentieren, und das mit Sicherheit auch nur deshalb, weil sie ohne Folgen blieb. Würdest du jetzt bitte die Freundlichkeit haben, dich von mir zu erheben? Ich möchte mich anziehen und endlich diesen hohen Herrn treffen. Deshalb sind wir doch schließlich hergekommen, erinnerst du dich?«

Er machte immer noch keine Anstalten, sich zu bewegen, sondern meinte nur: »Das Treffen mit Sir Wilhelm wird warten müssen, Roseleen. Im Augenblick ist er viel zu beschäftigt mit den Vorbereitungen für die Abfahrt nach England.«

Sie versuchte nicht, ihre Enttäuschung vor ihm zu verbergen. »Und morgen wird er damit beschäftigt sein, seine Vorbereitungen wieder abzublasen.«

»Wenn er statt dessen nicht doch die Segel hißt.«

Er sagte das mit einem Grinsen, das Roseleen sehr niederträchtig fand. Aber andererseits – ob die Geschichte sich nun so oder so zutrug, betraf Thorn ja im Grunde genommen kaum. Warum sollte er sich nicht darüber amüsieren? Er war in ihrer Welt nur ein vorübergehender Gast, ebenso wie in den Jahrhunderten davor, als ihn das Schwert für einige Zeit in diese oder jene Epoche gerufen hatte.

Er war vor dieser Zeit geboren. Sie hingegen nicht. Eine Veränderung der historischen Abläufe hier könnte sehr wohl eine Auswirkung auf sie und alles haben, was sie bisher wußte. Sie könnte sogar sterben, was wiederum ihm Gelegenheit gäbe, endlich in sein geliebtes Walhalla heimzukehren. Kein Wunder also, daß er strahlte wie ein Honigkuchenpferd. Wahrscheinlich hoffte er inständig, daß die Normannen morgen früh Segel setzen würden.

Wenn sie das tatsächlich taten – nein, diesen Gedanken wollte sie gar nicht erst zulassen. Sie würden es nicht tun, und das Gute daran war, daß dieser Kundschafter und was auch immer an unerwarteten Geschehnissen sich noch ereignen mochte, um die Normannen davon abzuhalten, auf dessen Geständnis zu reagieren, einen sensationellen Stoff für ihr Buch abgeben konnte. Doch tatenlos hier herumsitzen und der kommenden Ereignisse harren zu müssen würde sie wahnsinnig machen. Nicht daß sie etwas gegen undurchsichtige, geheimnisvolle Geschichten einzuwenden hatte, aber nur, solange sie nicht selbst darin verwickelt war.

»Da wir also gezwungen sind, den heutigen Tag irgendwie totzuschlagen, könntest du mir doch den Hafen zeigen. Was hältst du von dem Vorschlag?« fragte sie. »Ich würde zu gerne die *Mora* sehen, das Schiff, das Wilhelms Frau ihm für diese Schlacht geschenkt hat.«

»Zunächst einmal mußt du mir erklären, wie es möglich sein soll, einen Tag totzuschlagen.«

»Das ist nur so eine Metapher, eine Redewendung für ... Ach, vergiß es!« meinte sie. »Ich wollte damit nur sagen, daß wir heute viel Zeit und nichts anderes zu tun haben als ...«

»Du wirst noch Gelegenheit bekommen, die Schiffe zu besichtigen, Roseleen«, fiel er eifrig ein. »Inzwischen habe ich eine viel bessere Idee, wie ich dich den Rest des Tages beschäftigen kann.«

Da er sich bereits in der passenden Lage für eine Demonstration befand, mußte sie nicht lange darüber nachgrübeln, in welcher Form diese Beschäftigungstherapie ablaufen sollte. Er war es, der sie beschäftigen wollte, und er fing auch gleich damit an.

25

Auf Thorn böse zu sein, das war schwer, wirklich. Ein Mann, der nicht müde wurde, einem ungeahnte Wonnen zu bereiten, Tag und Nacht, war wie ein Schatz, der gehortet werden mußte. Roseleen schwebte immer noch im siebten Himmel und war glücklich, diesen prächtigen Körper neben sich zu wissen, der nur allzu bereit und begierig danach war, sich von ihr erforschen zu lassen. Sie hatte aufgehört, die Orgasmen zu zählen, die er ihr beschert hatte, und erinnerte sich nur noch an das wunderschöne Gefühl, rundherum glücklich und zufrieden zu sein, wie sie es irgendwann im Verlauf dieses Abends so stark empfunden hatte.

Die Stunden mit ihm waren ein einzigartiges Erlebnis gewesen, eines, das sie mit Sicherheit niemals vergessen würde. Als sie dann am nächsten Morgen erwachte, fühlte sie sich kein bißchen ausgelaugt oder erschöpft, trotz ihrer exzessiven Liebesspiele. Er war so unendlich zärtlich mit ihr umgegangen, daß ihr nur die süßesten Erinnerungen an die Nacht blieben.

Aber eigentlich müßte sie böse auf ihn sein. Sie hatte nämlich den starken Verdacht, daß er sie nur deshalb so hingebungsvoll geliebt hatte, um ihre Gedanken von dem abzulenken, was an diesem Morgen geschehen – oder nicht geschehen würde. Es wäre angebrachter gewesen, die vergangenen Stunden damit zu verbringen, die Situation zu analysieren und sich Gedanken über mögliche Konsequenzen zu machen, anstatt ihre sexuelle Neugier auszuleben und in sinnlichen Genüssen zu schwelgen.

Und jetzt, kurz vor Sonnenaufgang, nach dieser aufregenden Nacht, in der sie kaum Schlaf gefunden hatte, sickerte es langsam in ihr Bewußtsein, daß das Heer im Aufbruch begriffen war, und das wahrscheinlich schon seit gestern abend. Ein rascher Blick aus dem Zelt bestätigte ihre Vermutung. Auf dem ganzen Gelände war praktisch niemand mehr zu sehen. Wilhelms Armee war auf dem Weg zu den Schiffen. Sie würden lossegeln!

Roseleen geriet nicht in Panik – noch nicht. Aber sie scheuchte Thorn aus dem Bett. Guy wurde beauftragt, in Windeseile das Zelt abzubauen und Thorns ganze Habe auf einen Karren zu laden, den dieser schon vorher besorgt hatte; ein gutes Stück Arbeit, obwohl Thorn auf die Schnelle noch einige Bauern anheuerte, um ihm dabei zu helfen. Guy sollte dann mit dem Gepäck nachkommen. Thorn hatte ihn bereits informiert, auf welchem Schiff sie segeln würden.

Sie wollte dem Jungen noch sagen, daß er nichts überstürzen solle, da sie bald wieder zurückkommen würden, wie auch all die anderen. Doch Thorn hatte das zu verhindern gewußt und erinnerte sie, als sie schon auf dem Pferd saßen und in Richtung Docks davongaloppierten, daß sie sich so verhalten müßten, als wüßten sie nichts von einem anderen Ausgang der Dinge. Offenbar rechnete er jetzt auch mit dieser Möglichkeit. Sie verstand nicht alles, was er sagte, denn das Klappern der Hufe übertönte mitunter seine Stimme. Aber er hatte absolut recht.

Wieder einmal hatte sie die Nur-nicht-auffallen-Philosophie mißachtet, an die sie sich beide unbedingt halten mußten. Diesmal hatte sie wenigstens eine Entschuldigung parat: träger Verstand mangels ausreichendem Nachtschlaf. Doch auch die beste Ausrede durfte unter diesen speziellen Umständen nicht toleriert werden, wo schon ein winziger Fehler ihrerseits das Leben von Millionen Menschen verändern und ein grober Fehler weitere Millionen von Leben auslöschen konnte – das ihre eingeschlossen.

Die Sonne lugte noch nicht ganz über den Horizont, als sie die Docks erreichten. Wenn Roseleen gehofft hatte, daß die vielen hundert Schiffe, die draußen in der Flußmündung vor Anker lagen, darauf warteten, beladen zu werden, so wurde sie rasch eines Besseren belehrt. Die wenigen Schiffe, die noch am Kai lagen, waren nur die letzten, die noch mit Soldaten und Pferden beladen wurden. Alle anderen Schiffe warteten nur noch auf die Flut.

Offenbar hatte sich noch nichts ereignet, was diesem verfrühten Aufbruch ein Ende gesetzt hätte. Und wenn sie wirklich lossegelten …

Nein, es gab immer noch eine Fülle von unverhofften Ereignissen, die eintreten und die Armee wieder zu ihrem Lagerplatz zurückbeordern konnte. Schon ein plötzlich aufkommender Sturm würde ausreichen, oder ein ungünstiger Nordwind. Vielleicht tauchte auch in letzter Minute ein Kundschafter des Herzogs auf und überbrachte ihm die richtigen Informationen über die momentane Position von König Harolds Streitkräften.

Aber nichts dergleichen geschah, bevor auch das letzte Schiff den Hafen verließ. Daß Roseleen sich auf diesem Schiff befand, hatte sie der Sturheit ihres geliebten Wikingers zu verdanken. Dieser hatte sich nämlich standhaft geweigert, an Land zurückzubleiben und auf seine Mitwirkung bei dieser bevorstehenden Seeschlacht zu verzichten, obwohl Roseleen ihm mehrmals versichert hatte – sie war hundertprozentig davon überzeugt –, daß die nächsten Wochen eine solche Schlacht nicht stattfinden werde.

Roseleen war noch nie auf einem modernen Passagierdampfer gereist, geschweige denn auf so einem antiken Kriegsschiff wie dem, auf dem sie sich jetzt wiederfand. Seekrank war sie bis jetzt noch nicht, aber das wäre im Moment auch ihre geringste Sorge gewesen. Immer wieder ließ sie ihren Blick über den Himmel schweifen auf der Suche nach Gewitterwolken, die sich vielleicht irgendwo am Horizont zusammenballten, und beobachtete aufmerksam die Segel, um bestimmen zu können, aus welcher Richtung der Wind kam. Unglücklicherweise hätte sich Wilhelm kein besseres Segelwetter wünschen können. Der Wind blies mit gleichbleibender Stärke aus einer Richtung – ihrer Ansicht nach aus der falschen.

Aber sie gab die Hoffnung nicht auf. Deshalb war der Schock auch um so größer, als die englische Küste dann tatsächlich in Sicht kam. Gleichzeitig näherte sich von Norden her mit beängstigender Geschwindigkeit eine Armada von englischen Kriegsschiffen, um ihre Flanken anzugreifen – eine Flotte, die gar nicht hätte dasein dürfen, wenn die Geschichte ihren korrekten Verlauf genommen hätte. Aber das war nicht der Fall, und die Normannen würden bald nach ihrer Landung feststellen müssen, daß sie gegen die bestens ausgerüsteten Engländer keine Chance hatten.

Vielleicht kam es doch noch anders. Vielleicht geschah doch noch ein Wunder. Vielleicht hatte sich nur der Zeitplan geändert und nicht der tatsächliche Verlauf der Geschichte. Aber Roseleen hatte nicht vor, den folgenden Geschehnissen persönlich beizuwohnen. Einmal war sie unversehens und ahnungslos mitten in eine Schlacht geraten. Ein zweites Mal würde ihr das nicht passieren, auf diese Schlacht konnte sie dankend verzichten, zumal sie nur ein Geschichtsbuch aufzuschlagen brauchte, um zu wissen, wie diese hier ausging. Aber erst mußte sie einmal dieses Geschichtsbuch wieder in Händen halten.

Sie drehte sich zu Thorn um, der während der ganzen Überfahrt nicht von ihrer Seite gewichen war, und verlangte: »Bring mich heim.«

Daß er sich umdrehte und in die Richtung spähte, aus der sie gekommen waren, überraschte sie nicht. Geduldig setzte sie hinzu: »Nicht zurück in die Normandie. In mein Haus, in meine Zeit.«

»Vor der Schlacht?«

»Ja, ganz genau, das ist meine Absicht«, versicherte sie ihm und fügte ob seines verwunderten Tonfalls erklärend hinzu: »Es tut mir wirklich leid, Thorn. Ich weiß, wie gerne du bei dieser Schlacht dabeisein würdest, aber das geht nicht. Die Geschichte ändert sich, noch während wir reden. Hier hat nie eine Seeschlacht stattgefunden, obwohl die Schiffe da vorne gefechtsbereit sind. Und Herzog Wilhelm hat jetzt nicht die geringsten Aussichten, diese Schlacht zu gewinnen. Nächsten Monat hingegen wird er auf Grund gewisser Umstände der Sieger sein. Im Augenblick hat König Harold alle Vorteile auf seiner Seite.«

»Wenn sich schon eine Sache nicht so zugetragen hat wie

in deinen schlauen Büchern, warum dann nicht auch diese hier?«

Da mußte sie ihm recht geben. Das war eine Möglichkeit. Alles war möglich, wenn die Geschichte sich hier neu schrieb.

»Ja, warum nicht?« wiederholte sie deshalb im Brustton der Überzeugung. »Und das werden wir in wenigen Minuten feststellen, sobald ich meine Bücher vor mir liegen habe. Dann kann ich ganz schnell herausfinden, was hier schiefgelaufen ist und den Ablauf verändert hat. Deshalb, Thorn, möchte ich, daß du uns umgehend zurückbringst.«

Gedankenverloren starrte er auf die englische Küste, die sich vor ihnen ausbreitete, so als ob er noch unentschlossen sei, als ob es in seiner Entscheidung stünde, ob sie gingen oder der Schlacht beiwohnten. Roseleen sah sich daher gezwungen, ihm auf die Sprünge zu helfen.

»Du hast versprochen, Thorn, daß du uns zurückbringst, wenn ich dich darum bitte. Also, laß uns verschwinden, und zwar fix!«

»Was bedeutet dieses ›fix‹? Daß du ...«

»Es bedeutet *jetzt sofort*«, schnauzte sie, mit ihrer Geduld langsam am Ende. »Nicht gestern, nicht morgen ... ach, zum Teufel, tu es einfach!«

Er tat es. Mit einem tiefen Seufzer, der ihr zeigen sollte, wie sehr es ihm widerstrebte, zog er sein Schwert – und im nächsten Augenblick befanden sie sich wieder im neuzeitlichen England, aber nicht in ihrem Schlafzimmer in Cavenaugh Cottage oder in irgendeinem anderen Zimmer dieses wunderschönen alten Hauses, das sie geerbt hatte.

Sie standen auf einer staubigen Straße mitten in einer Industriestadt des neunzehnten Jahrhunderts, wie es Roseleen vorkam, einer Stadt, die offenbar noch nichts von Umweltschutz gehört hatte. Eine dunkelgraue Dunstglocke hing über den Giebeln der baufälligen, heruntergekommenen Mietshäuser, und aus den Schornsteinen der zahllosen Fabriken quoll dicker, übelriechender Rauch.

Roseleen kroch das nackte Entsetzen den Rücken hinauf. »Wo hast du uns hingebracht, Thorn? Sag, daß es ein Versehen war«, stieß sie hervor.

Aber er sagte genau das, was sie nicht hören wollte. »Ich wollte uns zu deinem Haus zurückbringen, in deine Zeit, wie letztes Mal auch, aber – dein Haus ist nicht da.«

26

Thorns schlichte Ausdrucksweise tat der Brisanz dieser alarmierenden Feststellung keinen Abbruch. Cavenaugh Cottage existierte wahrhaftig nicht. Der Lauf der Geschichte hatte es beseitigt. Entweder war es abgerissen worden, als sich diese häßliche Stadt ausbreitete – oder man hatte es nie gebaut.

Und das warf die Frage auf, was mit ihren Großeltern passiert war. Hatte ihre Urgroßmutter Maureen ihr Leben in dieser grauenvollen Stadt verbracht, oder hatte sie ihr Haus woanders gebaut?

Nun, kennengelernt und geheiratet mußten sich ihre Urgroßeltern wohl haben, ebenso wie ihre Großeltern und ihre eigenen Eltern, denn schließlich gab es ja sie, Roseleen. Und sie nahm an, daß sie genauso aussah wie sonst, da Thorn sie nicht irgendwie verwundert anstarrte. Waren ihre Großeltern nach Amerika ausgewandert, wie sie es getan hatten? War sie jetzt Engländerin oder immer noch Amerikanerin? Gab es Amerika überhaupt, oder hatte dieser Kontinent nun einen anderen Namen?

Die Fragen und möglichen Antworten darauf waren ebenso zahlreich wie sinnlos. Sie würde sich keine dieser Fragen beantworten können, solange sie kein Telefon gefunden hatte. Unbedingt mußte sie David und Gail anrufen. Die würden wahrscheinlich denken, sie sei völlig übergeschnappt, wenn sie ihnen ihre Fragen gestellt hatte, aber darauf konnte sie jetzt keine Rücksicht nehmen.

Was die veränderten historischen Abläufe der Weltgeschichte anbelangte – nun, auf ihre eigenen Geschichtsbücher konnte sie unter diesen Umständen nicht zurückgreifen, um eine Antwort zu finden. Möglich, daß sie in dieser Stadt eine Wohnung oder ein Haus besaß, aber sie hatte nicht die geringste Ahnung, wo das sein könnte. Und vielleicht besaß sie in dieser anderen Welt gar keine Nachschlagewerke. Vielleicht war sie hier überhaupt keine Professorin, hatte womöglich nie ein College besucht, war nicht einmal ...

Sie *mußte* ein Telefon finden. Und eine Bibliothek. Und sie mußte die Angst und die schreckliche Vorstellung unterdrücken, daß sie unter Umständen nichts würde tun können, um die Dinge wieder so zurechtzurücken, wie sie sein sollten.

»Was ist hier passiert, Roseleen?«

Thorn klang nur ein wenig neugierig, während ihre Angstgefühle sich allmählich zur Panik steigerten. »Genau das, wovor ich dich gewarnt habe. Alles ist anders, weil diese Schlacht an diesem Tag nicht hätte stattfinden dürfen. Aber sie hat stattgefunden, hat den weiteren Verlauf der Geschichte in einer ganz bestimmten Weise beeinflußt und damit eine Kettenreaktion ausgelöst, die sich bis in dieses Jahrhundert fortgesetzt und uns dieses ... ich weiß auch nicht was – beschert hat.«

»Das Leben geht ja trotzdem weiter«, bemerkte er in einem für seine Verhältnisse sehr kleinlauten Tonfall, während er sich verwundert umblickte.

»Sicherlich, aber was für ein Leben. Vielleicht heißt dieses Land gar nicht mehr England.« Ihre Stimme klang zunehmend erregter. »Die Menschen, die ich kenne und mit denen ich zusammenarbeite, existieren möglicherweise gar nicht – o Gott, ich kann einfach nicht glauben, daß das wirklich passiert sein soll. Und nur weil ein kleiner Spion ein falsches Geständnis abgelegt hat.«

Wortlos schlang Thorn seine Arme um sie, drückte sie an sich und bot ihr seine breite Brust, um sich daran auszuweinen. Aber sie hatte nicht das Bedürfnis zu weinen. Thorn hatte ihr mit dieser simplen Geste zu verstehen gegeben, daß sie nicht allein war. Ihr Wikinger würde dafür sorgen, daß ihr nichts und niemand etwas zuleide tat. Und diese Gewißheit gab ihr ein Gefühl von Sicherheit und Geborgenheit, verscheuchte all die schrecklichen Gedanken, die von ihr Besitz ergriffen hatten.

Sie nahm sich von seiner Stärke und Kraft, saugte sie förmlich in sich auf; er hatte viel davon zu geben. Und dann richtete sie sich mit einem tiefen Seufzer auf und sagte entschlossen: »Komm, laß uns nach einem Telefon Ausschau halten. Ich will meinen Bruder anrufen. Und als nächstes brauchen wir eine Bibliothek. Obwohl – eine solche zu finden wird nicht einfach sein, ich fürchte, wir müssen uns auf einen längeren Fußmarsch gefaßt machen, da wir leider kein Geld für einen Bus oder ein Taxi haben.«

»Was ist das, ein Bus oder ein Taxi? Willst du so was kaufen?«

»Nicht kaufen – man bezahlt dafür, um es zu benutzen, aber das ist im Moment nicht so wichtig, denn soweit ich sehe, gibt es hier sowieso kein Fahrzeug, das uns irgendwohin bringen könnte.«

Merkwürdig, dachte Roseleen. Die Straße war breit, aber nicht asphaltiert; sie glich eher einem Feldweg. Als sie sich umschaute, stellte sie verwundert fest, daß keine der Straßen gepflastert oder asphaltiert war. Und dann entdeckte sie einige Pferdeäpfel ...

»Bist du dir absolut sicher, daß du uns ins richtige Jahrhundert gebracht hast?« fragte sie hoffnungsvoll. »Hast du dich nicht vielleicht um ein paar Jährchen geirrt?«

»Nein. Sieh doch, da!«

Sie drehte sich um und blickte in die Richtung, in die er

mit einem Nicken gewiesen hatte. Hinter ihr stand ein vierstöckiges Gebäude, das so aussah, als würde es im nächsten Augenblick in sich zusammenfallen. Auf einem Teil der Hauswand, die noch einigermaßen aufrecht stand, prangte in großen weißen Lettern das Wort ›Beschlagnahmt‹, und darunter das Datum. Es war das richtige Jahr, genau das Jahr, in dem sie bis dahin gelebt hatte.

»Okay, das Herumhüpfen in den Jahrhunderten scheinst du ja wirklich aus dem Effeff zu beherrschen.« Und nach einem weiteren Seufzer: »Dann schauen wir jetzt mal nach einem Telefon, das ich benutzen kann. Hoffentlich gibt es hier nicht nur Münztelefone.«

»Wenn du Münzen brauchst, Roseleen, das ist kein Problem. Wir müssen nur schnell in die Vergangenheit zurückreisen, da habe ich eine ganze Truhe …«

»Nicht, bevor wir herausgefunden haben, was dort schiefgelaufen ist, und warum. Und außerdem«, fuhr sie fort und brachte ein dünnes Lächeln zustande, »glaube ich nicht, daß diese Telefone deine antiken Münzen annehmen würden.«

Sie mußten etliche Blocks die Straße hinuntergehen, bis sie etwas fanden, das auch nur entfernt Ähnlichkeit mit einem Laden oder Warenhaus hatte. Was dort allerdings verkauft wurde, konnte sie nicht feststellen. Auf dem Schild stand nur *Jorley's Treasure Emporium,* und das konnte alles mögliche bedeuten. Aber sie suchten ja in erster Linie ein Telefon, und dafür war ihr jeder Laden recht. Ob sie ihr allerdings gestatten würden, zu telefonieren, das stand auf einem anderen Blatt.

Es befand sich nur eine einzige Person in dem Laden, der erste Mensch überhaupt, dem sie seit ihrer Ankunft in diesem veränderten Jahrhundert begegnet waren. Auf dem Weg hierher hatte sie zwar Bewegungen hinter offenen Fenstern wahrgenommen, die vermuten ließen, daß sie beobachtet wurden, aber wirklich gesehen hatten sie niemanden.

Zugegeben, sie beide boten gewiß einen ungewöhnlichen Anblick in ihren mittelalterlichen Gewändern; und dann dieses Schwert, das Thorn an einem Gurt um die Hüfte trug. Eine Hand hielt er fest um den Schwertgriff geschlossen, so als sei er bereit, es wenn nötig jederzeit aus der Scheide zu ziehen. Und daß er das auch wirklich tun würde, daran hatte Roseleen nicht den geringsten Zweifel, kannte sie doch mittlerweile seine Vorliebe für Kämpfe jeder Art und wußte, daß er *niemals* eine derartige Gelegenheit auslassen würde.

Der Laden bestand nur aus einem einzigen großen Raum, von dem gegenüber der Eingangstür zwei weitere Türen abgingen. Der Mann, obwohl von stattlicher Größe und recht wohlbeleibt, wirkte darin irgendwie verloren. Er trug einen grauen Vollbart, doch das Gesicht dahinter war noch jung. Er mußte so um die Dreißig sein. Der lange, weite Überwurf, den er trug, hatte eine gewisse Ähnlichkeit mit den Tuniken, die Thorn zu benutzen pflegte. *Blooddrinkers Fluch* war ihm nicht einmal einen Blick wert. Er stand hinter einer niedrigen Verkaufstheke, die kaum mehr als einen Meter breit war. Außer dieser Theke befand sich kein anderes Möbelstück und auch sonst nichts mehr in dem riesigen Raum. Selbst die Wände waren kahl.

Und obgleich er sie hatte hereinkommen sehen, machte dieser Mann keinerlei Anstalten, ihnen etwas zu verkaufen. Doch das überraschte Roseleen nicht mehr, nachdem sie entdeckt hatte, welche Waren zum Verkauf standen. Steine. Ganz gewöhnliche Steine, wie man sie überall finden konnte. Zehn solcher Steine lagen in dem Schaukasten der Verkaufstheke unter einer Glasplatte, hübsch auf einem Bett aus rotem Satin drapiert, der leicht gerafft war und dem ganzen Arrangement einen wellenartigen Charakter verlieh. Die Ausmaße dieser sonderbaren Exponate reichten von Fingernagelgröße, des kleinen Fingers wohlgemerkt, bis zur Größe eines halben Dollars.

In Anbetracht des hochtrabenden Namens dieses Ladens

fragte sich Roseleen verwundert, was gewöhnliche Kieselsteine mit Schätzen zu tun haben mochten. Außer, es waren künstliche Steine, die Edelsteine oder andere Kostbarkeiten in sich bargen. Vielleicht handelte es sich dabei auch um einen ›Rate, in welchem Kiesel der größte Brillant versteckt ist, aber erst nach dem Kauf‹-Werbetrick.

Sie wartete darauf, daß der Mann sie ansprechen würde, aber er blieb stumm. Also sah Roseleen schließlich zu ihm hoch und ergriff als erste das Wort. »Hübsche Steine haben Sie hier.«

»Die besten«, war seine Antwort. »Jorley verkauft nur erstklassige Steine, die härtesten und strapazierfähigsten, die Sie finden können. Die halten auch noch, wenn Sie schon das Zeitliche gesegnet haben.«

Eine solche Antwort hatte Roseleen weiß Gott nicht erwartet. »Meine Frage mag Ihnen vielleicht etwas seltsam erscheinen«, begann sie daher vorsichtig. »Aber sagen Sie mir doch bitte, warum verkaufen Sie Steine?«

»Wollen Sie mich auf den Arm nehmen, Lady? Jedermann weiß doch heutzutage, wie wertvoll Steine sind. Dieser verrückte Hermin Sheffield, mögen die Clans auf seinen Namen spucken, hat sein ganzes Vermögen in diese Rock Exterminator Corporation gesteckt, und mag es auch hundert Jahre gedauert haben, schlußendlich hat diese verfluchte Gesellschaft jeden einzelnen Stein eingesammelt, den sie finden konnte, und sie dann samt und sonders ins Meer gekippt. Einige kleinere Inseln sind dabei dem gestiegenen Meeresspiegel zum Opfer gefallen, aber das hat Sheffield nicht weiter gejuckt.«

Wer nahm denn hier wen auf den Arm? dachte Roseleen, spielte aber das Spielchen mit – im Augenblick jedenfalls.

»Wissen Sie, wie leicht es ist, einen Stein oder zwei auszugraben?« fragte sie ihn.

»Wissen Sie, wie leicht man dabei vernichtet werden kann?« kam prompt die Gegenfrage. »Drei professionelle Sucher habe ich bereits verloren, als sie dabei ertappt wurden, wie sie gegen das Ausgrabegesetz verstießen. Noch was, wofür Sheffield verantwortlich ist, mögen die Clans ...«

»Vernichtet?« warf sie ein. »Sie meinen, getötet?«

»Ja, was denn sonst?« gab er zurück. »Der billigste Stein, den ich momentan anzubieten habe, dieses hübsche kleine Ding hier links, kostet Sie fünfundzwanzigtausend Mark. Wollen Sie ihn?«

Menschen werden umgebracht, weil sie einen Stein ausgraben? Irgendwas mußte sie da nicht richtig verstanden haben. Und Mark? Seit Jahrhunderten wurde in England nicht mehr mit Mark bezahlt. Aber sie traute sich nicht, den Verkäufer zu fragen, wer in diesem Land das Sagen hatte, denn dann würde dieser bestimmt wissen wollen, wo sie die letzten dreißig Jahre zugebracht hatte. Jedes gute Geschichtsbuch würde ihre Fragen beantworten, und irgendwie mußte sie in den Besitz eines solchen gelangen. Aber als allererstes brauchte sie ein Telefon.

Ihre Neugier diese einfachen Kieselsteine betreffend war noch lange nicht gestillt, und es würde nichts schaden, diesen Herrn ein wenig aufzuheitern, bevor sie ihn bat, sein Telefon benutzen zu dürfen.

»Ich hab' ein bißchen was auf der hohen Kante, Mister«, sagte sie daher und machte dazu ein vielversprechendes Gesicht. »Was soll denn dieser große hier kosten?«

»Stehlen Sie mir nicht die Zeit, Lady. Jeder weiß, daß nur der König eines Clans sich dieses Prachtstück leisten kann, oder einer dieser anderen hochwohlgeborenen Herrschaften. Aber Sie bestimmt nicht.«

Nun, das hatte sie eigentlich nicht hören wollen. Noch so eine Frage, und er würde sie bestimmt rauswerfen. Roseleen setzte jetzt ein dümmliches Grinsen auf.

»Sie haben mich durchschaut, Mr. Jorley. Verzeihen Sie, aber ich wollte doch nur den Preis von diesem Stein wissen, denn, sehen Sie, der Freund meines Freundes hat einen Freund, und der hat drei Steine zu verkaufen, einer davon so groß wie Ihre Faust. Kaufen Sie Steine auch an, oder verkaufen Sie sie nur?«

Ein Strahlen machte sich auf seinem Gesicht breit, und in seinen Augen blitzte Habgier auf. Offenbar hatte sie ihn diesmal am richtigen Punkt getroffen, und gerade noch rechtzeitig. Die Unterhaltung begann ihn schon zu langweilen. Wahrscheinlich gab es nichts auf der Welt, das ihn mehr interessierte als Steine.

»An- und Verkauf, Lady. Stets zu Ihren Diensten. Bringen Sie Ihren Freund nur her, ich werde ihm einen guten Preis nennen.«

»Eigentlich könnte ich ihn doch gleich von hier aus anrufen, das spart eine Menge Zeit«, beeilte sie sich vorzuschlagen.

»Ihn anrufen?«

»Ihr Telefon benützen, wenn es Ihnen nichts ausmacht.«

»Telefon?«

Widerstrebend freundete sich Roseleen mit dem Gedanken an, daß Telefone in dieser neuen Welt nicht existierten, in der Kieselsteine so teuer waren wie Gold und Leute umgebracht wurden, wenn sie diese auflasen oder ausgruben. Sie versuchte es anders. »Mit ihm sprechen – auf dem schnellsten Weg.«

Er runzelte einen Augenblick nachdenklich die Stirn, aber dann mußte er begriffen haben, was sie meinte. »Er ist demnach in der Stadt? Nun, wenn das so ist, stelle ich Ihnen gerne meinen Fernsprecher zur Verfügung. Ich werde Ihnen auch die Gebühr von hundert Mark erlassen – das heißt, falls dieses Geschäft mit Ihrem Freund zustande kommt.«

»Wie reizend von Ihnen.« Sie mußte an sich halten, um nicht zu sarkastisch zu klingen. »Aber Sie müssen wissen, daß ich noch nie so einen Fernsprecher benutzt habe und nicht weiß, wie man damit umgeht. Was ist, wenn mein Freund sich dummerweise gerade nicht in der Stadt befindet?« Frankreich zu erwähnen, wo David sich aufhielt oder aufgehalten hatte, verkniff sie sich wohlweislich. Möglicherweise hieß es gar nicht mehr Frankreich. »Angenommen, er befindet sich auf der anderen Seite des Kanals, was ist dann?«

»Sie treiben anscheinend schon wieder Ihre Scherze mit mir, hab' ich recht? Ein Fernsprecher funktioniert nur über kurze Entfernungen. Wir allerdings besitzen sogar ein Luxusgerät, mit dem man im ganzen Stadtgebiet sprechen kann. Ja, unser Clankönig sorgt gut für seine Stadtleute. Alles nur vom Feinsten.«

Großartig. Keine Auslandsgespräche. Dieser Fernsprecher hörte sich nach einer lokalen Telefonvermittlung an, so wie in früheren Zeiten, als das Fräulein vom Amt die Teilnehmer miteinander verstöpselte, und damit war ihr nun gar nicht gedient. Und wer waren diese Clankönige, die er dauernd erwähnte? So was wie Bürgermeister? Oder unabhängige Diktatoren, die über einzelne Städte herrschten? Sie hätte ihn ja zu gerne danach gefragt, aber sie hatte sich seiner Meinung nach schon zu oft einen Spaß mit ihm erlaubt. Und daß er überall verbreitete, daß sich in der Stadt eine Verrückte herumtrieb, das wollte sie unter allen Umständen vermeiden.

»Wahrscheinlich geht es schneller, Mr. Jorley, wenn ich meinen Freund persönlich aufsuche. Wir kommen dann nachher gemeinsam mit den Steinen wieder zu Ihnen.« Einen letzten Versuch wagte sie doch noch, indem sie ganz beiläufig, zumindest hoffte sie, daß es so klang, die Frage fallenließ: »Ach, übrigens, können Sie mir sagen, wo ich die nächste Bibliothek finde?«

»Bibliothek?«

Nein, nicht schon wieder! stöhnte sie in Gedanken. »Ich meine, wo ich etwas über Hermin Sheffield nachlesen kann. Ich möchte gerne wissen, wie er auf diese verrückte Idee mit den Steinen kam.«

»Etwas über ihn nachlesen? Was ist denn nur los mit Ihnen? Sie verschwenden wohl gerne anderer Leute Zeit,

wie? Sie wissen doch genau, daß niemand außer den Clankönigen und ihren Familien Zugang zu den Archiven hat.«

Roseleen gab sich geschlagen. »Verzeihen Sie, Mr. Jorley. Ich habe Schwierigkeiten mit meinem Gedächtnis. Bin kürzlich die Treppe hinuntergestürzt und ...«

Höchst besorgt fiel er ihr ins Wort: »Aber Sie erinnern sich schon noch, wo Ihr Freund wohnt, nicht wahr?«

»Ja, ja, natürlich. Ich gehe ihn sofort holen.«

Roseleen schubste Thorn förmlich aus dem Laden. Doch kaum war die Tür hinter ihnen ins Schloß gefallen, platzte er mit der Frage heraus: »Hast du dich ernsthaft verletzt bei dem Sturz?«

»Was?« Sie blinzelte ihn verdutzt an, realisierte dann aber gleich, daß er wirklich besorgt war über das, was sie Jorley erzählt hatte. »Nein, ich bin überhaupt nicht gefallen. Das war nur eine Notlüge, um ihm begreiflich zu machen, warum ich ihm so viele dumme Fragen gestellt habe, deren Antwort anscheinend jedes Kind hier weiß.«

»Und warum weißt du die Antworten darauf nicht?«

»Weil all diese Dinge, von denen er gesprochen hat – wertvolle Kieselsteine, Clankönige, diese merkwürdige Exterminator Corporation und so weiter –, in meiner Zeit nicht existieren. Das ist ein Teil dieser neuen Geschichte, die so anders verlaufen ist ... Verdammt, die haben es nicht einmal für nötig gehalten, ein anständiges Telefon zu erfinden. Und zum Teufel noch mal ... eine Bibliothek gibt es auch nicht!« Sie stöhnte laut auf. »Sie haben hier nur Archive, und da lassen sie das normale Fußvolk nicht rein. Was sollen wir denn jetzt ...«

Sie führte diesen hoffnungslosen Gedanken nicht zu Ende, denn plötzlich kam ihr eine neue Idee. Ihre Miene erhellte sich zusehends, und ihre Augen blitzten vor Aufregung.

»Warte mal! Vielleicht sind die Dinge nur in diesem Land so anders gelaufen. Du sagtest doch, du könntest an jeden

Ort zurückkehren, wo du schon einmal gelebt hast. Das stimmt doch, oder? Und es ist offenbar völlig egal, in welches Land du reist, denn beim letzten Mal sind wir in Frankreich gelandet.«

»Ganz recht.«

»Gut, dann bring uns in meinen Vorlesungsraum, und zwar zurück zu dem Abend, als ich dich das erste Mal rief. Wenn mein College noch existiert, was ich sehr hoffe, dann gibt es dort all die Bücher, die wir brauchen.«

»Dich dorthin zu bringen, Roseleen, würde bedeuten, daß du dir selbst begegnest«, gab er zu bedenken.

Sie stöhnte wieder, noch lauter diesmal. »Hat dein Odin dir jemals ganz genau erklärt, was passiert, wenn das geschieht?«

»Nein, er hat nur betont, daß das nicht passieren darf.«

»Nun, könntest du dann die Zeit nicht ein wenig strecken und uns zu dem Tag nach unserer ersten Begegnung führen, aber dennoch in meinen Vorlesungsraum? Am Tag danach war ich nämlich nicht dort und du auch nicht.«

»Gewiß doch.«

»Gewiß doch«, äffte sie seinen überheblichen Tonfall nach, verärgert, daß er diese Möglichkeit nicht schon früher erwähnt hatte.

Aber er hörte sie vermutlich gar nicht mehr. Sie waren schon wieder unterwegs.

27

Der Vorlesungsraum existierte, aber es war nicht Roseleens Vorlesungsraum – das heißt, er war kleiner als früher. Der Blick aus den Fenstern war jedoch derselbe und der Campus sogar an einem Samstagabend hell erleuchtet. Nun, sie nahm zumindest an, daß es Samstag war, der Abend nach Thorns erstem Erscheinen.

Und es gab Strom, von draußen fiel genug Licht herein, daß sie den Lichtschalter neben der Tür erkennen konnte, und diesen anzuknipsen war ihre erste Handlung. Dem Himmel sei Dank, wenigstens ein kleiner Fortschritt! Sie hatte schon befürchtet, daß das Zeitalter der modernen Erfindungen in dieser veränderten Welt noch nicht angebrochen war.

»Wunderbar, endlich wieder vertrauter Boden«, erklärte sie und stieß einen Seufzer der Erleichterung aus. »Offenbar hat der Gründer des Westerley College dieses tatsächlich gegründet.«

»Obwohl es nicht das gleiche ist«, wandte Thorn ein.

»Das ist mir nicht entgangen«, murmelte sie auf dem Weg zum Schreibtisch, der, wie sie inständig hoffte, der ihre war. »Einige unwichtige technische Details, wahrscheinlich nur ein finanzieller Engpaß damals, weshalb sie die Größe der einzelnen Unterrichtsräume reduzieren mußten ...«

»Sprich so, daß ich dich auch verstehe, Roseleen!«

Sie hielt abrupt inne und drehte sich zu ihm um. Sein gereizter Tonfall war nicht zu überhören gewesen. Ausgerechnet jetzt wurde er ärgerlich? Als sie seinem Blick folgte, der auf die Wand gerichtet war, wo vorher die mittelalterlichen Abbildungen gehangen hatten – jetzt war sie leer –, ahnte sie schon, warum er so aufgebracht war. Und er bestätigte ihre Ahnung sogleich, ehe sie sich noch vergewissern konnte.

»Ich gelange allmählich zu der Ansicht, daß Lord Wilhelm sein Ziel nicht erreicht hat«, brummte er verdrossen.

»Ich habe dir doch schon erklärt, daß die Chancen schlecht stünden, wenn die Normannen zu diesem Zeitpunkt angriffen. Aber du hast mir ja nicht geglaubt.«

»Wir hatten eine starke Streitmacht.«

»Harold Godwinson war euch aber trotzdem noch überlegen«, erinnerte sie ihn.

»Wilhelms Feldzug war gerechtfertigt.«

»Nun, es gibt Leute, die das in Zweifel ...«

»*Wie* konnte das nur passieren, Roseleen?« fiel er ihr ungeduldig ins Wort. »Du hast doch gesagt, er wurde König.«

»Ja, dem ordnungsgemäßen geschichtlichen Ablauf nach wurde er auch gekrönt, aber dieser Ablauf wurde durch den verfrühten Angriff irgendwie umgemodelt, wie wir ja gerade gesehen haben. Und da dieser unplanmäßige Angriff eine unmittelbare Reaktion auf diesen englischen Spion und sein falsches Geständnis war, kann ich eigentlich nur annehmen, daß dort der Fehler liegt.«

»Wo?«

»Na, daß mit diesem Spion etwas nicht stimmt. Vielleicht war er ursprünglich gar nicht gefaßt worden. Und wenn doch, vielleicht hat er nicht gelogen, oder sie haben seine Lügen durchschaut, oder ... Ach, darüber spekuliere ich weiter, wenn ich ein Geschichtsbuch gefunden habe. Die Lehrbücher für das erste und zweite Semester habe ich immer in der untersten Schublade aufbewahrt. Mal sehen, ob uns das Glück hold ist ...«

Sie zog die unterste Schublade auf, und tatsächlich, da lagen die zwei Bücher. Aber es waren nicht ihre Bücher. Sie sahen anders aus, und die Namen der Verfasser waren andere, obgleich man den Titeln entnehmen konnte, daß es sich hierbei um einen Abriß der Geschichte des Mittelalters handelte. Sie waren auch beschriftet wie ihre Bücher. Aber der Name ...

»Das darf doch nicht wahr sein!« Ihre Stimme überschlug sich fast. »Roseleen Horton? Roseleen *Horton*! Ich habe diesen Mistkerl geheiratet, der mich nach Strich und Faden belogen und betrogen hat?«

»Wen?«

»Barry Horton«, jammerte sie und verzog angewidert das Gesicht. »Der mit den Blaubeeren, erinnerst du dich?«

»Dessen Abbild du zerrissen hast?«

»Ganz genau. Ich verachte den Mann. Ich hasse ihn. Er hat mich bestohlen. Wie konnte ich in dieser seltsamen Welt hier nur so blöde sein, Barry zu heiraten?«

»Du bist verheiratet?«

Der scharfe Unterton in seiner Stimme war ihr in der Aufregung entgangen. »Nicht lange«, versicherte sie ihm. »Es muß einen Weg geben, all das, was hier schiefgelaufen ist, zu korrigieren und rückgängig zu machen, denn wenn ich daran denke, mit diesem Kerl hier leben zu müssen, werde ich verrückt. Wir brauchen nur herauszufinden, was korrigiert werden muß – und damit fange ich jetzt sofort an! Nimm dir einen Stuhl, Thorn, und mach's dir bequem. Das kann eine Weile dauern.«

Es wäre erheblich schneller gegangen, wenn die Autoren ihre Kapitelübersichten knapper gehalten und ihre schriftstellerischen Ambitionen nicht gar so üppig ausgelebt hätten. Roseleen konzentrierte ihre ganze Aufmerksamkeit auf die Unterschiede in den beiden historischen Zeitabläufen und auf die Fakten, die sich nicht verändert hatten. Im Anhang des zweiten Bandes fand sie zudem eine kurze Übersicht über alle wichtigen historischen Ereignisse vom ausgehenden Mittelalter bis in die Gegenwart – diese neue Gegenwart wohlgemerkt.

Gute zwei Stunden später klappte Roseleen den zweiten Geschichtsband zu. Sie hatte nur die einzelnen Zusammenfassungen der verschiedenen Epochen überflogen, die dazugehörigen Kapitel durchzuarbeiten hätte viel zu lange gedauert. Die ganze Zeit über hatte Thorn schweigend auf seinem Stuhl gesessen, sie beim Lesen beobachtet und dabei eine Geduld an den Tag gelegt, die man von vielen Männern sicher nicht erwarten durfte. Aber Thorn war ja auch, weiß Gott, kein Durchschnittsmann. Das hatte sie schon bei ihrer ersten Begegnung festgestellt.

Und jetzt mußte sie ihm die schlechte Nachricht übermitteln, daß sein Held, sein Lehnsherr, viel früher gestorben war, als er eigentlich hätte sollen. Aber sie mußte dabei ja nicht ins Detail gehen, sondern konnte seine Aufmerksamkeit von diesem traurigen Kapitel ablenken, indem sie ihm ausführlich von all den unglaublichen

Geschehnissen berichtete, über die sie gerade gelesen hatte.

Sie begann: »Also, es hat sich genau so zugetragen, wie ich vermutet habe, Thorn. Was ursprünglich ein Vorteil für Herzog Wilhelm zu sein schien, daß Harold Godwinson gerade von einer anderen Schlacht kam, begünstigte statt dessen Hardradas Vorhaben. Dem Norwegerkönig gelang es, die Engländer zu besiegen, und er wurde ihr neuer König.

Sein Königshaus regierte England ein gutes Jahrhundert lang, bis dann die – wie sie es nennen – Großen Skandinavischen Kriege ausbrachen. Doch statt des mächtigen Reiches, zu dem Wilhelm und seine normannischen Erben England gemacht hätten, wurde es nur ein bedeutungsloses Land, das in erster Linie dazu diente, seine Könige mit Soldaten für die Kriege im hohen Norden zu versorgen, die sich über mehrere Jahrhunderte hinzogen. Gegen Ende dieser Kriege tauchte ein Deutscher auf, der aus irgendwelchen obskuren Gründen Anspruch auf den Thron erhob und seine Chance nutzte, indem er zu Beginn des fünfzehnten Jahrhunderts mit einer gutgerüsteten Armee in das geschwächte England einfiel. Und da der damalige Wikingerkönig zur selben Zeit starb, wurden die Engländer die Deutschen nicht wieder los, was auch erklärt, warum die Mark hier die gängige Währung ist.

Was die übrige Welt betrifft, so hat sich im Fernen Osten nicht allzuviel verändert, zumindest nicht, bis die großen Stadtstaaten, die sich im achtzehnten Jahrhundert gebildet hatten und unabhängige Staaten im Staat darstellten, die Macht übernahmen. Und das Merkwürdige daran ist, daß sich solche Verwaltungsbezirke zweihundert Jahre früher als zu meiner Zeit herausbildeten, während gleichzeitig alles andere der Entwicklung, wie ich sie kenne, hinterherhinkt.

Amerika zum Beispiel wurde erst viel später als in unserer Geschichtsschreibung entdeckt, und der Name, den man diesem Kontinent gab, klingt so lächerlich, daß ich ihn gar nicht wiederholen möchte.« Roseleen schüttelte entrüstet den Kopf. »Amerika war damals ein Schmelztiegel verschiedenster Staaten, die von Tyrannen und Diktatoren beherrscht wurden, schaffte es aber doch, sich von dem Anglogermanischen Staat, wie sie ihn damals nannten, unabhängig zu machen, aber erst um das Jahr 1820. Als diese große Korporation allmählich überall die Macht übernahm, hörten die Staaten, wie wir – beziehungsweise ich – sie kennen, in Westeuropa um das Jahr 1860 und in der übrigen Welt um 1900 auf zu existieren.

Nicht lange danach begannen die Gesellschaftskriege, erbitterte Schlachten und Rebellionen in den verschiedensten Ländern gegen diese übermächtige Vorherrschaft, von denen etliche auch Erfolg hatten. In Europa wurden die Städte jetzt Clans genannt und jeder dieser Clans von einem eigenen König regiert, die sich heute immer wieder gegenseitig bekriegen.

Europa besteht jetzt aus einzelnen Feudalstaaten, ähnlich dem Lehnswesen, das du aus deinen Zeiten kennst. Das neue ›Amerika‹ wurde schließlich ein demokratisch regierter Staatenverbund, wenn auch hundert Jahre später. Nun, besser später als überhaupt nicht, meine ich. Und all diese zusätzlichen Kriege, große wie kleine – so viele, daß ich bei der Durchsicht der Bücher mit Zählen gar nicht mehr nachgekommen bin –, sind wohl schuld daran, daß das Zeitalter der Erfindungen bis auf einige kleine Errungenschaften nahezu spurlos verstrichen ist. Bis diese Welt den technischen Fortschritt aufgeholt hat, den meine Welt bis heute erreicht hat, werden wohl noch hundert Jahre vergehen müssen.«

Nach diesem langen Vortrag holte Roseleen erst einmal tief Luft und wartete auf Thorns Reaktion. Sie wartete und wartete, und ihre Miene verfinsterte sich zusehends, als er sie nur stumm anstarrte und keinerlei Kommentar von sich gab.

Nach einigen Minuten forderte sie dann recht ungehalten: »Nun sag doch endlich was!«

Er kam ihrer Aufforderung nach, aber erst nachdem er

noch einmal zu der leeren Wand hinübergeblickt hatte, an der eigentlich die mittelalterlichen Darstellungen hängen sollten. »Wird in den Büchern dieser englische Spion erwähnt?«

Roseleen seufzte. Nun gut, vergebens also ihr Versuch, ihn von Wilhelms vorzeitigem Tod abzulenken. »Ja, er wird zu dieser Zeit erwähnt, und sein Geständnis, das natürlich vorgetäuscht war, wird als Hauptgrund für die Niederlage der Normannen angesehen. Bis zu diesem Zeitpunkt ist die Geschichte genau so aufgezeichnet, wie ich sie kenne, und auch alle anderen Ereignisse laufen exakt so ab, wie es in Wirklichkeit passierte.«

»Wie es in Wirklichkeit passierte«, wiederholte Thorn nachdenklich. »Und in Wirklichkeit gab es keinen Spion, ist das richtig?«

»Ja, zumindest ist nie etwas darüber geschrieben worden. Er *könnte* ein Teil des Szenariums gewesen sein, nur nicht wichtig genug, um in die Annalen einzugehen.« Plötzlich zog sie ihre Stirn kraus. »Weißt du was? Mir kommt gerade die Idee, daß es dieses undokumentierte Ereignis vielleicht gar nicht gegeben hätte, wenn wir beide nicht aufgetaucht wären. Obwohl ich mir nicht denken kann, was wir im Zusammenhang mit diesem Spion verändert haben. Ich bin diesem Herrn ganz gewiß nicht begegnet. Und was ist mit dir? Hast du ihn vielleicht gestern morgen auf dem Weg zu Wilhelm getroffen?«

»Nein, man hatte ihn schon weggebracht.«

»Dann war praktisch alles gelaufen, bevor wir dort ankamen – aber warte mal! Was ist mit dem anderen Thorn?«

»Dem anderen Thorn?«

»Dich meine ich«, sagte sie ungeduldig. »Als du ursprünglich durch das Schwert in diese Zeit gerufen wurdest. Damals hättest du eigentlich auch nicht dort sein dürfen, bist nur durch die übernatürliche Kraft von *Blooddrinkers Fluch* in diese Zeit gelangt. Aber als du damals dort warst, hast du da irgend etwas mit diesem Spion zu tun gehabt? Warst du derjenige, der ihn gefangengenommen oder verhört hat?«

»Nein, ich wußte überhaupt nichts von ihm, bis Sir John du Priel ihn erwähnte.«

»Sir John?«

»Er war dabei, als der Spion sein Geständnis ablegte. Die Handhabung der Befragung entsprach nicht ganz seinen Vorstellungen, weshalb er beschloß, sich den Spion am nächsten Morgen noch einmal persönlich vorzunehmen. Am Abend dann habe ich ihn zu einem Trinkgelage herausgefordert, das er verlor. Er lag als erster unter dem Tisch und hat sein Verhör am folgenden Morgen verschlafen, wie ich annehme.«

Roseleens Augen wurden vor Aufregung ganz groß. »Und das war der Morgen, an dem wir gestern dort waren, richtig? Als der Herzog beschloß, Segel zu setzen?«

»Richtig.«

»Also hatte Sir John keine Gelegenheit mehr, den Spion nochmals zu verhören. Das ist es, Thorn! Dieser Sir John hätte wahrscheinlich die Wahrheit aus dem Mann herausgekriegt, und alles weitere wäre dann so verlaufen, wie es normalerweise hätte verlaufen sollen. Harold und der Norwegerkönig hätten sich zuerst eine Schlacht geliefert, und Wilhelm wäre erst Ende September nach England gesegelt.«

»Aber wie läßt sich das jetzt noch ändern?« fragte er. »Ich habe keinen Einfluß auf die Ereignisse von damals – als ich zum ersten Mal dort gewesen bin, Roseleen.«

»Doch, hast du schon«, erwiderte sie lächelnd.

»Und wie?«

»Wir müssen nur einen Tag früher wieder dort sein, bevor du in dein Walhalla zurückgewünscht worden bist, und dein anderes Ich daran hindern, Sir John zu diesem Wetttrinken herauszufordern.«

Er starrte sie an, als hätte sie ihm befohlen, sich den Kopf abzuschlagen. »Ich darf mir selbst nicht begegnen! Das habe ich dir doch erklärt. Die Götter würden die Himmel erzittern …«

»Halt mal die Luft an, Thorn, und laß deine Wikingergötter aus dem Spiel«, beschied sie ihm. »Ich verlange ja gar nicht, daß du deinem anderen Ich über den Weg läufst. Überlaß das ruhig mir. Du brauchst nur dafür zu sorgen, daß Sir John an diesem bewußten Abend rechtzeitig ins Bett kommt.«

Thorn schoß von seinem Stuhl hoch, klatschte beide Hände auf die Schreibtischplatte und beugte sich vor. Seine blauen Augen hatte er zu so schmalen Schlitzen zusammengekniffen, daß sie unwillkürlich einen Schritt zurückwich. Sie wußte zwar nicht, was ihn so aufgebracht hatte, doch ihr Wikinger war zweifellos auf hundertachtzig. Weshalb, das sollte sie gleich erfahren.

»Und wie gedenkst du dich um mein anderes Ich zu kümmern, Roseleen?«

So wie er diese Frage gestellt hatte, langsam und jedes einzelne Wort betonend, rechnete er wohl mit dem Schlimmsten, und das brachte wiederum Roseleen auf die Palme. »Was hast du dir denn gerade in deinem Wikingerhirn ausgedacht, dessen du mich schon im vorhinein für schuldig erklärst? Du glaubst doch wohl nicht im Ernst, daß ich dir – oder deinem anderen Ich, besser gesagt – irgendeinen körperlichen Schaden zufügen würde, nur um … um die Geschichte …«

Ihre Stimme versagte, denn er sah sie jetzt so entgeistert an, daß ihr augenblicklich klar wurde, daß sie mit ihrer Annahme, was seine Befürchtungen anbelangte, weit danebenlag.

»An so etwas habe ich nicht gedacht«, sagte er.

»An was …«

Sie brachte ihren Satz wieder nicht zu Ende. Ganz plötzlich ging ihr ein Licht auf, und sie mußte herzlich lachen. Jetzt wußte sie, was seine übersteigerte Reaktion ausgelöst hatte: Er war eifersüchtig – eifersüchtig auf sich selbst. Das war ja völlig absurd! Aber auch irgendwie aufregend. Noch nie war ein Mann wegen ihr eifersüchtig gewesen.

»Das ist keineswegs zum Lachen«, knurrte er.

»Nein, natürlich nicht«, beeilte sie sich, ihm beizupflichten, grinste dabei aber immer noch von einem Ohr zum anderen. »Ich hatte doch nur vor, den anderen Thorn so lange abzulenken, bis du Sir John ins Bett gebracht hast.«

»Und wie gedenkst du ihn abzulenken?«

»Hast du schon einmal etwas von einer gepflegten Unterhaltung gehört?«

»Dem Kerl stand der Sinn nur nach zwei Dingen, und eine gepflegte Unterhaltung zählte bestimmt nicht dazu.«

»Kämpfen und – Frauen, wie?« mutmaßte sie und konnte sich das Lachen nur schwer verkneifen, als sie sich an eine frühere Unterhaltung mit ihm über seine Bedürfnisse erinnerte. »Und in all diesen Jahrhunderten hast du diesen zwei Vorlieben nur eine weitere hinzugefügt – gutes Essen.«

Daß sie sich über ihn lustig machte, ärgerte ihn maßlos. »Nein, inzwischen habe ich mir noch eine Vorliebe zugelegt – meinem Weib Zucht und Ordnung beizubringen.«

Er hatte sie nur provozieren wollen. Das wußte Roseleen auch ganz genau, aber trotzdem packte sie die Wut. Die Zornesröte stieg ihr in die Wangen, während sie sich langsam von ihrem Stuhl erhob, sich nun ebenfalls mit beiden Händen auf den Schreibtisch stützte und ihm mit blitzenden Augen ihren Kopf entgegenschob, bis sich ihre Nasen fast berührten.

»Dein Ansinnen, mein lieber großer Freund, bewegt sich nahe an der Grenze zur Unverschämtheit. Wann wirst du endlich begreifen, daß Frauen heutzutage mit Männern auf der gleichen Stufe stehen?«

»Wenn es tatsächlich irgend etwas Gleiches zwischen Mann und Frau gibt, dann würde ich das gerne einmal sehen«, konterte er.

»Ich rede nicht von Muskeln und Körpergröße, das weißt du ganz genau.«

»Nein, du redest davon, daß du in allem recht haben mußt. Verstehst du das unter Gleichheit?«

Das gab ihr zu denken, eine ganze Menge sogar. Hatte sie sich etwa diese Ich-bin-besser-als-du-Allüren zugelegt, ohne es zu merken? Hatte sie sich von der Tatsache, daß er so gut wie nichts über ihre Zeit wußte, zu der Annahme verleiten lassen, daß er nicht besonders intelligent wäre? Nun gut, in manchen Aspekten seines Denkens war er schon ein wenig barbarisch – was Frauen anbelangte beispielsweise –, und das war eigentlich völlig normal, wenn man alle Umstände berücksichtigte, besonders die Tatsache, daß es schon zweihundert Jahre her war, seit man ihn das letzte Mal gerufen hatte. Und so etwas wie Gleichberechtigung war im achtzehnten Jahrhundert noch völlig unbekannt.

Sie mußte ihn wohl um Verzeihung bitten, überlegte sie, und zwar sehr freundlich, denn sie hatte seinen Stolz offenbar auf mehreren Gebieten verletzt, obwohl das nicht ihre Absicht gewesen war. Aber das mußte noch etwas warten, denn im Augenblick kochte sie vor Wut über seinen Zucht-und-Ordnung-Ausspruch von vorhin. Deshalb wäre sie für jedwede Unterbrechung dankbar gewesen – wenn es sich um jemand anderen gehandelt hätte als ausgerechnet ihren Erzfeind Barry Horton.

28

»Was machst du hier, Rosie? Hab' ich dir nicht gesagt, du sollst heute zu Hause bleiben?«

Obwohl Roseleen den Namen auf den Büchern gelesen hatte, brachte sie der Gedanke, daß sie diesen Kerl in dieser anderen Welt tatsächlich geheiratet hatte, doch einigermaßen aus der Fassung. Zudem unterschied sich dieser Barry hier erheblich von jenem, den sie kannte. Nun, die Augenfarbe war die gleiche, aber seine hellblonden Haare hingen ihm in langen, unordentlichen Strähnen ins Gesicht, und er, der sonst so gesteigerten Wert auf korrekt sitzende Kleidung gelegt hatte, vermittelte in dem ausgebeulten Sakko und den schlampigen Hosen keineswegs den gepflegten, akademischen Eindruck, den er sonst zur Schau trug.

Und dann noch mit Fragen konfrontiert zu werden, auf die ihr so schnell keine Antworten einfielen – eine heikle Situation. Hätte er nicht sagen können: »Ich sehe, du bist gerade beschäftigt, dann komme ich später wieder.« Nein, nicht Barry, dieser ungehobelte Klotz, dessen unverschämter Ton sie schon wieder bis aufs Blut reizte.

»Ach, tatsächlich? Daran erinnere ich mich gar nicht«, erwiderte Roseleen spitz und konnte sich den Zusatz nicht verkneifen: »Und selbst wenn, Barry, du glaubst doch nicht, daß …«

»Brauchst du wieder eine Lektion in Gehorsam?« unterbrach er sie barsch und kam auf sie zumarschiert.

Seine versteinerte Miene war mindestens so bedrohlich wie sein Tonfall. Und seinen Worten konnte sie zweifelsfrei entnehmen, daß er ihr schon vorher Gehorsam eingebleut hatte. Unglaublich! Barry Horton schlug seine Frau, und es war ihm offenbar völlig gleichgültig, ob andere das mitbekamen, nachdem er in Thorns Gegenwart so sorglos eine derart unerhörte Drohung aussprach.

Doch wenn sie es genau betrachtete, hatte er Thorn noch keines Blickes gewürdigt, sondern eher so getan, als sei er gar nicht vorhanden. Und auch ihre mittelalterliche Aufmachung hatte ihm keinerlei Kommentar entlockt, obgleich ihr gelbes, reichbesticktes Gewand nicht ganz so auffällig war wie Thorns Gamaschenhosen und das Schwert, das an seiner Hüfte baumelte. Aber gerade weil ihr Barrys spöttische Art nur zu vertraut war, hätte sie von ihm irgendeine Bemerkung erwartet …

... als sei er gar nicht vorhanden?

Roseleen warf einen taxierenden Blick in Thorns Richtung. Schon früher hatte sie sich die Frage gestellt, ob ihn außer ihr überhaupt jemand sehen konnte. Mrs. Humes hatte an dem Abend damals zwar Dinner für zwei Personen serviert, aber Roseleen konnte sich nicht erinnern, daß sie Thorn angesehen oder etwas zu ihm gesagt hätte. Nun, sie hatte ihr angekündigt, daß sie einen Gast zum Abendessen erwartete, und Mrs. Humes hatte zwei Teller hingestellt, doch wenn sie jetzt so darüber nachdachte, war sie nicht der Typ Hausangestellte, der sich die Bemerkung erlaubt hätte, daß der Stuhl ihr gegenüber leer war. Eine amerikanische Haushälterin hätte sofort gefragt: »Sie wissen schon, daß Sie allein essen, nicht wahr?« Aber die reservierte Mrs. Humes würde solch merkwürdige Umstände höchstens der bekannten Exzentrik der Amerikaner zugeschrieben und später mit ihrem Mann darüber gesprochen haben; ihrer Arbeitgeberin gegenüber hätte sie sich aber gewiß nichts anmerken lassen.

Und dabei fiel ihr ein, daß auch dieser Mr. Jorley ihrem Begleiter in keinster Weise Beachtung geschenkt hatte. Nur in der Vergangenheit hatte sie gesehen, daß Leute tatsächlich mit ihm sprachen.

Auf der anderen Seite war Thorn Blooddrinker eine wahrhaft furchteinflößende Erscheinung, besonders mit dem Schwert an seiner Hüfte. Kein vernünftiger Mann heutzutage würde die Aufmerksamkeit eines solchen Geschlechtsgenossen auf sich lenken wollen, würde sicherlich alles mögliche versuchen, so etwas zu vermeiden und unter Umständen dabei so weit gehen, einfach so zu tun, als gäbe es diesen Kerl gar nicht.

Sie beschloß, sich umgehend Klarheit darüber zu verschaffen und Barry einfach zu fragen, ob er Thorn sehen könne. Doch als sie sich zu ihm umdrehte, sah sie aus dem Augenwinkel Barrys hocherhobene Faust. Sie hielt den Atem an, hatte aber nicht mehr genug Zeit, dem Schlag auszuweichen. Instinktiv kniff sie die Augen fest zusammen und duckte sich.

Aber nichts geschah. Anscheinend hatte er es sich anders überlegt oder beschlossen, mit seiner Züchtigung zu warten, bis sie in der Abgeschiedenheit ihrer eigenen vier Wände waren, wo immer diese sein mochten. Vielleicht hatte in der Vergangenheit ja allein schon die Androhung von Gewalt den beabsichtigten Zweck bei ihr erreicht. Sollte sie sich jetzt unterwürfig und gehorsam zeigen? Gut möglich, daß er das erwartete. Aber die einzige Gefühlsregung, die sie spürte, war Wut, maßlose Wut ob der Furcht, die sie sich von diesem Schuft hatte einflößen lassen.

Als sie die Augen aufschlug, mußte sie feststellen, daß sie sich in jeder Hinsicht getäuscht hatte. Barry hatte keineswegs freiwillig seine Absicht, sie zu schlagen, geändert – das hatte ein anderer für ihn besorgt. Thorn hielt seine Faust fest, und obwohl Barry sich mächtig anstrengte, sie seinem stahlharten Griff zu entwinden, hatte er keine Chance. Thorn dagegen schien keinerlei Kraft aufwenden zu müssen. Als Barry das schließlich bemerkte – offensichtlich konnte er Thorn sehen –, gab er auf.

Mit einem wütenden Blick in ihre Richtung befahl Barry: »Schick diesen Kretin weg, Rosie, oder du wirst es bereuen …«

»An deiner Stelle würde ich mich mit weiteren Drohungen zurückhalten«, beschied sie ihm und verschränkte die Arme vor der Brust. Standhaft versuchte sie, ein Grinsen zu unterdrücken. »Das könnte meinem Freund hier nämlich mißfallen.«

»Es ist mir völlig egal, was …«, bellte er los, wobei ihn Roseleen nur zu gerne unterbrach.

»Und wenn ich du wäre, würde ich mich auch für den Ausdruck Kretin entschuldigen. Wikinger nehmen leicht Anstoß daran, wenn sie mit Idioten auf eine Stufe gestellt werden, und obgleich ich nicht annehme, daß du das damit ausdrücken wolltest, sondern nur auf seine beachtliche Körpergröße angespielt hast, kann es durchaus sein, daß er es nicht so sieht.«

Barry wurde in der Tat ein wenig blaß um die Nase, obwohl es sonst gar nicht seine Art war zu kneifen, zumal Thorn ihm nichts getan hatte und es auch nicht so aussah, als hätte er irgendwelche Tätlichkeiten von ihm zu erwarten. Das wiederum ärgerte Roseleen. Thorn hätte wirklich wütender sein können angesichts der Tatsache, daß Barry ihr etwas hatte antun *wollen*. Aber seine Miene war unergründlich und ließ nicht erahnen, was er im Augenblick dachte oder fühlte.

Das mußte Barry wieder Mut gemacht haben, denn sein Tonfall war genauso anmaßend wie vorher, als er sie jetzt anschnauzte: »Du bist wohl völlig von Sinnen, wie?«

»Ja, offenbar, sonst würde ich wohl kaum noch mit dir reden. Jetzt sag mir, was dich hierhergeführt hat, Barry, und dann verschwinde. Oder bist du wieder zum Stehlen gekommen? Wahrscheinlich hast du nicht damit gerechnet, mich hier anzutreffen, habe ich recht?«

Jetzt wirkte er doch recht verunsichert. Hatte sie mit ihrer spöttischen Bemerkung ins Schwarze getroffen?

»Ich weiß gar nicht, wovon du sprichst«, plusterte er sich auf, obwohl seine Stimme einiges an Schärfe vermissen ließ.

»Natürlich nicht. Ich bewahre nicht zufällig die Notizen mit meinen Recherchen hier auf, oder? Ist es dir diesmal noch nicht gelungen, sie zu stehlen?«

»Diesmal? Ich habe nie …«

»Ach, sei doch still, Barry«, schnitt sie ihm wieder das Wort ab. »Ich habe nicht vor, mich nochmals mit dieser unseligen Angelegenheit zu belasten, das habe ich schon hinter mir. Aber es war schlau von dir, diesmal mit deinem Ansinnen bis nach der Hochzeit zu warten. Das gibt mir quasi Gelegenheit, dir noch rechtzeitig einen Strich durch die Rechnung zu machen, wenn ich das wollte, aber ich will gar nicht. Ich ziehe es vor, in die Zeit zurückzukehren, wo ich dich *nicht* geheiratet habe.«

Und damit wandte sie sich an Thorn. »Wir können jetzt gehen, zurück zu dem Datum, auf das wir uns geeinigt hatten. Ich habe hier alles erledigt.«

Sein zustimmendes Nicken war knapp wie immer. Und dann wurde Roseleen das Vergnügen zuteil, Barry leichenblaß werden zu sehen, als Thorn ihn losließ und *Blooddrinkers Fluch* aus der Scheide zog. Aber dieses Vergnügen währte nur einen kurzen Augenblick, denn schon reichte Thorn ihr seine Hand, die sie nur zu gerne ergriff. Doch als kleine Entschädigung dafür wurde sie mit einem noch kürzer währenden Anblick entlohnt, der wahrlich unbezahlbar war – der fassungslose Ausdruck auf Barrys Gesicht, als sie vor seinen Augen entschwanden.

29

Es dauerte eine Weile, bis Roseleen begriff, wo sie und Thorn sich befanden – im elften Jahrhundert. Sie standen vor einem Gasthaus, aus dem die lärmenden Geräusche der Zecher drangen; fischig-modriger Gestank wehte vom Hafen herüber. Roseleen hatte immer noch Barrys verdatterten Gesichtsausdruck vor Augen und bedauerte es insgeheim, jenem anderen Barry niemals wieder begegnen und diese überaus befriedigende Schadenfreude nicht noch ein wenig länger auskosten zu können. Aber den Verlauf der Geschichte wieder in die richtigen Bahnen zu lenken war im Augenblick wichtiger, sehr viel wichtiger.

Noch immer zupfte ein hämisches Grinsen an ihren Mundwinkeln, als sie sich Thorn mit der Bemerkung zuwandte: »Daß wir ausgerechnet ihn mit unserer Hokuspokus-Nummer schockiert haben, freut mich ungemein.«

»Dein Blaubeer-Gatte ist kein Mann nach meinem Geschmack«, meinte Thorn ungerührt.

Das brachte Roseleen wieder Thorns nichtssagenden Gesichtsausdruck in Erinnerung und animierte sie zu der säuerlichen Bemerkung: »Nun, ich kann mich ja täuschen – aber du schienst keinen sonderlichen Groll gegen ihn zu hegen. Außerdem ist er die längste Zeit mein Gatte gewesen, sobald wir die Dinge hier wieder in Ordnung gebracht haben. Exverlobter klingt viel besser, wenn schon von diesem miesen Kerl die Rede sein muß.«

»Dieser Barry ging mir sehr wohl gegen den Strich.« Thorns Stimme nahm einen scharfen Unterton an. »Hätte ich das getan, wonach mir der Sinn stand, dann hätte *Blooddrinkers Fluch* ein Freudenfest …«

Roseleen strafte ihn mit einem vorwurfsvollen Blick. »Ihn umzubringen war nicht nötig, Thorn.«

»Wahrhaftig? Hab' ich's nicht gewußt, daß jetzt wieder so was Zimperliches von dir kommt«, seufzte er.

Das war keine Frage, sondern eine Feststellung. Hatte er sich etwa ihretwegen zurückgehalten?

Dieser Gedanke entlockte ihr wieder ein Grinsen und die Bemerkung: »Aber ich hätte nichts dagegen gehabt, wenn du ihm einen ordentlichen Denkzettel verpaßt hättest.«

»Denkzettel?«

»Ihn ein wenig mit deiner Faust gekitzelt hättest.«

Er sah auf seine Hand hinunter. »Wenn ich zuschlage, dann hat das mit Kitzeln nichts zu tun. Frag meinen Bruder Thor. Ich bin der einzige, der …«

»Prahlst du schon wieder, Thorn?«

Er zuckte mit den Schultern und meinte: »Wikinger prahlen nun mal – aber nur mit der Wahrheit.«

Über diese Offenheit mußte Roseleen herzlich lachen und war plötzlich sehr zufrieden mit ihm. Also hatte er seinen Ärger nur unterdrückt. Und er hatte sie verteidigt, auf seine Weise. Er mochte zwar keinen Harnisch tragen, aber in ihren Augen war er ganz sicher der Ritter in der glänzenden Rüstung.

»Nun, ich glaube, es wird Zeit für mich, dein anderes Wikinger-Doppel zu treffen. Hoffentlich sagst du mir jetzt nicht, daß er sich bereits dort in diesem Wirtshaus befindet. Oder haben Damen Zutritt zu diesem Etablissement?«

»Nein, das ist kein Ort für Damen, eher für ...«

»Weitere Erklärungen kannst du dir sparen«, warf sie ein. »Ich habe schon verstanden.«

»Und ich würde dir nicht erlauben, einen solchen Ort zu betreten«, fügte er hinzu.

»Vielen Dank. Dann nehme ich an, daß dein anderes Ich noch nicht da ist?«

»Nein, aber Sir John war schon im Wirtshaus, als ich damals hier ankam. Ich werde ihn jetzt so schnell wie möglich ins Bett scheuchen, damit du dich nicht um den anderen Thorn kümmern mußt.«

»Warte mal«, sagte sie überrascht. »Ich habe mich schon so darauf gefreut, dich – ich meine dein anderes Ich – kennenzulernen.«

»Du wirst ihn *nicht* kennenlernen wollen, Roseleen. Er weiß nichts von dir, und er ...«

»Ja, ja, ich weiß schon, er hat nur zwei Dinge im Kopf. Aber bist du ganz sicher, daß er nicht in dieser Spelunke auftauchen wird, solange du drin bist? Und was ist, wenn Sir John nicht gleich gehen will? Vergiß nicht, er muß gesund und munter sein morgen früh und darf nicht mit irgendwelchen Blessuren darniederliegen, die du ihm vielleicht beibringst, falls er sich deinem Willen nicht freiwillig fügt.«

Thorn legte nachdenklich die Stirn in Falten, nachdem ihm offenbar klargeworden war, daß es gar nicht so viele Möglichkeiten gab, Sir John aus dieser Schankstube wegzulocken. »Er hat sich ein Weib für die Nacht ausgesucht, die Schönste am Platze. Deshalb habe ich ihn auch zu dem Wettsaufen herausgefordert, fällt mir ein. Ich wollte sie selbst haben.«

Wie aus dem Nichts heraus tauchte plötzlich das Gespenst der Eifersucht auf und schlug seine grünen Krallen in Roseleens Herz. Und das war mehr als absurd. Schließlich war es nicht *ihr* Thorn, der dieses Flittchen begehrte beziehungsweise begehrt hatte, sondern der andere, und ... und daher war diese Eifersucht völlig unbegründet.

»Sieh dich nur vor, daß du dich diesmal nicht in Versuchung führen läßt«, maulte sie.

Thorn quittierte ihren nörgelnden Tonfall mit einem breiten Grinsen, bevor er sie an sich preßte, seine Arme um sie legte und seine Lippen auf die ihren preßte. Innerhalb von Sekunden hatte er ihre Begierde entfacht, sie glühte innerlich und war daher um so frustrierter, als seine feurigen Küsse plötzlich aufhörten und er sie aus seiner Umarmung freigab.

Einen Moment wußte sie wieder nicht, wo sie sich befanden und weshalb sie hier waren. Doch als sie sich ein wenig gefangen hatte, beschloß sie, sich an ihm für die Unverfrorenheit zu rächen, sie derartig heiß zu machen, ohne die Absicht zu haben, das Liebesspiel zu Ende zu führen.

»Wahrhaftig«, begann er zärtlich zu flüstern. »Im Augenblick gibt es nur ein weibliches Wesen, das mich in Versuchung führen könnte.«

Seine Worte ließen sie erröten, zauberten ein dümmliches Grinsen auf ihr Gesicht, das sie gerade noch verschwinden lassen konnte – und ließen sie ihre Rachegelüste augenblicklich vergessen. »Nun, in diesem Fall sputest du dich besser. Und ich glaube fast, es könnte nichts schaden, wenn Sir John seine Gespielin bekommt. Vielleicht kannst du dieser Dame ein paar Münzen in die Hand drücken, damit sie ihn schneller ins Bett schleppt.«

»Ein ausgezeichneter Vorschlag«, bejahte er. »Aber leider ist es dafür zu spät.«

»Warum?«

»Er kommt gerade.«

»Wer?«

»Ich.«

»Oh … oh, verfluchter Mist!« stammelte sie, als sie nun selbst die rasch näher kommenden Schritte hörte. »Schnell, laß uns von hier verschwinden! Wir müssen …«

Er hatte ihre Hand bereits gepackt, und so kam es, daß sie ihren Satz mit »… es noch mal versuchen …« an einem anderen Ort weiterführte, und dieser dann wieder zu keinem Ende kam, als sie sich in ihrem Vorlesungsraum wiederfand, wo der gute alte Barry noch immer mit offenem Mund dastand und wie ein Schaf vor sich hin starrte.

Dafür mußte sie Thorn bei Gelegenheit mit einem dicken Kuß danken. Er hätte sie genausogut zeitversetzt eine halbe Stunde eher zu dieser mittelalterlichen Kaschemme bringen können, wo sie vorhin gelandet waren. Oder auch nicht? Vielleicht war es gar nicht möglich, zweimal hintereinander an denselben Ort zu reisen? Sie mußte ihn danach fragen, aber später. Jetzt genoß sie erst einmal Barry Hortons Das-kann-doch-nicht-wahr-sein-Grimasse.

Die Augen weit aufgerissen, stieß er stammelnd hervor: »Ihr … ihr seid plötzlich verschwunden!«

Sie schenkte ihm ein nachsichtiges Lächeln und erklärte dann in einem sehr herablassenden Tonfall: »Aber Barry, selbstverständlich sind wir nicht verschwunden. Menschen verschwinden nicht einfach.« Und flüsternd zu Thorn gewandt, der neben ihr stand und noch immer ihre Hand hielt: »Wie wär's mit einem zweiten Versuch?«

Er nickte schmunzelnd. Und er schmunzelte noch, als sie wieder vor der Schenke standen. Diesmal mußte sie ihn mit sanfter Gewalt zum Eingang schieben, was um so schwieriger war, da sie sich vor Lachen bog.

»Ich muß dir wirklich danken«, kicherte sie und japste nach Luft. »Das war ein Witz ohne Worte. Aber jetzt geh, wir wollen nicht wieder zu knapp dran sein. Ich verstecke mich inzwischen hier hinter der Ecke, für den Fall, daß du zu lange brauchst und daß ich ein Ablenkungsmanöver starten muß.«

Er konnte gerade noch sagen: »Auf der Rückseite gibt es einen Hinterausgang. Warte dort auf mich. Ein Ablenkungsmanöver wird nicht nötig sein.«

»Ja, ja, schon gut. Jetzt geh.«

Thorn tat, wie ihm geheißen – Roseleen nicht.

Sie huschte nur um die Hausecke, wo es ihrer Meinung nach genügend Schatten gab, um sich zu verbergen, und lehnte sich gegen die Mauer. Hier wollte sie auf Thorn warten. Er würde sie schon finden, wenn er seine Sache erledigt hatte, da war sie sich ganz sicher. Daß er wütend sein würde, weil sie sich seinen Anordnungen widersetzt hatte, darüber wollte sie sich später Gedanken machen, wenn es soweit war.

In der Zwischenzeit mußte sie dafür sorgen, daß dieser andere Thorn nicht zu früh auftauchte und das Wirtshaus betrat, solange ihr Thorn noch drin war. Sie konnte sich zwar nicht vorstellen, wie es sein würde, diesem anderen Thorn gegenüberzustehen, aber wahrscheinlich käme es ja gar nicht so weit.

Doch wie das Schicksal so spielt, die Zeit verging, und plötzlich vernahm sie wieder dieses Geräusch sich rasch nähernder Schritte, bevor Thorn aus der Spelunke herausgekommen war.

30

Mit angehaltenem Atem lugte Roseleen um die Hausecke und spähte in die Dunkelheit. Der Mann hatte den Lichtkegel, den die Fackeln neben dem Eingang des Wirtshauses warfen, noch nicht erreicht, doch als sie ihn dann sah, weiteten sich ihre Augen.

Er war so unglaublich groß – doch war es sicherlich nur

ihrer Nervosität zuzuschreiben, daß er ihr so riesig erschien. Es war schließlich Thorn, nur nicht der Thorn, den sie kannte.

Das hellbraune Haar dieses anderen Thorn war ein wenig länger und ungepflegter. Er hielt es nicht mit der normannischen Haarmode, die kurzgeschnittene Locken forderte. Aber warum auch? Dieser Thorn würde sich genausowenig anpassen wie der, den sie kannte. Die beiden waren ein und derselbe Mann, nur in zwei verschiedenen Zeitabschnitten ihres Lebens.

Und dieser hier kannte sie nicht.

Trotz aller Nervosität arbeitete ihr Verstand fieberhaft. Warum hatte ihr Thorn so vehement darauf bestanden, daß sie seinem anderen Ich nicht begegnete? War dieser Thorn wirklich so anders als er? Und dann begriff sie. Natürlich war er das! Zwischen diesen beiden Männern lagen Jahrhunderte. Ihr Thorn hatte so viel länger gelebt, war zweifellos abgeklärter und reifer geworden, hatte gelernt, seine Emotionen unter Kontrolle …

Roseleen war auf dem besten Weg dazu, sich selbst auszureden, was sie zu tun vorhatte, wenn sie so weitermachte. Und er hatte das Wirtshaus schon fast erreicht. Sie überlegte kurz, ob sie zur Tür gehen und sich ihm in den Weg stellen sollte? Nein, das hätte zu theatralisch gewirkt. Aber was sollte sie sonst tun, um ihn am Betreten der Wirtsstube zu hindern? Na gut, sie mußte ihn ja nicht allzu lange aufhalten – hoffte sie wenigstens.

Mit diesem Gedanken faßte sie sich ein Herz und rief: »Verzeihen Sie, ich benötige Ihre Hilfe!«

Als er nach einem kurzen Blick über die Schulter weiter auf die Tür zusteuerte, wurde Roseleen klar, daß er sie nicht sehen konnte und ihr Rufen daher auch nicht weiter beachtete. Um sich diese Beachtung zu verschaffen, trat sie aus dem Schatten und machte einen Schritt auf ihn zu.

Das Licht der Fackeln fiel auf ihr gelbes Gewand, und jetzt bemerkte er sie. Er ließ die Hand sinken, die er bereits nach der Türklinke ausstreckte. Jetzt hatte sie seine Aufmerksamkeit – im Moment jedenfalls.

Innerlich zitternd wie Espenlaub stand Roseleen da und wußte nicht, was sie sagen sollte, um ihn ein paar Minuten aufzuhalten. In ihrem Jahrhundert hätte sie ihn einfach nach einer bestimmten Straße oder dem Bahnhof fragen und sich dann absichtlich dumm stellen und zigmal nachfragen können, um Zeit zu gewinnen. Aber da Damen im England des Mittelalters nicht einfach so mir nichts dir nichts in der Stadt herumspazierten, schon gar nicht allein, ohne männliche Begleitung, konnte sie diese Idee gleich wieder verwerfen. Hatte man sie nicht schon einmal belästigt, weil sie allein unterwegs gewesen war? Und das am hellichten Tage!

Seine blauen Augen wanderten gemächlich über ihren Körper und musterten sie in einer genüßlichen Art und Weise, die man zu ihrer Zeit als Unverschämtheit bezeichnet hätte. Aber in dieser Epoche schien man an solchen Blicken nichts Ungewöhnliches zu finden. Dabei fiel ihr ein, daß er sie schon einmal in dieser Weise mit seinen Blicken taxiert hatte – vielmehr daß *ihr* Thorn das getan hatte. Aber der hier war nicht ihr Thorn. Das *mußte* sie sich stets vor Augen halten. Dieser hier kannte sie nicht, sah sie jetzt zum ersten Mal, und sein taxierender Blick ließ ihre Wangen erröten, was, wie sie inständig hoffte, in dem schwachen Schein der Fackeln nicht zu sehen war.

Als sein Blick schließlich wieder nach oben wanderte und den ihren traf, erkundigte er sich nicht, inwiefern er ihr behilflich sein könnte, sondern wollte nur wissen: »Wo sind Eure Begleiter, Lady?«

Eine gute Frage, dachte sie und seufzte erleichtert auf. Er hatte ihr gerade das richtige Stichwort für eine ausschweifende Erklärung geliefert, mit der sie ihn ein Weilchen aufhalten konnte. Wenn sein plötzliches Auftauchen sie nicht so verwirrt hätte, wäre sie bestimmt auch von selbst darauf gekommen.

»Ich habe sie verloren«, erklärte sie ihm und versuchte dabei, ein hilfloses Gesicht zu machen.

»Verloren?«

»Meine Eskorte. Wir sind getrennt worden. Ich laufe nun schon seit Stunden hier herum und suche sie. Aber jetzt traue ich mich nicht mehr allein weiter. Ich kenne diese Gegend nicht, und sie scheint mir sehr – anstößig zu sein.«

»Wohin wolltet Ihr denn?«

»Wir waren auf dem Weg zum Herzog.«

Er nickte, sehr knapp. Diese Gewohnheit hatte er wohl schon immer gehabt. Innerlich mußte sie darüber lächeln.

»Ganz sicher befinden sich einige von Herzog Wilhelms Männern hier in der Schankstube. Ich werde sie bitten, Euch zu Wilhelm zu begleiten.«

»Nein, nein, laßt nur«, wehrte sie ab und zerbrach sich gleichzeitig den Kopf nach einer einleuchtenden Begründung für diese Ablehnung. Alles, was ihr einfiel, war: »Die Soldaten des Herzogs sind notorische Schwätzer, und ich kann es mir nicht leisten, daß das Gerücht die Runde macht, man habe mich allein und nach Einbruch der Dunkelheit in der Nähe des Hafens aufgegriffen, wohin ich mich auf der Suche nach meiner Eskorte verirrte. Mein Ruf wäre ruiniert. Bis jetzt wißt nur Ihr davon – und natürlich meine verschwundenen Begleiter. Aber für sie ist es Schande genug, daß sie mich verloren haben, sie werden ihr Mißgeschick bestimmt nicht an die große Glocke hängen.«

Ihre Erklärung schien ihn zu befriedigen, aber willens, ihr zu helfen, schien er dennoch nicht zu sein. »Ich habe nicht die Zeit …«

»Oh, Ihr habt gewiß unaufschiebbare Verpflichtungen.«

»Nein, aber …«

»Dann handelt es sich wohl um Verpflichtungen – besonderer Art? Ich verstehe, aber das hier ist wirklich ein Notfall, Thorn. Und der Herzog wäre Euch gewiß …«

»Woher kennt Ihr meinen Namen, Lady?« unterbrach er sie, seine Stirn in mißtrauische Falten gelegt.

Roseleen hätte sich am liebsten geohrfeigt. Das war ein fataler Schnitzer, der ihr nicht hätte unterlaufen dürfen. Aber dieses Wortgeplänkel mit ihm war ihr so vertraut erschienen, daß sie für einen Moment vergessen hatte, welcher Thorn hier vor ihr stand. Und da ihr auf die Schnelle keine passende Antwort einfiel, um den Schnitzer auszubügeln, mußte sie notgedrungen wieder improvisieren. Diesmal spielte sie die Geheimnisvolle, in der Hoffnung, seine Aufmerksamkeit damit noch eine Weile fesseln zu können.

»Ich weiß eine Menge Dinge über Euch«, hauchte sie und schenkte ihm einen bedeutungsvollen Blick.

»Wie kommt Ihr dazu?« fragte er. »Wir sind uns noch nie begegnet; ein Gesicht wie das Eure würde ich nicht vergessen.«

Diese Bemerkung, schmeichelhaft wie sie war, hatte eine ganz unerwartete Wirkung auf sie, und zwar dergestalt, daß sie nun völlig zu vergessen schien, daß sie nicht ihren Thorn vor sich hatte, und so lange unverwandt auf seine Lippen starrte, bis er seine Frage wiederholte.

»Woher kennt Ihr mich, Verehrteste?«

Mit einem Ruck löste sie ihren Blick von seinen Lippen, sah ihm wieder in die Augen und seufzte leise. Hätte Thorn sie vor wenigen Minuten doch nur nicht so leidenschaftlich geküßt und sie dann heiß vor Verlangen zurückgelassen ... und hier stand sein Doppelgänger, genauso gutaussehend wie er, mit demselben starken, kampferprobten Körper und den Lippen, die genau wußten, wie sie um den Verstand zu bringen war ... Er konnte sich verdammt glücklich schätzen, daß sie sich ihm bisher noch nicht an die Brust geworfen hatte.

»Sagen wir mal, Euer Ruf ist Euch vorausgeeilt«, meinte sie und hörte selbst den seltsamen Unterton in ihrer Stimme. Sexuelle Frustration war etwas Scheußliches, und daß sie jemals mit diesem Gefühl Bekanntschaft schließen könnte, damit hatte sie nicht gerechnet.

Es war denn auch dieser Tonfall, der ihn dazu veranlaßte,

erstaunt die Augenbrauen hochzuziehen und dann selbstgefällig zu lächeln. Roseleen mußte nicht lange rätseln, auf welchem Gebiet er den Ruf angesiedelt hatte, der ihm angeblich vorausgeeilt war – seine Erfolge auf dem Schlachtfeld hatte er dabei ganz offensichtlich nicht vor Augen.

Nachdem seine Erheiterung abgeklungen war, bedachte er sie wieder mit einem knappen Nicken, begleitet von einem breiten Grinsen und der Bemerkung: »Nun, sollte ich Euch zum Herzog begleiten, so kann ich für Eure Sicherheit nicht garantieren.«

»Unsinn. Seht Euch doch an. Ihr seid sehr wohl in der Lage, mich zu beschützen ...«

»Aber nicht vor mir, Gnädigste.«

»Wie bitte?«

Nach ausführlichen Erklärungen stand ihm nicht der Sinn. Statt dessen drängte er sie an die Hausmauer, hielt sie mit beiden Händen an den Hüften fest und beugte sich über sie, um ihr gleich an Ort und Stelle zu beweisen, wie gefährdet sie in seiner Obhut war.

Er küßte genauso wie Thorn – nun, weshalb auch nicht? Und das machte es ihr um so schwerer, ihre Sinne beisammenzuhalten, während seine Lippen diese zärtlichen Spielchen mit den ihren trieben, die sie so aufregend fand. Und um es ihr noch ein bißchen schwerer zu machen, brachte er seinen ganzen Körper ins Spiel, preßte sich sanft an sie, so daß sie alles von ihm spüren konnte, als ob sie diesen Körper nicht schon in allen Einzelheiten erforscht hätte.

Sie war gewarnt worden – ausdrücklich davor gewarnt worden, sich nicht mit diesem Thorn einzulassen. Und sie hätte wirklich auf diese Warnung hören sollen, denn es hatte nicht den Anschein, als ob er mit seiner Beweisführung innezuhalten gedächte; und bald würde sie das auch gar nicht mehr wollen.

Angestrengt lauschte sie in die Dunkelheit hinein, wartete auf den Ruf, der sie aus diesem Dilemma erlösen würde, aber außer ihrem immer schneller werdenden

Atem und seinem Keuchen vernahm sie nichts dergleichen. Anscheinend hatte ihr Thorn doch gewisse Probleme, Sir John in sein Bett zu bugsieren, was bedeutete, daß sie diesen Thorn hier noch länger beschäftigen mußte, doch hoffentlich nicht in der Art und Weise, wie er sich das vorstellte.

Aber so viele Möglichkeiten hatte sie nicht. Sie konnte so tun, als ob sie sein Ansinnen akzeptierte, was ihr keinerlei Schwierigkeiten bereiten würde, oder sie konnte die Entrüstete spielen und ihn unter empörten Ausrufen von sich stoßen.

Welche der beiden Möglichkeiten konnte ihn wohl länger aufhalten? Mit Sicherheit erstere, zumal es komisch wirken würde, ihn jetzt abzuweisen, nachdem sie sich so lange und recht willig von ihm hatte küssen lassen. Aber ein wenig Protest schien ihr auf jeden Fall angezeigt. Dieser Kerl war einfach zu stark, um zu verhindern, daß sie sich nicht in Kürze mit hochgeschobenen Röcken im nächsten Gebüsch wiederfand.

Es gelang ihr, ihre Lippen von den seinen zu lösen und ihn ein Stück von sich wegzudrücken. Sie schaffte es sogar, wieder auf das Thema zu kommen, das diese Demonstration veranlaßt hatte. Daß ihre Stimme dabei ein wenig atemlos und kehlig klang, daran war allein er schuld. Wie seinem Alter ego war es auch ihm gelungen, binnen Sekunden ihre Leidenschaft zu entfachen, und das ebenfalls ohne größere Anstrengungen von seiner Seite aus.

»Ihr werdet Eurem Ruf in der Tat gerecht. Aber ich würde doch herzlich darum bitten, Euch dieses eine Mal ein wenig zurückzuhalten. Wäre das möglich?« setzte sie fragend hinzu. »Zumindest bis Ihr mich zu Wilhelm geleitet habt.«

Wieder wanderte ein glühender Blick ihren Körper hinauf und hinunter. »Nein, das glaube ich nicht.«

Hätte seine Antwort anders gelautet, wäre Roseleen mit Sicherheit enttäuscht gewesen. Aber verdammt, das hier war nicht *ihr* Thorn. Im Grunde wollte sie ihn gar nicht weiter küssen, sie mußte ihn nur in dem Glauben lassen, es zu wollen.

»Ich würde gern Euren Namen erfahren, Gnädigste.«

Aus irgendeinem unerfindlichen Grund fiel ihr plötzlich der Name Delilah ein. Sie nannte ihn und mußte sich gleich darauf auf die Zunge beißen, um nicht laut herauszuprusten, weil er so gut zu der Situation paßte. Die klassische Verführerin und Blenderin, genau diese Rolle spielte sie im Augenblick.

Und um ihrem Namen gerecht zu werden, schenkte sie ihm ein Komm-näher-Lächeln. Natürlich nur, um ihn bei Laune zu halten und in der stillen Hoffnung, er möge es nicht so verstehen. Da sie aber im Gebrauch dieser weiblichen Tricks wenig Übung hatte, war sie sich nicht sicher, ob sie es richtig gemacht hatte. Seinem verwunderten Blick mußte sie jedoch entnehmen, daß ihr Lächeln wohl eher unsicher als sexy gewirkt hatte, weshalb sie seufzend von weiteren Versuchen Abstand nahm.

»Ihr seid sehr ungeduldig, Thorn Blooddrinker. In gewissen Situationen mag das ja kein Malheur sein, aber in dieser hier ...«, brach sie ab und blickte sich um. »Das ist wohl kaum der geeignete Ort, um sich näher kennenzulernen.«

Auf diese provokative Feststellung hin nahm er ihren Arm und zerrte sie die Straße entlang, noch ehe sie wußte, wie ihr geschah. Sie hatte es wieder vermasselt, und zwar gründlich. Bei Laune hatte sie ihn halten, aber sich nicht von ihm irgendwohin verschleppen lassen wollen, wo sie sich nicht auskannte und wo es eine Ewigkeit dauern würde, bis sie ihren Thorn wiederfand – gesetzt den Fall, sie würde diesen hier wieder los.

»Halt!«

Er blieb tatsächlich stehen, aber seinem Gesichtsausdruck nach zu schließen hatte er nicht vor, sich lange aufzuhalten. In ihrer Verzweiflung flötete sie so verführerisch sie konnte: »Da es gut möglich ist, daß ich mich heute abend nicht mehr der Entourage des Herzogs anschließen werde, ist doch keine so übertriebene Eile vonnöten, nicht wahr? Gerade jetzt nämlich« – sie brauchte diese Kunstpause, um den nötigen Mut für die Fortsetzung ihres Satzes zu sammeln – »verspüre ich den unwiderstehlichen Drang, Euch nochmals zu küssen.«

Nie im Leben wäre ihr etwas derart Herausforderndes über die Lippen gekommen, aber in ihrer Panik kannte sie keine Hemmungen mehr. Und welcher Mann konnte einem mit soviel Dreistigkeit vorgebrachten Wunsch schon widerstehen? Ehe sie sich versah, hatte er sie an sich gerissen und ihr Gesicht in beide Hände genommen. Seine Lippen öffneten sich und kamen den ihren entgegen ...

Und dann hörte sie von weit her jemanden ihren Namen rufen.

Thorn! Sie tat, was sie tun mußte, schnell und ohne großes Bedauern. In dem Augenblick, da seine Lippen die ihren berührten, stellte sie ihren rechten Fuß hinter den seinen und stieß ihn mit all ihrer Kraft von sich weg. Er taumelte rückwärts und stürzte zu Boden. Wie vom Teufel gejagt rannte sie die dunkle Straße hinunter, bis eine breite Brust ihrer Flucht Einhalt gebot.

»Bring uns weg von hier, schnell! Ich fürchte, ich werde verfolgt, du weißt schon von wem.«

»Das fürchtest du nicht ohne Grund«, war Thorns knappe Antwort. Er packte ihre Hand, so fest, daß sie vor Schmerz leise aufstöhnte. »Jetzt erinnere ich mich wieder ... Wahrhaftig, ich habe lange nach dir gesucht, meine Liebe.«

Roseleen starrte ihn mit offenem Mund an. Glücklicherweise fand sie sich gleich darauf in einer anderen Zeit und an einem anderen Ort wieder, der unmittelbaren Gefahr eines Zusammentreffens der beiden Thorns enthoben. Sie wünschte, sie hätte auch den Schock und ihre Verlegenheit zurücklassen können, aber wie das beim Reisen so ist, Gefühle sind treue Reisegefährten, die sich nicht so leicht abschütteln lassen.

31

Roseleen schämte sich in Grund und Boden. Nie zuvor in ihrem Leben war sie so verlegen gewesen. Am liebsten hätte sie sich ins nächste Mauseloch verkrochen. Es war ihr unmöglich, Thorn auch nur anzusehen. Er hielt noch immer ihre Hand, aber sie drehte ihm den Rücken zu, damit er ihre hochroten Wangen nicht sah.

Ich erinnere mich jetzt ...

Warum war sie nur nicht schon früher darauf gekommen? Ganz klar, alles, was dem jüngeren Thorn in der Vergangenheit widerfahren war oder was er auf übernatürliche Weise, wie bei ihrer Begegnung, zusätzlich erlebt hatte, daran mußte er sich selbstverständlich erinnern. Und genau das war eben passiert.

Thorn besaß gewiß eine ganz klare Erinnerung an alles, was sie zu dem anderen Thorn gesagt oder mit ihm getan hatte. Und diese Bilder kehrten wahrscheinlich genau in dem Augenblick wieder, da sich diese Dinge ereigneten, so daß sie ihm nun so frisch vor Augen standen wie dem anderen Thorn – der in diesem Augenblick in ferner Vergangenheit nach ihr suchte.

Ein stummer Seufzer entrang sich ihrer Brust. Es bestand wenig Anlaß zu der Hoffnung, daß sich diese spezielle Erinnerung schneller auflösen würde, nur weil seit dem aktuellen Ereignis und diesem Moment mehr als achthundert Jahre verstrichen waren. Soviel Glück konnte ihr nicht beschert sein, was Thorn ihr auch gleich beweisen sollte.

Er ließ sich nicht länger hinhalten. Seine Hände legten sich auf ihre Schulter und wogen so schwer wie ihr Schuldgefühl. Aus seiner Stimme sprach kalte Wut.

»Ich habe dich gewarnt ...«

»Bitte, sprich nicht weiter«, unterbrach sie ihn. »Ich weiß, daß ich mich dir – ich meine ihm – gegenüber falsch verhalten habe. Du brauchst jetzt nicht darauf herumzureiten.«

Aber genau das hatte er vor. »Er hatte nur eins im Kopf – dich in sein Bett zu locken, und du hast ihn dazu nach Kräften ermutigt.«

Sie schwang auf dem Absatz herum und nahm allen Mut zusammen, den sie noch besaß, um sich zu verteidigen. »Was hätte ich denn sonst noch tun sollen? Mit ihm über verfluchte Schwerter und Geister plaudern, die ich damit herbeirufen kann? Wunderbar, dann hätte er wahrscheinlich geglaubt, ich bin eine Hexe, und wäre schnell davongerannt – um dir geradewegs in die Arme zu laufen. Ich habe dich vor deiner gefürchteten Riesenkatastrophe bewahrt, oder was auch immer passiert wäre, wenn ihr beide euch gesehen hättet. Warum regst du dich bitte schön jetzt so auf?«

»Du bist doch eine intelligente Frau, oder zumindest erzählst du mir das immer«, knurrte er zwischen zusammengebissenen Zähnen. »Also hättest du ihn ebensogut mit deinen endlosen Vorträgen ablenken können. Mir quasselst du doch auch unaufhörlich die Ohren voll.«

Der Hitzeschwall, der ihr daraufhin in die ohnehin schon dunkelroten Wangen fuhr, trug beiden Argumenten Rechnung. War sein Vorwurf begründet? Hatte ihre maßlose Neugier auf diesen anderen Thorn sie nicht zu dem Glauben veranlaßt, daß ihr keine anderen Ablenkungsmittel zur Verfügung standen, als mit ihm zu flirten und bewußt erotische Gefühle in ihm wachrufen zu müssen?

Im nachhinein war man immer klüger, wenn man nicht mehr mitten in einer mißlichen Lage steckte. Sie hätte ebensogut eine Verletzung vortäuschen können, einen verstauchten Knöchel beispielsweise. Sie hätte ihm weismachen können, daß ihr Begleiter unterwegs sei, um Hilfe zu holen, und ihn bitten können, so lange bei ihr zu bleiben, bis er zurückkehrte. Bestimmt wäre er nicht so unhöflich gewesen, einer Dame in dieser Situation seine Hilfe zu verweigern. Oder vielleicht doch? In Anbetracht dessen, daß er nur zwei Dinge im Kopf hatte und daß sie ihn davon abgehalten hätte, einer seiner Vorlieben zu frönen, war das sehr wohl denkbar.

»Kann es sein, daß ich aus deiner Rede ein wenig verletzten Stolz herausgehört habe, weil es mir gelungen ist, dich zu überlisten – ich meine natürlich ihn – und dann wegzulaufen? Bist du deshalb so wütend?«

»Nein, ich bin wütend, weil du es zugelassen hast, daß er dich anfaßt!« brummte er.

Erst sah sie ihn verständnislos an, dann warf sie den Kopf in den Nacken und lachte aus vollem Hals. Sie konnte nicht anders.

»Du bist eifersüchtig auf dich selbst? Also wirklich, Thorn, das ist doch lächerlich! Ich meine, denk doch mal genau darüber nach. Er war schließlich immer noch du – für mich jedenfalls. Und selbst die Tatsache, daß ihr altersmäßig so viele Jahrhunderte auseinander seid, spielt keine Rolle, denn er sah genauso aus wie du.«

»Nun, es sind nur *wenige* Jahre, aber trotzdem gibt es einen großen Unterschied zwischen uns beiden, den du nicht leugnen kannst. Ich kenne dich, Roseleen. Er nicht. Obwohl er nichts lieber getan hätte als das, hat er doch nie die Freuden kennengelernt, die dein Körper ihm bescheren kann. Worin sind wir dann bitte schön gleich?«

Sie wurde wieder knallrot. »Okay, es tut mir leid, daß ich ihm keine Ohrfeige gegeben habe, weil er mich geküßt hat. Natürlich spielte ich sehr wohl mit dem Gedanken, aber ich fürchtete, er würde mich dann stehenlassen und dir über den Weg laufen. Und außerdem ist es verdammt noch mal deine Schuld, daß ich mich von ihm habe küssen lassen«, sagte sie und versetzte ihm einen gezielten Stoß gegen die Brust.

Daß zufällig eine Couch hinter ihm stand, über deren Armlehne er stolperte und hintenüberfiel, kam Roseleen sehr zupaß, verschaffte es ihr doch Gelegenheit, sich auf ihn zu werfen, was sie auch sofort tat. »Wenn du mich das nächste Mal auf so eine Art und Weise küßt, Wikinger«, fuhr sie fort, »dann sorge gefälligst dafür, daß du lange genug Zeit hast, um das Feuer, das du entfachst, auch wieder zu löschen.«

Um ihm zu verdeutlichen, wovon sie sprach, begann sie ihn leidenschaftlich zu küssen, so hemmungslos wie nie zuvor, und wie sich herausstellte, war seine Wut auf sie so groß nicht, denn er unternahm erst gar nicht den Versuch, den Desinteressierten zu mimen. Es dauerte nicht lange, da packten sie seine großen Hände bei den Hüften und preßten sie fest gegen seine Lenden, während sie abwechselnd zarte Bisse und heiße Küsse auf seinem Hals verteilte und sich dann über seine Brust nach unten arbeitete, soweit der Ausschnitt seiner Tunika dies zuließ.

Sie waren mitten im Vorspiel, als sie unterbrochen wurden, aber das hielt David nicht davon ab, den Raum zu betreten und sich laut und vernehmlich zu räuspern, um sich bemerkbar zu machen. Roseleens Kopf fuhr hoch, und nachdem sie David einige Sekunden lang wie betäubt angestarrt hatte – es dauerte ein Weilchen, bis sie wieder vollständig Herr ihrer Gedanken war –, erfüllte sie eine unbändige Freude.

»David!« rief sie aus, wandte sich Thorn wieder zu und rief nochmals ganz aufgeregt: »Alles ist wieder normal!«

»Da erlaube ich mir aber, anderer Meinung zu sein«, kam es recht trocken von David. »Du, meine liebe Schwester, benimmst dich alles andere als normal.«

Seine Bemerkung vermochte sie kaum in Verlegenheit zu bringen. Roseleen war außer sich vor Begeisterung, daß ihr Versuch, den Lauf der Geschichte zu korrigieren, tatsächlich geklappt hatte. Und Thorns Gardinenpredigt gleich nach ihrer Ankunft hier hatte sie so abgelenkt, daß ihr gar nicht aufgefallen war, daß sie sich wieder in der vertrauten Umgebung von Cavenaugh Cottage befanden.

David taxierte sie unverwandt, und Roseleen wunderte sich über die Mißbilligung, die aus seinem Blick sprach.

Hatte er ihr nicht ständig auf brüderlich-unverblümte Art zu verstehen gegeben, daß es höchste Zeit für sie sei, sich einen Mann zu suchen und zu heiraten?

Das Rot ihrer Wangen wurde noch eine Nuance dunkler, als sie sich von Thorn löste, damit er aufstehen konnte. Jetzt mußte sie die beiden Männer miteinander bekanntmachen. Und David zu erklären, wer Thorn war, würde gewiß kein leichtes Unterfangen werden, zumal ihr Bruder im Moment nicht den Eindruck machte, als würde er die unglaubliche Geschichte, die sie ihm zu erzählen hatte, sehr wohlwollend aufnehmen.

Deshalb begann sie die Vorstellung mit den simplen Worten: »Thorn, das ist mein Bruder David, wie du wahrscheinlich schon erraten hast. David, das ist Thorn Blooddrinker.«

Sie wartete auf irgendeine spöttische Bemerkung wie: »Ach, bringen wir jetzt schon die Geister zum Abendessen nach Hause?« Aber nichts dergleichen kam. Statt dessen nickte David nur kurz in Thorns Richtung, als habe er dessen Namen noch nie gehört.

Das verblüffte Roseleen ebenfalls. Offenbar hatte er nicht richtig geschaltet, oder er erinnerte sich nicht mehr an die Träume, die sie ihm geschildert hatte – oder was ihr damals als Traum vorgekommen war.

Sie beschloß, seiner Erinnerung auf die Sprünge zu helfen, und erkundigte sich: »Seit wann bist du denn aus Frankreich zurück?«

»Frankreich?«

»Ja, und hast du diesmal Lydia mitgebracht?«

David sah sie mit gerunzelter Stirn an und schüttelte verwundert den Kopf. »Was ist denn los mit dir, Rose? Ich war seit unserer gemeinsamen Reise im letzten Sommer nicht mehr in Frankreich. Und wer, wenn ich fragen darf, ist Lydia?«

Roseleen starrte ihren Bruder sprachlos an. Ein eisiger Schauer kroch ihr über den Rücken. Er hatte sie noch nie

Rose genannt. Und sie hatten sich im vergangenen Sommer auch nicht gemeinsam in Frankreich aufgehalten. Zum letzten Mal, abgesehen von dem kurzen Besuch dort mit Thorn, war sie zu Davids Hochzeit in Frankreich gewesen, die in einer von Lydias Villen an der Südküste stattgefunden hatte. Aber er wußte nicht einmal, wer Lydia war, hatte sie offenbar nie kennengelernt, geschweige denn geheiratet, und das konnte nur bedeuten …

Sie schlang ihre Arme um Thorns Nacken und erwürgte ihn beinahe, als sie ihm verstört ins Ohr flüsterte: »Das ist nicht mein Bruder. Ich meine, er ist es schon, aber genau wie Barry, den du kennengelernt hast, benimmt er sich ganz anders. Ich fürchte, es hat wieder nicht funktioniert, Thorn. Wir haben zwar das Cottage wiedergefunden, aber irgendwas müssen wir noch in der Vergangenheit korrigieren, denn diese Gegenwart hier ist nicht ganz so, wie sie sein sollte.«

Er machte sich aus ihrer Umklammerung frei und sah sie an. »Bist du dir ganz sicher?«

Sie nickte, und als er sah, daß sie mit den Tränen kämpfte, nahm er sie liebevoll in den Arm. Hinter ihnen schüttelte David empört den Kopf.

»Würde es euch etwas ausmachen, wenn ihr damit wartet, bis ihr allein seid?« knurrte er.

Roseleen straffte den Rücken und drehte sich zu ihm um. »Laß mich doch in Frieden, David. Wir waren allein, bis du hier aufgetaucht bist. Aber bleib nur. Wir gehen.«

Sie nahm Thorn bei der Hand und zog ihn von der Couch hoch und aus dem Zimmer. Dieser David hier war offenbar ein ganz prüder Typ, und sie wußte nicht recht, ob sie ihn überhaupt mochte. Ganz sicher würde sie ihren Atem nicht damit vergeuden, ihm zu erklären, was sie erlebt hatte. Sie hoffte nur, daß David bei ihrer nächsten Begegnung wieder der David war, den sie kannte, und nicht diese puritanische, kopfschüttelnde Imitation, die sie gerade verlassen hatten.

Aber wie konnte sie es anstellen, daß sie ihren David zurückbekam? Allmählich gingen ihr die Ideen aus. Sie hatte nicht die geringste Ahnung, was in der Vergangenheit noch schiefgelaufen sein könnte und was für diese neuerlichen Veränderungen verantwortlich war. Zudem war sie mit ihren Kräften ziemlich am Ende. Zum letzten Mal hatte sie gut geschlafen, als sie in Thorns Zelt in der Normandie erwacht war. Vergangene Nacht hatte sie in diesem Zelt kaum ein Auge zugetan, und die letzten zwei Tage mit all den Aufregungen und Bocksprüngen durch die Jahrhunderte kamen ihr vor wie zwei Wochen.

In ihrem Schlafzimmer angekommen, schloß sie die Tür, lehnte sich mit einem tiefen Seufzer dagegen und schenkte Thorn ein schwaches Lächeln. »Ich will jetzt nicht darüber reden. Morgen früh werde ich herausfinden, was wir falsch gemacht haben oder was jemand anderer falsch gemacht hat. Im Moment will ich nur noch schlafen. Komm, laß uns zu Bett gehen.«

Er machte eine einladende Armbewegung, sah aber nicht sonderlich glücklich dabei aus. »Ich werde dir Gesellschaft leisten«, sagte er. »Ich werde mir sogar alle Mühe geben zu vergessen, was du gerade getan hast, bevor dein Bruder uns mit seinem Erscheinen beehrt hat.«

Sein versteckter Hinweis auf die Leidenschaft, die sie vorhin in ihm entfacht hatte, entlockte ihr ein Lächeln. Wenn sie genau darüber nachdachte, war sie *so* müde nun auch wieder nicht.

»Das ist ganz reizend von dir, Liebling, aber du kannst dir die Mühe sparen«, sagte sie auf dem Weg zum Bett. »Ich glaube nicht, daß mich der Schlaf schon in den nächsten fünf Minuten übermannt.«

Bevor er sie in seine Arme nahm, sah sie sein vergnügtes Gesicht. Und als er sie wenige Momente später sanft auf ihr Bett gelegt hatte, strahlte sie mit ihm um die Wette.

»Es braucht nicht viel, um dich zu ermutigen – dich oder dein anderes Ich –, nicht wahr?«

»Wenn du die Belohnung bist, Roseleen, die mir für meine Anstrengungen winkt? Nein, dann bedarf es überhaupt keiner großen Ermutigung.«

Ob es nur eine schlagfertige Antwort war oder ob er es tatsächlich so meinte, war ihr im Augenblick herzlich egal. Seine Worte klangen so wunderbar in ihren Ohren, daß sie die Arme um seinen Nacken schlang und ihn zu einem Dankeschönkuß an sich zog. Aber nach flüchtigen Zärtlichkeiten stand ihm nicht der Sinn. Seine Zunge vollbrachte wieder einzigartige Wunder, und nach wenigen Augenblicken schon bebte ihr ganzer Körper vor sinnlichem Verlangen.

Er küßte sie sehr lange und mit unendlicher Zärtlichkeit, während seine Hände sich zu ihren empfindsamsten Stellen vortasteten. Sie hatte nicht gewußt, wie viele sie davon besaß, bevor er sie ihr zeigte. Wo immer er sie berührte, reagierte ihre Haut mit diesem wunderbaren Kribbeln. Es war, als ob ihr ganzer Körper aus wohlgestimmten Saiten bestünde, und er kannte unendlich viele Griffe, um sie gemeinsam ein köstliches Liebesduett singen zu lassen.

Lange bevor er seine Erkundungsreise beendet hatte, war sie bereit für ihn, und als er sich auf sie legte und in sie eindrang, endlose, köstliche Momente regungslos in ihrer heißen Glut verharrte, gab sie sich mit geschlossenen Augen diesem herrlichsten aller Gefühle hin, das beinahe so intensiv war wie der Höhepunkt, der, wie sie wußte, gleich in ihr explodieren würde. Sie rang nach Atem, und er bewegte sich in einem Rhythmus, der ihren ganzen Körper vor Lust vibrieren ließ und das Blut in ihren Adern zum Summen brachte.

Dabei hatte er es immer noch nicht eilig, sondern kostete sein Vergnügen nach allen Regeln der Kunst aus, während er das ihre steigerte. Erst als er sie an die Schwelle der Raserei getrieben hatte und sie sich wie eine Ertrinkende an ihn klammerte, da beschleunigte er das Tempo seiner Stöße, um gemeinsam mit ihr auf diesem wunderbaren Gipfel der Lust anzukommen.

Selbst als eine köstliche Mattheit sie langsam in den Schlaf wiegte, küßte und streichelte er sie noch und zeigte ihr auf zärtlichste Weise, daß sie etwas Besonderes für ihn war. Damit hatte er endgültig ihr Herz erobert.

32

Als Roseleen am anderen Morgen erwachte, stellte sie zu ihrer Freude fest, daß sie sich immer noch im Cottage befand und daß Thorn noch neben ihr lag, einen Arm über die Augen gelegt, um die blendende Morgensonne abzuwehren. Sie lächelte ihn an, beugte sich über ihn und hauchte ihm einen zärtlichen Kuß auf die Brust. Er rührte sich nicht. Gestern abend war er gewiß nicht weniger erschöpft gewesen als sie und hatte sie dennoch auf großzügigste Weise mit seinen Zärtlichkeiten verwöhnt.

Sie stieß einen tiefen, zufriedenen Seufzer aus und wünschte sich gleichzeitig, sie könnte sich wieder an ihn kuscheln und weiterschlafen, anstatt sich mit demselben Dilemma zu beschäftigen wie gestern. Aber diese Angelegenheit durfte nicht hinausgeschoben werden, jetzt, da sie einmal wach war. Sie mochte ihr Cottage ja wiedergefunden haben, was bedeutete, daß der Norwegerkönig die Schlacht gegen Harold verloren hatte, so wie es in den Geschichtsbüchern stand. Aber irgend etwas stimmte trotzdem nicht in der Vergangenheit, denn dieser David war schlicht und einfach nicht der David, den sie kannte.

Und da sein Leben sich so drastisch verändert hatte, stellte sich zwangsläufig die Frage, wie das ihre verlaufen war und ob sie überhaupt als Professorin für Geschichte agierte. Falls nicht, dann würde sie hier auch nicht die Bücher finden, die sie so dringend benötigte, und mußte sich irgendwo anders Informationen beschaffen, wo der mögliche Fehler in der Vergangenheit liegen konnte. Das

Dumme war nur, daß sie diesmal nicht die geringste Ahnung hatte, wonach sie suchen sollte.

Sie setzte sich im Bett auf und schmunzelte, als sie die Kleider sah, die über den ganzen Fußboden verstreut waren. So kompliziert es gewesen war, dieses gelbe Gewand anzulegen, so wenig Mühe hatte es Thorn gekostet, es ihr wieder auszuziehen. Eigentlich konnte sie sich gar nicht richtig daran erinnern, wie er es gemacht hatte ...

»Ich hoffe, dieses Lächeln gilt mir«, hörte sie Thorn hinter sich murmeln.

Bevor sie noch antworten oder sich auch nur umdrehen konnte, hatte er schon seine Arme um ihre Hüften geschlungen und begonnen, seine Lippen über ihren nackten Rücken wandern zu lassen. Ein lustvoller Schauer durchlief sie, der ihr Lächeln noch strahlender machte.

»Nun, wenn es vorhin nicht dir gegolten hat«, sagte sie, während sie sich umdrehte und ihm einen Gutenmorgenkuß gab, »dann ganz bestimmt jetzt.«

Er drückte sie an sich. »Geht es uns gut heute morgen?«

Roseleen hob eine Braue und meinte neckend: »Will der Herr etwa hören, was für ein prächtiger Liebhaber er ist?«

»Nicht nötig. Ein Weibsstück namens Delilah hat mir früher schon einmal gesagt, welch grandioser Ruf mir vorausge... uff!« Weiter kam er nicht, da Roseleen seine Selbstbeweihräucherung mit einem gezielten Knuff in die Rippen beendete, von dem er sich aber erstaunlich schnell erholte.

Ehe sie sich's versah, lag sie auf dem Rücken und wurde von ihm gekitzelt, bis sie laut kreischte. Wenig später hatte sie seinen Kopf an ihre Brust gezogen und wunderte sich noch völlig außer Atem über die Verspieltheit ihres Wikingers. Allem Anschein nach machte es ihm großen Spaß, sie Stück für Stück aus der Schale von Disziplin und Selbstbeherrschung zu schälen, in die sie sich so lange verkrochen hatte. Und sie mußte zugeben, daß sie ebenfalls Spaß daran hatte.

Nicht ohne Bedauern schnitt sie deshalb das Thema an,

das unweigerlich besprochen werden mußte. »Wir müssen uns unterhalten, Thorn.«

»Ja.«

Er seufzte und rollte sich herum, bis er an der Bettkante saß. Vornübergebeugt wühlte er in dem Kleiderhaufen nach seiner Hose und stand dann auf, um sie anzuziehen. Als Roseleen ihn so vor sich stehen sah, mit nacktem Oberkörper – der Knutschfleck, den sie oberhalb seiner linken Brustwarze entdeckte, ließ sie sanft erröten – und dem zerzausten Haar, das ihm in wilden Strähnen bis über die Schulter fiel, da kam es sie verdammt hart an, sich auf das zu konzentrieren, was sie zu bereden hatten. Am liebsten hätte sie ihn schnellstens wieder ins Bett beordert.

Doch dann gab Roseleen sich einen Ruck, setzte sich im Bett auf, umfaßte ihre Knie mit beiden Armen und fragte: »Dein anderes Ich – was hat das nach unserer Begegnung getan? Bitte sag mir, daß unser Zusammentreffen nichts geändert hat, denn ich habe wirklich keine Lust, dies alles noch mal durchleben zu müssen.«

»Nun, er hat dich gesucht und sich dann bei Wilhelm nach dir erkundigt, das war alles. Er hatte nicht mehr die Zeit, Roseleen, noch mehr Unheil anzurichten. Am nächsten Tag ist er nach Walhalla zurückgekehrt.«

»Aber er muß in dieser Nacht noch einiges getan haben. Immerhin hat er Sir John betrunken gemacht und sich dann mit diesem Flittchen vergnügt, das eigentlich Sir John für sich ausgesucht hatte. Nachdem du Sir John aus der Kaschemme geholt hast, warst du dann – ich meine er – in dieser Nacht mit dem Mädchen zusammen, oder hat er sich ein anderes gesucht?«

»Nachdem ich dich nicht hatte finden können, bin ich ins Lager zurückgegangen. Ich war nicht mehr in der Stimmung, mich mit einem anderen Weib zu vergnügen.«

»Wirklich?« zwinkerte sie.

Dieses ›wirklich‹ brachte Roseleen einen so finsteren Blick ein, daß sie unwillkürlich grinsen mußte.

»Also, der einzige Unterschied ist demnach der, daß du die Nacht *nicht* mit diesem Mädchen verbracht hast ...« Als sie die Konsequenzen des eben Gesagten erkannte, war die Reihe an ihr, ein finsteres Gesicht zu machen. »Wenn das korrigiert werden müßte, dann nehme ich lieber diese veränderte Gegenwart in Kauf und finde mich auch mit diesem verkorksten Bruder ab, wenn es unbedingt sein muß.«

Thorn schmunzelte vergnügt. »Du vergißt, meine Liebe, daß ursprünglich Sir John dieses Mädchen haben wollte, nicht ich. Das ist bereits korrigiert und bedarf daher keiner Veränderung mehr.«

»Sehr gut, ich habe nämlich wirklich keine Lust, mich weiterhin mit diesem seltsamen David herumzuärgern. Na gut, wenn wir sonst nichts verändert haben ..., dann werde ich meine Nase jetzt in die Bücher stecken. Warum gehst du nicht inzwischen in die Küche und machst Frühstück, solange ich in der Bibliothek nach der einschlägigen Literatur suche, die ich hoffentlich dort auch finde?«

Mit seinem typisch knappen Kopfnicken verließ er das Schlafzimmer. Roseleen warf einen kurzen Blick in ihren Kleiderschrank und mußte zu ihrem Verdruß feststellen, daß ihr Geschmack, was die Farben ihrer Kleidung anbelangte, sich in dieser neuen Gegenwart nicht eben verfeinert hatte, sondern daß sie offenbar eine Vorliebe für grelle Farben und schreiende Muster entwickelt hatte. Nachdem sie nichts fand, was sie auch nur vorübergehend an sich hätte ertragen können, warf sie einen Morgenmantel über, der zwar nicht besonders kleidsam, dafür aber einfarbig weiß war, und ging zur Tür.

Als sie diese öffnete, stieß sie beinahe mit David zusammen, der gerade hatte anklopfen wollen. Bevor sie noch ein überraschtes ›Hast du mich erschreckt‹ ausstoßen konnte, hörte sie ihn in anklagendem Tonfall sagen: »Dieser Mann, mit dem du dich die ganze Nacht hindurch in Sünde vereint hast, ist gerade dabei, deine Küche zu zerlegen. Du kannst von Glück sagen, wenn dir deine Hausangestellte nicht schreiend davonläuft, sobald sie diese Bescherung sieht.«

»Mrs. Humes würde nie …«

»Wer?«

Verdammt, fluchte sie lautlos und rannte nach unten. Gibt es keine Mrs. Humes hier? Und *warum* zum Teufel war sie auf die idiotische Idee verfallen, Thorn in die Küche zu schicken? Daß es in der Gegenwart, in der sie beim letzten Mal gelandet waren, keine modernen Erfindungen gab, bedeutete noch lange nicht, daß es in dieser genauso war.

Sie riß die Küchentür auf, blieb erst einmal stehen und betrachtete fassungslos das Chaos, das sich ihr dort bot. Der elektrische Mixer lag in hundert Einzelteilen verstreut auf der Anrichte. Daneben drei in der Mitte aufgehackte Gemüsedosen, deren Inhalt überwiegend an den Schränken klebte. Auf dem Fußboden tanzte ein batteriegetriebenes Fleischmesser surrend im Kreis herum und bewegte sich auf einen Orangensaftsee zu, in dessen Mitte die abgehauene Spitze des Saftkartons schwamm. In der Tür des Kühlschranks prangte eine Delle, deren Form Roseleen sofort als Thorns Fußabdruck erkannte; offenbar war es ihm nicht gelungen, das Schnappschloß an der Kühlschranktür zu öffnen. Und mitten in dem ganzen Schlamassel stand Thorn, das Schwert in der erhobenen Hand, starrte zerknirscht auf den restlichen Vorrat an Konservendosen und überlegte offensichtlich fieberhaft, wie man diese so öffnen konnte, daß der Inhalt zu gebrauchen war.

Roseleen schüttelte sprachlos den Kopf. Alle modernen Errungenschaften der Küchentechnik waren vorhanden, manche davon kannte sie gar nicht. Wie es aussah, hatte Thorn alle verfügbaren Knöpfe und Schalter betätigt, und als die Maschinen dann Dinge taten, die sie seiner Ansicht nach nicht tun sollten, hatte er sie mit seinem Schwert in Stücke gehackt.

»Zum Koch bist du nicht geboren, wie mir scheint«, meinte sie schmunzelnd.

Empört schoß Thorn herum. »Hier gibt es schließlich auch nichts, woraus man etwas kochen könnte.«

»Aber gewiß doch«, grinste sie und ging zum Kühlschrank. »Man muß nur wissen, wie man drankommt. So nämlich.« Mit einem gekonnten Handgriff öffnete sie die Kühlschranktür. »Voilà! Schau, was wir hier alles Gutes haben. Wie wär's, wenn ich das mit dem Frühstück übernehme, uns ein Omelett mache, dazu Schinken und Speck, Toast und Marmelade? Na, wie klingt das? Du bist bestimmt genauso hungrig wie ich. Die Bücher können noch eine halbe Stunde warten.«

Ihm das Frühstück zu richten machte ihr richtig Spaß. Zudem war es höchst amüsant zu beobachten, wie er alles, was sie ihm vorsetzte, erst einmal genau unter die Lupe nahm. Der Toast war beim letzten Mal, als er gerufen worden war, nicht so dünn und weich gewesen, der Schinken kam nicht fertig in Scheiben geschnitten aus der Plastikverpackung, die Marmelade war nicht so klar, und die Butter wurde vor zweihundert Jahren sicherlich auch noch nicht in Staniolwürfeln verkauft. Aber Thorn war willens, alles zu probieren, und schaufelte wirklich Unmengen in sich hinein, bis er sich zufrieden und satt zurücklehnte.

Nach dem Frühstück gelang es ihnen, in die Bibliothek zu kommen, ohne David über den Weg zu laufen. Und das Glück blieb Roseleen auch weiterhin treu. In den Regalen standen tatsächlich Nachschlagewerke. Einige waren ihr freilich unbekannt, aber zumindest hatte sie gefunden, was sie suchte. Doch die unangenehme Überraschung sollte nicht ausbleiben.

Kaum hatte sie es sich in einem der Lehnstühle bequem gemacht und das erste Buch überflogen, war sie auch schon gezwungen, Thorn, der sich ihr gegenüber in einem Sessel niedergelassen hatte, eine betrübliche Mitteilung zu machen. »Es ist schlimmer, als ich dachte«, begann sie. »Diesmal haben wir es nicht mit einer geringfügigen Veränderung zu tun, sondern mit einer ganz erheblichen. Die

Norweger haben im Norden verloren, so wie es ursprünglich auch gewesen ist, und die Normannen sind am korrekten Tag über England hergefallen. Alles scheint ordnungsgemäß abgelaufen zu sein, und dennoch haben die Normannen wieder verloren. Wie die Dinge liegen, konnten die Engländer, so unglaublich es klingt, in beiden Kriegen den Sieg erringen.

Harold Godwinson hat England noch weitere vierundzwanzig Jahre regiert. Ihm folgten zwei Könige aus seinem Geschlecht, die dem Land große Dienste erwiesen haben, dann einige Tyrannen; einer davon wurde von seiner Gemahlin ermordet. Die übrigen Nachfahren waren mittelmäßige Regenten, die nur ihre Macht genossen und sich im Glanz ihrer Kronen sonnten.«

Thorn ließ einen tiefen Seufzer hören. »Also ist Lord Wilhelm wieder früher gestorben, als er eigentlich sollte?«

»Nein, diesmal nicht. Aber er kehrte als geschlagener Mann in seine Heimat zurück und unternahm nie wieder einen Versuch, England zu unterwerfen. Einige seiner Nachkommen zogen ein paar Jahrhunderte später gegen Frankreich in den Krieg und verloren, wodurch Frankreich eine Weile die stärkste Nation in Europa wurde. England auf der anderen Seite des Kanals blühte auf und begann sich früher als in meiner Zeit zu industrialisieren. Die englische Armee führte weiterhin Kriege, nicht auf dem Festland, sondern mit Schottland und Wales, aber das ist ja bekannt.

Später jedoch kam es zu einer wichtigen Veränderung, die weite Kreise zieht und sicherlich für diesen Moralapostel verantwortlich ist, den ich hier in meinem Bruder gefunden habe. Die Puritaner, die sich im siebzehnten Jahrhundert zu einer Sekte formierten, wanderten nicht nur nach Amerika aus, sie gewannen auch hier in England immer mehr Macht und Einfluß und konnten diese bis heute aufrechterhalten. Und weil ihr Einfluß so stark war, hielt es Amerika nie für nötig, die Unabhängigkeit anzustreben.

Kaum zu glauben, bis heute gehört Amerika den Engländern und wird von ihnen regiert.«

Letztes interessierte Thorn nun weniger. Wie schon zuvor galt seine ganze Sorge nur einem Mann, was seine Frage denn auch ganz deutlich machte. »Aber warum hat Wilhelm diesmal verloren, wenn die Engländer, wie du neulich gesagt hast, völlig erschöpft in diese Schlacht zogen, nachdem sie vorher im Norden gegen die Wikinger gekämpft hatten?«

Roseleen schüttelte ratlos den Kopf. »Wenn ich das nur wüßte! In diesen Büchern wird alles genau so beschrieben, wie es sich tatsächlich auch abgespielt hat. Der starke Nordwind wird erwähnt, der Wilhelms Flotte zwei Wochen im Hafen festgehalten hat, und daß er am Abend des siebenundzwanzigsten September schließlich Segel setzte; sogar daß sein Schiff, die *Mora,* von der übrigen Flotte spät in der Nacht des Auslaufens getrennt wurde, habe ich gelesen. Die Landung am folgenden Morgen in der Bucht von Penvensey wird ebenfalls exakt so dargestellt, wie ich es aus meinen Büchern kenne, und es wird auch gesagt, daß Harold sich zu diesem Zeitpunkt noch weit oben im Norden befunden hat. Es wurde zwar sofort mit der Errichtung von Bollwerken begonnen, aber da die Lage von Penvensey zu exponiert war, beschloß Wilhelm, weiter entlang der Küste nach Osten zu segeln, um den Hafen von Hastings zu erobern.

Harold befand sich zu diesem Zeitpunkt immer noch im Norden, hatte einen Großteil seines Heeres entlassen und kam tatsächlich erst am vierzehnten Oktober wieder im Süden Englands an. Er verschanzte sich mit seinen Mannen auf einem hohen Gebirgskamm, der strategisch eine ausgezeichnete Verteidigungsposition darstellte, und blieb erst einmal in der Defensive. Dadurch forderte er quasi die Normannen zum Angriff heraus, denen es jedoch nicht gelang, Harolds starke Linien zu durchbrechen.«

Roseleen stieß einen kleinen Seufzer aus und fuhr dann

fort: »Selbst die Rückzüge werden hier genau beschrieben. Zunächst zogen sich die Normannen zurück, weil die Truppe aufgrund ihrer Mißerfolge demoralisiert war. Daraufhin rückten die Engländer, obgleich kräftemäßig ausgezehrt, sofort nach und wurden von den Normannen, die sich nun wieder zum Kampf entschlossen, schwer geschlagen. Anschließend zogen sich die Normannen noch zweimal zurück, in der Absicht, die Engländer aus ihrer Verteidigungsposition zu locken, was ihnen auch beide Male gelang und große Verluste in Harolds Reihen forderte. Aber der letzte Angriff, den die Normannen starteten, nun mit ihrer Reiterei – eigentlich hat er ihnen den Sieg gebracht –, der scheiterte hier. Harolds Leibwächter wichen nicht von dessen Seite und schafften es tatsächlich, Wilhelms berittene Soldaten abzuwehren und vernichtend zu schlagen, als sich die Engländer ein viertes Mal zurückzogen.

Und genau *da* ändert sich die Geschichte wieder. Tatsächlich war es so, daß die normannische Kavallerie bei diesem letzten Angriff den Sieg davontrug und daß Harold durch den Schwerthieb eines Ritters den Tod fand, bereits schwer verwundet durch einen Pfeil, der ihn … oh, warte mal!« Roseleen schnappte nach Luft. »Das wird hier gar nicht erwähnt.«

»Was?«

»Wilhelms außergewöhnlicher Befehl an seine Bogenschützen, ihre Pfeile steil nach oben abzuschießen. Dieser Befehl machte Geschichte, denn er stellte den Wendepunkt dieser Schlacht dar. Der Pfeilregen ging genau über den englischen Reihen nieder und lichtete sie so, daß die normannische Kavallerie, die nun in Aktion trat, ohne größere Schwierigkeiten die Linien der Engländer durchbrechen und sie endgültig schlagen konnte. Und einer jener Pfeile traf Harold ins Auge. Die Berichte variieren, ob der Pfeil ihn auf der Stelle tötete oder ihn nur so schwer verwundete, daß es dann ein leichtes für einen der Ritter war, ihn zu erledigen. Aber alle sagen gleichermaßen aus, daß ihm ein Pfeil im Auge steckte.«

»Nur hier steht das nicht«, bemerkte Thorn und deutete nickend auf das Buch in ihrem Schoß.

»Genau, in diesem Bericht hier wird das nicht erwähnt«, bestätigte sie, beugte sich über das Buch und blätterte die Seiten noch einmal durch, um sich zu vergewissern, daß sie nichts überlesen hatte. »Ich kann nichts über diesen legendären Befehl finden und auch kein Wort darüber, daß Harold überhaupt verwundet wurde.« Sie sah zu Thorn hoch und fuhr fort: »Dieser Befehl wurde anscheinend in diesem Zeitablauf nicht gegeben, und deshalb haben die Engländer und nicht die Normannen die Schlacht von Hastings gewonnen.«

Thorn zuckte gleichgültig die Schultern. »Dann muß das also korrigiert werden.«

»Aber wie?« rief Roseleen erregt. »Wenn wir gar nicht wissen, warum Wilhelm diesen Befehl nicht gegeben hat! Um das zu erfahren, müßten wir genau zu diesem Zeitpunkt neben Wilhelm auf dem Schlachtfeld stehen.«

Diese logische Folgerung entlockte Thorns eben noch unbeteiligter Miene ein erwartungsfrohes Grinsen. »Das ist wahrhaftig ein exzellenter Vorschlag.«

Roseleens Miene hingegen verfinsterte sich angesichts seiner offensichtlichen Vorfreude auf eine neue Schlacht. »Das ist keines dieser Gefechte, wo jeder sein Leben lassen muß. Hier gab es Überlebende auf beiden Seiten, deshalb wage es nicht, auch nur einen einzigen Mann zu töten. Außerdem kannst du uns gar nicht zu diesem Schauplatz bringen, denn du warst nicht dabei und kannst dir den Ort demnach auch gar nicht vor Augen führen, um dann dorthin zu reisen. Wir können nur zu jenem Schauplatz zurückkehren, den du mit eigenen Augen gesehen hast, zu dem Zeitpunkt, als die Schiffe in See stachen, und das bedeutet, daß wir wochenlang herumsitzen und warten müssen, bis diese Schlacht dann endlich stattfindet.«

»Fällt dir denn gar nichts Besseres ein?« wollte er wissen.

Sie ließ sich entmutigt in ihren Sessel zurückfallen und murmelte leise: »Nein, verflucht noch mal, mir fällt nichts Besseres ein.«

33

Nachdenklich betrachtete Roseleen das gelbe Gewand, das sie in der Hand hielt, und meinte dann kopfschüttelnd: »Da ich hier bestimmt vergeblich nach einer Waschanleitung suche, ist es wohl besser, wenn ich es nicht in die Maschine stecke.«

»In welche Maschine denn?« fragte Thorn leicht erschrocken. Er zog sich gerade an und dachte offensichtlich an das Desaster in der Küche.

»In die Waschmaschine«, erklärte sie mit einem nachsichtigen Blick in seine Richtung. »Die Zeiten, da die Wäscherinnen schwatzend am Brunnen standen und die Wäsche schrubbten, sind vorbei. Das erledigen heute Maschinen. Es würde mich sicher nicht umbringen, denke ich, wenn ich dieses Kleid noch einmal anziehe, so verknittert und fleckig wie es ist, aber drei Wochen in diesem Teil herumzulaufen, das ist zuviel verlangt. Meinst du, Guy kann mir dort etwas anderes zum Anziehen organisieren, oder soll ich mich lieber in einem Kostümverleih umsehen, solange wir noch hier sind?«

»Organisieren?«

»Na, beschaffen, so wie dieses hier.«

»Ach so«, nickte er und hatte verstanden. »Der Bursche kann alles beschaffen, mach dir mal keine Sorgen.«

»Gut, wenn du das sagst«, entgegnete sie und begann mit der langwierigen Prozedur, dieses mittelalterliche Gewand anzulegen. »Aber da Guy im Augenblick nicht verfügbar ist, wirst du wohl oder übel die Pflichten einer Zofe übernehmen und mich in diese Stoffbahnen einschnüren müssen.«

Thorn kam ihr schmunzelnd zu Hilfe. »Viel lieber würde ich dich aber …«

»Ja, ich kann mir schon denken, was du lieber tätest«, kam sie ihm zuvor. »Das Entkleiden ist mehr nach deinem Geschmack, und das machst du ja auch ganz gut. Aber damit wirst du warten müssen, bis wir wieder in deinem ach so gemütlichen Zelt sind. Und da uns dort ein längerer Aufenthalt bevorsteht, werde ich noch schnell ein paar ›Unentbehrlichkeiten‹ einpacken, wie ich sie nenne.«

Sie ging zu ihrer Kommode, zog eine Handvoll Unterwäsche aus einer der Schubladen und stopfte sie in einen Kissenbezug; ihr Koffer würde im Jahre 1060 doch zu auffällig wirken. Anschließend nahm sie den Kissenbezug mit ins Badezimmer und packte rasch ein, was da so herumstand, Zahnbürste und Zahnpasta, ein Deodorant, Parfüm, Bürste, Rasierer, ihr kleines Erste-Hilfe-Täschchen und ein Stück Seife, die sie in einen Waschlappen steckte – sie hatte nicht vor, sich mit der mittelalterlichen Kernseife die Haut schichtweise abzurubbeln.

»Laß mich das bitte nicht vergessen«, sagte sie zu Thorn, als sie ins Schlafzimmer zurückkam, und hielt den Bezug hoch, damit er wußte, was sie meinte. »Ein vermodertes Kopfkissen mit Toilettenartikeln, das man bei Ausgrabungen im zwanzigsten Jahrhundert fände, würde die Welt in Atem halten und die Archäologen vor den Kopf stoßen – und dann hätten wir noch etwas, das wir korrigieren müßten. Ich finde ohnehin, daß wir genügend durcheinandergebracht haben, um zu beweisen, daß man mit diesen Zeitreisen nicht spaßen sollte.«

Er nickte nur kurz und machte ein so verdrießliches Gesicht dabei, daß sie rasch hinzufügte: »Komm, schau nicht so traurig, Thorn. In Walhalla kannst du jederzeit kämpfen, wann immer dir danach zumute ist. Du mußt ja nicht unbedingt auf jedem Schlachtfeld in der Vergangenheit mitmischen.«

»Ich werde nicht nach Walhalla zurückkehren«, war alles, was er dazu sagte.

»Warum nicht?« Sie starrte ihn verdutzt an.

Er bedachte sie mit einem überheblichen ›So-eine-dumme-Frage‹-Blick und antwortete dann mit der Gegenfrage: »Warum sollte ich dich verlassen, wenn wir erst einmal verheiratet sind und Kinder haben?«

»Immer langsam …«

»Aber erst mußt du lernen, dich ordentlich zu benehmen.«

Sie preßte die Lippen zusammen. Sein Grinsen konnte bedeuten, daß er sie nur hatte aufziehen wollen. Er *wußte* ganz genau, was sie über seine ›Erziehungsabsichten‹ dachte. Aber sie wollte dieses Thema nicht noch einmal durchkauen, so oder so nicht. Es war noch gar nicht sicher, ob sie wieder in ihre eigene Gegenwart zurückkehren konnte, und solange sie darüber keine Gewißheit hatte, war es sinnlos, sich zu überlegen, ob es möglich war, sich mit einem Mann mit übernatürlichen Kräften häuslich einzurichten.

Seine Bemerkung über Walhalla jedoch erinnerte sie wieder an einige ungewöhnliche Dinge, die er im Verlauf ihres Zusammenseins gesagt hatte. Schon lange hatte sie deswegen nachhaken wollen. Wie war das gewesen? Seine Worte »Ich bin von deiner Welt erlöst worden und in meine zurückgekehrt« kamen ihr jetzt in den Sinn. Und vergangene Nacht, als sie ihn darauf hingewiesen hatte, daß ihn so viele Jahrhunderte von diesem anderen Thorn trennten, hatte er geantwortet, daß es nur *wenige* Jahre seien.

Sie konnte kaum glauben, daß sie diese Aussagen im Raum hatte stehenlassen, ohne nachzufragen, aber das holte sie jetzt nach. »Was meintest du letzte Nacht damit, als du sagtest, daß dich nur wenige Jahre von deinem anderen Ich trennen? Hast du so lange gelebt, daß dir Jahrhunderte nur wie wenige Jahre vorkommen? Und vorher, da hast du davon gesprochen, daß meine Zeit und deine Zeit etwas Verschiedenes sind. Wie meinst du denn das?«

Er musterte sie unter zusammengekniffenen Brauen. »Soll das heißen, daß wir noch nicht abreisebereit sind?«

»Glaub nicht, daß du dich so einfach um die Antwort auf meine Fragen drücken kannst, Wikinger. Ich werde mich keinen Meter von hier wegbewegen, bevor du nicht ...«

Sein zynisches Kichern ließ sie verstummen. »Verzeih, meine Teuerste, aber deine Scherze heute morgen sind nicht sehr geistreich. Daß die Zeit in Walhalla anders verläuft, ist doch nun wirklich kein Geheimnis.«

»Aber *wie* anders?«

»Ein Tag dort kann in deiner Zeit eine ganze Spanne von Jahren bedeuten.«

»Eine Spanne?«

»Ihr nennt es ein Jahrhundert.«

Roseleen konnte kaum glauben, was sie da hörte. »Heißt das, daß du gar nicht tausend Jahre alt bist?«

»Ach wo«, lachte er. »Am letzten Jahrestag meiner Geburt hatte ich gerade einen Zwanziger und einen Zehner vollendet.«

»Zwanzig und ... willst du damit sagen, daß du erst *dreißig* Jahre alt bist?« Roseleen schnappte hörbar nach Luft.

»Findest du, daß ich älter aussehe?«

Thorn grinste sie gewinnend an, und Roseleen kam sich ziemlich dumm vor. Natürlich sah er nicht älter aus. Sie hatte doch nur angenommen, daß er vor gut tausend Jahren auf die Welt gekommen und demnach einfach uralt sein müsse, irgendwie unsterblich. Und daß in seinem Wikingerhimmel die Zeit praktisch stillstand, das hatte sie ja nun wirklich nicht ahnen können.

»Wie alt warst du denn, als du verflucht wurdest?«

»Weniger als ein Zwanziger an Jahren.«

»Demnach bist du also nicht unsterblich, hab' ich recht? Du alterst schon – nur in einer anderen Zeitspanne.«

Sein typisch knappes Nicken mußte ihr als Antwort genügen. Roseleen brauchte einige Zeit, bis sie diese unerwarteten Neuigkeiten verdaut hatte. Schließlich war sie bisher der Überzeugung gewesen, er sei steinalt – auf alle Fälle viel zu alt für sie. Und jetzt stellte sich heraus, daß er nur ein Jahr älter war. Offenbar alterte er immer nur dann, wenn er durch das Schwert aus seinem Walhalla abberufen wurde. Er könnte also mit ihr zusammen alt werden …

Roseleen schüttelte diesen aufregenden Gedanken ab. Jetzt war nicht der richtige Augenblick für solche Spekulationen, zumal ihr noch eine Frage auf der Zunge brannte, die sie ihm stellen wollte.

»Warum hat dich diese Hexe Gunnhilda eigentlich verflucht? Hast du sie beim Zaubern gestört, oder hast du etwas verbrochen, wofür sie dich zu Recht mit diesem Fluch belegt hat?«

»Mein einziges Verbrechen bestand darin, ihre Tochter nicht heiraten zu wollen«, schnaubte er.

Roseleen war überrascht. »Ihre Tochter wollte dich heiraten?«

Er schüttelte den Kopf. »Nein, keineswegs. Es war Gunnhilda, die auf diese Verbindung mit meiner Familie scharf war. Aber sie war zu feige, sich mit Thor ins Benehmen zu setzen, deshalb kam sie mit diesem Vorschlag zu mir.«

»Und du hast ihr Ansinnen abgelehnt?«

»Ihre Tochter war nicht nur häßlich, sie war auch doppelt so alt wie ich. Gunnhilda muß verrückt gewesen sein, diese Ehe überhaupt vorzuschlagen. Allerdings habe ich den Fehler begangen, sie auszulachen, als sie mir den Vorschlag unterbreitete. Daraufhin ist sie so wütend geworden, daß sie mich und mein Schwert an Ort und Stelle verfluchte. Aber das war ihr noch nicht genug. Sie tötete außerdem meinen Erzfeind Wolfstan, so daß er mich jetzt mit seinem Haß bis in alle Ewigkeit verfolgt.«

»Davon habe ich aber noch nicht allzuviel gemerkt«,

sagte sie vorsichtig, als erwartete sie, daß plötzlich Wolfstans Geist vor ihnen auftauchen würde.

Thorn lächelte in sich hinein. »Dieser Wolfstan hat hier nicht allzuviel drin«, erklärte er und tippte sich mit dem Finger an die Stirn. »Deshalb schafft er es auch nur selten, mich aufzuspüren, wenn ich auf die Erde gerufen werde. Die wenigen Male, wo es ihm tatsächlich gelungen ist, mich zu finden, habe ich ihn kurzerhand wieder dorthin zurückbefördert, wo er hergekommen ist. Eigentlich jammerschade, daß er so wenig Glück hat, denn er ist ein guter Kämpfer, und es hat mir mit ihm immer viel Spaß gemacht.«

Richtigen Spaß hatte er offenbar auch beim Kämpfen! Roseleen hätte ihm für diese Bemerkung eine Ohrfeige geben können. Und sein geliebter Kampfgenosse konnte bleiben, wo der Pfeffer wuchs, solange sie hier war. Wenn sie Thorn nun in einem Kampf sterben sehen sollte … Ach, hätte sie diesen Wolfstan doch lieber nicht erwähnt.

»Ich glaube, wir haben schon Zeit genug vertrödelt«, murrte sie verdrossen. »Laß uns diese Geschichtskorrektur endlich hinter uns bringen, damit ich wieder mein gewohntes Leben leben kann.« Und in der Lage bin, mir in aller Ruhe zu überlegen, was ich mit einem Wikinger anfangen soll, der beschlossen hat, fürderhin Tisch und Bett mit mir zu teilen, fügte sie in Gedanken hinzu.

34

Es war ein beträchtlicher Schock, sich plötzlich auf dem Deck eines Schiffes wiederzufinden, mitten zwischen Dutzenden von umhereilenden Männern. Roseleen war so perplex, daß sie jemand zur Seite zerren mußte, als ein Matrose mit einem schweren Faß auf den Schultern vorbeistapfte, der glaubte, freie Bahn zu haben, denn wenige Augenblicke vorher hatte sie ihm ja noch nicht im Weg gestanden.

Thorn war derjenige gewesen, der sie am Arm gepackt hatte. Und der konnte sich jetzt ein Grinsen nicht verkneifen, als er ihren verstörten Gesichtsausdruck sah – die Augen groß wie Untertassen, der Mund sperrangelweit offen. Doch das hämische Grinsen verging ihm schlagartig, als sie ihm mit voller Wucht ihren Ellbogen in den Magen rammte.

»Das ist keineswegs komisch«, zischte sie wütend. »Ist dir überhaupt klar, daß jeder dieser Männer beobachtet haben könnte, wie wir hier plötzlich aus dem Nichts aufgetaucht sind? Ich bin ehrlich erstaunt, daß keiner von ihnen vor Schreck aufschreit, mit den Fingern auf uns zeigt oder nach einem Teufelsaustreiber ruft.«

Thorn faßte sie um die Hüfte, was eher eine Abwehrmaßnahme gegen ihren spitzen Ellbogen darstellte und nicht als zärtliche Geste gedacht war, und flüsterte zurück: »Beruhige dich, Roseleen. Wenn uns tatsächlich jemand hier hat auftauchen sehen, dann wird er sich höchstens wundern und am Kopf kratzen. Und außerdem halte ich es für höchst unwahrscheinlich, daß unser Erscheinen überhaupt bemerkt wurde, denn wie du siehst, sind die Männer vollauf damit beschäftigt, das Schiff zum Auslaufen vorzubereiten.«

Er hatte ihre Bedenken wirklich auf sehr gekonnte Weise zerstreut, und da tatsächlich niemand mit Fingern auf sie zeigte oder die Mannschaft mit seinem Geschrei zusammentrommelte, mußte sie sich eingestehen, daß er wieder einmal recht hatte. Sie selbst hatte sich schon so an den Donner und die Blitze gewöhnt, die sein Erscheinen begleiteten, auch wenn sie mit ihm zusammen war, daß sie beides gar nicht mehr beachtete. Aber alle anderen mußten es bemerkt haben, denn sie reckten die Köpfe gen Himmel, ob sich nicht doch noch in letzter Minute ein Sturm zusammenbraute.

Dies machte es sogar noch unwahrscheinlicher, daß man ihr wundersames Erscheinen entdeckt haben könnte. Aber deshalb war ihre Wut auf Thorn ob des Schocks, den er ihr versetzt hatte, noch keineswegs verraucht, höchstens ein wenig gemildert.

Leise murmelte sie vor sich hin: »Erinnere mich dran, daß ich dir den Fernseher vorführe, wenn wir wieder in meiner Zeit gelandet sind. Oder noch besser, ich lade dich zu einem Flug mit einem dieser großen Vögel ein, die du neulich am Himmel gesehen hast.«

Er hatte sie gehört. Natürlich, er stand ja viel zu dicht bei ihr, um sie nicht zu verstehen. »Ist es wirklich möglich, mit diesen Riesenvögeln mitzufliegen?«

Roseleen verdrehte die Augen. Sie hätte sich denken können, daß ihm die Aussicht auf eine so ungewöhnliche Reise gefallen würde und daß sie ihm ihren Schreck nicht mit etwas heimzahlen konnte, das momentan noch gar nicht präsent war.

»Vergiß, was ich gesagt habe, Thorn. Man kann mit ihnen mitfliegen, aber nicht so, wie du dir das vorstellst. Sag mir lieber, wo wir sind – daß wir uns auf einem Schiff aufhalten, das sehe ich selbst – und welches Datum wir heute haben.«

Er zuckte mit den Schultern. »Das Datum weiß ich nicht, aber wir sind dabei, wieder einmal Richtung England Segel zu setzen.«

»Okay, das würde bedeuten, daß wir heute den 27. September haben. Bis zu dem Tag der großen Schlacht läuft hier alles ganz normal ab.« Und dann seufzte sie. »Uns steht eine lange Wartezeit bevor, wenn wir die andere Seite des Kanals erreicht haben. Wenn dein Knappe mir ein anderes Gewand oder auch zwei besorgen will, dann wird er damit hier mehr Glück haben als in England. Hast du eine leise Ahnung, wo der Bursche steckt?«

Thorn runzelte seine Stirn. »Nein, ich muß ihn erst suchen. Aber ich kann dich hier nicht allein lassen, denn ...« Plötzlich unterbrach er sich und lächelte über Roseleens Schulter hinweg jemandem zu: »Lord Wilhelm, darf ich Euch mit Lady Roseleen bekannt machen?«

Roseleen drehte sich schnell um. Ihr Mund stand noch offen, ohne daß sie es merkte. Jetzt verstand sie auch, warum Thorn gewußt hatte, daß das Poster in ihrem Klassenraum Wilhelm den Bastard darstellte. Die Ähnlichkeit zwischen dem Mann auf dem Poster und dem echten Wilhelm war wirklich verblüffend. Irgendein Graphiker in ihrer Zeit hatte einen echten Treffer gelandet, ohne es zu wissen.

Und jetzt, da sie dem berühmten Mann persönlich gegenüberstand, konnte sie nur den Kopf neigen und ehrerbietig murmeln: »Eure Hoheit ...«

Er lachte. »Noch nicht, meine verehrte Dame – aber bald.«

Sie errötete bis unter die Haarwurzeln über den Fauxpas, den sie sich geleistet hatte, obwohl es ein entschuldbarer Fehler war. Schließlich wurde er ja bald König von England, und alle Geschichtsbücher führten ihn unter diesem Titel.

»Mylord, darf ich die Dame Eurem Schutz anheimstellen, solange ich meinen Knappen suche?«

»Gewiß, Thorn, und kommt dann mit dem Burschen zu mir, wenn Ihr ihn gefunden habt. Es wäre mir sehr recht, wenn Ihr mit mir auf der *Mora* segeln würdet, da Ihr offenbar die Neigung habt, auf Nimmerwiedersehen zu verschwinden, wenn ich Euch nicht im Auge behalte. Guy von Anjou kam nämlich zu mir und erklärte mir ganz außer sich vor Angst, daß Euch etwas Schreckliches zugestoßen sein müsse, da er Euch nirgends finden könne. Ihr werdet uns berichten müssen, wo Ihr gewesen seid.«

Thorn nickte Wilhelm in seiner knappen Art zu und drückte Roseleen kurz die Hand, bevor er ging und sie in der Begleitung des Herzogs zurückließ. Sie konnte sich nicht vorstellen, wie Thorn den anderen seine wochenlange Abwesenheit erklären wollte. Er konnte ja schlecht behaupten, daß er nach Walhalla zurückgekehrt sei, wo er gewöhnlich wohne, wenn er sich nicht gerade auf einer

Zeitreise befände. Andererseits würde man hier eine solch unglaubliche Geschichte vielleicht als großartige Unterhaltung für alle willkommen heißen. Doch Wilhelm schien ernsthaft an einer vernünftigen Erklärung interessiert zu sein, sonst hätte er wohl kaum so ausdrücklich darum gebeten.

Doch angesichts dieser einzigartigen Gelegenheit, die sich ihr bot, verschwendete Roseleen keinen weiteren Gedanken an die Sache. Denn mit dem leibhaftigen Wilhelm dem Eroberer einen Plausch zu halten war genau das, was sie sich erhofft hatte, als sie sich dazu bereit erklärte, mit Thorn diese Zeitreisen zu unternehmen. Aus seinem Munde Dinge über ihn und sein Leben, seine Hoffnungen und Pläne zu erfahren, die bisher in keinem Geschichtsbuch der Welt zu finden waren – genau das war es, was ihr Buch zu einem Renner machen würde. Und sie hatte Wilhelm jetzt ganz für sich allein, da seine sonst allgegenwärtigen Gefolgsleute im Moment anderweitig beschäftigt waren.

Was ihre Recherchen anbelangte, so war ihr Zusammensein mit Wilhelm allerdings recht unergiebig. Sie konnte zwar ein paar Fragen anbringen, aber sobald sie seinen befremdeten Blick bemerkte, der ihr sagte, daß er sich über ihre Neugier wunderte, machte sie schnell einen Rückzieher. Sie hatten schon genug an der Geschichte herumgepfuscht, jetzt wollte sie kein Risiko mehr eingehen; schon gar nicht bei jemandem, der selbst die Geschichte so stark beeinflußt hatte. Es genügte bereits, daß ihm irgend etwas, das sie zu ihm sagte, zu einem späteren Zeitpunkt tatsächlich widerfuhr oder daß er es einem anderen erzählte, und schon konnten sich wieder alle möglichen Abweichungen einstellen.

Das war das Risiko nicht wert. Hier an Ort und Stelle sein zu können mußte ihr genügen. Schließlich waren Einzelheiten auch von Bedeutung, und sie befand sich jetzt in der glücklichen Lage, diese Zeitperiode und die in ihr lebenden

Menschen sehr viel detaillierter und lebendiger beschreiben zu können, da sie alles mit eigenen Augen gesehen hatte.

35

Es dämmerte bereits, als Thorn auf die *Mora* zurückkehrte, Guy von Anjou im Schlepptau. Stundenlang hatte Roseleen an der Reling gestanden und nach ihm Ausschau gehalten, und als sich die Vorbereitungen zum Auslaufen immer mehr dem Ende näherten, hatte sie es mit der Angst zu tun bekommen. Und als er dann fünfzehn Minuten vor Ablegen des Schiffes endlich an Bord erschien, war Roseleen jegliches Willkommenslächeln vergangen. Wenn er nicht rechtzeitig zurückgekehrt wäre, hätte sie das Schiff wohl oder übel verlassen müssen, ohne zu wissen, wo sie nach ihm suchen sollte.

Guy zeigte sich über das Wiedersehen mit Roseleen nicht sonderlich erfreut – nun gut, sie hatten sich bei ihrer letzten Begegnung nicht gerade glänzend verstanden –, aber nachdem sie erfahren hatte, was seiner Schwester womöglich zugestoßen war, empfand sie jetzt für Guy reges Mitleid. Wenn sie, wie Thorn vermutete, gestorben war, so konnte Guy von ihrem Tod noch nichts wissen, und so schleppend, wie sich Neuigkeiten damals ausbreiteten, würde es noch eine lange Zeit dauern, bis er davon erfuhr. Ob das ein Segen war oder nicht, das mußten die Zeit und die Umstände weisen.

Bei der erstbesten Gelegenheit entschuldigte Roseleen sich bei Guy für ihr unfreundliches Benehmen beim letzten Mal, was den Burschen jedoch nicht sonderlich beeindruckte. Er trug auch weiterhin dieses Ich-bin-ein-Mann-und-daher-was-Besseres-Gehabe zur Schau, und das würde sie *niemals* akzeptieren.

Thorn amüsierte sich über diesen Schlagabtausch, obwohl seine stoische Miene nichts davon verriet. Doch Roseleen kannte ihn inzwischen gut genug, um zu wissen, daß er sich innerlich vor Lachen ausschüttete. Das Glitzern in seinen blauen Augen gab ihrer Vermutung recht, was sie keineswegs heiterer stimmte.

Sie nahm an, daß das fehlgeschlagene Interview mit Herzog Wilhelm für ihre miese Laune verantwortlich war, doch die Sorgen, die sie sich wegen Thorns spätem Auftauchen hatte machen müssen, waren schließlich das Tüpfelchen auf dem i gewesen. Daher war sie recht erfreut, als sie feststellte, daß Sir Reinard de Morville ebenfalls mit ihnen auf der *Mora* segelte.

Und da sie nicht die geringste Lust verspürte, mit Thorn ein Wort zu wechseln, zumindest solange nicht, bis ihre Wut auf ihn sich ein wenig gelegt hatte, kam es ihr nur zu gelegen, noch jemanden an Bord zu wissen, den sie kannte, auch wenn es nur flüchtig war. Daß er im gleichen Moment, da er ihre Anwesenheit bemerkte, auf sie zukam, schmeichelte ihr unerhört. Immerhin war Sir Reinard ein überaus attraktiver Mann, und es konnte Thorn nicht schaden, wenn er sah, daß auch noch andere Männer außer ihm und seinem Alter ego Interesse an ihr bekundeten.

Doch Roseleen mußte bald feststellen, daß Sir Reinard sich ein wenig zu interessiert an ihr zeigte. Schon die ersten Worte, die er an sie richtete: »Was macht Ihr denn hier, schöne Dame? – Ach, das will ich gar nicht wissen. Diesmal werdet Ihr mir jedenfalls nicht mehr so einfach entwischen«, hätten ihr als Warnung genügen müssen.

Roseleen jedoch war zu diesem Zeitpunkt so entzückt von der Anwesenheit des edlen Ritters, daß sie naiv wie ein Schulmädchen antwortete: »Ich denke gar nicht daran, irgendwohin zu entschwinden, zumindest nicht bis wir England erreicht haben; und selbst dann werde ich mich nicht allzuweit vom Schiff entfernen, falls man mir überhaupt gestattet, von Bord zu gehen. Es freut mich sehr, Euch wiederzusehen, Sir Reinard. Habt Ihr in letzter Zeit wieder einige Damen aus höchster Not errettet?«

Die Frage war eigentlich als Scherz gedacht, doch Reinard nahm sie wörtlich. »Nein, und es wird mir beim nächsten Mal gewiß sehr viel weniger Freude machen – es sei denn ... Ihr benötigt wieder meine Hilfe?«

Das Fragezeichen am Ende seines Satzes brachte sie zum Lachen. »Sehe ich so aus, als würde ich Hilfe brauchen?«

Sie wollte ihrer Entgegnung gerade noch eine Erklärung hinzufügen, verstummte aber sofort, als sie Thorns wütende Blicke bemerkte, die er in ihre Richtung sandte. Dabei entging ihr zwar der enttäuschte Gesichtsausdruck von Sir Reinard, jedoch nicht der leise Seufzer, der seiner Antwort vorausging. »Wirklich zu schade. Euch noch einmal zu Diensten sein zu dürfen wäre mir jede Mühe wert.«

Jetzt merkte auch sie, daß dieser Mann nicht nur galant zu sein versuchte, sondern geradezu für sie entflammt war. Die Art, wie er sie ansah, dieser schmachtende, verlangende Blick, schmeichelte ihr sehr, aber sie liebte nun einmal ...

Du meine Güte, jetzt hatte sie es sich eingestanden. Sie liebte diesen Wikinger! Aber es war eine hoffnungslose Liebe. Gut, er hatte ihr versichert, daß er bei ihr bleiben wolle, doch Tatsache war, daß er aus einer Welt stammte, die sie nicht einmal ansatzweise verstand. Seine eigenartigen Lebensumstände hatten ihn zwar kaum altern lassen, aber er war immerhin schon vor mehr als tausend Jahren zur Welt gekommen, hatte einen Bruder, den spätere Zeiten als sagenumwobenen Wikingergott kannten, und verfügte über geheimnisvolle Kräfte, die jeglicher Realität nicht minder spotteten als seine Existenz überhaupt.

Und wie könnte sich Thorn auf Dauer an ein Leben in ihrer modernen Gegenwart anpassen? Er würde ein steinalter Mann sein, bis er alle Besonderheiten des zwanzigsten Jahrhunderts durchschaut und sein Denken und seine Gewohnheiten diesem angepaßt hätte. Und wenn sie ehrlich war, wollte sie ihn überhaupt nicht verändern. Sie hatte sich in den Mann verliebt, der er jetzt war, törichterweise und bestimmt nicht absichtlich.

Und sein Beruf und größtes Vergnügen war nun mal das Kämpfen. Mit Sicherheit würde er sich sehr bald zu Tode langweilen ohne Schlachten, in denen er seinen Mut unter Beweis stellen konnte; zumal die kriegerischen Auseinandersetzungen, die sich vielleicht in ihrer eigenen Zeit ereignen mochten, nicht mehr mit Schwertern ausgefochten wurden.

Es wäre nicht fair, ihn zu bitten, auf Dauer bei ihr zu bleiben, und besser für ihn, in sein Walhalla zurückzukehren, wo noch andere seiner Artgenossen residierten, die sich die Zeit damit vertrieben, nach altem Wikingerbrauch ihre Kräfte zu messen. Dort würde er glücklich sein und sie sicher bald vergessen. Und sie würde …

Nein, sie wollte sich keine Gedanken darüber machen, wie sie weiterleben konnte, ohne ihn jemals wiederzusehen. Sich ihre wahren Gefühle einzugestehen war so deprimierend, daß ihr plötzlich die Tränen kamen. Und dort neben ihrer Kabine stand Thorn und funkelte sie wütend an, nur weil sie mit einem anderen Mann ein paar Worte wechselte.

»Wollt Ihr einen Laib mit mir teilen, Demoiselle?« fragte Reinard.

»Wie bitte?«

Langsam wandte sich Roseleen ihrem ehemaligen Retter in der Not zu und versuchte ein Lächeln, das reichlich schwach ausfiel.

»Einen Laib«, wiederholte er hoffnungsvoll.

Es dauerte einen Moment, bis sie sich konzentrieren konnte und ihr einfiel, was er mit Laib überhaupt meinte. Ach ja, dieses mittelalterliche Gericht – ein riesiger, ausgehöhlter, mit allerlei Fleisch und Zutaten gefüllter altbackener Brotlaib. Männer und Frauen pflegten sich damals dieses Mahl zu teilen; die vornehmen Ritter nahmen sich sogar die Freiheit heraus, die Dame ihres Herzens mit den besten Happen zu füttern.

Vor lauter Aufregung hatte Roseleen gar nicht gemerkt, daß es Zeit zum Abendessen war. Man hatte mit dem Auftragen der Speisen begonnen, und zwar in typisch mittelalterlicher Manier, sprich in Unmengen. Jetzt erinnerte sie sich auch wieder an die bekannte Tatsache, daß Herzog Wilhelm an diesem Abend ein Festgelage an Bord der *Mora* veranstaltet hatte. Ferner war bekannt, was während dieses Gelages passierte, zumindest all jenen, die sich eingehend mit mittelalterlicher Geschichte befaßt hatten.

Roseleen konnte freilich niemandem der Anwesenden erzählen, was sie wußte. Die *Mora* war nämlich inzwischen etliche Meilen vom Kurs abgewichen und würde bald völlig von der restlichen Flotte abgeschnitten sein. Hätte Eduard der Bekenner nicht aus Kostengründen auf die Flotte verzichtet, die vor der Küste patrouillieren sollte, oder Harold Godwinson einen Teil seiner Flotte zurückgelassen, nachdem er sein Heer am 8. September aufgelöst hatte – die eine Hälfte seiner Schiffe nahm er mit zurück nach London, während die andere sich in alle Winde zerstreute –, so hätte sich Roseleen wirklich Sorgen machen müssen. Aber sie wußte bereits, daß der *Mora* nichts Schlimmes widerfahren würde, während sie allein und unbegleitet den Kanal überquerte, und daß sie noch vor dem Morgengrauen wieder mit dem Gros der Flotte vereint wäre.

Ob Wilhelm sich der Gefahr bewußt war, in welcher sich sein Schiff befand, war schwer zu sagen. Allen Berichten über diesen Zwischenfall nach hatte er keine Zeichen von Beunruhigung erkennen lassen und sich bei diesem üppigen Festgelage bestens amüsiert. Es herrschte eine recht ausgelassene Stimmung, zumal es die anwesenden Gäste kaum noch erwarten konnten, auf die Engländer einzuschlagen, nachdem sie monatelang untätig herumgelegen hatten.

Roseleen hätte diese bestens gelaunte Gesellschaft nur zu

gerne verlassen, da ihre Laune mittlerweile auf dem Tiefpunkt angelangt war. Aber auf diesem Schiff gab es keinen Ort, wohin sie sich hätte zurückziehen können; angesichts der wenigen Kabinen würde sie sogar auf Deck übernachten müssen und konnte sich glücklich schätzen, wenn sie überhaupt Schlaf fand. Und Sir Reinard stand immer noch da und wartete auf ihre Antwort.

Also versuchte sie wieder ein Lächeln, diesmal etwas erfolgreicher, und erklärte dann: »Ja, es würde mich freuen, Euch bei einem Laib …«

Weiter kam sie allerdings nicht, denn Thorn fiel ihr augenblicklich ins Wort, um seine Ansicht betreffs dieser Einladung kundzutun. »Es wäre weitaus gesünder für Euch, de Morville, wenn Ihr diese Mahlzeit allein zu Euch nähmet. Diese Lady steht unter meinem Schutz, und ich lege keinen Wert darauf, ihre Gesellschaft mit jemandem zu teilen.«

36

Sobald Roseleen das Zelt betreten hatte, ballte sie die Hände zu Fäusten, warf die Arme in die Höhe und fauchte: »Was du dir gestern abend geleistet hast, war wirklich die Höhe. Den Macho herauszukehren und … und derartige *Besitz*ansprüche an mich geltend zu machen war absolut überflüssig. Ist dir überhaupt klar, daß Sir Reinard sich hätte beleidigt fühlen und an Ort und Stelle Revanche von dir fordern können?«

Daß sie so lange hatte warten müssen, bis sie das los wurde, hatte sie keineswegs besänftigt, sondern ihre Wut und Enttäuschung noch um einiges gesteigert. Doch seit diesem Vorfall am vergangenen Abend war sie keine Minute mit Thorn allein gewesen, sonst hätte sie ihrem Ärger schon früher Luft gemacht.

Es war kurz vor Sonnenaufgang. Die Flotte war ohne Zwischenfälle in der Bucht von Penvensey vor Anker gegangen, und die Männer hatten bereits damit begonnen, einen Schutzwall zur Verstärkung des alten römischen Forts zu errichten. Ein sinnloses Unterfangen, wie sie jedem hätte erklären können, der ihr zugehört hätte, denn es sollte schon bald beschlossen werden, daß Penvensey als Verteidigungsstellung viel zu exponiert war und daß die Schiffe in Kürze ostwärts nach Hastings weitersegeln sollten.

Doch weil dieser Befehl noch nicht gegeben worden war, hatte man begonnen, die Zelte aufzustellen, und Roseleen hatte Guy gedrängt, das ihre ebenfalls aufzubauen, obwohl sie genau wußte, daß es nicht lange stehen würde. Ihr war nur daran gelegen, Thorn endlich ihre Meinung über sein gestriges Macho-Verhalten mitzuteilen. Daß sie nur so wütend war, weil sie wirklich befürchtet hatte, daß diese lächerliche Szene in Schwertergeklirr ausarten könnte, war nebensächlich.

»Du hast ihn ja förmlich bedroht«, fuhr sie mit ihren Vorwürfen fort und wippte dabei auf den Fersen, um ihre Worte zu unterstreichen. »Das ist dir doch klar, oder nicht? Ich wundere mich wirklich, daß er dich nicht zum Duell gefordert hat.«

Thorn verschränkte die Arme vor der Brust und erklärte in einem Ton, der vor männlichem Stolz und Selbstsicherheit nur so strotzte: »Ich wünschte, er hätte es getan. Du kannst wirklich froh sein, daß nicht ich ihn herausgefordert habe.«

»Aber weshalb denn?« ereiferte sie sich noch mehr. »Der Mann hat doch nichts weiter getan, als mich zum Abendessen einzuladen. Was Harmloseres gibt es doch kaum. Also erklär mir jetzt bitte, warum du dich so aufgeregt und aus einer Mücke einen Elefanten gemacht hast, wie wir sagen.«

Die Antwort kam prompt. »Weil es mir mißfällt, daß er in dich verliebt ist!« knurrte er.

Roseleen wich einen Schritt zurück und entgegnete um einiges ruhiger: »Woher willst du das wissen?«

»Guy hat mir erzählt, daß Morville während unserer Abwesenheit täglich bei ihm aufgekreuzt ist und sich nach deinem Verbleib erkundigt hat. Das spricht doch für sich selbst, Roseleen, oder? Außerdem hat Guy mir gegenüber dieselbe Vermutung geäußert. Nun, ich finde, es war höchste Zeit, diesem aufgeblasenen Kerl klarzumachen, daß er bei dir keine Chancen hat.«

Sie mußte zugeben, daß er in gewisser Hinsicht nicht ganz unrecht hatte. Die Vorstellung, daß Sir Reinard sich in der Vergangenheit nach ihr verzehrte, sobald sie in die Gegenwart zurückgekehrt war – hoffentlich in die ihre –, war ihr alles andere als angenehm. Er wäre dann zwar schon lange tot, aber andererseits auch wieder nicht, solange sie ihm mit Hilfe von *Blooddrinkers Fluch* jederzeit wieder begegnen könnte.

Ob es nun angezeigt war, ihn zu entmutigen, oder nicht, änderte aber nichts an der Tatsache, daß sie die Art und Weise verabscheute, wie Thorn diese Situation gemeistert hatte, indem er Sir Reinard beleidigte und sie kompromittierte. Und das war nicht die einzige Demütigung, die er sich geleistet hatte; auf die andere kam sie gleich zu sprechen.

»Also schön, vergiß Sir Reinard mal für einen Augenblick«, sagte sie unwirsch. »Aber *mußtest* du denn unbedingt dem Herzog und allen anderen in Hörweite erzählen, daß du die letzten Wochen deshalb verschwunden warst, weil du mir in Liebe entbrannt überall hinterhergeritten bist? Das hat sich ja angehört wie eine Hetzjagd, wobei ich das Wild war.«

»Das schließlich erlegt wurde ...«

»Um so schlimmer!«

Thorns Grinsen floß in die Breite, und er konnte sich glücklich schätzen, daß in diesem Zelt noch nichts Geeignetes herumlag, was Roseleen ihm hätte an den Kopf werfen können. Der Herzog hatte schallend gelacht, erinnerte sie sich, und Sir Reinard, dem die Geschichte ebenfalls zu Ohren gekommen war, wie ein begossener Pudel dreingeschaut. Und sie wäre vor Wut beinahe geplatzt.

»Lord Wilhelm verlangte eine Erklärung für meine Abwesenheit«, rief Thorn ihr nochmals ins Gedächtnis und fuhr feixend fort: »Wirklich, ich fand die Erklärung genial, zumal er sich sicher daran erinnern würde, daß ihn mein anderes Ich nach dir gefragt hatte. Und ich *habe* dich doch erwischt, Roseleen, das kannst du doch nicht leugnen, oder?«

»Nichts hast du! Und darum ging es auch gar nicht. Du hast mich nur deshalb als Entschuldigung benutzt, um Sir Reinard eins auszuwischen und ihm nochmals unter die Nase zu reiben, daß er sich keine Hoffnungen auf mich zu machen braucht, solange du da bist.«

»Nein, keineswegs. Das hat er bereits geschluckt. Diese Entschuldigung war in erster Linie für dich gedacht.«

»Für mich?« Sie schnappte nach Luft. »Wie soll ich denn das verstehen?«

»Seltsam, daß du noch nicht bemerkt hast, was allen anderen längst klar ist. Selbst de Morville hat kapiert, daß das meine Liebeserklärung an dich war.«

Roseleen starrte ihn sprachlos an, und im nächsten Moment war ihre ganze Wut verraucht. Sie hätte heulen können vor Rührung und Glück. Mit feuchten Augen schlang sie ihre Arme um seinen Nacken und küßte ihn voller Inbrunst. Aber sie würde ihm nicht sagen, daß auch sie ihn liebte, sosehr es sie auch danach verlangte. Ein solches Geständnis würde es ihr nur noch schwerer machen, wenn sie ihm später erklären mußte, daß sie entschlossen sei, ihn fortzuschicken. Es wäre auf jeden Fall besser, wenn er nicht wußte, daß sie ihr Herz an ihn verloren hatte.

Aber jetzt – jetzt liebte sie ihn so sehr, und dieser Kuß war der einzige Weg, ihm das auch zu zeigen. Und er verstand sofort. Es bedurfte keiner großen Ermutigung, daß er ihre Zärtlichkeiten erwiderte, ganz im Gegenteil. Binnen Sekunden lagen sie beide auf dem Boden des Zeltes, und seine Hände wanderten so gierig über ihren Körper, als wollten sie beweisen, daß das Feuer, das sie in ihm entfacht hatte, bereits lichterloh brannte.

Er begehrte sie leidenschaftlicher und hemmungsloser als je zuvor, und sie war nur zu empfänglich für seine Lust und spürte nichts als das heiße Verlangen, ihn gleich jetzt in sich zu spüren.

So plötzlich, wie es begonnen hatte, war es wieder vorbei – ein schneller, wilder Liebesakt, der in einer unglaublichen Explosion endete. Als Roseleen nach diesem Höhenflug wieder auf der Erde gelandet war, fühlte sie sich, als sei ein Tornado über sie hinweggefegt. Früher hatte sie sich oft über Thorns Fähigkeit gewundert, seine Emotionen so strikt unter Kontrolle zu halten. Jetzt konnte sie erfreut feststellen, daß ihm das nicht immer gelang.

»Heißt das, daß mir alle Fehler verziehen sind, die ich deiner Meinung nach begangen habe?«

Sie schlug die Augen auf, und als sie den Blick sah, mit dem er sie betrachtete – er strahlte wie ein Sieger, zufrieden mit sich und der Welt in dem Bewußtsein, gute Arbeit geleistet zu haben –, meinte sie verschnupft: »Nicht ganz. Ich komme später wieder auf die Unverschämtheiten zurück, die du dir geleistet hast. Das hier ist nur passiert, weil ich es nicht länger ausgehalten habe. Ich mußte ganz einfach ...«

»Dann sollte ich dich wohl besser noch eine Weile beschäftigen«, meinte er lachend.

»Wie du meinst«, stimmte sie in sein Lachen ein. »Versuch dein Bestes, und dann werden wir ja sehen, was passiert.«

Das tat er, und es dauerte sehr lange, bis sie wieder an etwas anderes denken konnte.

37

Es waren zwei lange Wochen, und dann kam endlich der vierzehnten Oktober. Roseleen verbrachte die meiste Zeit an Bord der *Mora,* gewöhnlich auf Thorns Wunsch hin, manchmal auch freiwillig, wenn der Qualm brennender Hütten den Himmel schwarz färbte.

Die Normannen brauchten nicht lange, um den Hafen von Hastings und dessen unmittelbare Umgebung einzunehmen. Verwüsten wäre ein passenderer Ausdruck dafür gewesen. Auch auf dem berühmten Bayeux-Gobelin, das Wilhelms Kampf um den begehrten englischen Thron in verschiedenen Szenen darstellt, sieht man ihn in Hastings mit seinen Brüdern Odo und Robert tafeln, während im Hintergrund eine Frau mit einem Kind auf dem Arm aus ihrer brennenden Hütte flieht.

Damals hatte wirklich Krieg geherrscht, das durfte Roseleen nicht vergessen. Daß sie den Ausgang und all die angewendeten Taktiken und Listen schon kannte, verleitete sie mitunter dazu, den Ernst der Lage zu übersehen, aber Tatsache war, daß dort draußen Menschen starben und noch sehr viele sterben würden, bis dieser Tag zu Ende ging.

Wilhelm und sein Heer waren schon lange aufgebrochen, als ihr mit einemmal bewußt wurde, welche Konsequenzen das für sie hatte. Sie selbst mochte hier bei den Schiffen, wo man sie zurückgelassen hatte, zwar in Sicherheit sein, aber Thorn war mit Wilhelms Männern von Hastings aus zur nächsten Stadt, Battle, aufgebrochen. Er konnte nicht sterben, das wußte sie, aber er konnte verwundet werden, besonders da er im Kampf niemanden töten, sondern nur verwunden durfte.

Aus den Geschichtsbüchern wußte sie auch, daß Wilhelms Kundschafter mitten in der Nacht mit der Nachricht zurückgekehrt waren, daß Harold sich mit seiner Armee auf den Weg zum gegnerischen Heerlager gemacht hatte und daß die Schlacht an diesem Morgen um neun Uhr beginnen sollte.

Bis dahin war es nur noch eine Stunde. Und es dauerte nur Sekunden, bis sie der Gedanke, daß Thorn verwundet werden könnte und sie nicht an seiner Seite wäre, um ihm beizustehen, an den Rand der Verzweiflung trieb. Sie mußte zum Schlachtfeld, so schnell wie möglich. Die ungefähre Lage kannte sie ja und wußte, daß die englische Armee sich hinter einem Gebirgskamm verschanzt und dort Stellung bezogen hatte. Alle Angriffe der Normannen würden sich nur auf diese Stellung konzentrieren, so daß sie sich ohne Gefahr am Rand des Schlachtfeldes aufhalten konnte. Das gab ihr die Möglichkeit, in Thorns Nähe zu sein.

Den Entschluß zu fassen war viel einfacher gewesen als die eigentliche Ausführung, die an Guy von Anjou zu scheitern drohte, der die strikte Order hatte, sie zu bewachen und zu beschützen. Das machte ihm zwar genausowenig Spaß wie ihr, aber er blieb immer in ihrer Nähe und ließ sie keinen Moment aus den Augen. Nachdem sie ihm beim letzten Mal entwischt war, nahm er diesmal seine Aufgabe überaus ernst.

Roseleen zweifelte nicht daran, daß er viel lieber mit in die Schlacht gezogen wäre und Thorns Rücken gedeckt hätte, was die eigentliche Aufgabe eines Schildknappen war. Aber noch war er ein Page und mußte deshalb mit ihr zurückbleiben. Da Roseleen keine Möglichkeit sah, sich ohne ihn davonzustehlen, mußte sie ihn irgendwie von der Notwendigkeit überzeugen, sie zu begleiten.

Unglaublich, wie stur dieser Bursche sein konnte, und wie herablassend! Er hatte nur höhnisch gelacht, als sie ihm ihr Anliegen unterbreitete, und sich dann über eine Stunde lang standhaft geweigert, sich mit ihr auch nur einen Schritt von dem Schiff zu entfernen. Selbst als sie ihn davon überzeugt hatte, daß ihr in einem Traum geweissagt worden wäre, daß die Schlacht mit Sicherheit heute stattfinden würde, war er hart geblieben. Und das, obgleich die Leute im Mittelalter sehr abergläubisch waren und Träumen, Omen und anderen Vorzeichen große Bedeutung beimaßen.

Es war der Appell an seine eigene Wichtigkeit, der ihn schließlich doch noch umstimmte. Roseleen hatte ihm nämlich folgendes erklärt: »Wenn England erobert ist, werden sich auch andere Normannen hier niederlassen. Und sie werden nur zu gerne Genaueres von der glorreichen Schlacht erfahren wollen, die sie in den Besitz dieses Landes gebracht hat. Glaub mir, Guy, diese Schlacht wird als eine der berühmtesten in die Geschichte der Menschheit eingehen. Wärst du nicht stolz, wenn du deinen Landsleuten erzählen könntest, daß du selbst dabeigewesen bist und ihnen aus erster Hand darüber berichten kannst? Oder wäre es dir lieber, wenn du eingestehen müßtest, daß du alles, was du über diese berühmte Schlacht weißt, nur vom Hörensagen kennst?«

Er änderte nicht *sofort* seine Meinung, aber es war ihr gelungen, ihn bei seinem Ehrgeiz zu packen. Nach einer Weile erklärte er sich tatsächlich bereit, wenn auch knurrend, sein Pferd zu holen – das einzige, das sich noch an Bord befand –, und ritt mit ihr die Straße hinunter, freilich nicht direkt zum Schlachtfeld, wie er ausdrücklich betonte, aber in die Nähe, um am Ende des Gefechts gegebenenfalls Hilfe leisten zu können.

Na gut, dachte sie, sprach es aber wohlweislich nicht aus, da sie genau wußte, daß Guy es sich nicht würde verkneifen können, einen Blick auf das Schlachtfeld zu werfen, wenn sie erst einmal in der Nähe waren und das Klirren der Waffen hörten. Und sie sollte recht behalten. Zunächst spielte er zwar den Ahnungslosen und gab vor, das Schlachtgetümmel gar nicht zu hören, bis er dann in unmittelbarer Nähe der normannischen Flanke sein Pferd zum Stehen brachte und angeblich höchst überrascht rief: »Oh, jetzt sind wir aber verdammt nahe dran!«

Anstatt sein Pferd zu wenden, blieb er jedoch ruhig im Sattel sitzen. Das Dumme war nur, daß Roseleen von diesem Standort aus nicht viel sehen konnte. Die Schlachtlinie der hünenhaften normannischen Krieger versperrte ihr die Sicht auf das eigentliche Gefecht, das sich an dem sanft ansteigenden Berghang abspielte, hinter dessen Kamm sich Harold mit seinen Soldaten verschanzt hatte. Aber im Westen erhob sich ein anderer Hügel, wahrscheinlich jener, von dem aus Wilhelm die Engländer gesichtet hatte.

Also sagte sie zu ihm: »Ja, wir sind wirklich viel zu dicht dran. Ich glaube, da drüben wären wir viel sicherer, was meinst du?« Sie deutete zu dem Hügel hinüber. »Von dort oben aus könnten wir das Schlachtfeld viel besser überblicken.«

Das genügte ihm. Er wendete das Pferd, gab ihm die Sporen, und schon preschten sie auf den Hügel zu. Kurze Zeit später hockten sie beide hinter niedrigem Buschwerk verborgen auf der Kuppe des Hügels, der ihnen tatsächlich eine gute Sicht auf den gegenüberliegenden Bergkamm bot. Sie erkannten Harolds Banner, die neben einem einzelnen Apfelbaum auf der höchsten Erhebung des Kamms wehten, wo dieser sie eigenhändig aufgestellt hatte; die Flagge mit dem Drachen von Wessex, unter der er kämpfte, und seine eigene, die das Abbild eines Kriegers zierte.

Harold verfügte über eine starke Armee, genau wie die Geschichtsbücher berichteten, und hielt eine absolut sichere Verteidigungsposition, die ihm eigentlich den Sieg hätte bringen müssen, wenn seine Krieger nicht zu übermütig geworden wären und die eigenen Reihen verlassen hätten, um die zurückweichenden Normannen zu verfolgen. Zunächst konnte Roseleen nicht ersehen, an welchem Punkt sich die Schlacht befand – aber dann wußte sie es.

Guy murmelte entmutigt: »Wir ziehen uns zurück.«

Guy hatte recht, aber Roseleen wußte auch, daß dies der Beginn ihres Triumphes war. »Ja, nachdem sie den ganzen Vormittag erfolglos versucht haben, die englischen Reihen zu durchbrechen, haben sie gerade das Gerücht gehört, daß Wilhelm gefallen sei. Aber sieh hier!« rief sie aufgeregt. »Da ist Bischof Odo, er schwingt seinen Amtsstab und ermahnt die Krieger, den Mut nicht zu verlieren, denn Wilhelm ist gesund und munter, wie er ihnen versichert.«

»Aber die Engländer greifen sie an!« schrie Guy ihr zu, als diese hinter den Normannen den Hügel hinunterjagten.

Roseleen grinste überlegen. »Keine Sorge, Guy, das ist ihr größter Fehler. Warte nur ab, gleich wirst du sehen, wie Wilhelms Krieger sich sammeln und Hackfleisch aus den Engländern machen.«

Guy starrte sie mit offenem Mund an, als genau das eintraf, was sie vorhergesagt hatte. Roseleen merkte es nicht. Sie war viel zu beschäftigt damit, Thorn unter den vielen Männern ausfindig zu machen. Schließlich entdeckte sie ihn dann am Fuße des Bergkamms in Wilhelms Nähe, der selbst in den Kampf eingriff.

Sie stieß einen Seufzer der Erleichterung aus, als ihr klar wurde, warum er in Wilhelms Nähe und damit außer Reichweite der angreifenden Reiter stand: Er wollte herausfinden, weshalb Wilhelm nicht endlich den Befehl an seine Bogenschützen gab, ihre Pfeile abzuschießen.

Weil sie wußte, daß ihnen noch eine lange Wartezeit bevorstand, beschloß Roseleen, ein wenig mit Guy zu plaudern. »Dieser Rückzug war echt, aber es werden noch andere, diesmal vorgetäuschte Manöver der gleichen Art folgen, die dieselbe Wirkung erzielen«, sagte sie, ohne groß nachzudenken.

»Woher wißt Ihr das alles?«

»Ich hab' dir doch gesagt, daß ich einen Traum hatte«, entgegnete sie.

Ob der Junge ihre lahme Erklärung geschluckt hatte oder nicht, konnte sie nicht erkennen, aber er betrachtete sie plötzlich mit anderen Augen, höchst beeindruckt von ihrem Wissen. »Werden wir gegen die Engländer siegen?« fragte er zögerlich.

Eine gute Frage, die ein Ja verdiente, aber solange diese Pfeile noch nicht abgeschossen waren, mußte Roseleen passen. Um ihn nicht zu entmutigen, sagte sie: »So weit reichte mein Traum nicht, aber es sah sehr hoffnungsvoll aus.«

Er nickte und schien mit der Antwort zufrieden, denn sein Blick war bereits wieder von ihr zu dem grauenvollen Gemetzel gewandert. Roseleen wollte das Blutbad nicht sehen. Sie behielt lieber Thorn im Auge und war nicht wenig überrascht, als sie kurz darauf beobachtete, wie er sich mit Sir Reinard unterhielt, und zwar recht freundlich, ohne jegliche Drohgebärden. Und als er dann den Kopf in den Nacken warf und lauthals lachte, begriff sie überhaupt nichts mehr.

Roseleen war so verwirrt, daß sie kaum bemerkte, wie die Zeit verging, und kaum wahrnahm, was um sie herum geschah. Es war bereits später Nachmittag geworden, als sie plötzlich die Pfeile durch die Luft fliegen sah. Sie blinzelte ein paarmal, kniff die Augen zusammen und spähte zu dem Bergkamm hinüber. Tatsächlich – genau wie es in den Büchern stand, war Harold Godwinson von einem der Pfeile getroffen worden. Sie zuckte zusammen, wandte betroffen den Blick ab und entdeckte im selben Moment die normannische Kavallerie, die den Hügel hinaufpreschte.

Die Schlacht würde bald vorüber sein. Harold mußte bei Sonnenuntergang genau an der Stelle sterben, die er seit dem Morgengrauen so erfolgreich verteidigt hatte; die Verfolgung etwaiger Überlebender seiner Armee wäre bei Einbruch der Nacht beendet, und man würde Edith Schwanenhals herbeigeholt haben, um den Leichnam Harolds zu identifizieren. Auf Wilhelms Befehl hin würde er dann an der Küste begraben werden, die er hatte verteidigen wollen. Sehr viel später sollte der neue König von England verfügen, daß Harold auf dem Friedhof von Waltham seine letzte Ruhestätte fand.

Die Geschichte verlief endlich wieder in den richtigen Bahnen, und Roseleen konnte wieder an ihr Leben in der

Zukunft denken. Noch wußte sie zwar nicht, warum Wilhelm diesmal seinen Befehl zur richtigen Zeit gegeben hatte, aber das war auch nicht so wichtig, solange die Schlacht den Ausgang nahm, den sie und Thorn erhofften.

Und dann würde es keine Zeitreisen mehr geben. Das ganze Unternehmen war einfach zu nervenaufreibend, man konnte dabei nur allzu leicht wichtige Abläufe verändern, unabsichtlich, ohne es überhaupt zu bemerken. Ein Glück, daß sie die Geschichtsbücher gefunden hatte, durch die es ihr möglich geworden war …

»Habe ich's mir doch gedacht, daß ich euch hier finden würde.«

Roseleen und Guy fuhren gleichzeitig herum und starrten zu Thorn hoch, dessen Gestalt sich drohend vor ihnen erhob. Seinen Gesichtsausdruck mit verärgert zu beschreiben wäre zu milde ausgedrückt, er kochte ganz offenbar vor Zorn.

Roseleen lächelte nur, aber Guy begann sofort verlegen zu stammeln: »Mylord, ich … ich kann …«

»Schon gut, Guy, beruhige dich«, unterbrach ihn Thorn. »Es ist nicht schwer zu erraten, warum du hier bist. Ich weiß schon – diese Lady hier nörgelt und keift so lange, bis sie ihren Willen durchgesetzt hat.«

»Keift?« zischte Roseleen. »Das verbitte ich …«

»Kannst du gerne, nur wird es dir diesmal wenig nützen. Wie kommt es denn sonst, daß ich dich hier finde und nicht dort, wo ich dich zurückgelassen habe?« Sie beschloß, sich taub zu stellen, und preßte die Lippen zusammen. »Aha, ich hatte also recht«, fügte Thorn hinzu und meinte dann zu Guy: »Sie werden bald das Lager aufschlagen und brauchen außerdem Hilfe bei der Versorgung der Verwundeten. Geh zurück und mach dich nützlich. Ich werde mich jetzt selbst um die Lady kümmern.«

Guy ließ sich das nicht zweimal sagen und machte, daß er wegkam. Roseleen wartete schweigend ab, daß Thorn nun, da sie allein waren, seine Gardinenpredigt vom Stapel lassen würde, aber irgendwie sah es nicht danach aus. Er wirkte ein wenig erschöpft – schließlich war er schon vor Sonnenaufgang aufgestanden, als Wilhelms Kundschafter ihre Meldung gemacht hatten – und immer noch wütend, aber nicht so wütend, daß er sie wieder wie einen ungezogenen Hund hochgehoben und geschüttelt hätte.

Und tatsächlich fragte er nur: »Bist du bereit? Können wir diese Zeit verlassen?«

Und ob sie das war. In weiser Voraussicht hatte sie sogar daran gedacht, den Kopfkissenbezug mit ihren Toilettensachen mitzunehmen – für alle Fälle. Aber zuerst mußte sie noch die Frage loswerden, die ihr auf der Seele brannte: »Hast du zufällig herausgefunden, was diesmal anders gelaufen ist? Nicht, daß es jetzt noch wichtig wäre, aber …«

»Allerdings. Die Idee mit den Pfeilen stammte nämlich ursprünglich von deinem geliebten Sir Reinard. Der jedoch hat, bis ich ihm eindeutig beweisen konnte, daß er nicht den Schimmer einer Aussicht habe, dich jemals zu besitzen, ausschließlich von dir geträumt und sich keinen Deut um den Ausgang der Schlacht gekümmert, so liebeskrank war er. Als er dann aber wieder klar denken konnte und sah, daß die Normannen kurz davor waren zu kapitulieren, machte er Wilhelm den Vorschlag mit den in hohem Bogen abgeschossenen Pfeilen; etwas, das er schon einmal in einer Schlacht gesehen hatte.«

»Dann war das also alles meine Schuld, indirekt«, stieß sie mit glühenden Wangen hervor.

»In der Tat, alles deine Schuld.«

»Du brauchst das gar nicht so breitzutreten. Ich habe den Mann nicht absichtlich ermutigt.«

»Das ist in deinem Fall auch gar nicht nötig, Roseleen. Deine bloße Anwesenheit genügt völlig, daß sich ein Mann Hals über Kopf in dich verliebt.«

Ihre Wangen brannten jetzt wie Feuer. »Daraus kannst du mir aber keinen Strick drehen!«

»Kann ich nicht. Aber du wärst Reinard de Morville auch nie begegnet, wenn du nicht …«

»Okay. Ich habe verstanden! Das war ein absolut unbeabsichtigter Schnitzer, der den Entschluß, den ich eben gefaßt habe, nur unterstützt. Es gibt für uns überhaupt keinen Grund, in irgendeiner Form weiter an der Vergangenheit herumzudoktern. Daher werde ich meine Einwilligung zurückziehen, *Blooddrinkers Fluch* zu weiteren Spritztouren in die Vergangenheit zu benutzen – nachdem du mich nach Hause gebracht hast, selbstverständlich.«

Seufzend nahm er ihre Hand, führte sie an seine Lippen und murmelte: »Nun, ich habe im stillen schon damit gerechnet, etwas Derartiges von dir zu hören. Odin hat mich ja gewarnt, daß mir das, was ich in der Vergangenheit vorfinden werde, möglicherweise nicht gefallen könnte.«

Das konnte Roseleen so nicht stehenlassen. »Ach, komm! Du hast doch jede Minute hier genossen …«

»O nein, ich genieße es keineswegs, wenn du dich grämst und dir Sorgen machst, Roseleen«, erklärte er mit ernsthafter Miene. »Das ist mir auch die schönste Schlacht nicht wert.«

Diese Worte hörte Roseleen nur zu gerne, und sie hätte ihn am liebsten sofort in die Arme genommen und ein wenig geküßt und geherzt, aber dazu ließ er ihr keine Gelegenheit. Als sie ihre freie Hand nach ihm ausstreckte, tauchten sie schon in dieses Nichts ein, das sie Raum und Zeit überwinden ließ.

38

»Ich schätze es nicht, wenn man mich warten läßt, Blooddrinker.«

Roseleen fuhr herum, als sie die unbekannte, krächzende Stimme vernahm, die sich hinter ihrem Rücken erhob. Sie befanden sich wieder in ihrem Schlafzimmer in Cavenaugh Cottage, und das bedeutete, daß außer ihnen niemand in diesem Zimmer sein konnte, zumindest niemand, dessen Stimme sie nicht kannte.

Doch als sie den Sprecher entdeckte, der es sich auf ihrem Schreibtischstuhl in der gegenüberliegenden Zimmerecke bequem gemacht hatte, riß Roseleen die Augen auf, schnappte erschrocken nach Luft und verschluckte sich so, daß sie husten mußte. Zu allem Überfluß klopfte ihr Thorn sogleich kräftig mit der flachen Hand auf den Rücken, ohne sie aber eines Blickes zu würdigen und sich darum zu scheren, ob sie den Schlägen standhielt oder umfiel. Sie blieb stehen und funkelte ihn böse an, aber auch das sah er nicht.

Seine blauen Augen hatten sich bereits auf den ungebetenen Besucher geheftet und ließen ihn nicht mehr los. Der Anflug eines dünnen Grinsens spielte um seine Lippen.

»Nun, mir scheint, du hast ohnehin nichts Besseres zu tun, oder?« entgegnete Thorn auf die Bemerkung, die sie eben gehört hatten, und fügte dann, als sei es ihm gerade erst eingefallen, hinzu: »Sei gegrüßt, Wolfstan. Du solltest mich wirklich viel öfter besuchen.«

Der Wikinger ließ ein dumpfes Knurren hören. Nun, er war nur ein Geist – aber dieser Geist wirkte keineswegs körperlos, ganz im Gegenteil; den Stuhlbeinen nach zu urteilen, die zu brechen drohten, schien er sehr wohl aus Fleisch und Blut zu bestehen.

Seine langen, flachsblonden Haare fielen ihm in dünnen Strähnen über die Brust. Die Augen waren so dunkel, daß sie fast schwarz wirkten. Und er war groß, mindestens so groß wie Thorn; auf seinen Armen, die er vor der Brust verschränkt hielt, zeichneten sich pralle Muskelpakete ab. Seine ärmellose Weste war aus demselben schwarzen ungegerbten Fell gefertigt wie die Schäfte seiner Stiefel, die seine kräftigen Waden umschlossen. Auf den Riemen, die kreuzweise um seine Gamaschenhosen gewickelt waren, schien das verblichene Fell schon größtenteils abgewetzt.

Hinter ihm auf ihrem Schreibtisch lag die wuchtigste, häßlichste Streitaxt, die Roseleen je zu Gesicht bekommen hatte. Eine Waffe, dazu gedacht, Arme, Beine und Köpfe abzuschlagen, ein Mordinstrument, das mit ausreichender Kraft geschwungen ohne weiteres imstande war, einen Mann in zwei Hälften zu teilen. Und Wolfstan der Irre vermittelte weiß Gott den Eindruck, als ob er über sehr viel Kraft verfügte.

Thorn, dem die Axt ebenfalls nicht entgangen war, bemerkte sogleich recht spöttisch: »Wie ich sehe, schleppst du immer noch dieses Hackebeilchen mit dir herum, das dir Gunnhilda geschenkt hat, nachdem du dein eigenes verloren hattest. Warum hast du sie damit nicht gleich einen Kopf kürzer gemacht?«

»Glaubst du, ich habe das nicht versucht, all die vielen Male, da sie mich zu sich rief und mich bedrängte, dich zu töten, bevor sie es tun würde? Diese Axt ist anscheinend genauso verflucht wie dein Schwert, Blooddrinker. Jedesmal, wenn ich sie gegen diese Hexe erheben will, fällt sie mir aus der Hand.«

»Wie schade.« Thorn seufzte. »Ich habe gehofft, daß wenigstens einer von uns beiden ihr mieses Dasein um einige Jahre hätte verkürzen können. Sie ein wenig früher in der Hölle schmoren zu wissen wäre zumindest eine kleine Entschädigung gewesen für all das Leid, das sie uns angetan hat.«

Wolfstan nickte beifällig und stellte sofort die Gegenfrage: »Warum hast *du* es denn nie versucht? Du standest ja schließlich nicht unter ihrer Herrschaft.«

Thorn schnaubte verächtlich. »Glaubst du wirklich, ich hätte nicht genau das vorgehabt? Meine ganze Hoffnung hatte ich darauf gesetzt, daß der Fluch, mit dem sie mich belegt hat, mit ihrem Tod seine Wirkung verlieren würde, aber nein, sie war stärker. Und sie hat sich wohlweislich so lange vor mir versteckt gehalten, bis ich nach Walhalla ging.«

Dieser Wikingerhimmel stellte offenbar ein heikles Thema für die beiden dar, denn die Erwähnung des Namens entlockte Wolfstan ein erneutes unwirsches Knurren; er fuhr so abrupt hoch, daß der zierliche Stuhl unter ihm in allen Fugen krachte. Tatsächlich, er war so groß wie Thorn oder sogar ein bißchen größer.

Sofort streckte er die Hand nach der Streitaxt auf dem Schreibtisch aus, ein sicheres Zeichen dafür, daß er mehr als nur ein wenig aufgebracht war. Und daß Thorn Roseleen sofort hinter sich schob, ließ daran keinen Zweifel mehr offen. Mit dem Schwert in der Hand, das abzulegen Thorn nach ihrer Ankunft hier noch keine Gelegenheit gehabt hatte, stürzte er sich sofort auf seinen Gegner.

Roseleen überfiel maßloses Entsetzen. Das konnte doch nicht wahr sein! Die beiden kämpften tatsächlich, versuchten sich gegenseitig umzubringen, mitten in ihrem Schlafzimmer. Und als das Wort ›umbringen‹ in ihrer Vorstellung so richtig Gestalt angenommen und alle Alarmglocken zum Läuten gebracht hatte, wurde sie mit einem Schlag kalkweiß. Dieser Wolfstan war der einzige Mensch, der Thorn etwas anhaben, der ihn nicht nur verwunden, nein, ihn wirklich – töten konnte. Und genau das versuchte Wolfstan der Irre jetzt mit jedem Hieb seiner Streitaxt, die er in rasender Wut über dem Kopf schwang.

»Aufhören!« schrie sie völlig außer sich. »Hört sofort auf!«

Keiner der beiden schenkte ihr auch nur die geringste Beachtung, im Augenblick existierte sie für diese beiden Männer nicht. Aber sie war sehr wohl existent und zu Tode erschrocken.

Thorn besaß keinen Schild, um Wolfstans kraftvolle Schläge abzuwehren. Er mußte sein Schwert benutzen, um die Axthiebe zu parieren, wenn er nicht rechtzeitig ausweichen konnte. Und Gott möge es verhüten, daß er stolperte oder auf dem Teppich ausrutschte. Wolfstan besaß zwar auch keinen Schild, aber er war der Angreifer, war es von Anfang an gewesen, als ihre Waffen zum ersten Mal klirrend aufeinandertrafen und Funken sprühten. Thorn blieb weder Zeit noch Gelegenheit, selbst in die Offensive zu gehen.

Ohne an etwas anderes zu denken, nur mit dem einzigen Ziel vor Augen, diesen schrecklichen Kampf so schnell wie möglich zu beenden, rannte Roseleen an den beiden Kämpfern vorbei, bis sie hinter Wolfstan stand. Dann packte sie den Schreibtischstuhl, hob ihn hoch und schleuderte ihn mit aller Kraft gegen Wolfstans Rücken, ohne sich darum zu kümmern, ob Thorn mit ihrer Einmischung einverstanden war oder nicht. Aber in all der Aufregung hatte sie ganz vergessen, daß Wolfstan ein Geist war. Anders als Thorn war er tatsächlich substanzlos, was denn auch bewirkte, daß der Stuhl durch ihn hindurch, knapp an Thorn vorbei, durch die Luft sauste und Roseleen durch den Schwung mitriß, die dabei das Gleichgewicht verlor und zu Boden stürzte.

Dort saß sie eine Weile und wunderte sich, wie es diesem anscheinend körperlosen Geist gelungen war, so viel Gewicht auf den Stuhl auszuüben, daß die Beine beinahe gebrochen waren, wo er doch offensichtlich keinerlei Substanz besaß. Oder konnte er seine Körperlichkeit beeinflussen? Hatte er die Macht, die Konsistenz seines Körpers nach Belieben zu verändern? Seine Streitaxt hingegen bestand zweifellos aus fester Materie. Wieder und wieder hörte sie das scheußliche Klirren, wenn sie mit *Blooddrinkers Fluch* zusammenprallte. Und wenn er praktisch nur ein Trugbild war – wie konnte Thorn ihn dann töten? Würde sein Schwert nicht auch durch ihn hindurchfahren, ohne den geringsten Schaden anzurichten?

Roseleen, die immer noch auf dem Boden kauerte, versuchte rasch zur Seite zu rutschen, als die beiden Männer immer näher kamen. Aber sie war nicht schnell genug. Wolfstans Fuß glitt durch ihren hindurch und ließ an der Stelle ein eiskaltes Kribbeln zurück. Zitternd rappelte Roseleen sich auf. Sie *mußte* diesen Wahnsinn beenden. Aber wie? Außer den Dorfpfarrer zu Hilfe zu holen, fiel ihr nichts Vernünftiges ein ...

»Du warst schon immer ein Schwächling, Wolf, selbst als du noch lebtest. Was ist, kannst du nicht besser kämpfen? Jedes Weib kann deine kraftlosen Hiebe abwehren.«

Roseleen spähte in Thorns Richtung und mußte zu ihrem Ärger feststellen, daß er dem Lachen nahe war. Allem Anschein nach amüsierte sich dieser Wikinger wieder einmal königlich. Sie fürchtete sich zu Tode – und er hatte den größten Spaß an der Sache.

Am liebsten hätte sie ihm eigenhändig eins mit der Axt übergebraten, so wütend war sie. Auf der anderen Seite wußte sie ja inzwischen, daß ein Kampf für ihn eines der schönsten Vergnügen darstellte. Hatte er nicht erst neulich davon gesprochen, daß er wünschte, Wolfstan möge ihn öfter ausfindig machen?

»Was bist du nur für ein arroganter Maulheld, Thorn. Wenn deine Familie nicht Irsas Macht besäße, die dir zusätzliche Kräfte verleiht, dann hätte ich dir schon längst den Kopf von den Schultern geschlagen – und zwar lange bevor diese Hexe überhaupt in die Verlegenheit gekommen wäre, dich zu verfluchen.«

Wurde jetzt mit Worten weitergekämpft? Nun, das konnte ihr nur recht sein. Roseleen hob den Stuhl vom Boden auf, machte es sich darin bequem und lauschte die nächsten zwanzig Minuten den tödlichen Beleidigungen und unflätigen Kraftausdrücken, die sich die beiden Männer an den Kopf warfen. Mehr als einmal bekam sie dabei rote Ohren, doch dann kreuzte sie energisch die Arme vor der Brust und begann mit den Fersen ungeduldig auf den Boden zu trommeln – sie hatte allmählich die Nase voll von dem Theater. Die beiden benahmen sich wie zwei kleine Buben, die Räuber und Gendarm spielten – oder besser gesagt, Geist und Verdammter. Daß sie sich schon vor Gunnhildas Einmischung in ihrer beider Leben gekannt hatten, war offenkundig. Wahrscheinlich war ihr Verhalten schon früher genauso kindisch gewesen wie jetzt.

Als ihnen die Beschimpfungen ausgingen und sie wieder Taten folgen ließen, seufzte Roseleen nur gelangweilt, nicht länger besorgt, daß Thorn etwas zustoßen könnte. Allem Anschein nach war er der bessere Kämpfer und hatte bisher nur mit seinem Gegner gespielt, um das Vergnügen, das beide an ihrer Auseinandersetzung hatten, in die Länge zu ziehen. Doch als Thorn sie jetzt endlich eines ersten Blickes würdigte und sah, wie verärgert sie war, machte er diesem Spiel rasch ein Ende.

Den nächsten Axthieb von Wolfstan parierte Thorn wie gewöhnlich, vollführte jedoch anschließend eine rasche Drehung mit seinem Handgelenk und brachte sein Schwert dadurch in die richtige Position, um Wolfstan einen Hieb zu verpassen, der ihn eigentlich hätte zweiteilen müssen. Doch die Klinge fuhr durch seinen Körper hindurch, genau wie der Stuhl zuvor, ohne daß er einen Tropfen Blut vergoß – nun, bekanntlich besaßen Geister ja auch kein Blut.

Wenn Roseleen jedoch erwartet hatte, daß er auch diesmal keine Regung zeigen würde, so täuschte sie sich. Wolfstan reagierte, als ob er einen tödlichen Schlag erhalten hätte. Die Axt fiel ihm aus der Hand, er krümmte sich, hielt sich den Bauch und war plötzlich verschwunden, wie vom Erdboden verschluckt. Und einen Augenblick später hatte sich auch seine Axt in nichts aufgelöst.

»Bis zum nächsten Mal, Wolf!« rief ihm Thorn hinterher, bevor er *Blooddrinkers Fluch* in die Scheide zurücksteckte.

Aus weiter Ferne vernahm Roseleen ein Lachen. Sie biß die Zähne zusammen und verkniff es sich, mit den Augen zu rollen.

»Ist das eine wöchentliche Vorstellung?« fragte sie so trocken wie nur möglich. »Oder macht ihr das einmal im Monat? Wie lange wird es dauern, bis er dich wieder mit seiner Anwesenheit beehrt?«

»Er taucht bei jedem meiner Erdenbesuche nur einmal

auf«, entgegnete Thorn, bemüht, ihren Sarkasmus zu ignorieren. »Das heißt – das war wohl sein letzter Besuch, da ich nicht noch mal gerufen werde.«

Diese Erkenntnis verlieh seiner Stimme einen gewissen traurigen Unterton. Und Roseleen begriff, daß er tatsächlich vorhatte, bei ihr zu bleiben.

Jetzt war eigentlich der Zeitpunkt gekommen, ihn wegzuschicken, damit sie ihr normales Leben wiederaufnehmen konnte – falls das überhaupt möglich war. Aber als sie ihn ansah, wie er so vor ihr stand, dieses Siegeslächeln im Gesicht, so beeindruckend, daß es einem schier den Atem verschlug – da brachte sie es einfach nicht übers Herz – noch nicht. Das ging ihr alles viel zu schnell.

Morgen. Ja, morgen würde sie es ihm sagen. Aber bis dahin ...

39

Eine ganze Woche lang ließ Roseleen sich Zeit und erfand immer neue Ausreden, um Thorn noch ein klein wenig länger bei sich zu behalten. Sie wußte natürlich ganz genau, daß sie weder ihm noch sich einen Gefallen tat, wenn sie die Trennung immer weiter hinauszögerte, aber in diesem Fall handelte sie ganz egoistisch; sie wollte ihn einfach noch ein bißchen um sich haben. Die Folge davon war natürlich, daß ihre Verbindung noch enger wurde und daß ihr der Gedanke unerträglich schien, ihn demnächst wegzuschicken.

Deshalb verbannte sie kurzerhand jegliche diesbezügliche Überlegung in den hintersten Winkel ihres Kopfes. Die folgenden Tage genoß sie seine Gegenwart und versuchte, so viele schöne Erlebnisse wie nur möglich zu sammeln; die Erinnerung daran mußte dann ihr ganzes Leben lang vorhalten.

Sie gab John und Elizabeth Humes eine Woche Urlaub,

damit sie Verwandte in Brighton besuchen konnten. Und sie wimmelte David ab, der gleich nach seiner Rückkehr bei ihr auftauchen wollte. Die letzten Tage mit Thorn sollten nur ihnen beiden gehören.

Doch irgendwann kam dann doch der Zeitpunkt, da sie wußte, daß sie das Unvermeidliche nicht mehr länger aufschieben konnte. Obwohl die Vorstellung, ihn niemals wiederzusehen, ihr beinahe das Herz brach.

Noch ein wenig zögerte sie den Abschied hinaus und stellte ihm dumme Fragen, auf die sie ohnehin keine positive Antwort erwartete. Sie befanden sich in ihrem Schlafzimmer, aber nicht um sich zu lieben – die ganze Woche hatten sie fast nichts anderes getan –, sondern nur, um auf dem Bett zu liegen und sich gegenseitig im Arm zu halten. Wie schön war es, seine Wärme zu spüren und seine Zärtlichkeiten zu genießen.

Roseleens Finger fuhren spielerisch durch die weichen Haare auf seiner Brust, als sie ihn fragte: »Kann dein Schwert eigentlich einmal brechen?«

»Nein. Zum einen ist es ein sehr sorgfältig geschmiedetes Schwert, vor allem aber hat der Fluch es letztlich unzerstörbar gemacht.«

»Und was ist mit dem Fluch? Kann man den Fluch brechen?«

Plötzlich wurde Thorn sehr still. »Warum fragst du das gerade jetzt, Roseleen?« sagte er nach einer Weile.

Sie zuckte mit den Schultern. »Weiß ich nicht. Aus reiner Neugier. Ich nehme an, ich hätte dich das schon früher fragen sollen, nicht wahr? Weißt du, ich glaube an eine ausgleichende Gerechtigkeit, und die bietet einem für gewöhnlich einen kleinen Ausweg an, um eine wirklich eklatante Ungerechtigkeit zu korrigieren. Deshalb habe ich mich gerade gefragt, ob du vielleicht einen solchen Ausweg kennst?«

»Nun, der Fluch kann ganz einfach gebrochen werden.«

»Einfach?« Sie setzte sich überrascht auf. Nicht im Traum

hätte sie eine Antwort wie diese erwartet. »Warum hast du ihn dann nicht schon längst gebrochen?«

»Weil ich nicht die Macht dazu besitze.« Das klang ein wenig verdrossen. »Der Fluch erlaubt es mir nicht einmal, über solche Dinge zu sprechen, solange ich nicht ausdrücklich danach gefragt werde, wie du es eben getan hast.«

»Und was ist daran so einfach? Wenn du es nicht kannst, wer kann es dann?«

»Immer derjenige, der dieses Schwert besitzt«, erklärte er. »Denn die einzige Möglichkeit, den Fluch zu brechen, besteht darin, mir das Schwert vorbehaltlos zurückzugeben, mir wieder das volle Besitzrecht einzuräumen.«

»Ist das dein Ernst? Mehr braucht es nicht, um einen tausend Jahre alten Fluch zu brechen?«

Sein Nicken war noch knapper als sonst. »Dann hätte ich mein Schicksal wieder selbst in der Hand, und mein Schwert wäre ein ganz normales Schwert, ohne irgendwelche geheimen Kräfte.«

»Das würde dann auch bedeuten, daß es keine Zeitreisen mehr geben könnte, sollte man dich je wieder dazu auffordern«, meinte sie nachdenklich.

Und wußte bereits, daß sie dieses Opfer bringen würde, daß sie ihm sein Schwert und damit sein eigenes Schicksal zurückgeben wollte, wie immer das aussehen mochte. Keine Minute länger durfte sie das, was sie jetzt tun mußte, aufschieben.

Das Schwert befand sich wie immer in dem Mahagonikasten unter dem Bett. Roseleen stand auf, holte den Kasten hervor, öffnete ihn und nahm das Schwert zum letzten Mal in die Hand. Sie bildete sich ein, die magische Kraft unter ihren Fingern zu spüren, die dieser Waffe innewohnte; sie schien zu knistern, gleichsam als Protest gegen das, was sie jetzt zu tun beabsichtigte – die lange Herrschaft einer widernatürlichen Macht zu beenden.

Ihm die Wahrheit zu sagen, daß es für ihn das beste wäre, wenn sie ihn zurückschickte, das brachte sie nicht fertig.

Also entschied sich Roseleen, den Weg des geringsten Widerstandes zu gehen und statt der Wahrheit die bewährte Es-war-nett-aber-jetzt-ist-es-vorbei-Masche anzuwenden. Männer aus allen Jahrhunderten neigten dazu, diese Ausrede ohne großes Theater zu akzeptieren oder zumindest so zu tun, um ihr Gesicht nicht zu verlieren.

Als ahnte er schon, was auf ihn zukam, setzte Thorn sich plötzlich kerzengerade auf und fragte mißtrauisch: »Was hast du damit vor, Roseleen?«

Das Lächeln, das sie ihm schenkte, war höchstens lauwarm, als sie sich mit *Blooddrinkers Fluch* in der Hand neben ihn auf die Bettkante setzte. Einen Moment lang starrte sie schweigend auf das Schwert; sie haßte es beinahe und wünschte, sie hätte nie etwas davon gehört. Wer hätte schon ahnen können, daß eine so alte und tödliche Waffe ihr die Liebe ihres Lebens bescheren würde? Und wer hätte ahnen können, daß das Schicksal so grausam war und ihr diese Liebe nicht auf Dauer gewährte?

»Roseleen?«

Sie sah zu ihm auf. Der Kloß in ihrem Hals wurde immer dicker. Sie konnte die Worte nicht aussprechen, nicht von Angesicht zu Angesicht. Darum senkte sie wieder ihren Blick, sandte ein stummes Stoßgebet zum Himmel und erbat sich die Kraft, ihren Entschluß durchzuführen und standhaft zu bleiben, wenn schon nicht um ihretwillen, dann wenigstens um seinetwillen.

Ihre Stimme zitterte, als sie dann endlich zu sprechen begann. »Es … es ist Zeit für dich zu gehen, Thorn.«

»Wohin?«

»Zurück nach Walhalla.«

»Nein …!«

»Doch«, unterbrach sie ihn energisch und ließ die Worte über ihre Lippen sprudeln, solange sie dazu noch in der Lage war. »Ich werde bald nach Amerika zurückreisen und mich wieder in meine alte Tretmühle begeben – an meine Arbeit«, fügte sie rasch hinzu, bevor er noch fragen konnte.

Mit unendlicher Zärtlichkeit berührte er ihre Wange. »Wir sind füreinander bestimmt, Roseleen. Tausend Jahre lang habe ich dich gesucht, und jetzt, da ich dich endlich gefunden habe, werde ich dich nicht mehr verlassen.«

Sie schloß die Augen und kämpfte verzweifelt gegen die aufsteigenden Tränen an, die ihr unter den Lidern brannten. Das war die letzte Liebkosung, die sie von ihm erhalten würde, die allerletzte ... O Gott, warum haderte er mit ihr? Warum akzeptierte er nicht einfach ihren Entschluß und beließ es dabei?

»Du verstehst mich nicht.« In ihrer Verzweiflung erhob sie die Stimme. »Ich *möchte,* daß du gehst. Es war schön, dich eine Weile bei mir zu haben – du bist wirklich ein ausgezeichneter Liebhaber. Aber jetzt muß ich mein Leben weiterleben, und an dem kannst du nicht teilhaben.«

»Du liebst mich doch, Roseleen, genauso wie ich dich ...«

»Nein, das tue ich nicht. Verstehst du *jetzt*? Und ... und ich möchte auch nicht, daß mich etwas an dich erinnert, deshalb gebe ich dir dein Schwert zurück.«

»Roseleen, tu das nicht!«

Sie hatte sich schon vorgebeugt, um ihm das Schwert in den Schoß zu legen, doch sein Schrei erschreckte sie so, daß sie es ihm förmlich hinwarf. Im nächsten Augenblick waren Thorn und die alte Waffe verschwunden.

Roseleen starrte fassungslos auf die Stelle, wo er eben noch gesessen hatte. Nichts, nicht einmal eine Einbuchtung in der Matratze war zu erkennen, die bezeugte, daß er noch vor wenigen Sekunden dort neben ihr gesessen hatte. Sie legte die Hand auf die Stelle und ließ ihren Tränen freien Lauf.

40

Nachdem Roseleen ihn weggeschickt hatte, war sie weinend in einen tiefen Schlaf gesunken. Als sie daraus erwachte, wußte sie nicht, ob es Abend oder Morgen war, spürte aber noch immer diesen tiefen Schmerz – und sah ihren Bruder David.

Sie rieb sich die Augen, glaubte sich getäuscht zu haben, aber es war definitiv David, der da neben ihrem Bett in einem Lehnstuhl saß. Und er lächelte sie an, strahlte über das ganze Gesicht, so als habe er ihr eine Neuigkeit mitzuteilen, die er nicht länger für sich behalten konnte.

»Hallo, liebe Schwester«, sagte er fröhlich und drückte ihr zärtlich die Hand. »Willkommen im Reich der Lebenden.«

»Wie bitte?« murmelte sie und blinzelte ihn verständnislos an. »Bin ich denn gestorben oder so was?«

»Nein, aber viel hätte nicht gefehlt«, schmunzelte er.

Als ihr klar wurde, daß er sie aus irgendeinem unerfindlichen Grund auf den Arm nehmen wollte, markierte sie ein Gähnen, ließ sich zurück in die Kissen fallen und meinte gelangweilt: »Okay, ich mag ja müde sein – aber gleich halb tot? Nein, das glaube ich nicht.« Doch als sie an all die Tränen dachte, die sie vergossen hatte, fügte sie hinzu: »Wenn ich's mir genau überlege, kann ich dir das Zugeständnis machen, daß ich wohl schlimmer aussehe, als ich mich fühle.«

»Das will ich doch nicht hoffen; du siehst nämlich großartig aus – unter diesen Umständen.«

»Unter welchen Umständen? Komm schon, David, sprich nicht in Rätseln. Ich war gleich nach dem Aufwachen noch nie gut im Rätselraten.«

»Hm«, machte er nachdenklich. »Der Doktor sagte schon, daß du dich möglicherweise an nichts erinnern würdest.«

Roseleen kniff die Brauen zusammen. »An was denn erinnern? Und welcher Doktor, verdammt noch mal?«

»Jetzt werd nicht gleich böse …«

»David!«

»Du kannst dich wirklich an nichts erinnern?«

Sie stöhnte auf. »Okay, dann sag mir doch endlich, an was ich mich deiner Meinung nach erinnern sollte.«

»Rosie, du warst krank, so schwer krank, daß Mrs. Humes nicht nur den Doktor gerufen hat, sondern es sogar für nötig hielt, mich zu benachrichtigen.«

»Das ist doch lächerlich«, ereiferte sich Roseleen. »Elizabeth und John sind doch gar nicht da, sie sind im Urlaub, in Brighton – oder sind sie etwa schon wieder zurück?« setzte sie zögernd hinzu.

»Von einem Urlaub weiß ich nichts, aber auf alle Fälle sind die beiden hier, und das ist auch gut so. Du hättest sterben können, wenn du allein gewesen wärst.«

Roseleen verschränkte die Arme vor der Brust und warf David einen wütenden Blick zu. »Na gut, das soll ein Witz sein. Ich kann es kaum erwarten, die Pointe zu hören. Also los, erzähl weiter.«

David schüttelte den Kopf. »Nein, meine Liebe, das ist leider kein Witz. Und ich kann dir nur sagen, daß ich mir die größten Sorgen um dich gemacht habe.«

»Aber *weshalb* denn?«

»Rosie, du hattest eine sehr schwere Lungenentzündung und warst fünf Tage lang ohne Bewußtsein, ganz zu schweigen davon, daß du fantasiert und wirres Zeug geedet hast. Einmal stieg deine Temperatur sogar über einundvierzig Grad. Wir waren zu Tode erschrocken, und ich hab' dem Doktor nicht erlaubt, dich auch nur einen Augenblick allein zu lassen.«

Sie starrte ihn eine Weile schweigend an. »Aber ich kann mich an nichts erinnern«, platzte sie dann heraus.

»Wirklich nicht?«

»Nein, kein bißchen.«

»Zum Glück, kann ich da nur sagen.« Er grinste sie an. »Einige deiner Halluzinationen müssen ein echter Alptraum gewesen sein.«

»Aber ich fühle mich total wohl«, versicherte sie ihm, »nur ein wenig müde …«

Und das kam nur von der Heulerei; die mußte sie so erschöpft haben. Oder etwa nicht? Wenn sie fünf Tage lang bewußtlos war, wann genau hatte sie dann Thorn fortgeschickt?

Und plötzlich durchzuckte sie ein ganz anderer Gedanke. Vielleicht hatten Thorn und sie es doch nicht in die richtige Zeit geschafft. Vielleicht mußten immer noch einige Kleinigkeiten korrigiert werden, unwichtige Details, die die Gegenwart nicht wesentlich veränderten – gerade nur so viel, daß sie sich nicht daran erinnern konnte, krank gewesen zu sein. Vielleicht war es ja auch nur die andere Roseleen, die in dieser Zeit beinahe an Lungenentzündung gestorben war, nicht sie selbst. So wie es auch die andere Roseleen gewesen war, die Barry geheiratet hatte, die andere Roseleen, die einen prüden Kerl zum Bruder hatte, den sie nicht ausstehen konnte …

Leicht verunsichert sagte sie zu David: »Beantworte mir bitte eine dumme Frage: Ich bin doch nicht mit Barry verheiratet, oder?«

»Was soll der Unsinn? Du würdest diesen Schweinehund nicht mal auf der Straße grüßen, und wenn, dann würde ich ihm eine verpassen, daß er nicht mehr weiß, wie er heißt.«

Diese Antwort entlockte Roseleen ein erleichtertes Seufzen. »Okay, ich glaube dir. Ich wollte mich nur noch mal versichern, solange wir bei dem Thema ›erinnern‹ sind.«

Er lächelte. »Deinen Scherzen nach zu urteilen, scheint es dir wirklich wieder besserzugehen.«

David hatte darauf bestanden, daß Roseleen für den Rest des Tages im Bett blieb und sich ausruhte, und auch keine Widerrede erhalten. Als der Doktor am späten Nachmittag vorbeischaute, um nach Roseleen zu sehen, verlängerte er die von David verordnete Bettruhe noch um einige Tage. Obwohl sie nach Aussage all jener, die sie so rührend umsorgt hatten, bereits seit fünf Tagen im Bett lag, schienen das nicht gerade erholsame Tage gewesen zu sein.

Roseleen konnte es noch immer nicht ganz glauben, daß sie so schwer krank gewesen sein sollte und sich an nichts erinnern konnte, nicht einmal an den Ausbruch der Lungenentzündung. Wenigstens an einen Schnupfen oder Husten müßte sie sich doch entsinnen oder an den Beginn des Fiebers. Aber sosehr sie auch in ihrem Gedächtnis nachforschte, im Zusammenhang mit ihrer Krankheit war nichts hängengeblieben. Das letzte, was sie wußte, war, daß sie Thorn fortgeschickt hatte, und das würde sie auch niemals vergessen.

Natürlich war es möglich, daß sie so deprimiert und vor Liebe krank gewesen war, daß sie so unwichtige Dinge wie ein beginnender Schnupfen gar nicht berührt hatten. Dem Kalender zufolge waren seit ihrem Abschied von Thorn sogar noch mehr Tage vergangen als nur diese fünf, die sie angeblich im Fieberdelirium verbracht und an die sie nicht die leiseste Erinnerung hatte.

Nun, es war durchaus möglich, daß sie nach Thorns Verschwinden in eine so tiefe Krise gesunken war, daß die Zeit und alle irdischen Geschehnisse an ihr vorbeigegangen waren, ohne das sie etwas davon wahrgenommen hatte. Und da jedesmal, wenn sie an Thorn dachte, sofort wieder diese tiefe Traurigkeit über sie hereinbrach, versuchte sie jetzt, nicht an ihn zu denken – oder zumindest nicht so oft.

In dieser Hinsicht war ihr David eine große Hilfe. Er verbrachte die Tage neben ihrem Bett, erzählte ihr Witze, berichtete ihr ausführlich über seine Reise nach Frankreich und spielte alle Arten von Karten- und Brettspielen mit ihr, um sie davon abzuhalten, vor lauter Untätigkeit außer sich zu geraten.

Doch dann kam der Tag, da sie ihr normales Leben wiederaufnehmen konnte und an dem David in sein Londoner Stadthaus zurückkehrte. Außer den Notizen, die sie sich über alles machen wollte, was sie bei ihren Reisen in die Vergangenheit gesehen und erlebt hatte, solange die Erinnerung daran noch frisch war, gab es noch ein paar andere wichtige Dinge, die sie vor ihrer Heimreise in die Staaten zu recherchieren vorhatte. Und ein Punkt ganz oben auf dieser Liste war die Fahrt nach Hastings.

Eines frühen Morgens machte sie sich dorthin auf den Weg. Sie hatte den Ort in der Vergangenheit besucht, aber noch nie in der Gegenwart. Es war in erster Linie pure Neugier, die sie zu dieser Fahrt veranlaßte; sie wollte sehen, wie sich der Schauplatz seit Wilhelms Tagen verändert hatte. Und er hatte sich wahrlich sehr verändert.

Statt der sumpfigen Wiese fand sie nun etliche Fischteiche vor. Wo früher offenes Land gewesen war, wuchsen nun Hunderte von Bäumen. Und Battle Abbey hatte man an genau der Stelle erbaut, wo Harold Godwinson gefallen war.

Roseleen schlenderte über das ehemalige Schlachtfeld und ließ noch einmal die Geschehnisse von damals vor ihrem inneren Auge Revue passieren. Viele Dinge mochten diese Schlacht im vorhinein beeinflußt haben, und doch hätte sie so oder anders ausgehen können. Wilhelm der Eroberer war ohne Zweifel ein brillanter Mann gewesen, ein schlachterfahrener, professioneller Feldherr und ein großer Taktiker, aber den Thron von England hatte er ihrer Meinung nach in erster Linie seinem Glück und den äußeren Umständen zu verdanken.

Wäre irgend etwas anders verlaufen, so, wie sie es mit eigenen Augen hatte beobachten können, dann hätte Wilhelm gegen die Engländer verloren, weil seine Truppen den gegnerischen zahlenmäßig weit unterlegen waren. Zudem wäre die Verteidigungsposition der Engländer uneinnehmbar gewesen, wenn die Soldaten nicht die eigenen Reihen mutwillig verlassen hätten.

Roseleen war froh, daß er seine Krone bekommen hatte. Und sie war froh, daß sie als Zeuge hatte dabeisein dürfen. Freilich, damit sie in ihre eigene Zeit zurückkehren konnte, hätte die Schlacht auch gar nicht anders verlaufen dürfen.

41

David brachte Roseleen zum Flughafen; er hatte sie schon am Tag zuvor von Cavenaugh Cottage abgeholt. Da ihr Flugzeug ganz früh am Morgen in London starten sollte, hatten sie es praktischer gefunden, wenn Roseleen in Davids Stadthaus übernachtete.

Lydia war eigens von Frankreich zurückgeflogen, um sich von Roseleen zu verabschieden. Den letzten Abend verbrachten die drei in einem kleinen Pub gleich um die Ecke, wo man köstlich heiße Fish and Chips servierte, Eis für die Getränke jedoch nur auf Anfrage brachte.

Roseleen hatte die Vorliebe der Engländer für lauwarme Drinks nie recht verstanden, aber auch nie danach gefragt. Vielleicht stammte diese Sitte ja noch aus der Zeit, da man hier warmen Met getrunken hatte, dachte sie. Diese kuriose Vorstellung zauberte ein leises Lächeln auf ihre Lippen – das erste in diesen letzten Tagen.

Lange hatte sie hin und her überlegt, ob sie David von Thorn erzählen sollte. Nicht, daß er es unbedingt wissen mußte, denn Thorn war verschwunden, und sie würde ihn niemals wiedersehen. Es war vielmehr so, daß sie das dringende Bedürfnis hatte, über Thorn zu sprechen und ihre Erinnerungen an diesen Mann mit jemandem zu teilen. Und abgesehen von Gail war David der einzige Mensch, der ihr wirklich nahestand.

Der eigentliche Grund, warum sie zögerte, ihm die Geschichte oder wenigstens einen Teil davon zu erzählen, war der, daß David wahrscheinlich glauben würde, seine Schwester sei völlig übergeschnappt, und wer konnte ihm das verdenken? Es war ja weiß Gott ein unglaubliches Erlebnis, das sie gehabt hatte. Und sie wäre bestimmt die letzte, die das abstreiten würde.

Zeitreisen, Hexen mit übernatürlichen Kräften, Flüche, ein tausend Jahre alter Wikinger, der an einem Ort wohnte, den die Welt nur aus der Mythologie kannte, ein Ort, an dem die Zeit praktisch stillstand. Das klang wirklich zu fantastisch. Und doch war all dies passiert, und sie mußte darüber sprechen.

David und Roseleen befanden sich bereits auf dem Weg zum Flughafen, als sie endlich den Mut aufbrachte, das Thema Thorn anzuschneiden. Aber sie kam nicht sofort auf den Punkt, sondern entschloß sich zu einem kleinen Umweg, um ihn mit ihrer unglaublichen Geschichte nicht allzusehr zu schockieren.

Ganz nebenbei bemerkte sie daher: »Ach, übrigens, David – ich habe *Blooddrinkers Fluch* seinem Besitzer zurückgegeben.«

Er warf ihr einen erstaunten Blick zu. »Wovon sprichst du denn? Du konntest das Schwert doch gar nicht kaufen, erinnerst du dich nicht?«

Daß sie diejenige war, die hier schockiert dreinblickte, damit hatte sie freilich nicht gerechnet. Vielleicht hatte er sie ja nur falsch verstanden.

»Wovon sprichst *du* denn?« fragte sie zurück. »Du hast es doch für mich gekauft.«

David schüttelte heftig den Kopf, bevor er ihr versicherte: »Nein, habe ich nicht. Ich hatte es dir zwar vorgeschlagen, aber du warst so sauer auf diesen Sir Isaac Dearborn, weil er nicht mit dir direkt verhandeln wollte, daß du mir sagtest, ich solle die Sache vergessen. Soviel ich weiß, befindet sich das Schwert immer noch in Dearborns Besitz, und er kann froh sein, wenn er überhaupt einmal einen Käufer dafür findet, bei dem miserablen Zustand, in dem es sich befindet.«

»Es war in einem exzellenten Zustand!«

Jetzt musterte David sie wirklich mehr als irritiert. »Rosie, was zum Teufel ist denn nur in dich gefahren? Du hast das Schwert Dearborn doch nie zu Gesicht bekommen!«

Roseleen entschied seufzend, daß David den Kauf vergessen haben und daß sie seiner Erinnerung ein wenig auf die Sprünge helfen mußte oder daß sie von zwei verschiedenen Schwertern sprachen. »David, du hast das Schwert für mich gekauft. Du hast es mir in die Staaten geschickt, und ich habe es hierher mitgebracht. Und was die Träume anbelangt, von denen ich dir erzählt habe – daß ich dem eigentlichen Besitzer begegnet bin –, da weiß ich jetzt, daß das überhaupt keine Träume waren, sondern alles ganz real passiert ist. Auf dem Schwert lag ein Fluch, wie sich herausstellte. Auf dem Schwert und zugleich auf dessen erstem Besitzer, Thorn Blooddrinker, den ich herbeirufen konnte, indem ich das Schwert mit beiden Händen berührte. Und ich habe ihn so gut kennengelernt, daß ich … daß ich mich in ihn verliebte.«

David starrte sie eine Weile völlig perplex an, dann aber meinte er abwinkend: »Das war ja wirklich ein abenteuerlicher Traum, den du da gehabt hast, Rosie.«

»Aber genau das versuche ich dir doch schon die ganze Zeit zu erklären, David. Es war kein Traum, das hat sich alles wirklich abgespielt.«

»Okay – jetzt kann ich es wirklich kaum erwarten, die Pointe zu hören, also erzähl weiter.«

»Über so etwas würde ich keine Witze machen, David. Hast du mir nicht zugehört? Ich sagte, daß ich mich in diesen Mann verliebt habe. Und ich bin todunglücklich, daß ich ihn für immer weggeschickt habe, indem ich ihm sein Schwert zurückgab. Aber es wäre nicht gut für ihn gewesen, wenn ich ihm gestattet hätte, bei mir zu bleiben. Sein ganzes Denken war zu – altmodisch und auch sein Beruf. Er war am glücklichsten, wenn er in irgendeiner Schlacht sein Schwert schwingen konnte.«

»Rosie, jetzt halt mal bitte für einen Augenblick die Luft an und hör mir zu, ja? Wenn du dieses Schwert nie besessen hast, und ich versichere dir, daß es so ist – ich würde dich bestimmt nie anlügen –, dann kann auch nichts von all dem, was du mir eben erzählt hast, tatsächlich passiert sein, verstehst du?«

»Aber …«

»Denk mal genau nach, dann wirst du einsehen, daß ich recht habe. Es war tatsächlich nur ein Traum. Und es kann natürlich sein, daß das hohe Fieber, unter dem du zeitweise gelitten hast, diesen Traum viel lebendiger hat erscheinen lassen als deine üblichen Träume, und daß du deshalb glaubst, das alles selbst erlebt zu haben. Aber es kann in Wirklichkeit gar nicht passiert sein, und zwar aus dem einfachen Grund, weil du dieses Schwert niemals in Händen gehabt hast und es mithin auch niemals benutzen konntest, um jemand herbeizurufen – oder wegzuschicken, wie du sagst, indem du es zurückgabst.«

Nur ein Traum? Aber wie konnte ein Traum ihr derart das Herz brechen? Wie kam es, daß sie sich nicht an die Krankheit erinnern konnte, wohl aber jede Einzelheit dieses Traumes ganz klar und deutlich vor sich sah? Und trotzdem, wenn sie dieses Schwert tatsächlich nie besessen hatte …

Dann hatte sie Thorn Blooddrinker auch niemals kennengelernt, geschweige denn geliebt. Dann war ihr Geliebter genauso unwirklich wie ihr Traum.

42

Roseleen konnte den ganzen Heimflug über keinen klaren Gedanken fassen. Letztlich hatte sie David doch recht gegeben und ihm versichert, daß sie alles nochmals in Ruhe überdenken und versuchen wolle, das Ganze dann schleunigst aus ihrer Erinnerung zu streichen. Was jedoch leichter gesagt war als getan, zumal ihr der Traum immer noch sehr viel realer erschien als das, was angeblich wirklich passiert war. Gewiß, sich immer wieder zu ermahnen, die ganze Geschichte zu vergessen, war recht und schön, der Haken daran war nur, daß ihre Gefühle diesem edlen Ansinnen keine Beachtung schenkten.

Als Roseleen mit ihren Koffern im Ankunftsgebäude stand, beschloß sie spontan, nicht direkt nach Hause zu fahren, sondern sich einen Mietwagen zu nehmen und Gail zu besuchen. Im Gegensatz zu David konnte sie Gail wirklich alles erzählen.

Das tat sie denn auch, sie erzählte ihr die Geschichte in allen Einzelheiten, angefangen von Thorns erstem Erscheinen in ihrem Klassenzimmer bis hin zu dem Moment, als sie ihm das Schwert in den Schoß geworfen hatte. Für Roseleen war es nicht so, als berichte sie ihrer Freundin einen Traum, sie ließ sie vielmehr an ihren Erinnerungen teilhaben, die ihr kristallklar vor Augen standen.

Am Schluß fügte sie etwas erschöpft, aber gleichzeitig erleichtert darüber, daß sie sich so richtig hatte aussprechen können, die Erklärung hinzu: »Ich weiß, daß das alles ein Traum gewesen sein muß, Gail, aber ich frage dich – wie ist es möglich, daß ich mich an so viele Einzelheiten so exakt erinnere? Wie zum Beispiel an den Abend, als Thorn in der letzten Woche, die wir gemeinsam verbrachten, Bekanntschaft mit dem Fernseher schloß. Ich habe noch nie im Leben so gelacht. Seine Reaktion, als ich ihm zeigte, was eine Fernbedienung so alles kann, war wirklich unglaublich. Rate mal, was ihn am meisten fasziniert hat. Werbespots! Kannst du dir das vorstellen?«

»Hör auf, bitte«, kicherte Gail. »Was könnte ich bloß machen, um auch so aufregende Träume zu haben? Mir eine Lungenentzündung zulegen? Freu dich doch einfach, daß du dieses wunderbare Erlebnis hattest, Traum oder nicht, und laß es dabei.«

Sich über dieses Erlebnis freuen? Das würde sie ja gerne, wenn sie unter dem Abschied von Thorn nicht so leiden und ihn nicht so entsetzlich vermissen würde.

Bevor Roseleen aufbrach, hatte Gail zu der ganzen Angelegenheit noch eine abschließende Bemerkung gemacht. »Hört sich an wie ein Buch, das ich kürzlich gelesen habe. Vielleicht hast du es ja zufällig auch durchgeblättert und dann in deinem Fieberwahn die Geschichte quasi noch einmal selbst erlebt. Mensch, das ist ja überhaupt die Idee! Ich habe meterweise Bücher im Regal stehen, die ich nur zu gerne durchleben würde. Ich glaube, ich gehe gleich mal in die Küche und stecke meinen Kopf in die Tiefkühltruhe. Was glaubst du, wie lange es dauert, bis man eine richtige Lungenentzündung kriegt?«

Die gute Gail mit ihrem herzerfrischenden Humor. Roseleen war richtig froh, daß sie nicht gleich nach Hause gefahren war, sondern erst ihre Freundin besucht hatte. Jetzt fühlte sie sich wenigstens ein bißchen in dem Glauben bestärkt, daß sie ihren Traummann irgendwann einmal vergessen würde. Aber es wäre erheblich hilfreicher gewesen, wenn dieser teure Glaskasten, den sie vor ihrer Reise für *Blooddrinkers Fluch* hatte anfertigen lassen, nicht immer noch in der Mitte ihrer Waffensammlung gehangen hätte.

Als sie nämlich den Schaukasten nach der Rückkehr in ihrer Wohnung entdeckte, wußte sie gar nicht mehr, was sie glauben sollte und was nicht. Hatte sie den Kasten schon vorsorglich bestellt, weil sie *hoffte,* dieses Schwert später erwerben zu können? Andererseits war es durchaus nicht ihre Art, so voreilig zu handeln. Und doch hing dieser Glaskasten dort an ihrer Wand – natürlich leer. Nun gut, das würde zumindest erklären, warum sie so sauer auf diesen Dearborn war, hatte sie doch schon so viel Geld für diese Waffe investiert, die er ihr dann plötzlich doch nicht verkaufen wollte. Aber warum konnte sie sich daran nicht erinnern, sondern nur an den Ablauf der Ereignisse, wie sie sich in ihrem Traum abgespielt hatten?

Roseleen war ganz in Gedanken versunken, als sie das Schellen der Türglocke aus diesen verwirrenden Grübeleien riß. Gleich darauf sah sie sich mit einem Blechbecher konfrontiert, der in Augenhöhe auf sie zuschoß, nachdem sie die Tür einen Spalt weit geöffnet hatte.

»'tschuldigung, hätten Sie wohl 'n bißchen Zucker für mich, Ma'am?«

»Verzeihen Sie, wer …«

»Roseleen White, nicht wahr?« fragte der Mann mit dem Becher in der Hand. »Darf ich mich vorstellen? Thornton Bluebaker. Unsere Nachbarin auf der anderen Seite, Carol Soundso, hat mir schon einiges über Sie erzählt.«

Sie löste ihren Blick von dem Becher, um den Mann vor ihrer Tür genauer anzusehen – und war wie vom Donner gerührt. Sekundenlang war sie zu keiner anderen Regung fähig, als ihr Gegenüber entgeistert anzustarren. Sein hellbraunes, nach der neuesten Mode geschnittenes Haar reichte ihm bis knapp über den Kragen. Seine Kleidung war ebenfalls up to date; enge, schwarze Röhrenjeans, T-Shirt, darüber eine kurze Bomberjacke aus Wildleder mit zahllosen Emblemen der amerikanischen Flagge. Aber sein Gesicht – war Thorns Gesicht. Sein Körper – Thorns Körper. Seine strahlenden blauen Augen Thorns Augen. Selbst sein Name war dem von Thorn so ähnlich – Thorn Blooddrinker und Thornton Bluebaker.

Verzweifelt suchte sie nach einer Erklärung, bevor sie in Tränen ausbrechen würde. Am liebsten wäre sie ihm um den Hals gefallen und hätte ihn mit Küssen überhäuft – aber er war ein Fremder. Ein Fremder mit dem Gesicht ihres geliebten Thorn. Und offensichtlich der neue Nachbar, dessen Einzug sie so argwöhnisch entgegengesehen hatte.

»Wir sind uns doch schon vor meiner Reise nach Europa begegnet, nicht wahr?« fragte sie hoffnungsvoll. »Ich weiß nur nicht mehr genau, wann oder wo …«

»Nein, daran würde ich mich bestimmt erinnern, glauben Sie mir«, entgegnete er mit einem Blick, der sofort einen Hitzeschwall bei ihr auslöste. »Aber es ist gut möglich, daß Sie mich gesehen haben. Ich war ein paarmal hier, als die Möbelpacker meine Sachen brachten. Ich glaube, das war noch vor Ihrer Abreise.«

Sie nickte. Genau. So mußte es gewesen sein. Sie hatte ihn gesehen, sein Gesicht hatte sich in ihrem Gedächtnis festgesetzt, und da er gut aussah, sehr gut sogar für ihr Empfinden, hatte sie sein Bild in ihren Träumen verarbeitet. Vielleicht war sie am Ende doch nicht übergeschnappt.

»Wie ich hörte, sind Sie Geschichtsprofessorin. Diese Karriere hätte ich auch beinahe eingeschlagen, doch dann hat mich jemand zum Schreiben überredet.«

»Was schreiben Sie denn?«

»Fantasy-Romane. Mein letztes Buch kam erst vor ein paar Monaten heraus. Vielleicht haben Sie es ja am Airport irgendwo in einer Buchhandlung stehen sehen?«

Die einzige Erinnerung, die sie an ihre Abreise nach Europa hatte, war, daß sie schrecklich in Eile gewesen war und daß sie am Flughafen im Vorbeigehen ein Buch von dem Tisch mit Neuerscheinungen erstanden hatte, ohne jedoch auf den Titel zu achten. Aber das mußte wohl schon ein Teil ihres Traumes gewesen sein. Ihr wirklicher Flug nach Europa war hingegen so ereignislos verlaufen, daß sie sich an nichts erinnern konnte. Vielleicht war es also ohne weiteres möglich, daß sie das Buch tatsächlich gesehen hatte. Sie wußte es nur nicht mehr.

»Wovon handelt es denn?« fragte sie eher aus Höflichkeit.

»Es geht um Thorn, kaum bekannten Bruder des Wikingergottes Thor. Tolle Geschichte, alles drin, ein verfluchtes Schwert, Zeitreisen …, aber, um Himmels willen, was ist denn mit Ihnen?«

Ihre Knie hatten nachgegeben. Um sie herum begann sich alles zu drehen. Roseleen war einer Ohnmacht nahe, und er konnte sie gerade noch auffangen, bevor sie zu Boden stürzte. Seine Berührung, seine Nähe machten alles noch schlimmer. Ihr Inneres geriet in Aufruhr, ihr Verstand lief Amok, sie glaubte, Thorn vor sich zu haben, wollte ihn … O Gott, träumte sie etwa schon wieder?

»Ich bin ganz okay«, brachte sie heraus, aber sie war nicht okay, ganz und gar nicht, vielmehr war sie nahe daran, nun doch den Verstand zu verlieren. »Mir war nur gerade ein wenig schwindlig. Und ich glaube … ja, ich glaube, daß mir Ihr Buch bekannt ist. Ich muß es am Airport mitgenommen haben.«

»Wirklich?« strahlte er. »Wie hat es Ihnen gefallen?«

»Es war sehr – ungewöhnlich. Da war auch eine Liebesgeschichte mit dabei, nicht wahr?«

»Ja. Normalerweise schreibe ich ja keine Liebesgeschichten – das ist nicht mein Stil. Aber bei dem Buch hat es ganz gut gepaßt.«

»Ich kann mich nicht erinnern, es zu Ende gelesen zu haben. Wie ist die Geschichte denn ausgegangen?«

»Odin hat meinem Helden gesteckt, daß seine Lady gelogen hat. Sie liebte ihn nämlich schon. Sie liebte ihn so sehr, daß sie ihn wegschickte, weil sie glaubte zu wissen, was das Beste für ihn sei. Sie meinte, er könne in ihrer Welt nicht glücklich werden.«

Roseleen hatte plötzlich das Gefühl, daß ein stiller Vorwurf aus seinem Blick spräche, so als gäbe er ihr die Schuld für …

»Oh, mein Telefon läutet«, log sie. »Bitten Sie doch Carol um den Zucker.«

Bevor er noch etwas erwidern konnte, hatte sie ihm schon die Tür vor der Nase zugeschlagen. Seufzend lehnte sie sich mit dem Rücken dagegen und schloß die Augen. Das Herz schlug ihr bis zum Hals. Doch dann schalt sie sich eine dumme Gans.

So ein Unsinn. Selbstverständlich hatte er sie nicht vorwurfsvoll angeschaut. Das hatte sie sich nur eingebildet, weil sie es verdient hätte. Und sie mußte sein Buch auf dem Flug nach England tatsächlich gelesen haben. Gail hatte so was ja auch schon vermutet. Alles andere ergab keinen Sinn. Als sie dann krank geworden war, hatte sie die Geschichte des Buches in ihren Fieberträumen nachgelebt, war selbst in die Figur der Heldin geschlüpft, und aufgrund des hohen Fiebers hatte ihr verwirrter Geist Szenen aus ihrem realen Leben ausgelöscht und durch Traumszenen ersetzt, ihr vorgegaukelt, *diese* seien die Realität und nicht das, was sie in Wirklichkeit erlebt hatte.

Als es an der Tür klopfte, hielt sie erschrocken die Luft an. Das war er wieder. Sie wußte es. Sie hatte damit gerechnet. Thorn würde niemals so schnell aufgegeben haben ... O Gott, was waren das schon wieder für Hirngespinste. Sie mußte sofort damit aufhören. Dieser Mann da draußen war nicht Thorn, dieser Mann war ein Fremder, den sie überhaupt nicht kannte.

Und dieser Fremde, den sie überhaupt nicht kannte, zog sie in dem Augenblick, da sie die Tür wieder öffnete, in seine Arme und küßte sie. Und es war kein Erfreut-Sie-kennenzulernen-Ma'am-Kuß, falls es so was gab, sondern vielmehr einer jener Willkommen-zu Hause-ich-hab-dich-so-vermißt-Küsse, die ihr so gut in Erinnerung geblieben waren.

Als er sie freigab und wieder auf die Füße stellte – sie hatte gar nicht gemerkt, daß sie den Boden unter den Füßen verloren hatte –, empfand sie nur einen Wunsch: so schnell wie möglich in seinen Armen zu liegen. Auf den Gedanken, ihm für seine Unverschämtheit eine Ohrfeige zu geben, wäre sie nie gekommen, dazu war ihr dieser Kuß viel zu vertraut.

»Ich werde mich für diesen Kuß nicht entschuldigen«, erklärte er ihr geradeheraus. Aus seinem Blick sprach ein unverhohlenes, besitzergreifendes Verlangen. »Und ich hoffe nicht, daß Sie das für eine plumpe Anmache halten – aus irgendeinem unerklärlichen Grund fühle ich, daß ich das Recht habe, Sie zu küssen.«

Warum *sie* glaubte, das Recht zu haben, *ihn* zu küssen, das wußte sie, aber er? *Besser gar nicht weiter über diesen Kuß diskutieren,* dachte sie, nickte nur und wechselte das Thema. »Ich habe ganz vergessen zu fragen, wie die Liebesgeschichte in Ihrem Buch ausgegangen ist.«

Um seine Lippen spielte ein Lächeln. »Mein Held konnte

natürlich nicht in Walhalla bleiben. Er war dort nur dank der Fürsprache seines Bruders als Gast aufgenommen worden, aber Walhalla war ein Ort für die Toten, und Thorn war noch sehr lebendig. Odin hatte schließlich Mitleid mit ihm – Thorn litt ja wirklich an einem besonders schweren Fall von gebrochenem Herzen – und stellte es ihm frei, sich eine Zeit auszusuchen, in der er sein Leben leben wollte. Nun, welche Zeit er sich ausgesucht hat, das können Sie sich bestimmt vorstellen.«

Roseleen grinste jetzt ebenfalls. »Hm, ich weiß nicht recht. Angesichts seiner Begeisterung fürs Kämpfen und für Kriege ...«

»Oh, er liebte diese Lady mehr als all das, Roseleen«, sagte er und sah sie plötzlich so ernst, so intensiv an, daß ihr Herz einen Schlag lang aussetzte. »Er hätte alles getan, um zu ihr zurückzukehren, selbst wenn er sein Leben in ihrer Zeit nochmals von Anfang an hätte durchleben und warten müssen, bis er das Alter erreicht hatte, in dem sie sich kennenlernen und er sie zu seiner Geliebten machen konnte.«

»Hat er ... hat er das denn getan?«

»O ja, und er fand, daß sich das Warten gelohnt hat. Stimmen Sie dem nicht zu?«

Ihr Lächeln kam zögernd, verblaßte aber gleich wieder. Sie wollte gar nicht genau wissen, wie das alles passiert war. Entweder hatte sie diese Träume wirklich gelebt, und ihr eigenes Leben war dadurch verändert worden, oder aber der flüchtige Anblick ihres Nachbarn und dieser Fantasieroman hatten sie so beeindruckt, daß sie sich im Traum verliebt hatte.

War es so gewesen? »Nun, ich bin der Meinung, diese Frau sollte den Rest ihres Lebens damit verbringen, ihren Geliebten dafür zu entschädigen, daß sie so töricht war zu glauben, genau zu wissen, was das Beste für ihn wäre.«

Sein knappes Nicken war ihr so vertraut, daß es schmerzte. »Die Betrachtungsweise einer Frau – nicht schlecht. Ich werde Sie wohl für den Schluß meines nächsten Buches zu Rate ziehen müssen.« Das Lächeln, das er ihr jetzt schenkte, barg ein Versprechen. »Irgendwie gefällt mir die Idee, daß sie einiges an ihm wiedergutzumachen hat.«

Roseleen hob fragend eine Braue. »Geht die Geschichte bei Ihnen nicht so aus?«

»Nein, mein Ende ist eher lapidar. Sie begegnen sich wieder, und sie lädt ihn zum Dinner ein.«

Roseleen verstand den Wink und lachte. »Ach, weil Sie gerade davon sprechen ... Hätten Sie nicht Lust, heute abend zum Dinner zu kommen – damit wir uns weiter über Ihr Buch unterhalten können?«

»Vorsicht, Lady Roseleen«, sagte er und schaffte es, daß seine Warnung halb scherzhaft und halb ernst gemeint klang. »Einmal eingeladen, wird es Euch schwerfallen, mich wieder loszuwerden.«

Ihn wieder loswerden? Sie hatte nicht vor, diesen Fehler ein zweites Mal zu begehen, und das Lächeln, das sie ihm schenkte, bürgte dafür. Sie hatte ihren Wikinger wieder – und diesmal würde sie ihn nicht mehr von ihrer Seite lassen.